EVA MÜLLER

UNSERE LIEBE
WAR UNERHÖRT

Historischer Roman

Penguin Random House Verlagsgruppe FSC® N001967

1. Auflage
Copyright © 2024 Penguin Verlag
in der Penguin Random House Verlagsgruppe GmbH,
Neumarkter Straße 28, 81673 München
Dieses Buch wurde vermittelt durch die Literarische Agentur Michael Gaeb
Redaktion: Hanne Reinhardt
Umschlaggestaltung: Favoritbüro, München
Umschlagabbildung: Blue Skirt and Dahlias, c.1950 (oil on canvas) /
Bridgeman Images
Satz: GGP Media GmbH, Pößneck
Druck und Bindung: GGP Media GmbH, Pößneck
Printed in Germany
ISBN 978-3-328-60334-4
www.penguin-verlag.de

Für A.

Da ist ein Land der Lebenden
und da ist ein Land der Toten.
Und die Brücke zwischen ihnen ist die Liebe,
das einzig Bleibende, der einzige Sinn.

Thornton Niven Wilder

Prolog

Passau, 1990, Jonathan

Jonathan hatte eindeutig zu viel Kaffee getrunken. Das Paragrafenlernen für die anstehende Zivilrechtsprüfung war dadurch auch nicht leichter geworden, und nun läutete die Kirchturmuhr der Severinskirche, es war zwei Uhr nachts, und er schlief noch immer nicht. Durch das geöffnete Fenster drängte die Sommerhitze herein, die nicht einmal in den Nächten mehr abzukühlen schien. Jonathan lag im Bett seiner Studentenwohnung in Passaus Innstadt, Mansarde, ganz oben unter dem Dach, und starrte an die Decke.

Die alten Gassen dieses Viertels waren bei den Studierenden beliebt, hier reihte sich Kneipe an Café an Bar, und das alles in historischen Gebäuden, die schöner nicht sein könnten. Obwohl abends das Leben pulsierte, herrschte tagsüber eine entspannte Beschaulichkeit. Norddeutsche Studenten, die an der Uni geschniegelt BWL paukten, standen nachts leger im T-Shirt hinter den Tresen der angesagten Lokale und mixten Getränke.

Die Nachbarn kannten einander, man grüßte sich auf der Straße, wie sich das gehörte. Der einzigartige Mix aus zwei Jahrtausenden Stadtgeschichte und ländlicher Fürsorglichkeit machte Passaus Charme aus. Natürlich gab es Rotlichtviertel, Bezirke, in denen man sich besser nicht herumdrückte. Dennoch konnten sich in der Dreiflüssestadt junge Menschen nachts

9

noch sicher durch die Gassen bewegen. Das schätzten viele, auch Jonathan. Deshalb war er nach dem Abitur nicht nach München, Hamburg oder Berlin gegangen, sondern in der Heimat geblieben. Aufgewachsen auf dem niederbayerischen Land, lediglich zwanzig Minuten von Passau entfernt, genoss er die Freiheit, die eine eigene Wohnung ihm schenkte, ebenso wie die Nähe zu seinem Elternhaus.

Bis vor ein paar Tagen hatte er sich hier wohlgefühlt, aber nun war alles anders. Der Grund für seine Schlaflosigkeit lag ganz sicher nicht allein beim Kaffee. Doch daran wollte Jonathan im Moment nicht denken, das würde bestimmt nicht dabei helfen, Ruhe zu finden, er musste morgen früh aufstehen und jetzt dringend schlafen.

Irgendwann musste er doch eingenickt sein, denn plötzlich schreckte ihn ein Lichtschein auf.

Durch den mattierten Glasausschnitt seiner Schlafzimmertür fiel Licht herein, das nur aus dem erleuchteten Hausflur kommen konnte. Mit Entsetzen realisierte Jonathan, dass folglich seine Wohnungstür offen stehen musste, und tatsächlich zeichnete sich der Umriss eines Mannes wie ein Scherenschnitt auf dem Holzboden ab. Hinter ihm tauchte auch gleich noch ein zweiter auf.

Jäh war jegliche Müdigkeit wie weggeblasen. Jeder Muskel in seinem Körper war angespannt, sein Kopf vollkommen klar. Er musste handeln, wenn er die beiden Eindringlinge in die Flucht schlagen wollte. Jetzt war keine Zeit für Angst oder Zauderei.

Er saß vollkommen still in seinem Bett und zwang sich, ruhig zu atmen, während die Gedanken rasten. Sie durften nicht bemerken, dass er sie bereits entdeckt hatte, er brauchte den Vorteil der Überraschung, um eine Chance zu haben.

Der Erste drückte lautlos die Klinke der Schlafzimmertür hinunter, schwang sie auf und trat halb hindurch. Da schoss Jonathan blitzschnell vor und warf sich gegen die Tür. Mit einem überraschten Schmerzenslaut ließ der Mann etwas fallen, das klirrend auf dem Boden landete. Jonathan stieß einen Schrei aus und versetzte dem Unbekannten einen Faustschlag, so fest er konnte. Der Zweite kam gar nicht erst herein, sondern trat sofort den Rückzug an. Sein Kumpan rappelte sich rasch auf und folgte ihm. In der hellen Etagenbeleuchtung sah Jonathan für einen Moment ihre Gesichter. Er kannte die beiden!

Er lief ihnen nicht nach, schließlich war er nicht lebensmüde. Stattdessen schloss er seine Tür, verriegelte sie und lehnte sich von innen dagegen. Nun ging Jonathans Atem schnell und stoßweise, und ihm wurde übel. Erst als er sich wieder ein wenig sicherer auf den Beinen fühlte, hob er auf, was der Mann hatte fallen lassen. Es war ein Messer mit einer langen, scharfen Klinge.

Waren die beiden allen Ernstes gekommen, um ihn umzubringen? Immerhin gab es nichts von Wert zu stehlen, worum sonst also sollte es ihnen gegangen sein? Er dachte an den anonymen Anruf vom Montag. War es einer von den beiden gewesen, der ihn am Telefon bedroht hatte? Waren sie hier gewesen, um ihre Drohung Wirklichkeit werden zu lassen? Jonathan kam sich vor wie in einem schlechten Film.

Woher konnte er wissen, dass sie es nicht noch mal versuchen würden, später, morgen, kommende Woche?

An Schlaf war in dieser Nacht nicht mehr zu denken.

Am nächsten Tag radelte er zehn Minuten stramm zur Polizeiinspektion in der Regensburger Straße. Dort musste er über eine Stunde warten, bis jemand sein Anliegen aufnahm, und der

Schreck der Nacht wich mehr und mehr der Wut darüber, hier nicht ernst genommen zu werden.

Im Kopf ging er die Noten des Klavierstücks durch, das er gerade einübte, um sich etwas abzulenken.

»Herr Stattler? Kommen Sie mit.« Ein Beamter in Uniform bat ihn an den Schreibtisch, tippte dann erst einmal ausgiebig in die Tastatur seines imposant dimensionierten Computers, bevor er innehielt und Jonathan zum ersten Mal richtig ansah. Anstatt ihm eine ordentliche Frage zu stellen, hob er allerdings lediglich die Augenbrauen, in einer stummen, etwas arrogant wirkenden Aufforderung.

»Ich wurde in meiner Wohnung überfallen«, begann Jonathan knapp, was ihm das Interesse seines Gegenübers endlich sicherte.

Der Beamte zückte einen Kugelschreiber, nahm sich ein Blatt Papier und forderte ihn auf, den Sachverhalt zu schildern. »Aha«, sagte er, als Jonathan geendet hatte, und sah auf seine hingekritzelten Notizen. »Dann nehme ich das mal in den Computer auf.«

»Dabei werden Sie feststellen, dass ich vor ein paar Tagen schon mal hier war und den Diebstahl meines Wagens anzeigen wollte.«

»Wieso wollte? Haben Sie ihn nun angezeigt oder nicht?«

»Ihr Kollege hat zwar die Meldung aufgenommen, war aber der Ansicht, eine Anzeige wäre sinnlos. Sicher finden Sie etwas darüber in Ihren Unterlagen.«

Es fiel Jonathan schwer, höflich zu bleiben. Am vergangenen Montag hatte er einen anonymen Anruf erhalten: »Morgen stehlen wir dein Auto, übermorgen bist du tot«, hatte ihm eine Männerstimme knapp und völlig emotionslos mitgeteilt.

Und in der Tat war sein guter alter VW Golf tags drauf verschwunden, zusammen mit Jonathans Anwohnerausweis und den Klaviernoten, die auf dem Beifahrersitz gelegen hatten. Natürlich war er zur Polizei gegangen, denn selbstverständlich hatte er das zur Anzeige bringen wollen – samt der wenig subtilen Todesdrohung. Das war ja schließlich nichts Harmloses, Alltägliches, sondern etwas, das ihn völlig erschütterte. Doch was würde es bringen, seine Wut und seine Ohnmachtsgefühle dem Beamten gegenüber auszupacken?

Und selbstverständlich hatte er dem Beamten am Dienstag auch von den beiden jungen Männern erzählt, die an jenem Tag in der Vorlesung in seiner Nähe gesessen hatten und die er in der Nacht in seiner Wohnung wiedererkannt hatte. Jurastudenten wie er waren das keine, er kannte sämtliche Kommilitonen aus seinem Semester.

Jonathan hatte nicht auf den Vortrag des Professors geachtet, sondern sich mit Kerstin Bauer unterhalten, die neben ihm saß. Genau genommen hatte er ihr seine Familiengeschichte erzählt. Im Nachhinein ärgerte sich Jonathan, durch das Interesse der hübschen Kerstin geschmeichelt, abgelenkt gewesen zu sein. Sonst hätte er die zwei Burschen hinter sich viel früher bemerkt, die lange Ohren gemacht hatten.

Die Anwesenheit der Männer hatte ihn nervös gemacht, vollkommen unbegründeterweise, wofür er sich hinterher fast ein wenig geschämt hatte. Nach der Vorlesung hatten die beiden den Hörsaal sofort wieder verlassen, ohne sich in irgendeiner Form auffällig zu benehmen.

Aber es waren eindeutig die beiden gewesen, die nachts bewaffnet in seine Wohnung eingedrungen waren.

»Ich habe ihre Gesichter genau gesehen und die beiden

wiedererkannt«, schloss Jonathan seine Schilderung. »Sie müssen es auch gewesen sein, die mich angerufen und mein Auto gestohlen haben. Ihr Kollege vorgestern hat den Sachverhalt zwar aufgenommen, aber er hat mir sehr deutlich gesagt, ich solle mir nicht einbilden, das Auto dadurch wiederzubekommen. Wenn keinerlei handfeste Beweise vorliegen, könne man eben nichts machen.«

»Haben Sie denn heute welche?«, fragte der Beamte mit skeptischem Blick, und da wusste Jonathan, es war auch diesmal zwecklos. Man würde ihm auch heute nicht weiterhelfen, sich darauf hinausreden, dass ja eigentlich gar nichts passiert sei, und so ganz ohne Namen oder weitere Informationen wäre eine Fahndung ohnehin vollkommen aussichtslos.

Der Polizeibeamte sagte sogar: »Also ehrlich, Herr Stattler, da müsste es zumindest Aufzeichnungen von einer Überwachungskamera geben, damit man dem überhaupt nachgehen könnte.«

»Eine Überwachungskamera? Ich wohne nicht im Fünf-Sterne-Hotel, sondern in einer Studentenbude!«

»Bitte mäßigen Sie Ihren Ton.«

Der Ordnung halber zeigte ihm Jonathan das Messer, allerdings wollte sein Gegenüber es nicht haben. Ein Beweis sei das noch lange nicht, behauptete der Beamte, so ein Küchenmesser gäbe es schließlich an jeder Ecke zu kaufen, das könnte Jonathan genauso gut einfach so mitgebracht haben.

»Überhaupt – was sollen wir da jetzt machen? Falls Ihre Geschichte stimmt, sind die Kerle doch längst über alle Berge. Ihnen ist nichts passiert, und gestohlen wurde auch nichts, dafür sollten Sie dankbar sein.«

1

Niederbayern, 1945, Marga

Sie hörten die Tiefflieger alle gleichzeitig. Marga, die mit dem Fahrrad auf dem Weg zur Arbeit war, ebenso wie der Häftlingstrupp, der Spaten und Pickel schleppend aus dem Arbeitslager ausrückte.

Während die Männer in ihren zerlumpten Uniformen hinter einem ausladenden Holunderbusch am Wegrand Schutz suchten, sprang Marga kurzerhand vom Rad hinunter in den Straßengraben und schrammte sich ihre Knie auf.

Innerhalb von Sekunden waren sie da. Nach einem letzten tiefen Atemzug hielt Marga die Luft an, legte die Hände schützend über den Kopf und machte sich so klein wie irgend möglich. Manche Leute flüsterten in solchen Situationen Stoßgebete, ein Ave Maria oder ein schnelles Vaterunser. Aber Marga schloss nur die Augen und presste stumm die Lippen aufeinander. Ein Zweig, auf dem sie lag, drückte ihr in den Bauch. Die welken Blätter, die der Wind im Graben zusammengetrieben hatte, stammten noch aus dem Herbst, sie rochen vermodert. Das gab ihr das Gefühl, von der Erde umfangen zu werden. Sie dachte daran, dass es jeden Moment vorüber sein konnte, ihr Leben ausgelöscht in einem Wimpernschlag. Wer entschied darüber, ob es heute endete oder morgen oder ob sie weiterleben durfte? Gott? Der Zufall? Die US-Armee?

Es fielen keine Schüsse, erstaunlich. Synchron drehten die amerikanischen Jagdbomber ab. Marga hob den Kopf, um ihnen nachzuspähen. Erleichtert stieß sie die Luft aus. Nachdem das Dröhnen der Motoren verklungen war, kletterte sie zurück auf die Straße und zupfte Gras und Blätter von ihrem Rock. Ihre Knie bluteten. Plötzlich atmete sie schwer, als wäre sie eine weite Strecke gerannt. Die Häftlinge hatten sich bereits wieder in Reih und Glied aufgestellt und setzten ihren Weg fort, vorangetrieben von SS-Wachen, die ihnen keine Zeit gönnten, um sich von dem Schreck zu erholen.

Mit zitternden Händen stellte Marga das Fahrrad auf. Einen Moment lang verharrte sie reglos, die Finger fest um den Lenker geschlossen, und versuchte, sich zu beruhigen. Obwohl sie es schon oft miterlebt hatte, versetzten die Tiefflieger sie jedes Mal wieder in panische Angst. Wie aus dem Nichts tauchten sie am Himmel auf und brachten Tod und Chaos. Mit immer noch wild pochendem Herzen passierte Marga die Schranke zum Fliegerhorst unmittelbar neben dem Gefangenenlager und betrat das Büro der Kommandantur, wo sie als Sekretärin arbeitete. Von ihren Schreibtischen aus teilten Marga und ihre Kollegin Rosemarie den Piloten der Luftwaffe Wetterdaten und Ähnliches über Funk mit. Der Raum war mit einer modernen Funkvermittlungsstelle und einer dicken Außenstahltür ausgestattet, die im Bedarfsfall sicher verriegelt werden konnte. Heute stand sie eigenartigerweise weit offen, kalte Zugluft pfiff herein. Der Kommandant saß nicht wie sonst in seinem Zimmer, sämtliche Geräte schwiegen. Diese Stille beunruhigte Marga. Rosemarie kam mit einem Stapel Akten aus dem kleinen Schrankraum, in dem sie sämtliche Unterlagen ablegten. Ein Zipfel ihrer Bluse hing aus dem Bund ihres Rocks, sie hatte die Ärmel hochgekrempelt, und auf ihren Wangen leuchteten rote Flecken, wie immer, wenn sie hektisch war.

»Schnell, schnell, hol die restlichen Papiere aus dem Panzerschrank. Wir sollen alles draußen im Hof verbrennen. Die Amis kommen!«

Der letzte Satz jagte Schauer über Margas Rücken. Gerade hatte sie sich nach den Tieffliegern wieder ein wenig beruhigt, da folgte schon die nächste Aufregung. Die Amis kommen! Wie sehr wünschte sie sich, es möge endlich wahr sein. Bereits vor vier Tagen und in der Woche davor hatte es geheißen, es wäre vorbei, aber die amerikanischen Truppen waren nicht einmarschiert, hatten stattdessen das Land weiter mit Bomben überzogen. Zwischenzeitlich zweifelte Marga daran, dass dieser Krieg überhaupt jemals zu Ende gehen würde. Sie war fünfzehn gewesen, als er begonnen hatte, und die letzten sechs Jahre kamen ihr endlos vor. Mit neunzehn hatte sie die Stelle im Fliegerhorst angetreten, als unbedarftes junges Mädchen, das schnell hatte erwachsen werden müssen. Inmitten von Funksprüchen, Flugzeugen, Piloten und Flugschülern sowie einer strengen Hierarchie ohne Raum für Fehler war ihr nichts anderes übrig geblieben. Wenigstens teilte sie ihre Aufgaben mit Rosemarie, sonst hätte Marga niemals so lange durchgehalten. Konnte es sein, dass es wirklich und wahrhaftig überstanden war?

»Was, wenn es wieder nur eine Falschmeldung ist?«

Rosemarie zuckte trotz ihrer schweren Last mit den Schultern. Sie war eine zierliche junge Frau mit hellbraunen Locken und dem sanften Gesicht einer Renaissancemadonna, das darüber hinwegtäuschte, wie hart im Nehmen sie war. Ein Charakterzug, der Marga oftmals Mut machte. Immer wenn die Alliierten so nah waren, dass die Flak unablässig Feuer in den

Himmel spuckte, um den Fliegerhorst vor Bomben zu schützen, fand Rosemarie aufmunternde Worte. Ihr fiel stets ein Grund ein, weshalb sie auch diesen Angriff überstehen würden. Bisher hatte sie recht behalten. Der Lärm, das Dröhnen und der Gestank nach Treibstoff und Metall gehörten ebenso zum Alltag der jungen Sekretärinnen wie Angst und Gefahr. Es kam selten vor, dass Rosemarie die Beherrschung verlor. Dass sie heute in einem derangierten Zustand hin und her lief wie ein aufgescheuchtes Huhn, beunruhigte Marga sehr.

»Dieses Mal nicht«, stieß Rosemarie hervor. »Dieses Mal ist es anders. Sie haben uns noch nie was verbrennen lassen. Das ganze wichtige Zeug, die Einsatzpläne und was weiß ich. Das würden die Herren Offiziere niemals vernichten, falls sie auch nur die Chance eines Auswegs sehen würden. Du weißt doch, wie die sind. Predigen immer noch den Endkampf, obwohl es nichts Absurderes gibt.«

»Dann könnte es wirklich bald vorbei sein?«

Einen Moment lang blickten die beiden einander stumm an. In ihren Gesichtern lag Hoffnung, aber keine traute sich, es auszusprechen.

»Also gut. Machen wir weiter.« Marga schlüpfte aus der Strickjacke und warf sie über den Stuhl hinter ihrem Schreibtisch. Dann krempelte auch sie die Ärmel ihrer Bluse hoch und holte so viele Akten auf einmal aus dem Schrank, wie sie tragen konnte.

Draußen vor dem Hangar brannte eine alte Öltonne, in die sie die Unterlagen warfen. Die Tore der leeren Halle standen offen.

»Wo sind die Flugzeuge?« Marga blickte über die Schulter zurück. »Und die Männer? Es ist wie ausgestorben.«

Normalerweise herrschte Hochbetrieb auf dem Fliegerhorst. Vor sechs Jahren, direkt nach dem Einmarsch in Österreich und der Tschechoslowakei, war der im Grenzgebiet gelegene ehemalige Ersatzflughafen Seeberg zu einem funktionierenden Einsatzflughafen aufgerüstet worden. Es gab einen Bahngleisanschluss für Güternachschub, acht Hangars, eine Werft und mehrere Hundert Baracken für das fliegende Personal und die Schüler der Luftflottennachrichtendienstschule, die sich ebenfalls auf dem Gelände befand. Für gewöhnlich lag der Lärm unzähliger Maschinen in der Luft, junge Männer erhielten ihre Bordfunkerausbildung oder Flugstunden, und es roch nach Treibstoff. In den letzten Jahren war Einsatz um Einsatz geflogen worden. So leer wie an diesem Tag hatte Marga den Fliegerhorst noch nie erlebt.

»Sie verstecken die Flugzeuge in den Wäldern.«

»Wer? Auch der Chef?« Marga dachte an die Stukas und Jagdflieger, die Messerschmitts und Junkers, die ordentlich aufgereiht Platz in den Hangars fanden. Wie sollten diese riesigen Dinger vor den Augen der Alliierten verborgen werden?

»Jeder, der mitanpacken kann. Sobald sie damit fertig sind, kommen sie zurück und montieren hier alles ab, was sich bewegen lässt. Sogar die Flak. Momentan geht es drunter und drüber. Wir beide haben ausdrückliche Anweisung, sämtliche Unterlagen restlos zu verbrennen. Ohne Einschränkung. Der Kommandant wird das nachher kontrollieren.«

Marga seufzte. »Kurz war ich versucht, dir vorzuschlagen, dass wir einfach abhauen. Aber wenn sie wiederkommen …«

»Den Gedanken hatte ich auch schon. Dann müssten die Herren selber vernichten, was keinem in die Hände fallen soll. Bisher haben sie immer so großen Wert auf Geheimhaltung gelegt, wir durften dies nicht sehen und das nicht wissen. Plötzlich ist alles egal.«

Sie hielten inne und sahen einander ernst an.

»Aber sie kommen eben leider wieder«, flüsterte Rosemarie, und Marga hörte die Furcht in ihrer Stimme.

»Machen wir weiter«, sagte sie leise. In ihrem Kopf überschlugen sich die Gedanken. Während die jungen Frauen zwischen Funkkommandostelle und brennender Tonne hin- und herrannten und eilig alles hineinwarfen, was sie an Papieren fanden, versuchte sich Marga vorzustellen, was danach kommen würde. Sie war bald einundzwanzig, ihre Kollegin ein Jahr älter. Außer dem Dorf, in dem sie aufgewachsen waren, dem BDM, der ihre Jugend bestimmt hatte, und dem Krieg kannten sie nichts. Ob Marga und Rosemarie überhaupt hier auf dem gefährlichen Einsatzflughafen arbeiten wollten, hatte keiner gefragt. Beide stammten aus einfachen Familien, in denen alle ihren Teil dazu beitragen mussten, dass man über die Runden kam. Ein fester Arbeitsplatz mit einem monatlichen Einkommen war da ein Glücksfall, gerade in Zeiten wie diesen. Den täglichen Arbeitsweg legte Marga auf einem klapprigen Fahrrad zurück, sommers wie winters, bei jedem Wetter. Daheim durfte sie mit niemandem darüber sprechen, was bei der Arbeit geschah, alles streng geheim. In den vergangenen Jahren waren stetig neue Rekruten im Fliegerhorst eingetroffen, Piloten, die dort stationiert wurden, und Schüler der Luftflottennachrichtendienstschule.

Einmal hatte einer davon bei der Ankunft laut zu seinem Kollegen gesagt: »Toni, jetzt sind wir wirklich am Arsch der Welt.« Marga hatte die Bemerkung gehört, von den Befehlshabern allerdings glücklicherweise keiner. Natürlich musste es sich so anfühlen: gestrandet im Nirgendwo der niederbayerischen

Einöde, in dem es außer kargem, bäuerlichem Leben nichts gab. Aus sämtlichen Teilen des Reichs kamen sie, aus großen Städten, Industriezonen oder von der Nordsee. Und landeten hier, im tristen Flachland, das lediglich bisweilen von eiszeitlichen Gletschermoränen unterbrochen wurde. Weit und breit nichts als Auwälder, Flüsse und dahingetupfte kleine Orte. Die richtigen Berge, die Alpen, sah man nur manchmal, bei Föhn, lockend am Horizont. Auch Passau, in dreißig Kilometern Entfernung, war unerreichbar für diejenigen, die auf dem Fliegerhorst stationiert waren. Ihnen blieben nur Seeberg und Mairing, die beiden nächstgelegenen Dörfer, das eine etwas westlich, das andere etwas nördlich, dazwischen nichts außer Feldern, Wiesen und Kiesgruben. Die Gegend bot den jungen Soldaten wenig Vergnügungsmöglichkeiten. Sie taten Marga leid. Nicht, weil sie kaum ausgehen konnten, sondern weil sie als schnell verfügbarer Nachschub für diejenigen herhalten mussten, die der Krieg bereits gefressen hatte.

Zu Margas stummem Entsetzen standen seit Anfang März direkt neben dem Gelände des Fliegerhorsts fünf eiligst errichtete, stacheldrahtumzäunte Baracken eines Arbeitslagers, offiziell einer Außenstelle des KZ Flossenbürg.

Was dort mit den Häftlingen geschah, war grauenvoll. Um das Unrecht zu erkennen, genügte Marga ein kurzer Blick, wenn sie mit dem Fahrrad vorbeifuhr. Abgemagerte, kranke Menschen mussten sinnlose Schwerstarbeit verrichten. Getrieben von SS-Männern, die sie Tag und Nacht überwachten. Sie sollten eine neue Start- und Landebahn bauen. Wozu, bitte schön? Wirklich jedem war klar, dass von dort niemals auch nur ein einziges Flugzeug abheben würde. Der Krieg war verloren, die Luftwaffe am Ende, ebenso wie das gesamte Reich. Keiner brauchte noch eine weitere Startbahn. Falls die Gefangenen nicht gerade Erdreich aushoben oder Kiessäcke schleppten, mussten sie sich im Außenbereich des Lagers aufhalten, einem stacheldrahtumzäunten Gebiet, schlammig wie eine Schweineweide durch das nasskalte Wetter. Auf ihrem Arbeitsweg, wenn sie am Stacheldraht vorbeifuhr, sah Marga die Häftlinge frierend im Dreck sitzen. Der Frühling war außergewöhnlich kalt in diesem Jahr, in der Nacht hatte es sogar wieder geschneit. Meistens verschwand der Bodenfrost erst in den Mittagsstunden. Männer in Holzpantinen und dünnen Lumpen, abgemagert und krank, holten sich den Tod auf dem eisigen Freigelände – falls sie nicht während der Arbeit umfielen oder von der SS so lange misshandelt wurden, bis sie nicht mehr konnten. Weshalb tat man ihnen das an? Warum tolerierte Gott dieses sündhafte Verhalten und half nicht?

Fragen, die Marga schon lange keine Ruhe mehr ließen, die sie sich aber nur selbst stellen durfte und niemandem sonst. Antworten darauf fand sie nicht.

Stärker noch als für sich selbst sehnte sie für die armen Gestalten hinter dem Stacheldraht den Tag der Kapitulation herbei. So er denn bald kommen würde, könnten vielleicht einige von ihnen noch gerettet werden.

Tatsächlich geschah einen Tag später das Unglaubliche. Die schwarzen Panther kamen aus Nordwesten. Es war Mittwoch, und beim Blick aus ihrem Schlafzimmerfenster sah Marga am Morgen einen eisgrauen Himmel, aus dem dicke Flocken fielen.

»Ich fahre heute nicht hinunter zum Fliegerhorst«, sagte sie zu ihrer Mutter.

»Nein, Marga, da musst du überhaupt nicht mehr hin. Besser sogar, du hältst dich ab sofort recht weit fern davon.«

In eine warme Strickjacke gehüllt, harrte sie zusammen mit ihrer Mutter am offenen Fenster der Wohnstube aus und lauschte. Ein gleichmäßiges, dumpfes Brummen kündigte die amerikanischen *tanks* an, lange bevor sie zu sehen waren. Im Näherkommen begannen die Scheiben zu klirren, bis schließlich alles vibrierte, sogar der Boden und die Wände. Margas Herz schlug bis zum Hals. Als eine der letzten Städte in Bayern befreite das 761. Panzerbataillon der dritten US-Armee Passau, bei Schneegestöber und kaltem Wind, dann zogen sie weiter nach Südosten, bis Seeberg. Die Einheit bestand ausschließlich aus Afroamerikanern, die Anfang Mai 1945 den Zaun um das Gefangenenlager niederrissen und ihre Ärzte mitbrachten, um sich der Kranken anzunehmen. Danach kamen sie auch in den kleinen Ort auf dem Hügel, in dem Marga wohnte.

»Alle schwarz. Aber wenigstens sind es nicht die Russen«, hörte sie jemanden unten auf der Straße sagen. Ein paar Leute hatten sich tatsächlich aus ihren Häusern gewagt und standen bereit wie ein Empfangskomitee. Marga hatte noch nie Männer mit dunkler Hautfarbe gesehen, da ging es ihr wie den meisten Dorfbewohnern.

Vor dem Einmarsch hatten amerikanische Jagdflieger die in den Wäldern und Auen versteckten deutschen Flugzeuge bombardiert. Was übrig blieb, hatten die Besatzungen des Fliegerhorsts vor ihrer Flucht hinüber nach Österreich dann selber noch gesprengt. Im Morgengrauen hatte Marga die Detonationen gehört und dutzendfache Feuersäulen in der Ferne hochsteigen sehen. Die Flammen hatten nicht nur die Maschinen aufgezehrt, sondern auch Bäume und Dickicht verschlungen. Wildtiere waren über die Felder geflohen, verfolgt von beißendem Rauch, der in allen Richtungen aus den Wäldern drang.

Die Tiere taten Marga leid, sie meinte, ihre Panik zu spüren. Hatte sie sich doch ähnlich gefühlt, als der Kommandant im Fliegerhorst am Vortag die alte Öltonne mit der glühenden Asche umgestoßen und gerufen hatte:

»Ab jetzt ist jeder auf sich selbst gestellt! *Heil Hitler!*« Dann hatte er seine Uniformjacke weggeworfen und war verschwunden.

In die Erleichterung über das Ende des Krieges mischte sich die Angst vor dem Unbekannten. Marga wusste nicht, ob die Amerikaner ihnen freundlich begegnen würden. Ebenso wie die Rehe wollte auch sie wegrennen, so weit ihre Füße sie trugen, aber das war leider unmöglich.

Im Auftrag des Grafen Seeberg öffnete ihr Vater den US-Soldaten das Schlosstor.

Marga bewunderte ihn dafür, wie er, ohne ein einziges Wort Englisch zu sprechen, den GIs einen herzlichen Empfang bereitete. Er schien vollkommen furchtlos zu sein.

»Da geht's lang«, rief er in seinem tiefen, bayerischen Bass und winkte die Armeejeeps einmal ordentlich rund um den Schlosshof bis an die Freitreppe.

Marga wusste, ihr Vater sah die Amerikaner eindeutig als Befreier von den Nationalsozialisten, und wenn sie sich hier im Schloss einquartierten, würden er und ihre Mutter sich gut um sie kümmern.

Konrad Heinrich hatte im Ersten Weltkrieg in Verdun gekämpft und die schreckliche Sinnlosigkeit des Krieges am eigenen Leib erfahren. An der Hand verwundet, hatte er als Kriegsversehrter nach Bayern zurückkehren dürfen, war seitdem unpolitisch und pazifistisch. Eine nicht gerade populäre Einstellung, die ihm in den vergangenen zwölf Jahren das Leben nicht immer leichtgemacht hatte. Doch er und seine Frau waren klug genug gewesen, ihre Einstellung nicht an die große Glocke zu hängen, und waren im Ort gut integriert. Das Ende des Naziregimes jedoch hatten beide lange herbeigesehnt, und so begrüßten sie die Amerikaner sprichwörtlich mit offenen Armen.

Marga hoffte, dass sie mit ihrer Einschätzung der Befreier richtiglagen.

2

Passau, 1990, Jonathan

Für Jonathan kam es nicht infrage, die Sache mit dem Einbruch auf sich beruhen zu lassen. Jemand hatte ihn töten wollen! Was, wenn sie wiederkamen? Keine ruhige Minute würde er mehr haben, solange er diese Kerle in seiner Nähe wusste.

Doch an wen sollte er sich wenden? Bei der Polizei biss er auf Granit, und als Durchschnittsbürger verfügte er nicht über eine direkte Durchwahl zu Detektiven oder Personenschützern, wie man es aus Krimis kannte. Er fühlte sich vollkommen hilflos, eine absolut unerträgliche Situation war das.

Das Einzige, was ihm in seiner Verzweiflung einfiel, war eine Telefonnummer, die sein Vater ihm kurz vor seinem Tod mit den Worten überreicht hatte: »Pass jetzt gut auf, mein Junge – falls du jemals in richtigen Schwierigkeiten steckst, ruf diese Nummer an. Ich habe sie von Simon, und du kannst dich darauf verlassen, dass man dir helfen wird, egal, worum es geht.«

Simon war ein alter Freund seines Vaters, der in München ein Import-Export-Unternehmen betrieb. Jonathan mochte ihn sehr. Und so eigenartig es ihm damals vorkam, eine private Notfallnummer ausgehändigt zu bekommen, so freute er sich doch über die Fürsorge seines Vaters. Obwohl er sich beim besten Willen keine entsprechende Situation in seinem Leben hatte ausmalen können. In diesem Moment absoluter Ratlosigkeit jedoch war er mehr als dankbar, sich an den Zettel zu erinnern. Er suchte ihn hervor und wählte die Nummer.

Das Gespräch war kurz. Nachdem er seinen Namen und den seines Vaters genannt hatte und anhob zu erzählen, dass er in Schwierigkeiten stecke, gab eine freundliche Stimme ihm Zeit und Ort für ein Treffen und versicherte, man werde ihm helfen. Tatsächlich? Einfach so?

Pünktlich und extrem nervös saß Jonathan einige Stunden später im vereinbarten Café in der Passauer Altstadt und wartete. Sein Fuß wippte unablässig auf und ab, das konnte er beim besten Willen nicht abstellen. Nach etwa zehn Minuten trat ein Mann auf ihn zu. »Jonathan Stattler?«

Er schluckte, nickte und wartete vergebens darauf, dass der Mann sich vorstellte. Dann eben nicht.

»Kommen Sie bitte mit.«

Wie gut, dass so viel los war und der Kellner noch nicht zum Bestellen gekommen war, so konnte Jonathan der Aufforderung problemlos nachkommen. Verstohlen musterte er den Fremden. Unauffällig sah er aus, mittelgroß, mittelalt, völlig normal.

Sie marschierten schweigend über das Kopfsteinpflaster der verwinkelten Gassen zu einer breiteren Straße, die in Richtung Donau führte. Auf Jonathans Lippen brannten Fragen, die er nicht zu stellen wagte. Schließlich erreichten sie einen geparkten Wagen in der Nähe der Donaulände. Sein Begleiter hielt Jonathan die Tür auf und bedeutete ihm wortlos, hinten einzusteigen, ehe er selbst sich ans Steuer setzte. Als er die Zündung bereits gestartet hatte, schlüpfte im letzten Moment ein zweiter Mann neben ihn auf die Rückbank, den Jonathan bisher nicht bemerkt hatte. Alle seine Alarmglocken schrillten, aber weil der

Jüngere der beiden, der Mann am Steuer, gerade zügig beschleunigte, gab es sowieso nichts, was er jetzt noch hätte tun können. Er musste auf seinen Vater und auf Simon vertrauen. Die beiden Unbekannten hier würden ihm helfen, ganz bestimmt. Der ältere Mann neben ihm, ein zierlicher Herr mit grauen Schläfen und feingliedrigen Händen, lächelte ihn an wie ein netter Onkel. Er hatte etwas Vertraueneinflößendes an sich, und Jonathan entspannte sich ein wenig.

»Keine Angst, Jonathan. Wir sind die Guten.«

Dieser Satz trug nicht dazu bei, dass Jonathan sich wohler fühlte.

»Als ich die Nachricht vom Tod deines Vaters erhalten habe, war ich sehr traurig. Ein bemerkenswerter Mann. Du siehst ihm ähnlich, die gleichen dunklen Augen, dieselben Gesichtszüge.«

Noch immer traf ihn die Trauer wie ein Schlag, jedes Mal, wenn er an seinen Papa dachte. Obwohl sein Vater krank gewesen und sein Tod nicht überraschend gekommen war, fühlte es sich an, als hätte man ihm einen Teil seiner selbst entrissen. Rasch kämpfte er die aufsteigenden Tränen zurück und nickte.

»Was können wir für dich tun?«, wollte der Fremde wissen, legte die Fingerspitzen aneinander und den Kopf schief. *Ich bin ganz Ohr*, sollte das wohl signalisieren.

Jonathan atmete durch. So bizarr die Situation war, in der er sich befand: Er mochte den Mann, und sein Vater hätte ihn niemals in eine Falle laufen lassen, und so erzählte er dem Fremden von den Ereignissen der letzten Tage und seinem erfolglosen Vorsprechen bei der Polizei. Auch das Aussehen der beiden Männer, die ihn überfallen hatten, beschrieb er, so gut er konnte. Der Unbekannte hörte sich alles schweigend an, während sein Kollege sie scheinbar ziellos durch Passau chauffierte. Gerade überquerten sie die Donaubrücke in Richtung Ilzstadt.

»Was ist mit dieser Kerstin Bauer?«, fragte sein Gegenüber schließlich. »Wie gut kennst du sie? Aus welcher Familie stammt sie? Könnte sie mit den zwei Typen in Verbindung stehen?«

Was sollten Kerstin oder gar ihre Familie mit der ganzen Sache zu tun haben?

»Kerstin? Auf keinen Fall, sie hat die beiden nicht mal wahrgenommen. Äh, also, ein Paar sind wir nicht, wenn Sie das meinen. Studienfreunde eben, vielleicht ein wenig mehr, aber nichts Ernstes. Sie kommt aus Ingolstadt. Ihr Vater ist dort Rechtsanwalt. Und sie ist Einzelkind, wie ich. Zusammen mit einer anderen Kommilitonin aus unserem Semester wohnt sie in einer WG in der Nähe der Uni. Wir lernen manchmal gemeinsam.«

»Mit wem bist du sonst noch bekannt? Wen triffst du regelmäßig und wo?«

Diese Fragen verwirrten Jonathan. Sicherlich waren die Schuldigen für den Überfall nicht in seinem Freundeskreis zu suchen.

Es dauerte eine Weile, bis Jonathan aufgezählt hatte, mit wem er Umgang pflegte, denn sein Gegenüber verlangte so viele Details wie möglich.

Dann diskutierten die beiden Herren ein paar Minuten ungeniert vor Jonathan.

»Meinst du, wir sollten einschreiten?«, fragte der Jüngere.

Woraufhin der Ältere antwortete: »Ich habe dir erzählt, was sein Vater durchgemacht hat. Daher finde ich schon, dass der Junge es wert ist, dass wir ihm helfen.«

Jonathan konnte seine Nervosität kaum noch beherrschen, das merkte ihm der Mann neben ihm wohl an.

»Du brauchst keine Angst zu haben, wir werden die Sache so regeln, dass du nicht in Gefahr gerätst.«

»Ich kenne Sie doch überhaupt nicht.« Jonathan blieb skeptisch.

»Na, du lernst uns doch gerade kennen«, kam die Stimme von vorne.

Unauffällig bemühte sich Jonathan durchzuatmen. Simon und sein Vater hatten einander seit ihrer Kindheit gekannt und bedingungslos vertraut. Darauf musste sich nun auch Jonathan verlassen. Diese beiden Männer waren seine beste, seine einzige Chance auf Hilfe.

»Du musst vorsichtig sein«, sagte der Mann neben ihm schließlich, nachdem Jonathan ihm das Messer ausgehändigt hatte. »Diese Leute wollten dich töten, das steht außer Frage, sie haben ja vorher sogar eine klare Ansage gemacht. Damit ist nicht zu spaßen. Also pass auf. Wir machen es so: Du stellst deinen Tagesablauf um. Ab jetzt fährst du für deine täglichen Routinen verschiedene Strecken. Und verlasse das Haus nicht immer zur selben Uhrzeit, lieber mal früher, mal später. Sieh dich genau um, ob du verfolgt wirst, nimm dir Zeit dafür. Halte die Augen offen. Niemand ist leichter auszuspähen als der Gewohnheitsmensch – und das sind wir alle, wenn wir nicht achtsam bleiben. Wir können dir beibringen, worauf du achten musst.«

Jonathan kam sich immer noch vor, als müsse er jeden Augenblick aus einem Traum erwachen. Aber der Mann machte nicht den Anschein, als wäre er zu Scherzen aufgelegt. Mit unbewegtem Gesicht wartete er.

»In Ordnung«, sagte er. »Dann mache ich das. Kriege ich sicher auch ohne Hilfe hin.«

Er schluckte, der Ton der Männer machte Jonathan den Ernst seiner Lage vollends klar. Sinnlos, sich etwas vorzumachen. Die Männer schienen davon auszugehen, dass er ein massives Problem hatte, und um zu dessen Lösung beizutragen, würde er ihre Anweisungen befolgen – Wort für Wort.

»Gut. Wir melden uns wieder, sobald wir etwas Konkretes herausgefunden haben. Das wird nicht lange dauern. Hier, auf diesem Zettel steht ein Code, den nennst du, wenn wir dich anrufen. Lern ihn auswendig und vernichte den Zettel.« Es wurde immer irrer!

Von der Ilzstadt aus ging es zurück über die drei Flüsse Passaus, Ilz, Donau und Inn. Ein paar Straßen von seiner Wohnung entfernt ließen sie Jonathan aussteigen. Als der Wagen weiterfuhr und im Stadtverkehr verschwand, schüttelte er fassungslos den Kopf. So was gab es nicht im wirklichen Leben. Diese ganze Sache – der verschwundene Golf, die telefonische Morddrohung, der Einbruch, das Messer, Papas Notfall-Telefonnummer und schließlich diese beiden Männer, vermutlich Geheimagenten oder so was. Das war absolut nicht das, was Jonathan unter einem normalen Studentenleben verstand.

Herrgott, er war Anfang zwanzig und wollte einfach nur unbeschwert sein. Andererseits – wenn man ehrlich war, war er das sowieso noch nie gewesen.

Nur wenige Tage später führte Jonathan unabhängig voneinander zwei äußerst eigenartige Gespräche.

Das erste davon fand in einem Nachtclub der eher zwielichtigen Sorte statt. Während seine beiden neuen Freunde, »die Guten«, wie er sie insgeheim leicht ironisch nannte, ihn über den Stand ihrer Ermittlungen informierten, zog sich eine gelenkige junge Frau äußerst professionell auf der Bühne aus. Zu den Klängen von Alannah Myles' *Black Velvet* turnte sie dabei an einer Stange auf und ab, und wiederum kam Jonathan die Situation derart skurril vor, als könne jederzeit jemand *Kamera! Und Action!* rufen.

»Wir haben die beiden Personen dank deiner genauen Beschreibung identifiziert«, teilte ihm der mit den grauen Schläfen mit und steckte sich eine Zigarette an. »Ihr konkreter Hintergrund ist für dich aktuell erst mal nicht relevant. Aber wir können dir zumindest schon mal so viel sagen, dass es keine Amateure waren, sondern gewissermaßen antisemitische Profis, die vor nichts zurückschrecken.«

»O Gott!« Ein beklemmendes Gefühl breitete sich in Jonathans Brust aus. Wieso konnten es nicht ordinäre Einbrecher sein, warum musste die Sache einen politischen Hintergrund haben? Antisemitische Profis – das klang ebenso bedrohlich wie vage, und Jonathan fragte sich, warum sie ihm nicht konkret sagten, um wen es sich handelte. Auf Anhieb fielen ihm nämlich gleich mehrere Gruppierungen ein, auf die eine solche Bezeichnung zutraf, und alle ließen ihn schaudern.

»Du musst dir keine Sorgen machen, mein Junge, wir haben das Problem erledigt. Die beiden Typen wirst du nie wieder sehen.« Der ältere Mann tätschelte beruhigend Jonathans Knie, der jüngere nickte kurz, schaute dann wieder nach vorne zur Bühne und nickte im Takt der Musik.

Zu gerne hätte Jonathan nachgefragt, was genau mit *das Problem erledigt* gemeint war. Er zweifelte nicht am Wahrheitsgehalt dieser Worte, in denen eine dunkle Endgültigkeit mitschwang. Langsam mischte sich Erleichterung in die Beklemmung. So einfach ging das also? Man rief eine Nummer an, zwei freundliche Helfer tauchten auf und *bibbidy-bobbidy-boo*, wie Cinderellas gute Fee aus dem Märchen, lösten sie jedes Problem?

»Vielen Dank. Ich bin unglaublich froh, das zu hören. Wenn es irgendetwas gibt, um mich erkenntlich zu zeigen …«

Nun sahen ihn beide Männer ganz direkt an. Auch der jüngere, der bisher noch nichts gesagt hatte. Und ein Lächeln breitete sich auf ihren Gesichtern aus.

Ort und Charakter des zweiten Treffens hätten gegensätzlicher nicht sein können. Eine seiner Professorinnen hatte Jonathan überraschend zu einem Gespräch in ihr Büro gebeten.

»Herr Stattler, ich beobachte Sie nun schon einige Semester lang, und Sie sind mir aufgefallen als intelligenter und gewissenhafter Student«, sagte sie direkt und ohne Einleitung.

Jonathan konnte sich nicht vorstellen, worauf sie hinauswollte, deshalb wartete er stumm ab. Frau Professor Greiner galt als harte Nuss. Sie ließ sich nicht vom Halbwissen ihrer Studenten blenden, sondern verlangte vollen Einsatz, wenn jemand gute Noten haben wollte. Nun saß sie hinter ihrem Schreibtisch in einem nüchternen Büro, dessen einziges dekoratives Zugeständnis ein Ficus Benjamina war, der schlaff beblättert in einem Blumentopf in der Ecke darbte. Die Schulterpolster eines schnörkellosen Nadelstreifenkostüms verliehen der Professorin eine unnatürliche Breite. Mit ihrem fast männlich anmutenden Kurzhaarschnitt strahlte sie jene No-Bullshit-Attitüde aus, die sie wohl karrieretechnisch dorthin gebracht hatte, wo sie war.

»Ein Kollege, der für eine bundesdeutsche Sicherheitsbehörde arbeitet, sucht junge Mitglieder für ein neu zu bildendes Team. Da sind Sie mir eingefallen.« Professor Greiner redete nicht lange um den heißen Brei herum. »Ich halte Sie für äußerst geeignet, auch wenn Sie noch nicht mal halb durch Ihr Studium sind.«

Erstaunt hob Jonathan die Augenbrauen. Bisher war ihm nicht aufgefallen, dass die Professorin ihn für besondere Leistungen gelobt hätte. Außerhalb des Hörsaals hatten sie sich bisher nie unterhalten, und er war eigentlich der Meinung, dass sie über ihn genauso wenig wusste wie er über sie. Und so konnte er ihre Empfehlung nicht wirklich ernst nehmen. Er blieb freundlich, aber neutral.

»Eine deutsche Sicherheitsbehörde? Das klingt recht vage.«

»Sie werden verstehen, dass ich zu diesem Zeitpunkt nicht ins Detail gehen kann.«

Verstand er das? Eigentlich nicht. Denn genau genommen bedeutete es, dass es sich entweder um etwas Geheimes, etwas Illegales oder etwas noch nicht Spruchreifes handelte. Sicher nicht um das Karrieresprungbrett, von dem jeder Jurastudent träumte. Oder eben gerade doch? Jonathan riss sich zusammen und versuchte, das Gedankenkarussell in seinem Kopf anzuhalten.

»Es ist freundlich, dass Sie bei der Vergabe von Stellen an mich denken, Frau Professor. Was dürfen Sie mir denn erzählen?«

»Sie würden parallel zu Ihrem Studium eine Ausbildung durch ebenjene Behörde erhalten. In verschiedenen Bereichen. Grob gesagt geht es dabei um verdeckte Operationen. Gesucht werden Leute mit einer raschen Auffassungsgabe, die ihre Emotionen auch unter Stress kontrollieren können. Das Ganze wird natürlich ausgezeichnet vergütet.«

»Wenn Sie mich für geeignet halten, werde ich es mir gerne überlegen.« Nur mühsam konnte sich Jonathan ein Stirnrunzeln verkneifen. Hatte seine Professorin ihn gerade als gefühlskalt bezeichnet? Auf der anderen Seite war es schmeichelhaft, eine schnelle Auffassungsgabe attestiert zu bekommen. Professor Greiner gab ihm Bedenkzeit, erwartete aber in der kommenden Woche eine Rückmeldung.

In dieser Nacht fand Jonathan schon wieder nicht in den Schlaf, und auch dieses Mal lag es nicht nur an der Sommerhitze oder zu viel Kaffee. Er lag wach und grübelte über seine Zukunft. Und damit zwangsweise auch über seine Vergangenheit. Er dachte an seine Mutter, daheim in ihrem Haus in der Kleinstadt, ganz alleine seit Vaters Tod. Sie wollte ihm alles ermöglichen, eine Karriere, die Jonathan ein sicheres, unabhängiges Leben schenkte. Dafür nahm sie ihre eigenen Ansprüche zurück und lebte bescheiden. Das Studium in Passau war teuer. Ein gut bezahlter Nebenjob käme ihm daher mehr als gelegen.

Aber wie es klang, offerierte man ihm nicht gerade eine Schreibtischtätigkeit, sondern etwas, das mit Risiken behaftet war, über die er vorab nicht mal ehrlich informiert wurde.

War Jonathan bereit, diese völlig unbekannten Risiken einzugehen? War er überhaupt bereit, persönliche Risiken für einen unpersönlichen Staat einzugehen? Für eine deutsche Sicherheitsbehörde? Für Deutschland? Für genau das Deutschland, dessen Polizei kaum Dienst nach Vorschrift machte, um ihm zu helfen?

Und obendrauf gab es ja auch noch den Vorschlag, den ihm seine geheimnisvollen Retter am Abend zuvor gemacht hatten.

Was hätte sein Vater ihm geraten?

3

Niederbayern, 1946, Marga

War es möglich, dass zwei Worte genügten, um sich in eine Stimme zu verlieben? Ein einfaches »Guten Tag« versetzte Margas Herz an diesem heißen Sommertag in Aufruhr. Wie sehr, das war ihr in diesem Augenblick freilich nicht bewusst, aber die Besonderheit jener schicksalhaften Begegnung spürte sie sofort.

Der Kirchplatz von Mairing lag menschenleer in der Mittagshitze. Im Biergarten des Kirchenwirts saßen bei den Temperaturen kaum Gäste, die umliegenden Geschäfte, eine Bäckerei und eine Glaserei, waren geschlossen. Weil die Sonne senkrecht am Himmel stand, warf nicht einmal der dicke Zwiebelturm von Sankt Urban einen nennenswerten Schatten, aber das machte Marga nichts aus. Sie liebte die Wärme. Gut gelaunt schritt sie über den gekiesten Platz in Richtung Waldstraße. Dort hatte eine Bekannte ihrer Eltern ein kleines landwirtschaftliches Anwesen mit Kühen im Stall, was in diesen Zeiten, in denen alles knapp, rationiert und von den Amerikanern bestimmt war, schon beinahe eine Seltenheit darstellte. Die freundliche Bäuerin hatte Margas Familie diese Woche zwei Liter Milch versprochen, zum Tausch brachte Marga einen Fasan, den ihr Vater im Wald geschossen hatte. Der lag gut getarnt mit einem Geschirrtuch zugedeckt und zahlreichen Wollknäueln darauf in einem Korb. Auf dem Heimweg würde sie sich sputen müssen, nicht dass die Milch in der Hitze sauer wurde. Für den Fasan bestand keine Eile, der musste ohnehin vor seiner Zubereitung noch abhängen. Schwarzhandel war das genau genommen eh nicht, sagte sich Marga, lediglich ein Tauschgeschäft unter Freunden.

In Gedanken versunken bemerkte sie den Mann, der ihr entgegenkam, erst spät. Er trug einen eleganten Anzug aus dunklem Tuch, was an diesem warmen Tag sicher ein zweifelhaftes Vergnügen war. Dazu einen breitkrempigen Fedora und polierte Schuhe. Als er seinen Hut zum Gruß lüpfte, erkannte sie ihn sofort. Die ungewöhnlich perfekt runde Form seines Kopfes war ihr in Erinnerung geblieben. Die meisten Köpfe waren irgendwie unregelmäßig, asymmetrisch oder hinten abgeflacht. Seltsam, was man sich merkt, sinnierte Marga. Der Mann war einer der Gefangenen aus dem Arbeitslager. Jeden Tag, wenn sie am Zaun vorbeigefahren war, hatte sie ihn an derselben Stelle sitzen sehen. Neben einem der Pfosten, um den herum noch etwas Gras wuchs, während der restliche Außenbereich von zu vielen Füßen zertreten und schlammig gewesen war. Wegen seines geschorenen Haares war Marga seine harmonisch runde Schädelform gleich ins Auge gesprungen. Nun war sein Haar nachgewachsen, dicht und schwarz. Zwar sehr schlank, war er wenigstens nicht mehr abgemagert und wirkte, womöglich durch den modischen Schnitt des Anzugs, sogar breitschultrig, zudem war er gebräunt wie ein Herr von Welt. Doch Marga war sich absolut sicher, dass es sich um ein und denselben handelte.

Sein sonores »Guten Tag« ließ sie innehalten. Es waren keine bloßen Worte, vielmehr kamen sie einer sanften Berührung gleich. Etwas Ähnliches hatte sie noch nie erlebt. War es Schicksal, dass sie einander hier begegneten? Hatte er sie damals ebenfalls wahrgenommen? Mit rot verfrorener Nase und selbst

37

gestrickten Strümpfen war sie tagtäglich auf ihrem alten Fahrrad an ihm vorbeigefahren, sie frei und er eingesperrt. Es schien ihr, als wäre es eine Ewigkeit her.

»Grüß Gott.«

»Extrem stickig heute, nicht wahr?« Er sprach nicht wie die Leute von hier, sondern mit einem schwach wahrnehmbaren Akzent, der ihn vom reduzierten bayerischen Alltagsdialekt unterschied. Das fiel ihr sofort auf. Margas Sinne waren hochempfindsam. Ihr behagten die leisen Töne, die harmonisch ineinanderflossen. Ebenso wie diese warme, tiefe Stimme, der sie stundenlang hätte zuhören können.

Beinahe entschuldigend blinzelte er hoch in die Sommersonne, als wäre er für ihre Intensität verantwortlich. Dabei fächelte er sich mit seinem Hut Luft zu, und in seinen braunen Augen blitzten goldene Sprenkel auf.

»Nachher soll es ein Gewitter geben«, antwortete sie. »Mir macht die Hitze allerdings nichts aus, ich mag sie gerne.«

»Ich auch. Für mich gibt es nichts Schlimmeres als Kälte. Davon habe ich in meinem Leben schon genug abbekommen. Für mich könnte der Sommer ewig dauern.«

»Das wäre schön.«

Für ein paar Minuten hielten sie einen Plausch auf dem menschenleeren Kirchplatz von Mairing. Sie hätte sich eigentlich sputen sollen, die Milch holen und dann nach Hause ins zwei Kilometer entfernte Seeberg laufen. Das Fahrrad brauchte ihr Vater heute, deswegen war Marga zu Fuß unterwegs. Stattdessen lächelte sie einen Fremden an und genoss die Unterhaltung mit ihm. Die beiden taxierten einander unverhohlen. Marga fand, wenn er sein Interesse an ihr nicht kaschierte, musste auch sie nicht gleichgültig tun.

»Ich bin auf dem Weg zu einer Hochzeit«, bemerkte er schließlich mit einem entschuldigenden Blick auf die Uhr. »Freunde von mir heiraten gleich.«

Verwundert sah Marga über die Schulter zurück zum verschlossenen Portal von Sankt Urban.

»Nicht hier. Drüben, im Israelitischen Gemeindehaus. Ich würde mich freuen, wenn Sie mich begleiten. Als mein Gast. Ich darf nämlich jemanden mitbringen«, setzte er rasch hinzu.

»Sie laden mich zu einer Hochzeit ein? Obwohl wir uns nicht mal kennen? Einfach so und jetzt sofort?« Das brachte sie ein wenig aus dem Konzept. Schickte sich das? Eine junge Frau im Vorbeigehen auf der Straße anzusprechen und gleich zu einer doch reichlich privaten Veranstaltung mitzunehmen? Wenigstens erklärte sein Vorhaben, warum er an einem derart heißen Tag einen eleganten Anzug trug. Und irgendwie war es aufregend.

»Ach du liebe Güte«, entfuhr es ihm, wohl weil sie nicht antwortete. »Ich habe mich noch nicht mal vorgestellt, entschuldigen Sie bitte. Mein Name ist Henryk Stattler.«

»Margarethe Heinrich. Marga, eigentlich.« Sie schüttelten Hände. Trotz der Schwüle war seine Haut trocken und angenehm.

Stirnrunzelnd blickte sie an sich hinunter auf ihre Füße, die in abgetragenen Sandalen steckten und auf denen der Staub eines langen Fußmarsches lag. Das gelbe Sommerkleid war ebenfalls nicht mehr neu. Und dass Marga ihre Frisur im Augenblick nicht beurteilen konnte, war vielleicht sogar gut. Sie wollte nur die Milch holen, daheim erwartete sie ihre Mutter zur Hausarbeit.

Selbstverständlich hätte sie ihn liebend gern begleitet! Ein jüdisches Hochzeitsfest war sicher eine interessante Feier. Im Gegensatz zu den langweiligen Bauernhochzeiten, mit Blasmusik und dem ewig gleichen Brautstehlen, das sich zumeist über Stunden hinzog. Bestimmt wurde zu flotter Musik getanzt. Als Herr Stattler vorhin auf sie zugekommen war, hatte sie bemerkt, dass er sehr langsam ging. Es war kein Hinken, eher ein kleines Zögern, wenn er ein Bein vor das andere setzte, als würde es ihm Mühe bereiten zu laufen. Dennoch sagten ihr seine Haltung und sein Auftreten, dass er ein guter Tänzer war. Eine Annahme, der sie nur zu gern nachgespürt hätte.

Bedauernd seufzte Marga und schob ihr Haar mit einer Hand hinters Ohr. »Tut mir leid, aber für eine festliche Veranstaltung bin ich wirklich nicht schick genug angezogen. So«, sie deutete auf sich, »kann ich auf keinen Fall mitgehen, das wäre dem feierlichen Anlass nicht angemessen. Trotzdem danke für die Einladung, eine sehr nette Idee.«

Er öffnete den Mund, um zu protestieren, daher sprach sie schnell weiter. »Ich wünsche Ihnen ein schönes Fest und sende dem Brautpaar die allerbesten Glückwünsche.«

»Schade. Vielleicht ein andermal.« Charmant lächelnd zog er zum Abschied den Hut. Dass er ihre Entscheidung ohne Widerworte respektierte, machte ihn noch bemerkenswerter.

»Fräulein Heinrich!«, rief er ihr hinterher, nachdem sie sich bereits ein paar Meter voneinander entfernt hatten. Mit klopfendem Herzen drehte sie sich noch mal um.

»Darf ich fragen, wo Sie wohnen? Hier in Mairing?«

Marga schüttelte den Kopf. »Im Nachbarort, in Seeberg, auf dem Hügel. Mein Vater ist der Wildhüter des Grafen.«

»Dann leben Sie im Schloss?«

»Im Torhaus.«

Wiederum lächelte er, deutete eine Art altmodischer Verbeugung an und schlenderte im Sonnenschein an der Kirche vorbei.

Den gesamten Heimweg über dachte Marga an Henryk Stattler. Er ging ihr nicht mehr aus dem Kopf. Sie sprach mit niemandem darüber, sondern behielt die Begegnung als kleinen
Schatz ganz für sich alleine. Sie war etwas Besonderes in dieser
Zeit der Unsicherheit, in der es von allem wenig gab und Marga
sich nicht vorstellen konnte, wie ihr Leben weitergehen sollte.
Sie träumte von Normalität, wer tat das nicht nach dem Krieg,
doch die ließ sich bitten. Sie kam nicht einfach wieder zurück,
als wäre nichts geschehen.

Der Bahnhof war nach der Bombardierung durch die Amerikaner nur notdürftig instand gesetzt, damit die Züge fahren
konnten. Hierher, in dieses verschlafene Nest, reisten allerdings
sowieso nicht viele.

In der Ebene zwischen Mairing und Seeberg war das schreckliche Arbeitslager abgebrochen worden, ein Displaced Persons
Camp war in den Gebäuden des ehemaligen Fliegerhorsts und
darum herum entstanden. Mit Tausenden Bewohnern, die zu
keinem der beiden Dörfer gehörten und auch sonst nirgendwohin. Täglich kamen dort weitere Flüchtlinge an, Vertriebene aus
den Ostgebieten, Heimatlose, Überlebende der Konzentrationslager. Menschen, die alles verloren hatten und sich einen neuen
Platz in der Welt suchen mussten. Manchmal fragte sich Marga,
wohin sie selbst gehen würde, wenn sie allein wäre und vor dem
Nichts stünde. Meist verdrängte sie diesen Gedanken schnell
wieder. Sie war hier geboren. Ebenso wie ihre Schwester Erika,
die Eltern und davor die Großeltern. Für sie hatte es immer nur
das dörfliche Leben gegeben, mit denselben Personen, die sie
seit ihrer Kindheit kannte. Manche davon waren nicht aus dem
Krieg zurückgekehrt. Einer von Margas Schulfreunden war in
Stalingrad gefallen, ein anderer in Italien. Väter von Freundin-

nen waren entweder tot oder in Gefangenschaft. Beinahe jede Familie in der Gegend beklagte Verluste, zumindest schien es Marga so. Dazu kam die Knappheit. Nicht nur, was Lebensmittel betraf. Es fehlte an allem. Kleidung, Baustoffe, Fahrzeuge, … Wie könnte sie sich in einer derartigen Lage unzufrieden zeigen, was ihre eigene, ganz persönliche Zukunft anging?

Sämtliche Gebäude um den Kirchplatz und weiter aus dem Mairinger Ortskern hinaus standen unversehrt, als wäre nichts geschehen. Das Bäckerhaus, der Metzger, kleine landwirtschaftliche Anwesen mit Obst- und Gemüsegärten drumherum, ordentlich durch Lattenzäune voneinander abgegrenzt. Nur auf den Bahnhof war kurz vor Kriegsende eine Fliegerbombe gefallen und hatte allen mit einer feurigen Explosion vor Augen geführt, dass das große Sterben noch nicht vorbei war. Marga erinnerte sich daran, als wäre es gestern gewesen. Nie zuvor hatte sie solche Panik verspürt wie in dem Augenblick, da die Bombe unvermittelt in ihren Alltag krachte. Plötzlich wurde der Krieg aus dem Radio real. Keine Maschinengewehrsalven aus Jagdflugzeugen, die nach ein paar Minuten wieder verstummten, sondern eine gewaltige Detonation, die den Boden erschütterte, Trommelfelle zum Bersten brachte und alles um sich herum vernichtete.

Die Amerikaner hatten einen vermeintlichen Munitionstransport der Wehrmacht zerstören wollen, der im kleinen Landbahnhof stand. Mitten am Tag. Nur hatten sich in den Waggons halb verhungerte Häftlinge aus Buchenwald befunden, die in ein anderes Konzentrationslager hätten befördert werden sollen. Zusammengepfercht wie Vieh, ohne Nahrung oder Wasser. Ihre zerfetzten Körperteile lagen nach der Bombardierung überall auf den Gleisen verstreut. Die Überlebenden hatte

die SS erschossen. Marga war mit ihrem Vater auf einem Pfer-
degespann unterwegs gewesen, als es geschehen war. Obwohl
Konrad Heinrich sofort gewendet hatte, um sie schnellstmöglich weg vom Ort dieser Katastrophe zu bringen, hatte Marga
Szenen gesehen, die sie niemals vergessen würde. In den unpas-
sendsten Momenten drängten sich ihr diese Bilder auf, sie wurde
sie nicht mehr los. Auch jetzt, während sie den Hügel hinauf-
schritt, auf dem Schloss Seeberg samt seiner kleinen Ansiedlung
stand, verscheuchte die Erinnerung die wohligen Eindrücke von
Henryk Stattler. Obwohl Marga so gern an ihnen festgehalten
hätte. Aber es war eben nichts wieder normal. Alles litt unter
den dunklen Schatten des Krieges.

Am späten Nachmittag setzte ein Wärmegewitter ein, der Regen
hielt bis zum darauffolgenden Morgen an. Das ersparte Marga
das von ihrer Mutter geplante Fensterputzen im Schloss. Eine
Endlosaufgabe, bei den unzähligen Scheiben, langweilig zudem. Weil sie nicht mehr als Sekretärin arbeitete, musste Marga
zumindest vorübergehend den Eltern bei ihren Aufgaben auf
Schloss Seeberg zur Hand zu gehen, sei es draußen in den Wäldern oder drinnen bei der Hausarbeit. Zwar vermisste sie die
Stelle im Fliegerhorst nicht. Im Gegenteil, sie war erleichtert,
diese Zeit überstanden zu haben. Doch sie wünschte sich eine
selbst gewählte Beschäftigung, einen Beruf. Sie wollte etwas anderes machen als die Eltern. Konrad und Helene Heinrich waren
die guten Geister des Grafen. Ihre Tochter konnte sich keinen
öderen Lebensinhalt vorstellen. Sie musste sich bald ein neues
Betätigungsfeld suchen, sonst würde sie dem Stumpfsinn verfallen. Irgendetwas, das sie rausbrachte aus Seeberg, und wenn
es nur bis hinüber nach Mairing war. Eigentlich träumte sie von

einer Tätigkeit in Passau. Die Kreisstadt versprach wesentlich mehr Möglichkeiten als die Dörfer. Allein, vergütete Arbeitsstellen waren im chaotischen Nachkriegsdeutschland überall Mangelware. Das war auch Marga bewusst. Auf dem Schwarzmarkt ließ sich Geld verdienen, doch der barg andere Risiken und war nichts für eine junge Sekretärin.

Momentan gab es also keine Alternativen, Marga musste sich als Zimmermädchen betätigen. Mit zweiundzwanzig untätig herumzusitzen, das konnte sich vielleicht manch feines Fräulein erlauben, nicht aber die Tochter eines gräflichen Wildhüters. Falls sie langfristig den Dienstbotenarbeiten entkommen wollte, jedoch keine bessere Erwerbstätigkeit fand, bestand ihr einziger Ausweg in einer Ehe, wie sie ihre ältere Schwester Erika eingegangen war. Unabhängig davon, dass Erikas Mann im Krieg geblieben war, fand Marga selbst das wenig verlockend, und es schwebte wie ein Damoklesschwert über ihrem Kopf. Sie sehnte sich nach Freiheit. Die jedoch hatte das gesamte deutsche Volk durch seinen schrecklichen Krieg verspielt, da durfte sie als Einzelperson keine Ansprüche erheben.

Leider trocknete die Sommersonne das Land nach dem Regenguss rasch, und nun gab es keinen Aufschub mehr für die Arbeit.

»Der Lukas hat vorhin am Torhaus geschellt, weil er dich sprechen wollte, aber du warst nicht auffindbar«, informierte die Mutter Marga, während sie mit einer alten Zeitung und Essigwasser im Ostflügel die Fenster polierten. »Deswegen ist er wieder gegangen. Hat einen betrübten Eindruck gemacht, fand ich. Vermutlich wollte er dich zu einem Spaziergang einladen.«

Marga verdrehte die Augen.

»Du brauchst dich nicht so zu zieren«, grollte Helene Heinrich. »Wie lang bemüht er sich nun schon um dich? Eine bessere Partie wirst du hier kaum finden, Kind.«

Natürlich hatte Marga ihn läuten hören, doch sie hatte sich taub gestellt, weil sie kein Interesse an Lukas hatte. Offensichtlich lag ihrer Mutter daran, sie zügig unter die Haube zu bringen.

»Ach übrigens«, fuhr sie nun fort. »Hast du es schon gehört? Die Rosemarie hat ein Kind bekommen, ein Mädchen. Ihre Mutter hat das gestern beim Frauenbundtreffen in großer Runde erzählt. Alle haben sich sehr gefreut. Ach, es ist immer was Wunderbares, wenn das Leben weitergeht und eine neue Generation heranwächst.« Fehlte nur, dass sie hinzufügte: Und bei dir wäre das auch an der Zeit.

Margas Kollegin aus dem Fliegerhorst hatte bereits während des Krieges einen jungen Stukapiloten geheiratet, der glücklicherweise unversehrt zu ihr zurückgekehrt war. Marga erinnerte sich an Rosemaries große Sorge, als er über feindlichem Gebiet abgeschossen worden war. Es hatte an ein Wunder gegrenzt, dass er überlebt hatte. Und dann, kurz vor Kriegsende, war er in amerikanische Gefangenschaft geraten. Nach seiner Freilassung war Rosemarie mit ihrem Mann in seine Heimatstadt gezogen, weg aus Niederbayern. Darum beneidete Marga sie sehr.

»Lukas hat mir übrigens erzählt, dass er bald das Geschäft von seinen Eltern übernimmt. Der Junior will anscheinend modernisieren, heißt es. Will auf Konfektionsmode umstellen, nicht nur Kurzwaren und Stoffe«, kam Helene Heinrich wieder zu ihrem Ausgangspunkt zurück. Das Kaufhaus Krantz, das Lukas' Familie gehörte, war eine Institution in Mairing.

»Hast du Papa geheiratet, weil er eine gute Partie war?«

Mit einem kurzen Auflachen hielt die Mutter inne und stemmte die Hände in die Hüften. »Weiß Gott nicht.«

»Na siehst du.«

Damit war die Diskussion über den patenten Lukas Krantz und potentiellen Nachwuchs beendet.

Lukas war drei Jahre älter als Marga, und die beiden kannten einander von klein auf.

Hier auf dem Dorf kannte sowieso jeder jeden. Helene Heinrich war eine gute Kundin des Kaufhauses und Lukas' Mutter zudem ebenfalls im Frauenbund. Weil seine beiden älteren Brüder im Krieg gefallen waren, hatte Lukas nicht einrücken müssen. Seit seiner Jugend war er in der Feuerwehr aktiv, er spielte Fußball und ging gern ins Wirtshaus. In der Hitlerjugend hatte er damals beachtliche sportliche Erfolge erzielt, mit denen Frau Krantz gern geprahlt hatte. Ein angesehener Bursche, das wollte Marga nicht abstreiten. Aber eben niemand, der nach nur einer einzigen Begegnung pausenlos durch ihre Gedanken spukte. Wie Henryk Stattler. Wie alt mochte er sein? Sicher ein ganzes Stück älter als sie, über dreißig bestimmt. Kein Junge eben, sondern ein Mann.

Das Wetter frischte endlich ein wenig auf, was sich nach der Hitzewelle äußerst willkommen anfühlte. Irgendwann war die Mutter zufrieden, und Marga konnte einen Waldspaziergang machen, alleine, so war es ihr am liebsten.

Das Revier ihres Vaters begann im Schlosswald direkt hinter der Anlage. An einem steilen Hang erstreckte sich ein alter Mischwald auf dem einzigen Hügel in der ansonsten flachen Landschaft. Marga war gern draußen in der Natur. Dort konnte sie ungestört ihren Gedanken nachhängen und sich ausmalen, was ihr das Leben vielleicht einmal schenken würde. Unmittelbar nach der Kapitulation hatte sie nicht mal Träume gehabt, geschweige denn eine Vorstellung davon, wie die Welt für sie aussehen könnte. Jetzt änderte sich das langsam. Es gab wieder Kinovorstellungen mit einer Wochenschau, die über mehr berichtete als Siege und Verluste. Bilder aus fremden Ländern gelangten auf diese Weise bis nach Mairing und Seeberg. Zeitungen erschienen regelmäßig, und der Rundfunk sendete ein frisches Programm. Zwar unter der Zensur der Amerikaner, dennoch vielfältiger als Marga es kannte. Mit diesen Eindrücken war es wieder möglich, zu träumen. Wovon genau allerdings, da war sie sich noch nicht sicher.

Am Sonntagmorgen, zwei Stunden vor der Messe, ging Marga in die zum Schloss gehörige Kirche, Sankt Laurenz. Für gewöhnlich besuchten alle Seeberger dieses Gotteshaus und fuhren nicht die zwei Kilometer bis Mairing ins wesentlich größere Sankt Urban. Man gehörte zwar zusammen, aber irgendwie auch nicht. Im Landgasthof in Seeberg waren die Gäste aus Mairing zum Beispiel stets gern gesehen. Dennoch beanspruchte die Siedlung auf dem Hügel einen gewissen Sonderstatus, konnte sie doch mit einem Adelssitz aufwarten. Der Kirchturm von Sankt Laurenz überragte alles, sogar das Schloss. An guten Tagen sah Marga in der Ferne die Alpen, an trüben zumindest bis hinüber nach Österreich. In Mairing, unten in der Ebene hingegen, gab es Läden, Cafés und Lokale, Geschäfte und das Kino, und die Seeberger mussten sich hinunterbegeben, um einzukaufen.

Das Displaced Persons Camp lag auf halber Strecke zwischen den beiden Orten inmitten von Feldern und Äckern. Seine Bewohner kamen weder in die Dorfkirche noch in die

Schlosskirche. Sie hatten mitten in Mairing einen eigenen Gebetsraum, eine Art improvisierter Synagoge. Früher war es das Haus von Bürgermeister Wöhl gewesen. Die Militärregierung hatte das parteitreue Ortsoberhaupt nach Kriegsende sogleich abgesetzt und sein Anwesen beschlagnahmt. Laut Beschluss der Besatzer durfte er seine Schreinerwerkstatt im Hinterhaus behalten. Aber das Haupthaus diente fortan der neu gegründeten Israelitischen Gemeinde als Bethaus und Rabbiner Zeisers und seiner Familie als Wohnung.

Natürlich war es richtig gewesen, den braunen Wöhl abzusetzen, fand Marga. Doch auch sein Nachfolger war den neuen andersgläubigen Mitbürgern gegenüber nicht gerade aufgeschlossen. Jeder wusste, dass er bei der Vergabe von Wohnraum vormalige Wehrmachtsangehörige bevorzugte und die Unterbringung jüdischer Flüchtlingsfamilien vermied, wo immer er konnte. Obwohl diese engstirnigen alten Pinkel den Krieg verloren hatten, würde sich in ihren Köpfen nie etwas ändern. Ein Umstand, der Marga zornig machte. Vor der Kirchentür atmete sie tief durch, um sich zu beruhigen. Wenigstens hatten die ehemaligen KZ-Häftlinge nach allem, was sie durchgemacht hatten, einen Ort, an dem sie beten konnten. Dort hatte auch die Hochzeit stattgefunden, zu der Henryk Stattler unterwegs gewesen war.

Schon wieder Henryk Stattler. Irgendwie schaffte er es, sich ständig in ihre Gedanken zu schleichen. Selbst wenn es gerade um etwas vollkommen Alltägliches ging, wie die anstehende Liederprobe in der Kirche.

Mit einem Lächeln auf den Lippen schob sie das schwere Portal des noch leeren Gotteshauses auf. Leider war es drinnen nicht angenehm kühl, sondern stickig, weil sich selbst die dicken

Steinmauern in der Schwüle der letzten Tage aufgeheizt hatten. Marga warf einen Blick nach vorn auf den Hochaltar, der zusammen mit seinen Seitenaltären eine barocke Augenweide war. Frische Wiesenblumen standen in einer Vase. Rasch tauchte sie den Finger ins Weihwasserbecken und bekreuzigte sich, dann stieg Marga die knarzenden Holzstufen der schmalen Treppe zur Empore hinauf. Frau Reiter, Organistin und Mutter von Margas bester Freundin Lotte, wartete schon auf sie. Ihr Mann war in Frankreich gefallen, und Frau Reiter musste sich seither allein um die Versorgung ihrer vier Kinder kümmern. Nur Lotte war erwachsen, die drei Brüder deutlich jünger. Die Kirche zahlte schlecht, also gab die Organistin zusätzlich Klavierunterricht. Momentan war Graf Seeberg allerdings der Einzige, der sich diesen Luxus für seine Tochter leistete.

»Meine Mama schickt Ihnen das.« Marga reichte Frau Reiter einen Korb mit Essen: Dampfnudeln vom Mittag, ein Stück Hasenbraten, Brot, Kartoffeln und eine Blechkanne voll Milch. »Hoffentlich schmeckt es Ihren Buben und der Lotte.«

»Ganz bestimmt. Sag deiner Mutter vielen Dank. Ich habe gestern Brombeermarmelade gekocht, davon bringe ich ihr ein paar Gläser. Es ist zwar nicht viel Zucker drin, weil ich keinen kriegen konnte, aber sie ist trotzdem gut geworden.«

»Da wird sie sich freuen. Womit wollen wir anfangen?«

»Der Pfarrer hat mir die Lieder aufnotiert, die er singen will.« Frau Reiter, eine magere Person mit tief liegenden Augen, die älter aussah als ihre Jahre, kramte einen Zettel hervor, auf dem mit Bleistift etwas hingekritzelt war. »Ich wünschte, er würde deutlicher schreiben.«

Die beiden probten die Stücke für den anstehenden Gottesdienst. Kirchenchor gab es zurzeit keinen, daher erfüllte Marga diese Aufgabe vorübergehend allein mit ihrer außerordentlich schönen Stimme. Sie hoffte, dass sich bald wieder eine Gruppe Singfreudiger zusammenfinden würde, verstand aber auch, dass die Leute momentan Dringenderes zu tun hatten. Weil viele Ehemänner nicht aus dem Krieg zurückgekehrt oder noch immer in Gefangenschaft waren, oblag es ihren Frauen, Essen auf den Tisch zu bringen. Sie halfen einander gegenseitig, wo es ging, trotzdem litten sie unter der Lage. Lotte hatte Marga erzählt, dass sie ihre Mutter nachts oft weinen hörte. Schon früher war Frau Reiter wenig belastbar gewesen und hatte zu Schwermut geneigt. Nun schien es, als würde einzig das Orgelspiel ihr noch Freude schenken. Marga nahm die Noten entgegen. Sobald die ersten Töne erklangen, drehte sie sich zum leeren Kirchenschiff und sang vom Blatt.

Als sie fertig waren, murmelte Frau Reiter: »Du hast wirklich die Stimme eines Engels, Margarethe. Ich wünschte, meine Lotte könnte singen wie du.« Sie hatte Tränen in den Augen. Hastig wandte sie sich wieder der Tastatur zu. »So, dann machen wir gleich das nächste.«

Sie probten lang und ausdauernd, was Marga normalerweise nichts ausmachte. Heute allerdings war sie nicht bei der Sache. Immer wieder ertappte sie sich bei der Frage, wann sie Henryk Stattler wiedersehen würde.

4

Henryk

Was um Himmels willen hatte er hier eigentlich vor? Sein eigenes Verhalten kam Henryk mit einem Mal derart absurd vor, dass er abrupt bremste und mit dem Fahrrad am Straßenrand pausierte. Er legte den Kopf in den Nacken, sah nach oben und stieß dabei die Luft aus. Sie war fast noch ein Mädchen, sicher gerade erst volljährig geworden. Blond und blauäugig passte sie hervorragend in dieses borniert Kaff, in dem die Leute bis zum bitteren Untergang an einen Endsieg ihres Führers geglaubt hatten. Meschugge. Hier in der Einöde, weitab von Großstädten und jedem Zeitgeschehen, tat man immer genau das, was von der Obrigkeit angeordnet wurde, ohne Fragen zu stellen.

Sie sollte ihn überhaupt nicht interessieren, diese Marga Heinrich. Bestimmt hatten sie keinerlei Gemeinsamkeiten, nichts, was sie auf irgendeine Weise verbinden könnte. Genau genommen war sie der Feind. Ebenso wie alle anderen Einwohner Seebergs und Mairings. Henryk war klar, dass er nicht mit einem Schlag wie ein Normalbürger behandelt werden würde, nur weil sie ihn nicht mehr einsperren, misshandeln und umbringen durften. Nach außen hin hatten die Amerikaner den Deutschen einen amtlichen Maulkorb verpasst. Die Leute kuschten, wie sie es für gewöhnlich taten, wenn sie von einer strengen Hand regiert wurden, das waren sie ja gewohnt. In

51

ihren Köpfen hingegen blieben sie exakt dieselben wie einein-
halb Jahre zuvor. Was Marga betraf – Henryk hatte keine Ahnung, wie sie die Welt sah. Sicherlich vollkommen anders als
er. Und dennoch ging eine Anziehung von ihr aus, der er nicht
widerstehen konnte.

Natürlich war ihm sofort klar gewesen, wer in jenem Augenblick im gleißenden Sonnenlicht vor ihm auf der Straße stand.
Ihr wehendes blondes Haar hatte er damals stets von Weitem in
der kargen Frühlingslandschaft erspäht, während er im Arbeitslager hinter Stacheldraht im Dreck kauerte. Tagtäglich war sie
mit einem klapprigen Fahrrad vom Seeberger Hügel herunter in
den Fliegerhorst gefahren. Im Näherkommen hatte er den Blick
nicht von ihren blauen Augen lassen können, in denen er meinte,
Betroffenheit zu erkennen, ebenso wie Mitleid. Diese Begegnung
hatte meist nur eine Sekunde gedauert, vielleicht zwei, und er
war sich nicht einmal sicher, dass sie ihn überhaupt wahrnahm.
Wie könnte sie auch? Er war Teil einer Masse entwürdigter, ent-
individualisierter, halb toter Männer in gestreiften Fetzen.

Das Haar trug Marga inzwischen kürzer und schicker. Nein,
sie war kein Mädchen mehr, sondern eine junge Frau. In ihrem
Blick lag noch immer jener durchdringende Ausdruck, als wolle
sie die Welt wirklich erkunden und nicht nur tatenlos an sich
vorüberziehen lassen. Doch welche Ahnung hatte Marga aus
Seeberg schon von den Abscheulichkeiten, mit denen das Leben
aufwartete? Der flüchtige Eindruck, den sie beim Vorbeifahren
am Gefangenenlager erhascht hatte, brachte sie nicht einmal in
die Nähe der bitteren Wahrheit.

Doch es war eigenartig – trotz ihrer offensichtlichen Welt-
ferne sprach sie etwas in ihm an, das er verloren geglaubt hatte.
Nein, nicht irgendetwas. Er wusste genau, was es war.

Mit einem Seufzer kapitulierte Henryk vor sich selbst, stieg wieder aufs Rad und setzte seinen Weg fort. Der Schlossberg war steil, er musste ordentlich in die Pedale treten, um ihn zu bezwingen. Ein Ritter auf einem weißen Pferd hätte das sicher eindrucksvoller hinbekommen als ein körperlich extrem geschädigter Ex-Gefangener auf einem ausgeliehenen Drahtesel. Aber dass er den Berg überhaupt schaffte, ohne umzukippen, war ein großer Genesungsfortschritt, für den er sich innerlich auf die Schulter klopfte. Oben angekommen, lehnte er das Fahrrad an einen Birnbaum auf der Obstwiese gegenüber des Torhauses, in dem Marga mit ihrer Familie wohnte.

Das lang gestreckte Gebäude schirmte die Schlossanlage vor neugierigen Passanten ab. Nur durch ein rundbogenbegrenztes schmiedeeisernes Tor in der Gebäudemitte erhaschte man wie durch ein Guckkastenfenster einen Blick auf Schlosshof und Haupthaus. Obwohl renovierungsbedürftig, strahlte das Schlösschen eine geschmackvolle Herrschaftlichkeit aus, die in der wenig bemerkenswerten niederbayerischen Landschaft eigenartig deplatziert wirkte. Wer immer in den vergangenen Jahrhunderten hier gelebt hatte, sein Ausblick hatte sich auf Wald und Felder beschränkt. Es gab mit Sicherheit malerischere Standorte für einen Adelssitz.

Unwillkürlich kam Henryk seine Heimatstadt in den Sinn, Sosnowiec, wie es früher einmal gewesen war. Eine pulsierende schlesische Stadt, voller Kultur, Industrie und unterschiedlichsten Menschen. Er dachte an seine Freunde Jan und Roman, mit denen er sich samstags im Ballsaal des Hotels Warszawska direkt am Bahnhof getroffen hatte. Das beste Haus am Platz hatte allwöchentlich Tanzorchester engagiert. Zu beschwingten Klängen war Henryk mit hübschen jungen Mädchen übers Parkett gewirbelt. Wie gern hatte er getanzt, so begeistert, dass er sogar Unterricht im Stepptanz genommen hatte.

»Dann wirst du wohl bald nach Amerika gehen, was?«, hatte ihn seine Schwester Neta geneckt. »Wenn du dich anstrengst, kannst du vielleicht berühmt werden, wie Fred Astaire. Wie man hört, soll der ja auch jüdische Wurzeln hier in Europa haben. Und dann holst du uns alle zu dir, in deine Villa nach Hollywood.«

»Du und deine spitze Zunge, Neta. Schwierig, wenn man einen Ehemann finden will.«

Daraufhin hatte sie ebenjene spitze Zunge herausgetreckt und ihren Bruder einfach stehen lassen.

Dabei hatte Henryk seinerzeit nur die Musik genossen und die Bewegung, das sorglose Leben eines jungen Mannes, dem sämtliche Möglichkeiten offenstanden. Damals, in einer Welt vor dem Untergang. Hatten sie es gespürt? Hatten sie gefühlt, wie nahe sie dem Abgrund wahren? Wie wenig Zeit ihnen vergönnt war? Hatten sich diese unbeschwerten Tage deswegen so fest in sein Gedächtnis gebrannt, dass er nur die Augen schließen musste, um den Ballsaal des Warszawska zu riechen? Jene Mischung aus Bohnerwachs, türkischen Zigaretten und Parfüm, die nichts als Freude verhieß? Noch immer geisterte die Melodie von *You're a heavenly thing* von Benny Goodman durch seinen Kopf, aber ihr Echo wurde zusehends schwächer. Jahrelang war diese Musik verboten gewesen, nun durfte sie wieder gespielt werden. Zu spät für Henryk.

Sosehr er die Lebensfreude von damals zurücksehnte, so genau wusste er, dass sie, zusammen mit seiner alten Heimat, für immer verschwunden war. Umso mehr sehnte er sich nach ein wenig Unbeschwertheit, war das denn so vermessen?

Er betrachtete seine Umgebung, die Handvoll Häuser, den Gasthof, die Kirche mit ihrem gedrungenen Turm. Ohne das Schloss wäre die kleine Siedlung nie entstanden. Sie erinnerte ihn an eine Schar Kinder, die sich um ihre Mutter drängte.

Er strich sich das Haar glatt und überquerte die Straße.

Dann stand Henryk ein wenig unschlüssig an der das Grundstück begrenzenden Buchsbaumhecke. Sein Blick glitt die weiß getünchte Wand des Torhauses hinauf. Die Mauerblenden waren gelb gestrichen, die hölzerne Haustür grün. Überall bröckelte die Farbe, zahlreiche kaputte Dachschindeln fielen ihm auf.

Einundzwanzig Fenster zählte Henryk. Hinter manchen erahnte er Kronleuchter und Hirschgeweihe an der Wand oder den Ausschnitt eines Bilderrahmens.

Er hatte keine Ahnung, ob Marga überhaupt zu Hause war, geschweige denn, wo ihr Zimmer lag. Doch dass er unbedingt hierherkommen musste, das hatte für ihn gleich festgestanden, als er am Morgen aufgewacht war.

Hinter einer Scheibe im Obergeschoss erschien eine Frau. Sie trug ein Tablett in Händen, ging von links nach rechts und spähte im Vorbeimarschieren kurz zu ihm hinunter. Das musste Margas Mutter sein. Würde sie ihrer Tochter sagen, dass draußen ein Fremder an der Hecke stand und zu ihnen hinaufstarrte wie ein heulender Hund zum Vollmond? Henryk kam sich vor wie ein Idiot. Aber er war den steilen Weg aus Mairing heraufgeradelt, hatte Stellung bezogen und würde nun gewiss nicht weglaufen, nachdem er gesehen worden war.

Marga ließ ihn warten. Er wollte nicht wissen, wie lang, deswegen sah er nicht auf die Uhr. Aber es kam ihm wie eine Ewigkeit vor, bis sich hinter einem anderen Fenster der Vorhang bewegte. Er wurde vollständig aufgeschoben und dann, endlich, erblickte er ihr wunderhübsches Gesicht. Ernst und prüfend sah sie auf ihn herab. Schließlich hoben sich ihre Mundwinkel, und sie schenkte ihm ein Lächeln. In diesem Augenblick vergaß Henryk das lange Ausharren. Er winkte.

Sie öffnete das Fenster und beugte sich ein wenig heraus. »Herr Stattler. Was machen Sie denn hier?«

»Guten Tag, Fräulein Heinrich. Bei unserem Gespräch kürzlich habe ich vergessen, Sie etwas zu fragen. Würden Sie vielleicht mit mir spazieren gehen?«

»Sie halten sich nicht lang mit Drumherumreden auf, was? Ja, das würde ich gern. Allerdings habe ich heute keine Zeit.«

»Wie wäre es morgen?«

»Das passt mir gut. Um drei Uhr? Holen Sie mich ab?«

Er nickte und merkte, wie breit er dabei grinste.

Sie warf einen kurzen Blick über die Schulter zurück ins Zimmer, als stünde dort jemand, der mit ihr sprach.

»Ich werde hier sein und auf Sie warten.« Während er redete, lächelte Henryk immer noch, er konnte einfach nicht damit aufhören. Die Freude, die ihre Zusage in ihm auslöste, amüsierte ihn selber. Marga Heinrich weckte Gefühle in ihm, die er unwiederbringlich verloren geglaubt hatte. Egal, wie ihre Bekanntschaft weiterging, er würde sich gestatten, jeden schönen Moment zu genießen, der ihm geschenkt wurde.

Auf der Rückfahrt hätte Henryk schwören können, das Fahrrad holperte nicht mehr durch die Schlaglöcher, sondern schwebte vielmehr über sie hinweg. Bergab ließ er es laufen, genoss den Fahrtwind im Gesicht und fühlte sich mit vierunddreißig Jahren wie ein aufgeregter Junge. Lebendig. Zum ersten Mal seit so langer Zeit.

Schwungvoll bog er ins DP-Camp ein, dass die Kieselsteine unter den Reifen stoben, radelte an den Wohnbaracken vorbei bis hin zur Campküche.

In den etwa zweihundert lang gestreckten, einstöckigen Holzhäusern, in denen vormals Personal und Schüler der NS-Luftflottennachrichtendienstschule untergebracht gewesen waren, lebten nun *displaced persons*, wie die Amerikaner Flüchtlinge, Vertriebene und KZ-Überlebende nannten. Über fünftausend Bewohner zählte das Lager inzwischen. In der niederbayerischen Ödnis war innerhalb eines Jahres eine improvisierte Kleinstadt gewachsen, die Henryk an Schtetl erinnerte, die er aus seiner Kindheit kannte. Er selbst folgte seinem Glauben weniger streng als beispielsweise die große jüdisch-orthodoxe Gruppe, die sich hier angesiedelt hatte. Aber auch er schätzte die neu entstandenen Strukturen, das Gebetshaus im nahen Mairing, und er freute sich, dass den Kindern in Camp-Schule und Camp-Kindergarten traditionelle Werte vermittelt wurden. Stetig kamen neue Menschen an. Polen und andere osteuropäische Staaten waren Schauplätze von Nachkriegspogromen, weshalb viele Juden in die US-Besatzungszone flüchteten. Niemand wollte sie haben, wohin also konnten sie noch gehen?

Nachdem Henryk das Rad vor einer großen Baracke abgestellt hatte, fand er seinen Freund Daniel Rotfeld in der Lagerküche. Anfängliche Lebensmittelengpässe waren weitgehend überstanden, und mittlerweile wurden täglich wohlschmeckende koschere Mahlzeiten serviert. Daniel stapelte gerade Obstkisten aufeinander und schien froh, einen Grund für eine Pause zu haben. Er war in Henryks Alter und stammte ebenfalls aus Polen, allerdings nicht aus Sosnowiec, sondern aus Warschau. Sein auffälligstes Merkmal war sein breiter Mund, der immer noch gern lächelte, selbst nach allem, was ihm widerfahren war. Die beiden hatten zusammen viel durchgemacht und dunkle Zeiten überlebt. Daniel betonte oft, wie sehr ihnen nun ein besseres Leben zustand – an dessen Verwirklichung er unermüdlich arbeitete. Er war einen halben Kopf kleiner als Henryk, breitschultrig und mit einem starken Nacken. Einer, der zupacken konnte und sich nicht unterkriegen ließ.

»Trink einen Kaffee mit mir. Kein Muckefuck, richtiger Bohnenkaffee. Hab ich von den Amis.«

»Ich nehme an, der wird hier nicht an alle ausgeschenkt?«

Daniel zwinkerte. »Der ist aus meinem persönlichen Vorrat. Deswegen köchelt er auch in diesem kleinen Kännchen, nicht im großen Pott.« Grinsend goss er zwei Tassen ein. Dann stellte er die Kanne zurück auf die Ofenplatte und winkte seinen Freund durch die Hintertür hinaus. Im Hof des Küchengebäudes standen leuchtend rote Klappstühle in der Sonne, auf denen die beiden sich niederließen. Auch die Farbe stammte von den Amerikanern, ein Rest, der nach Straßenmarkierungsarbeiten übrig geblieben war und seinen Weg ins Camp gefunden hatte. Neben den Stühlen hatten Daniel und Henryk die Küchentür damit gestrichen, allerdings nur auf der Außenseite, für die Innenseite hatte es nicht mehr gereicht.

»Du siehst fröhlich aus«, stellte Daniel fest. »Hast du heute schon viel verkauft, oder gibt es womöglich einen anderen Grund für deine gute Laune?«

Vor drei Monaten hatte Henryk angefangen, mit Altwaren zu handeln. Der Verkauf von gebrauchtem Geschirr, Besteck und Haushaltsartikeln war sicherer als der Zigarettenschmuggel, den er vorher im kleinen Stil betrieben hatte. Das DP-Camp Seeberg war das Zentrum des gesamten Schwarzmarkthandels im Rottal.

Es gab sogar eine mehr oder weniger geheime Zigarettenfabrik hier. Und natürlich eine Schwarzbrennerei, denn Alkohol ließ sich immer prima verkaufen.

Mit Kopfschütteln erinnerte sich Henryk an einen Zwischenfall kurz nach Kriegsende. Zu der Zeit war er gerade aus dem Militärlazarett entlassen worden, wo ihn die amerikanischen Ärzte nach seiner schweren Typhuserkrankung wieder aufgepäppelt hatten. Mittellos, ohne Plan und noch immer klapperdürr und sehr geschwächt hatte er jede Art von Verdienstmöglichkeit ergriffen, die er bewältigen konnte.

»Es gibt eine neue Lieferung, die in die Kreisstadt müsste. Wenn du sie hinbringst, kannst du einen Teil für dich behalten«, hatte Daniel seinerzeit verheißungsvoll verkündet. Er war gut involviert in die örtlichen Geschäfte.

»Wie soll ich sie transportieren?«

»Ich organisiere dir was.«

Von Anfang an hatte Henryk bei der Sache ein mulmiges Gefühl gehabt. Und genau an jenem Nachmittag, als er mit dem Kofferraum voller Zigaretten im geborgten Auto auf der Landstraße in Richtung Passau gezuckelt war, hatte ihn ein Wagen des US-Militärs verfolgt. Die wussten natürlich auch, dass in ihrem Zuständigkeitsbereich der Schwarzhandel florierte.

Nervös hatte Henryk in den Rückspiegel gespäht und geflucht. Was die wollten, war sonnenklar – eine Kontrolle durchführen. Er hatte vorgetäuscht, den Jeep hinter sich nicht zu bemerken, und das Gaspedal durchgetreten. Der betagte Wagen hatte protestierend eine rußschwarze Rauchwolke aus dem Auspuff gespuckt, dann aber brav beschleunigt. Doch in der nächsten Kurve hatte Henryk mit einem Reifen das Bankett erwischt und war in der Leitplanke gelandet.

Jenseits derselben, hinter einem Zaun, hatten vier braun gefleckte Kühe lediglich träge die Köpfe gehoben, ein paar Schritte rückwärts gemacht und gelangweilt weitergegrast. Dann hatte auch schon ein amerikanischer Soldat aufs Autodach geklopft und Henryk angewiesen auszusteigen.

»Do you speak English?« Der junge GI war groß und schlank, mit einer Schiffchenmütze auf dem Kopf, unter der sein ohnehin schmales Gesicht noch länger wirkte. Als er aufmunternd lächelte, hatte Henryk Zuversicht gefasst, doch irgendwie ungeschoren aus der Sache rauszukommen.

»A little bit«, antwortete er und schälte sich übertrieben umständlich aus dem Fahrzeug.

Ein zweiter Soldat hatte da schon den Kofferraumdeckel geöffnet und die Stapel von Zigaretten entdeckt. »Smuggling cigarettes.«

An dieser Feststellung ließ sich nicht rütteln. Angesichts der Warenmenge hätten Henryk ernsthafte Schwierigkeiten erwartet, wahrscheinlich sogar Arrest. Auffällig hinkend hatte er sich zum Kofferraum geschleppt, beide Hände mit zerknirschter Miene auf den Rand gestützt. Alle drei standen für einige lange Minuten stumm um die Zigaretten herum.

Schließlich hatte Henryk beschlossen, zum ersten und einzigen Mal bisher eine Karte auszuspielen, die ihm eigentlich widerstrebte.

»I was in concentration camp.« Zum Beweis hatte er den linken Hemdsärmel hochgekrempelt und ihnen seine auf dem Unterarm eintätowierte Nummer hingehalten. Schlagartig war die Jovialität aus den Gesichtern der Männer verschwunden und hatte Betroffenheit Platz gemacht.

»You can go home.«

Die zwei luden sämtliche Zigaretten in ihren Jeep um und wünschten Henryk alles Gute, bevor sie davonfuhren.

Er hatte ihnen hinterhergesehen, bis sie außer Sichtweite waren. Dann hatte er sorgfältig den Ärmel wieder nach unten gerollt und die Manschette geschlossen, sodass von seinem Arm lediglich die unmarkierte Haut des Handgelenks sichtbar blieb. Gepokert und gewonnen, dachte er heute noch über diese Begebenheit. Wenn auch mit einem bitteren Beigeschmack.

Den Zigarettenschmuggel hatte er aufgegeben, sobald sich eine andere Möglichkeit bot. Er war nicht der Typ, der es genoss, sich aus brenzligen Situationen herauszuwinden. Henryk sehnte sich nach Sicherheit. Das wusste Daniel, deswegen hatte er ihm den Tipp mit dem Altwarenhandel gegeben. Das war zwar weniger lukrativ, als zu schmuggeln, aber es kam auch was dabei rum, und es war wenigstens weitgehend legal.

»Ehrlich gesagt, habe ich heute noch überhaupt nicht ans Geschäft gedacht«, sagte Henryk nun, nippte an seinem Kaffee und streckte das Gesicht in die Sonne.

»Tatsächlich? Ungewöhnlich. Bei mir läuft es übrigens hervorragend, seitdem ich die meiste Zeit hier in der Küche verbringe. In Ermangelung besserer Räumlichkeiten habe ich mittlerweile eine Art Büro hinten in der Ecke.«

»Du bist der Buchhalter unter den Schwarzmarkhändlern, Daniel. Übrigens, mich würde deine Meinung interessieren. Ich habe mir nämlich gedacht, ich probier mal was anderes als Geschirr, und habe eine Ladung Stoffe organisiert.«

»Was meinst du mit Stoffe?«

»Na, für Anzüge, Kostüme, Mäntel. Du weißt schon, Wollstoff, Baumwollstoff, sowas eben. Ich könnte mir vorstellen, dass es sich gut verkaufen lässt. Vielleicht sogar eher woanders als hier im Lager. Mal sehen.«

Daniel kniff die Augen zusammen und studierte ihn eingehend. »Ja«, sagte er gedehnt. »Könnte schon sein. Aber das macht dich doch nicht derart glücklich, dass du nicht aufhören kannst zu grinsen?«

»Das liegt wohl daran, dass ich morgen zu einem Spaziergang mit einer jungen Dame verabredet bin.«

»Gut, Henryk, sehr gut, das freut mich für dich.« Daniel klopfte ihm anerkennend auf die Schulter. »Kenne ich sie? Ist sie aus dem Camp, ein nettes jüdisches Mädchen?«

Er schüttelte den Kopf. »Sie wohnt oben auf dem Hügel, im Schloss.«

Daniel atmete lang aus. »Ah. Verstehe. Jemand von den Einheimischen. Bist du sicher, dass das eine gute Idee ist? Alle, die ich kenne, die was mit den Leuten von hier angefangen haben, haben es hinterher bitter bereut. Die sind nicht wie wir.«

»Ich gehe nur mit ihr spazieren.«

»Bewahr dir einen kühlen Kopf, mein Freund.« Er klopfte ihm nochmals auf die Schulter, dieses Mal eindringlicher. »Wenn du noch kannst.«

5

Marga

Nachdem sich Marga zweimal umgezogen hatte, entschied sie sich für das blaue Kleid. Ihr Sonntagsgewand erschien ihr übertrieben, der helle Sommerrock nicht hübsch genug. Dazu wählte sie eine Halskette mit Anhänger. Sie bürstete ihr Haar und steckte es an den Schläfen mit zwei Kämmen hoch. Am Vorabend hatte sie es in Wellen gelegt, die sich weich in den Nacken schmiegten. Was sah Henryk Stattler in ihr? Nur irgendein Mädchen zum Zeitvertreib? Im Juni war Marga zweiundzwanzig geworden. Sie wusste, dass sie aufgrund ihrer zierlichen Gestalt und der feingliedrigen Gesichtszüge nicht einen Tag älter wirkte. Und ganz offensichtlich war sie ein Landmädchen, hatte keine Ahnung von der großen Stadt, schon gar nicht von der sogenannten weiten Welt. Er hingegen war ein erwachsener Mann mit Lebenserfahrung. Natürlich traf sie sich nicht das erste Mal zu einem Spaziergang, ihr Herz hatte Marga allerdings noch nie verschenkt. Und sie befürchtete, dass er es ihr womöglich stehlen könnte.

»Der Herr von gestern steht wieder unten. Er schaut aus, als würde er auf dich warten«, bemerkte ihre Mutter mit absolut neutraler Stimme. Dennoch wusste Marga, sie würde es lieber sehen, wenn ihre Tochter die Bekanntschaft mit Lukas Krantz vertiefen würde.

Gerade heute war auch Margas Schwester Erika da, die fünf Jahre älter war. Seit ihrer Hochzeit wohnte sie in Mairing und kam nicht oft nach Hause. Besonders seit ihr Mann gefallen war, hatte sich die ohnehin ruhige Erika noch mehr in sich zurückgezogen. Im Gegensatz zu Marga war sie kein Familienmensch, sondern sich meist selbst genug. Früher hatte Marga ihrer Schwester das mangelnde Interesse übel genommen. Mittlerweile akzeptierte sie Erika so, wie sie war. Seitdem kamen die beiden gut miteinander aus, wenngleich auch auf einer eher oberflächlichen Ebene.

Gerade riss Erika neugierig die Augen auf, als sie hörte, dass ihre kleine Schwester einen Verehrer hatte.

»Danke, Mama. Wir sind verabredet.«

»Wer ist es denn?«, fragte Erika. »Jemand aus Mairing? Kenne ich ihn?«

»Du kennst ihn ganz bestimmt nicht. Ich habe jetzt keine Zeit, ich erzähle dir später von ihm, versprochen.«

Im Hinausgehen drückte Marga ihrer Mutter einen flüchtigen Kuss auf die Wange.

»Wird es lange dauern?«

»Keine Sorge, Mama«, rief sie über die Schulter zurück. »Ich bin pünktlich wieder daheim.«

»Du weißt, dass der Graf aufgetragen hat, die Betten bis heute Abend neu zu überziehen. Sein Bruder kommt zu Besuch.«

»Ja, ja, du kannst dich auf mich verlassen.«

Leichten Schrittes lief Marga die steile Treppe hinunter und zur Haustür hinaus.

»Grüß Sie Gott, Herr Stattler.« Sie war tatsächlich etwas außer Atem.

Er hielt ihr die Hand hin, und sie schüttelte sie mit festem Druck.

»Henryk. Bitte. Können wir weniger förmlich sein?«

»Dann wollen wir Du sagen. Nenn mich einfach Marga, das machen sowieso alle.«

Im Gastgarten vor dem Wirtshaus, unter alten Kastanienbäumen, die nicht nur den letzten Krieg unbeschadet überstanden hatten, sondern auch schon den davor, saß eine Gruppe Männer, die Marga allesamt kannte. Lukas Krantz war einer von ihnen. Aus den Augenwinkeln bemerkte sie, wie er missbilligend die Mundwinkel verzog, als sie mit Henryk vorbeiflanierte. Tatsächlich kannte hier jeder jeden, und allein der Umstand, dass Henryk für die Wirtshausbesucher gänzlich unbekannt war, drückte ihm sofort einen negativen Stempel auf. Marga hatte Lukas nie ermutigt, ihm keine Hoffnungen gemacht, also musste es ihr auch nicht unangenehm sein, mit einem anderen Mann spazieren zu gehen. Sie nickte höflich und knapp in die Runde, ohne stehen zu bleiben.

»Oje, finstere Blicke«, konstatierte Henryk aufmerksam und mit leichter Ironie, sobald sie außer Hörweite waren. Marga widerstand dem Drang, sich umzudrehen.

»Ist mir egal. Die Leute hier haben immer gleich zu allem eine Meinung, darauf gebe ich nichts. Vor allem nicht, wenn es mich selbst betrifft.«

Henryk wirkte amüsiert, schwieg aber, und so wechselte Marga das Thema. »Diese Mauer hier neben uns gehört noch zum Schlossgelände«, erklärte sie. »Es ist sehr weitläufig und grenzt direkt an die Kirche. Die ist über einen alten Laubengang mit dem Schloss verbunden, siehst du?« Sie zeigte auf das Gebäude. »Und innen sehr schön. Also die Kirche. Vermutlich interessiert dich das allerdings nicht allzu sehr, stelle ich mir vor. Du bist ja nicht katholisch.« Sicher merkte er ihr an, dass sie nervös war und sich mit der Unterhaltung schwertat.

»Ein Auge für schöne Architektur habe ich trotzdem.«

»Woher kommst du eigentlich?«

»Aus Polen. Aus einer Stadt namens Sosnowiec.«

»Warum sprichst du so gut Deutsch?«

»Wir haben daheim neben Polnisch und Jiddisch viel Deutsch geredet. Sosnowiec war ein Schmelztiegel vieler Nationalitäten, da war es üblich, mehrere Sprachen zu sprechen, wenigstens leidlich.«

»Hast du vor, wieder dorthin zurückzukehren?«

Er lachte kurz auf, aber es klang nicht fröhlich. »Ich werde nie wieder nach Polen gehen, nicht für eine Sekunde.«

Marga hatte das Gefühl, es wäre besser, seine Gründe dafür lieber nicht zu erfragen, wenn sie die Stimmung nicht ruinieren wollte. Obwohl es sie brennend interessierte, weshalb Henryk eine Rückkehr derart kategorisch ausschloss. Vielleicht würde sich später eine Gelegenheit ergeben, unauffällig nachzuhaken. Es musste ja nicht alles gleich während der ersten drei Minuten des ersten Treffens passieren.

Ehrlicherweise war es ziemlich schwer, unverfängliche Themen zu finden. Worüber sollte sie mit jemandem reden, der sichtlich Entsetzliches erlebt hatte, ohne entweder oberflächlich und ignorant zu klingen oder aber schlimme Erinnerungen zu wecken?

Nachdem sie das Gotteshaus passiert hatten, bogen sie in den Weg ein, der am Hang entlang in den Wald führte. Marga hielt es nicht länger aus. Sie musste Henryk sagen, was ihr keine Ruhe ließ. Die halbe Nacht hatte sie darüber nachgedacht und beschloss nun, es einfach anzusprechen.

Unter einer mächtigen Buche, deren Äste sich bis über den Pfad spannten, blieb sie stehen. »Unsere Begegnung auf dem Kirchplatz war nicht das erste Mal, dass wir uns gesehen haben. Vermutlich erinnerst du dich nicht an mich. Ich habe während des Krieges als Sekretärin im Fliegerhorst gearbeitet. Und bin jeden Morgen auf meinem Weg am Arbeitslager vorbeigekommen, in dem du …« Sie zögerte. Wie sollte sie formulieren, dass er ein Gefangener gewesen war, ohne ihm zu nahe zu treten? Er ersparte ihr das peinliche Ringen um Worte.

»Du bist das Mädchen auf dem Fahrrad. Ich habe dich auf dem Kirchplatz auch sofort wiedererkannt. Und obwohl du mich damals so gesehen hast, hast du dich trotzdem mit mir verabredet?« Er sah sie mit einem durchdringenden Blick an. Marga las darin eine Mischung aus Bedauern und Trotz.

Wiederum beschloss sie, bei der Wahrheit zu bleiben. Wenn sie Henryk richtig deutete, würde er das zu schätzen wissen. Er war keiner, der auf höfliche Floskeln Wert legte.

»Du hast mir seinerzeit unglaublich leidgetan, aber ich habe mich nie getraut, dich anzusprechen. Das war feige, ich weiß. Aber neulich auf dem Kirchplatz, als ich zum ersten Mal deine Stimme gehört habe, da war ich unfassbar froh, dass es dir – wieder gut geht.«

»Dass es mir wieder gut geht …«, wiederholte er leise. »Hast du dich deswegen mit mir verabredet? Aus Mitleid?«

»Nein. Ich wollte dich kennenlernen, wissen, wer du bist … Wie du bist.«

»Warum?«

»Vermutlich aus demselben Grund, aus dem du mich um dieses Treffen gebeten hast.« So. Das war direkt. Zu direkt vielleicht und ganz sicher kein beiläufiges Geplänkel mehr. Dabei hatte Marga eigentlich früh gelernt, nicht alles auszusprechen, was sie dachte. Bereits im BDM war ihr anerzogen worden, den Mund zu halten. Zusammen mit ihrer besten Freundin Lotte hatte sie rasch herausgefunden, dass sich dort niemand für sie als Einzelpersonen interessierte. Im Gegenteil, diejenigen, die sich unauffällig in die Gruppe integrierten, ihren Rucksack bei den endlosen Naturmärschen ohne Murren schleppten und dabei noch fröhlich Liedchen trällerten, erging es am besten. Marga hatte aufgrund ihrer außerordentlichen Singstimme einen gewissen Vorteil gehabt. Den sie allerdings ganz schnell verspielt hatte, als sie sich einmal kritisch zum gebetsmühlenartigen Auswendiglernen von Liedertexten geäußert hatte. Sich über den »Sturm der Jugend« zu mokieren, hatte die Gruppenleiterin überhaupt nicht lustig gefunden. Und dass Lotte Marga helfend zur Seite sprang, ebenso wenig. Die Gruppenführerin hatte ihnen unmissverständlich klargemacht, dass niemand ihre aufmüpfigen, zersetzenden Äußerungen hören wollte. Du lieber Gott, als ob sie Vaterlandsverrat begangen hätte! Nachdem sie einen bis zum Rand mit schweren Steinen gefüllten Rucksack vom Zeltlager bis nach Hause hatte schleppen müssen, hatte sich Marga geschworen, ihre Meinung künftig für sich zu behalten. Selbst bei den ödesten Handarbeitsabenden hatte sie brav mitgemacht und nur das Nötigste gesprochen.

Und nun tat es so gut, einfach zu sagen, was sie dachte.

Neben dem Weg im sommerlichen Hochwald lagen geschlagene Stämme, die nach Holz und Baumharz rochen. Ein Duft, den Marga seit Kindertagen liebte, erinnerte er sie doch an unbeschwerte Zeiten draußen in der Natur.

»Wo wohnst du eigentlich? Im DP-Camp?«, fragte sie, während sie an seinem Arm den Weg entlangschritt.

»Nicht mehr. Dort ist es mir zu voll geworden. Ich habe ein Zimmer in Mairing, in der Brauereigasse.«

»Allein?«

Nun blieb er stehen. »Ja. Ich lebe allein.«

»Was ist mit deiner Familie?«

Er verzog das Gesicht, und sie spürte, immer noch untergehakt, wie sich die Muskeln seines Arms anspannten. Am liebsten hätte sie sich auf die Zunge gebissen. Wenn schon die Frage nach einer Rückkehr in seine Heimatstadt eine ablehnende Reaktion bei ihm hervorgerufen hatte, wieso musste sie ihn ausgerechnet auf seine Familie ansprechen? Dämlich! Aber sie konnte die Worte nicht mehr zurücknehmen.

Henryk atmete hörbar durch, ehe er antwortete. »Da wir so offen miteinander reden, kann ich es dir auch erzählen. Die meisten von ihnen sind tot. Meine Eltern, eine meiner Schwestern, meine Frau, mein Sohn … Ob von meinen anderen drei Schwestern eine die Verfolgung durch die Nazis überlebt hat, oder ob ich der Einzige aus meiner Familie bin, weiß ich nicht. Aber ich habe vor, Nachforschungen anzustellen. Selbst wenn es wenig Hoffnung gibt. Also, was die Frage nach meiner Familie betrifft – ich habe keine mehr.«

Marga schluckte und verwünschte ihre unglückselige Neugier. Ihr Schwager war an der Ostfront gefallen, ein schrecklicher Schlag für ihre Schwester Erika und die Eltern. Sie mochte sich nicht vorstellen, wie ungleich leidvoller die Erfahrungen waren, die Henryk gemacht hatte. Angesichts des Verlustes von Frau und Kind war seine Internierung vermutlich nicht das Schlimmste gewesen, das er erlebt hatte. Eine eigene Familie hatte er gehabt. Aber natürlich, was hatte sie erwartet? Dass ein Mann wie er sein Leben allein verbrachte? Was war ihnen wohl zugestoßen? Sie schluckte ihre Fragen hinunter und sagte leise: »Das tut mir sehr leid.«

Er nickte, erwiderte nichts darauf.

»Wie könntest du nachforschen? Sicherlich herrscht überall noch Chaos«, sagte sie nach einer Weile vorsichtig.

»Ein Freund von mir aus dem Camp meint, es gibt eine Stelle in Weiden, den *International Tracing Service*, der Suchanfragen entgegennimmt.«

Sonnenstrahlen drangen durch das grüne Dach der Bäume und zauberten tanzende Lichtreflexe auf den Waldboden.

»Es wird warm.« Marga schob die Ärmel ihres Kleides bis über die Ellenbogen. Anstatt es ihr gleichzutun und die Manschetten seines Hemdes hochzukrempeln, zupfte Henryk sie noch weiter nach vorne, bis sie seine Handgelenke vollständig bedeckten, fast als würde er frösteln. Sie gelangten an eine Bank am Wegrand und setzten sich.

»Ich wollte dir mit meiner Neugier keinen Schmerz zufügen, wirklich. Wenn ich gewusst hätte … Ich sollte einfach lieber nichts …«

»Nein, Marga. Du kannst mich fragen, was du möchtest.«

Sie sah in seine dunklen Augen, die ihr fremd und gleichzeitig vertraut schienen. Unwillkürlich dachte sie daran, wie er wohl seine Ehefrau angesehen haben mochte. Liebevoll? Zärtlich? Gleich darauf ärgerte sie sich über sich selbst.

Hier saßen sie, Marga und Henryk, unter dem grünen Blätterdach, am Anfang einer neuen Zeit. Sie mussten mit dem zurechtkommen, was geblieben war. Die Vergangenheit aufzuwühlen, tat nicht gut. Sicherlich sah Henryk das ebenso. Sicherlich sehnte auch er sich nach einem Neuanfang? Als er ihre Hand nahm und sie sanft drückte, wünschte sich Marga, dass sie es sein möge, mit der er die Zukunft teilte, und dieser Gedanke erschreckte sie.

Zurück im Schloss, half Marga ihrer Mutter mit dem Überziehen der Betten in den herrschaftlichen Gemächern. Joseph Ruprecht Graf Seeberg war ein Herr fortgeschrittenen Alters, der für gewöhnlich den Sommer auf seinem Landsitz verbrachte und ansonsten in einem Palais in München residierte. Für den folgenden Tag hatte sich sein Bruder Ludwig zum Besuch angesagt. Er war etwas jünger als der Schlossherr, jedoch gesundheitlich stark angeschlagen. Seine Räume mussten blitzsauber und gut gelüftet sein, mit gewaschenen Vorhängen und natürlich einem frischen Bett. Und selbstverständlich mussten Marga und ihre Mutter gleich noch die Kammern für die Dienerschaft von Graf Ludwig richten, der stets mit eigenem Personal reiste.

Weshalb er selbst in diesen kargen Zeiten nicht auf seine Entourage verzichtete, war Marga sofort klar, als sie ihn aus dem Wagen steigen sah. Ohne Hilfe schaffte er es schlicht und ergreifend nicht mehr. Seit dem letzten Besuch war er erschreckend gealtert, seine Haut hatte die fahle Farbe eines Schwerkranken, die Brust wirkte eingefallen. Vormals eine stattliche Erscheinung, konnte sich Graf Ludwig nun kaum auf den Beinen halten. Ausgezehrt und fragil, musste er trotz Gehstock beim Laufen von seinem Diener gestützt werden.

»Lungenkrebs«, flüsterte die Mutter Marga diskret zu. »Eigentlich hat er auch noch eine Krankenschwester, aber die ist in München geblieben, weil die Seebergs ihr eine Reise in die Provinz nicht extra vergüten wollten.«

Marga fragte sich, woher ihre Mutter derlei Dinge wusste.

»Schau ihn dir nur an, den Armen. Wenn der sich bei uns nicht richtig erholt, wird er den kommenden Winter sicher nicht überleben.«

»Mama!«, zischte Marga. Fehlte noch, dass jemand sie hörte. Doch ihre Mutter ließ sich nicht bremsen.

»Jedenfalls, sein Hausdiener hat sich von diesem Karbolmäuschen wohl einiges erklären lassen und den Medikamentenkoffer mitgenommen. Den wird er sicher brauchen. Ich kann mir nicht vorstellen, dass der Doktor in Mairing groß helfen kann, falls sich sein Zustand verschlechtert. Hoffen wir mal, dass alles gut geht.«

Sobald der Kranke im Schloss verschwunden war, kehrte die angetretene Dienerschaft zu ihren Aufgaben zurück. Für Marga bedeutete das, der Mutter in der Küche zur Hand zu gehen. Kartoffelschneiden und Salatputzen boten reichlich Zeit für ein Verhör.

»Und? Wie war dein Spaziergang?«

»Schön.«

»Wer ist der Herr, mit dem du dich getroffen hast? Ich kenne ihn gar nicht.«

Marga ließ das Schälmesser sinken. »Sein Name ist Henryk Stattler und nein, er ist nicht von hier. Er war Gefangener im Arbeitslager, wenn du es unbedingt wissen musst.« Sie verstummte. Auch Helene Heinrich hielt in der Arbeit inne.

Betroffenheit stand in ihren Augen. »Wie schrecklich. Da hat er sicher viel durchgemacht, der arme Kerl. Möchtest du ihn vielleicht mal zum Essen einladen?«

»Du meinst, weil er aussieht, als könne er etwas Fleisch auf den Rippen vertragen? Oder weil du ihn ausfragen willst?«

Mit wenig Erfolg versuchte Marga, einen neckenden Ton in ihre Stimme zu legen. Der plötzliche Umschwung ihrer Mutter, von kritischen Nachfragen hin zu Mitgefühl, berührte sie. Und fachte Margas Gefühlschaos weiter an. Seitdem Henryk Frau und Kind erwähnt hatte, war sie durcheinander. Einerseits fühlte sie sich ihm gegenüber dadurch noch unerfahrener. Und dann schämte sie sich sofort wieder für derlei oberflächliche Gedanken. Sie fragte sich, wie er es schaffte, mit dem schrecklichen Verlust zu leben. Weltgewandt sah er aus, gepflegt und schick gekleidet. Schwer vorstellbar, dass er derselbe Mann war wie der abgemagerte, dem Tode nahe Gefangene damals hinter dem Zaun, auf dem letzten Stückchen Gras im Hof des Lagers. Hinter Henryks kultiviertem Äußeren musste sich eine Menge Schmerz verstecken. Wie konnte er morgens aufwachen, sich gewahr werden, dass seine Familie tot und er allein war, und sich dann anziehen, hinausgehen und weitermachen? Kam ihm das Alltagsleben nicht absolut sinnlos vor?

Margas kleiner Kosmos hatte einen Sprung bekommen. Wie ein Riss in einer Wand, durch den man plötzlich hinaus in eine fremde Welt sah. Erst kürzlich hatte sie sich noch ein aufregenderes Leben gewünscht. War sie bereit dafür? Die Begegnung mit Henryk Stattler war Schicksal. Oder etwa nicht? Wie sollte sie sich sonst erklären, dass derselbe Mann, der ihr inmitten all der Gefangenen aufgefallen war, unvermittelt galant und attraktiv im Sonnenschein auf der Straße vor ihr stand? Und sie mit einer Stimme ansprach, die Marga zutiefst berührte. Ihre Mutter riss sie aus den Gedanken.

»Natürlich möchte ich Herrn Stattler kennenlernen – für den du dich ganz offensichtlich interessierst. Zumal er kein junger Bursche mehr ist, sondern schon etwas reifer. Und sicherlich einiges an Altlasten im Herzen trägt.« Helene Heinrich nahm die Hand ihrer Tochter. »Alles, was ich will, ist, dass du glücklich bist. Dass wir alle endlich wieder in Frieden leben dürfen. Nach dieser schrecklichen Zeit steht uns das zu, meinst du nicht?«

6

Henryk

»1945 war ein gutes Weinjahr«, behauptete Daniel.

Henryk nahm ihm die Flasche Rotwein ab, drehte sie andäch-tig in den Händen und begutachtete das Etikett. Die Freunde saßen in Daniels Stube in der Wohnbaracke. Wie hier üblich, teilte er sich die lang gestreckte hölzerne Unterkunft mit meh-reren anderen Personen. Daniels persönlicher Bereich bestand aus einem einzigen, wenngleich großzügigen Zimmer. Das Bett war durch einen Vorhang vom Rest des Raums abgetrennt. An der Schmalseite stand ein Holzofen, mit dem gleichzeitig ge-heizt und gekocht wurde. Eine Anrichte beherbergte Küchen-utensilien, ihr gegenüber befand sich ein Tisch mit vier Stühlen darum. Im Ohrensessel mit dem Fußschemel neben dem Ofen las Daniel gern die Zeitung. Die Toilette auf dem Flur teilte er sich mit den anderen Bewohnern, aber er hatte ein eigenes Waschbecken, in dem er sich und sein Geschirr wusch.

»Bordeaux?«, fragte Henryk. »Wie bist du an diesen edlen Tropfen gekommen?«

Daniel lachte. »Ich habe da eine gute Quelle. Die mir gleich eine ganze Kiste davon besorgt hat. Er muss natürlich noch lie-gen.«

Teurer Rotwein aus Frankreich auf dem Schwarzmarkt im Camp. Das war etwas Besonderes.

»Womit hast du den Wein bezahlt?«

»Erinnerst du dich an diese echten Orientteppiche, die ich vor einigen Monaten eingetauscht habe? Die den Bauern hier zu teuer und zu vornehm waren? Jetzt haben sie ein neues Zuhause gefunden.«

»Und was machst du mit dem Wein?«

»Da wird sich sicher was ergeben.« Daniel grinste vielsagend. »Der warme Sommer im letzten Jahr hat die Trauben hervorragend reifen lassen. Nach dem kalten Frühling waren weniger davon an den Reben, was für eine exzellente Qualität gesorgt hat.«

»Ja«, murmelte Henryk. »An den kalten Frühling erinnern wir beide uns nur zu gut, nicht wahr?«

Die Freude über den Bordeaux verschwand schlagartig aus Daniels Augen und machte Platz für etwas Dunkles, das auch von Henryk Besitz ergriff.

Im März hatten er und Daniel mit einem Trupp Häftlinge das Konzentrationslager Flossenbürg in der Oberpfalz verlassen. Zu Fuß bei Eis und Schnee, in Holzpantinen und dünner Gefangenenkluft, hatte die SS sie durch halb Bayern bis hierher getrieben. Henryks Cousin Benjamin war ebenfalls dabei gewesen, aber an ihn wollte er gerade um keinen Preis denken.

»Und nun handelst du mit Rotwein, das ist ja mal ein Aufstieg«, sagte er leichthin und zwang die Erinnerung an Benjamin aus seinem Kopf.

Daniel nahm ihm die Flasche wieder ab, vorsichtig, als wäre sie ein neugeborenes Baby, und legte sie in die Holzkiste. »Ein Schritt zurück ins Leben.« Auch sein Lächeln wirkte gezwungen. »Aber geschafft haben wir es erst, wenn wir es uns leisten können, ihn selber zu trinken.«

76

Vor zehn Jahren in Sosnowiec wäre es Henryk niemals in den Sinn gekommen, guten Wein als ein besonderes Privileg zu betrachten. Gutes Essen war eine der vielen Selbstverständlichkeiten gewesen, die zu seinem Leben und dem seiner Familie gehörten. Er schätzte schöne Dinge, immer schon, und früher hatte er sie im Übermaß und mit einer natürlichen Sorglosigkeit besessen.

Mit Schwung flog die Tür auf und knallte gegen die Wand. Drei Jungen schleppten einen Sack herein.

»Wie wäre es mit Anklopfen?«, herrschte Daniel sie an.

»Geht nicht, wir haben die Hände voll«, erklärte Elias, der größte der Burschen, vielleicht zehn Jahre alt und sehr gewieft. »Und mit dem Holzsammeln ist es auch nichts geworden, weil der alte Heinrich den ganzen Tag im Wald unterwegs war und aufgepasst hat.«

Fast alle Bewohner des Camps waren auf die ein oder andere Weise in den Schwarzmarkthandel involviert, sei es als Verkäufer oder Konsumenten. Die strenge Rationierung von Lebensmitteln und sämtlichen Alltagsgegenständen machte das zu einer Notwendigkeit. Sogar um Brennholz zu holen, brauchte man einen Sammelschein. Margas Vater sollte in seiner Funktion als Wildhüter in den gräflichen Wäldern den Holzschwund eindämmen. Aber die Kleinen, die gern für derlei Arbeiten eingesetzt wurden, waren schnell und schlau.

»Was ist dann in eurem Sack?«, fragte Henryk amüsiert.

Elias wies seine beiden Freunde an, das schwere Teil zu öffnen. Stolz zeigten sie ihre Beute.

»Kohle!«

»Respekt, Jungs. Das ist viel besser als morsches Altholz.« Begeistert strich Daniel den Kindern über die Köpfe. »Gab es Schwierigkeiten?«

»Ach wo, nicht die Bohne. Weil im Wald nichts ging, haben wir beschlossen, die Bahngleise abzulaufen. Es lag mächtig viel Kohle rum, mehr als sonst. Bis die Leute aus dem Nachbarort aufgetaucht sind, hatten wir den Sack längst voll, und keiner hat uns erwischt.«

Die Dampfeisenbahnen verloren immer Kohlen, daher waren die Schienen ein begehrtes Sammelgebiet. Nicht ganz ungefährlich, man konnte von einem Zug überrascht werden. Zudem waren die einzelnen Abschnitte zwischen den Bahnhöfen der Dörfer umkämpfte Gebiete, auf die Revieransprüche erhoben wurden.

Das Dazwischenfunken der Rotznasen aus dem Lager hatte sicher bei den Einheimischen für Missfallen gesorgt. Was Elias und seinen Freunden jedoch herzlich egal war. Sie gaben Daniel den Sack und erhielten dafür den vereinbarten Lohn, Schokolade und Lebensmittel für die Familien. Alle drei Jungs waren barfuß unterwegs. Das Schuhwerk musste für kalte Tage geschont werden. Fröhlich schwatzend verließen sie auf schmutzigen Füßen die Baracke.

»Ich sehe, es läuft bestens bei dir, hast sogar schon Angestellte.« Henryk steckte die Hände in die Hosentaschen und musterte seinen Freund. Während er selbst nach der Tortur der Internierung und einer nur knapp überstandenen Typhuserkrankung noch schmal im Gesicht war und bisweilen heftige Schmerzen im Bauchraum hatte, schien sich Daniel schneller erholt zu haben. Natürlich wusste Henryk, dass dies nur eine Oberflächlichkeit war. Die vollen Wangen täuschten niemanden, der Daniel kannte, über das Erlittene hinweg. Doch für Außenstehende machte er sicherlich den Eindruck eines Mannes, dem es gut ging. Seine Emsigkeit in Sachen Schwarzmarkt diente auch der Ablenkung. Wer ständig beschäftigt war, kam weniger zum Nachdenken. Daniel war gut vernetzt, und er war unablässig dabei, neue Waren zu organisieren.

»Wir müssen bald nach Düsseldorf, Henryk«, sagte er in diesem Moment wie zur Bestätigung. »Ich habe wieder eine Wagenladung Geschirr aufgetan, die wir dort gut absetzen können.«

Bereits Anfang des Jahres hatten die beiden für zwei Monate in Düsseldorf Geschäfte gemacht. Die große Stadt am Rhein bot bedeutend mehr Möglichkeiten als das niederbayerische Land, und bisher hatte Henryk den Ortswechsel begrüßt. Es tat gut, Stadtluft zu schnuppern. Zwar lag in der britischen Besatzungszone vieles in Schutt und Asche, doch es gab Abwechslung. Andere Gesichter, Musikkeller, Läden in noch halbwegs stehenden Häusern, deren Auslage zwar noch mager war, aber durch neu eingesetzte Schaufenster betrachtet werden konnte. Dieses Mal verspürte Henryk allerdings keinerlei Lust auf die Reise in den Nordwesten. Doch auch er musste schließlich von etwas leben, und er war seinem Freund dankbar, dass er ihn wie selbstverständlich in seine Geschäfte einbezog.

»Meinetwegen. Aber nicht wieder so lang wie letztes Mal. Ein paar Wochen sind in Ordnung, keine Monate.«

Daniel grinste. »Willst wohl nicht von deinem blonden Mädchen getrennt sein, was? Hast du Angst, einer der Bauernburschen schnappt sie dir weg?«

»Unsinn. Ich fühle mich einfach gesundheitlich nicht gut.«

Das war nicht einmal gelogen. Doch in der Tat hatte Henryk keine Lust, sich auch nur für kurze Zeit von Marga zu verabschieden. Sie waren in den vergangenen Wochen mehrmals spazieren gegangen und hatten einander bei langen Gesprächen besser kennengelernt. Trotz ihrer Jugend erkannte er in ihr eine tiefgründige Seele. Ihre Anwesenheit ließ ihn seinen

Schmerz vergessen, wenigstens für eine kurze Weile. Mit seiner Geschichte wollte er sie nicht überfordern, daher ging er nicht damit hausieren. Aber wenn sie nachfragte, antwortete er. Allein das Thema seiner verlorenen Familie hatten sie seit ihrem ersten Treffen stillschweigend ausgeklammert.

Marga hatte keine Scheu, all die Fragen zu stellen, über die man reden musste, wenn man sich füreinander interessierte. Natürlich war das auch richtig, es wunderte ihn nur, dass eine derart junge Frau gleichzeitig so viel Ernsthaftigkeit und Leichtigkeit, Takt und Neugier ausstrahlen konnte. Sie war ein facettenreicher Mensch. Eindeutig zu vielschichtig für die Bauernburschen hier, auf die Daniel anspielte. Henryk spürte bei jedem Treffen stärker, dass er Margas Fragen gerne beantwortete und ihr ganz ehrlich von sich erzählen wollte. Doch für manche Dinge brauchte er Zeit. Und so war er dankbar zu merken, dass auch sie sich vorsichtig vorantastete, fast so, als würden sie auf einem Drahtseil balancieren.

Doch wenn es auch vorsichtig und langsam ging, so bewegten sie sich doch ständig vorwärts. »Erzähl mir von deinen Geschwistern«, bat sie eines Tages bei einem ihrer Spaziergänge im Wald. Sie saßen auf ihrer üblichen Bank am Wegesrand und hatten sogar etwas zu essen dabei. Marga sah ihn nicht an, sondern war damit beschäftigt, die mitgebrachten Brote hübsch auf einem Geschirrtuch zu arrangieren.

»Ich hatte einen Bruder«, begann Henryk. »Er wurde aber schon als Kind sehr krank und starb mit zwölf Jahren. Ich erinnere mich daran, dass ich ihm noch an dem Tag, an dem er starb, Kuchen ans Bett gebracht habe. Und dann gab es meine vier Schwestern, allesamt jünger als ich.«

Endlich sah Marga auf und forderte ihn mit einem eindringlichen Blick auf weiterzureden.

Henryk hatte lange nicht über seine Geschwister gesprochen, doch in seinen Gedanken waren sie ständig bei ihm.

»Die beiden Jüngsten, Rinah und Sady, sind schon 1939 aus Sosnowiec hinüber nach Russland geflüchtet. Damals, als meine Familie das entschieden hat, war ich im Kriegseinsatz für die polnische Armee, sonst hätte ich es vermutlich verhindert. Zwei junge Mädchen mit siebzehn und achtzehn Jahren alleine wegzuschicken, damit wäre ich niemals einverstanden gewesen.« Er seufzte. »Allerdings konnte sich damals auch noch keiner vorstellen, welches Grauen uns alle erwartete. So gesehen könnte es sogar sein, dass die beiden bessere Chancen bei den Russen hatten und überlebt haben. Ich weiß es nicht.« Er zuckte mit den Schultern. »Aber ich habe mich mittlerweile in Weiden registrieren lassen und hoffe, dass es irgendwann Informationen über meine Schwestern geben wird.«

»Du warst auch im Krieg?«, fragte Marga überrascht.

»Natürlich, als wehrpflichtiger Pole. Gleich am ersten September 1939 wurde ich zur Armee eingezogen, stell dir vor. Am selben Tag hat die im Hafen von Danzig liegende SMS Schleswig-Holstein mit dem Beschuss des polnischen Munitionslagers auf der Westerplatte begonnen. Als sie damit fertig war, standen auf der ehemals bewaldeten Halbinsel vor der Stadt nur noch vereinzelte Baumgerippe. Das war ein ziemlicher Schlag für uns. Auch meine Freunde Jan und Roman mussten gleichzeitig mit mir zur Kavallerie einrücken. Meine Frau und unser neugeborenes Kind blieben in Sosnowiec zurück.« Er atmete kurz durch. »Man musste kein Genie sein, um zu erkennen, dass die polnische Armee gegen die Wehrmacht auf verlorenem Posten stand.

Es war absolut aussichtslos. Mein Krieg hat genau drei Wochen gedauert, Marga. In dieser Zeit habe ich an der Front gekämpft und miterlebt, wie links und rechts von mir meine Kameraden starben wie die Fliegen, auch Jan und Roman. Mit Taktik oder Können hatte das nichts zu tun, es war reiner Zufall, wer überlebt hat und wer gefallen ist.«

»Wie schrecklich!«

Er nahm Margas Hand. »Ja, aber weißt du was – trotzdem war ich immer davon überzeugt, mit dem Leben davonzukommen, ich habe keine Sekunde lang daran gezweifelt. Nachdem meine Einheit aufgerieben wurde, habe ich mich kurz auf einem Bauernhof versteckt und mich dann den Deutschen ergeben. Als Kriegsgefangener musste ich einige Monate lang Arbeitsdienst in den Wäldern von Danzig verrichten und Bäume fällen. Anfang 1940 wurde ich ganz offiziell aus der Gefangenschaft entlassen. Während dieser ganzen Zeit war für mich nicht zu erahnen, wie entsetzlich meine Zukunft aussehen würde, nur weil ich Jude bin. Als ich von daheim weggegangen bin, stand zwar ein Krieg ins Haus, aber ich war ein ganz normaler Soldat. Am Anfang hat die deutsche Wehrmacht all ihre polnischen Kriegsgefangenen gleichbehandelt, ob christlich oder jüdisch. Genau genommen hat überhaupt keiner danach gefragt, wer Jude war oder Katholik oder sonst was. Natürlich war die Gefangenschaft in den ersten Kriegsmonaten nicht schön, aber man hielt sich an gewisse internationale Standards, Grausamkeiten wie später gab es noch keine. Erst als ich heimgekommen bin, da war plötzlich alles anders.«

»Wie meinst du das?« Marga streichelte Henryks Hand. In ihren hellen Augen stand Mitgefühl.

»Mein Sohn war kein kleines Baby mehr, ich hatte ihn sechs

Monate lang nicht gesehen.« An ihn zu denken, tat Henryk weh. »In unserem Haus wohnten jetzt Volksdeutsche. Meine Firma gab es nicht mehr, ich war kurzerhand enteignet worden. Und man hatte meine gesamte Familie und mich in ein Drecksloch im Ghetto zwangsübersiedelt. So war das.« Seine Stimme war härter geworden, während er sprach. Henryk dachte an die Enge im Ghetto, die feuchten Räume und die Kälte. Seine Mutter hatte das nicht vertragen und war schwer krank geworden. Doch selbst da hatte sich Henryk noch nicht komplett machtlos gefühlt. Er hatte sich etwas einfallen lassen, war heimlich hinaus in die Stadt gefahren und hatte organisiert, was sie brauchten. Weil er von einer aberwitzigen Hoffnung getrieben gewesen war, irgendwie seine Liebsten retten zu können. Ein bitteres Lächeln stahl sich auf seine Lippen.

»Und deine anderen beiden Schwestern, waren sie im Ghetto bei euch?«

Henryk dachte an Neta, die nur ein klein wenig jünger gewesen war als er und zu der er immer das innigste Verhältnis gehabt hatte. Er erinnerte sich an ihre Hochzeit, daran, wie ausgelassen sie alle zusammen gefeiert hatten. Und wie stolz er gewesen war, seinen Neffen das erste Mal im Arm zu halten. »Neta, die älteste, ja, eine Weile. Später starb sie in einem Lager, in der Gaskammer.«

Betroffen ließ Marga den Kopf wieder sinken und legte das Brot zurück, das sie sich gerade genommen hatte. »Das ist schrecklich«, sagte sie leise. »Ich habe auch eine Schwester. Wenn ich mir vorstelle, sie auf diese Weise zu verlieren …« Sie schluckte.

Weil diese knappe Schilderung Marga schon sehr mitzunehmen schien, erzählte er ihr die lange Version gar nicht erst. Ehe man Neta deportiert hatte, hatte sie mit ansehen müssen, wie ihr Kind abgeholt wurde. Sie war zu spät dazugekommen, war schreiend dem abfahrenden LKW hinterhergerannt, auf dem ihr kleiner Sohn saß. Aber die Soldaten hatten nicht angehalten und den Jungen ohne seine Mutter nach Auschwitz-Birkenau gebracht. Das hatte Neta seelisch gebrochen. Ihr dunkles Haar war über Nacht schlohweiß geworden, wenn Henryk es nicht mit eigenen Augen gesehen hätte, hätte er so etwas nie für möglich gehalten. Als sie schließlich selber abgeholt wurde, hatte sie ihrem Schicksal gleichgültig entgegengeblickt. Ohne ihr Kind hatte auch sie nicht mehr leben wollen.

»Und schließlich gab es noch Chaja, die Zweitälteste. Was für ein Mädel, die Mutigste von uns allen.« Henryk wischte sich hastig mit dem Handrücken über die Augen. Dann erzählte er von seiner Schwester, die als Arierin getarnt mitten in Sosnowiec gelebt hatte, als alle anderen längst im Ghetto gewesen waren. Mehrfach war sie denunziert worden und aufgeflogen, aber man hatte sie nie erwischt. Als es endlich einfach zu gefährlich geworden war, hatte sie sich den Partisanen in den polnischen Wäldern angeschlossen. Sie hatte geholfen, Bahngleise zu sprengen, damit die Züge nicht nach Auschwitz gelangten. »Oftmals hat sie sich freiwillig für riskante Einsätze gemeldet. Ich, im Ghetto sitzend, verantwortlich für Frau und Kind, habe sie ehrlich gesagt beneidet.«

Chaja hatte sich bestimmt nicht machtlos gefühlt, sie hatte nicht stillgehalten, sondern sich gewehrt. »Ich hätte gerne an ihrer Seite gekämpft. Aber im Ghetto, so elend die Verhältnisse dort auch waren, war meine Familie besser geschützt. Also habe ich getan, was für sie am besten war. Dachte ich zumindest.«

Das letzte Mal, als er Chaja gesehen hatte, war Henryk besonders im Gedächtnis geblieben. 1942, in einer sternenklaren, lauen Nacht auf dem stetig wachsenden Ghettofriedhof. Ihr ausgezehrtes Gesicht hatte ihn erschreckt. Früher hatte er sie manchmal ob ihrer runden Bäckchen geneckt, doch bei ihrer letzten Begegnung traten Chajas Wangenknochen deutlich hervor und warfen scharfe Schatten im Mondlicht. In ihren einstmals verschmitzten Augen hatte eine beunruhigende Härte gestanden. Was hatte seine kleine Schwester gesehen? Was getan? Oder musste die Frage heißen: Was hatte man ihr angetan?

Als er sie umarmt hatte, stand sie zunächst stocksteif da, wie ein Brett, bevor sie sich erlaubte, gegen ihn zu sinken. Der Grund, warum sie sich in jener Nacht ins Ghetto geschlichen hatte, war ein trauriger gewesen – tags zuvor waren die Eltern abgeholt worden.

»Hast du was rausgefunden?«, hatte er sie gefragt. Sie hatten sich direkt an der Friedhofsmauer verabredet, neben einem Baumstumpf. Bis zum Winter war dort eine große Platane gewachsen, die von der SS für Brennholz gefällt worden war. Um nicht gesehen zu werden, hatten sich Henryk und Chaja hinter der Mauer in die Hocke geduckt, und er hatte alle zwei Minuten über den Sims gespäht, um etwaige Patrouillen rechtzeitig zu entdecken.

»Ja, aber es ist nichts Gutes.« Wie ein fernes Echo meinte er auch jetzt noch Chajas Stimme zu hören. »Sie haben Mama und Papa in der Gaskammer ermordet und ihre Körper verbrannt. Es gibt sie nicht mehr, sie sind fort, Henryk, kein Teil unserer Welt mehr.«

Eine unkontrollierbare Übelkeit war in ihm aufgestiegen. Die Schonungslosigkeit ihrer Worte hatte grauenvolle Bilder in seinem Kopf gemalt. »Bist du sicher?«

»Gestern, als Mama und Papa an dieser schrecklichen Rampe angekommen sind, ist niemand für die Arbeit eingeteilt worden. Sie haben einfach alle Menschen aus dem gesamten Transport direkt ins Gas geschickt. Es waren ja auch hauptsächlich Alte und Kinder. Vermutlich war es ihnen die Mühe nicht wert auszuwählen.«

Er hatte seine Finger ins Friedhofsgras gekrallt, als könne er dadurch den unendlichen Hass auf die Mörder seiner Eltern und die eigene Hilflosigkeit in den Boden ableiten. »Woher weißt du das?«

Chaja hatte ihren Kopf an die Mauer gelehnt und zu den Sternen hochgeschaut. Über ihre Wangen waren Tränen gelaufen, ebenso wie über Henryks.

»Vom russischen Geheimdienst. Wir arbeiten manchmal mit denen zusammen. Sie geben uns Informationen, dafür erledigen wir die Drecksarbeit, für die sie ihre Leute nicht opfern wollen.«

»Du auch?«

»Was denkst du denn? Dass ich nur Gewehre putze und Suppe koche? Bei den Partisanen muss jeder seinen Beitrag leisten. Es macht mir nichts aus, im Gegenteil. Ich tue es gerne. So kann ich vielleicht ein paar von unseren Leuten retten und ein paar von denen in die Hölle schicken. Selbst wenn es Mama und Papa nicht mehr hilft.«

»Dann sind sie wirklich tot?«

»Es gibt nicht den allergeringsten Zweifel daran, glaub mir. Jeder Einzelne, der gestern aus dem Ghetto geholt worden ist, wurde ermordet.«

»Aber du hast doch gesagt, dass jemand an der Rampe steht und entscheidet, wer …«

»Nicht gestern, Henryk, nicht gestern.«

Er schloss seine Erzählung mit einem tiefen Atemzug. Schon lange hatte er nicht mehr von Chaja geredet oder von seinen Eltern.

Marga hatte an seinen Lippen gehangen und jedes Wort aufgenommen. Auch sie schien wie aus einer Art Trance aufzutauchen, als er verstummte.

»Ich kann mir nicht einmal in meinen schlimmsten Träumen vorstellen, was du und deine Familie durchgemacht habt. Aber ich danke dir, dass du es mit mir teilst. Meinst du, Chaja hat es geschafft?«

Er zuckte stumm mit den Schultern. Wie groß war die Wahrscheinlichkeit, dass eine junge jüdische Partisanin, die ihr Leben unzählige Male riskiert hatte, diesen Wahnsinn überlebt hatte? Es erschöpfte Henryk nicht nur emotional, sondern auch körperlich, von seiner Familie zu erzählen. Und dabei hatten sie noch nicht mal richtig über Dana und Adam geredet, seine Frau und sein Kind. Er griff nach einem Stück Brot mit Käse und merkte erst beim Essen, wie hungrig er war. Um sie herum summten Insekten in der Luft, die Vögel zwitscherten, und der Wald umgab sie mit seiner friedlichen Stimmung, als wüsste er, dass Henryk Trost brauchte.

»Du bist nicht mehr allein«, sagte Marga nach einer Weile.

Dieses reine Mitgefühl, das sie ihm entgegenbrachte, war so ehrlich, dass es ihn zutiefst rührte. Henryk spürte einen Kloß in seiner Brust, als würden Tränen aufsteigen. Aber er weinte schon lange nicht mehr, auch jetzt nicht. Wie konnte es sein, dass diese junge Frau sich ausgerechnet ihn ausgesucht hatte? Unter den unverheirateten Männern Seebergs und Mairings hatte sie sicherlich eine große Auswahl an nicht traumatisierten und deutlich besser situierten Verehrern.

»Warum willst du dir das antun?«, flüsterte er. »Du kennst noch nicht mal einen Bruchteil dessen, was mich kaputtgemacht hat.«

Statt einer Antwort umarmte sie ihn einfach. Das war fast zu viel für Henryks Beherrschung.

»Ich werde dir zuhören. Wenn es mir zu bedrückend wird, dann sage ich es. Und irgendwann wirst du nicht mehr jeden Tag daran denken müssen, ganz bestimmt, und du wirst dich wieder fühlen wie du selbst.«

Eine schöne Vorstellung. Er sagte Marga nicht, dass dieser Tag nie kommen würde, sondern war ihr einfach nur dankbar. Noch nie hatte jemand angeboten, seinen Schmerz mitzutragen. Doch nicht einmal die Wärme, die ihn in diesem Moment durchströmte, war ungebrochen. Denn natürlich würde das nicht funktionieren. Schmerz ließ sich nicht teilen, man musste ihm allein ins Auge sehen. Konnte er sich Marga überhaupt zumuten? Durfte er das?

Ihre Nähe fühlte sich an wie ein wohltuender Balsam, etwas, wonach sich Henryk unendlich lange gesehnt hatte. Er genoss ihre Umarmung, die Wärme ihres Körpers an seinem. Als sie sich schließlich von ihm löste, legte er sanft eine Hand an ihre Wange. Margas zartes Gesicht passte fast komplett in seine Handfläche. Langsam näherte er seine Lippen den ihren, küsste sie und sah ihr dann tief in die Augen. »Ich war viele Jahre eingesperrt, wie ein Tier«, sagte er leise. »Ein normales Leben, wie du es dir wünschst, kann ich dir nicht versprechen, Marga. Ich kann dir überhaupt nichts versprechen, weil ich nicht mal mehr in der Lage bin, für mich selbst Pläne zu schmieden.«

7

Marga

An einem nassen Dienstag im September kam Henryk aus Düsseldorf zurück, nachdem er sich für ein paar Wochen geschäftlich dort aufgehalten hatte. Marga hatte ihn schrecklich vermisst und war überglücklich, als er zusammen mit seinem Freund Daniel in einem klapprigen VW Käfer mit Faltdach unter Margas Fenster hielt, noch ehe er in seine Wohnung fuhr. Sie hatten das Dach geöffnet, Henryk hupte und winkte zu ihr herauf. Mit wild pochendem Herzen lief sie hinaus, beugte sich zu ihm in den Wagen und küsste ihn überschwänglich. Ob das die Nachbarn sahen, die Eltern oder gar der Graf, war Marga in diesem Moment vollkommen egal.

»So«, murmelte er in ihr Ohr und drückte sie. »Jetzt, da ich dich in meinen Armen halte, bin ich angekommen.«

»Und wenn wir uns nicht beeilen, das Dach wieder zu schließen, laufen wir mit Wasser voll«, unterbrach Daniel, denn es regnete kräftig.

»Das würde wohl keinen großen Unterschied machen.« Lachend hob Henryk einen Fuß und Marga sah, dass sein Schuh tropfnass war.

Die relativ neue schwarz-weiße Lackierung des Wagens konnte nicht darüber hinwegtäuschen, wie viele Jahre er schon auf dem Buckel hatte. »Wasserdicht ist das Ding leider nicht mehr«, sagte Henryk. »Der Regen ist von der Straße direkt durch den maroden Boden gedrungen. Aber die Vorfreude auf dich hat mich meine nassen Füße vergessen lassen.«

Daniel schüttelte in gespielter Verzweiflung den Kopf. »Junge Liebe! Was soll man da sagen? Außer dass mir dieses Glück nicht vergönnt ist und ich mittlerweile pitschnass und mir dessen leider voll bewusst bin.«

Marga lachte. Sie hatte Daniel bei der Abreise nach Düsseldorf kurz kennengelernt und mochte ihn. Er war der Typ Mann, der immer einen flotten Spruch auf den Lippen hatte, sich aber nicht in die Karten schauen ließ. So zumindest ihr erster Eindruck.

»Soll ich euch helfen, das Verdeck zu schließen?«, bot sie an.

»Du liebe Güte nein, so weit kommt's noch!« Schnell sprang Daniel aus dem Wagen, und auch Henryk stieg aus. Zusammen klappten sie das Dach zu.

»Geh wieder rein ins Trockene, Marga.« Henryk drückte ihr einen letzten raschen Kuss auf die Lippen. »Ich melde mich, sobald ich mich von dieser elendslangen Fahrt erholt habe.«

Am folgenden Morgen zog Margas Mutter die Vorhänge mit einem Ruck auf und weckte sie noch früher als sonst aus süßen Träumen. Noch immer prasselte der Regen gegen ihre Fensterscheibe, und zu gern wäre Marga einfach im warmen Bett geblieben.

»Wenn du deinen Herrn Stattler zum Essen einladen willst, kannst du jetzt dazu beitragen, dass etwas Anständiges auf den Tisch kommt.«

Marga rieb sich die Augen. »Wie meinst du das?«

»Heute wird doch die schwarze Sau geschlachtet, weißt du

nicht mehr? Es ist jemand ausgefallen, und ich hab keine Zeit, ich muss rüber ins Schloss. Also musst du helfen.«

Mit einem Schlag war Marga hellwach. »Aber Mama, ich war noch nie bei einer Schlachtung dabei!«

»Die Männer sagen dir schon, was du tun sollst. Und jetzt rasch, beeil dich. Wir wollen es erledigt haben, ehe das ganze Dorf auf den Beinen ist.«

Mit einem mulmigen Gefühl im Bauch schlüpfte Marga in ein Paar weite Hosen und stopfte die Hosenbeine in alte Stiefel. Dazu wählte sie einen abgetragenen Wollpullover und band ihr Haar im Nacken zusammen. Auf den Kopf setzte sie eine Schiebermütze. Schicksalsergeben gesellte sie sich zu ihrem Vater, der unten im Flur bereits wartete. Gemeinsam huschten sie über die Straße und durch den Obstgarten. Es war noch nicht mal richtig hell. Der Regen trommelte in dicken Tropfen herab, und Marga war froh über die warme Kleidung.

Die Obstwiese gehörte Peter Dietl und grenzte direkt an dessen Hof, auf dem, in einem abgetrennten Teil seines Heuschobers, in den vergangenen Monaten ein Schwein gemästet worden war. Die sogenannte schwarze Sau. Heimlich, denn eigentlich war die Anzahl der Tiere streng reglementiert, ebenso wie die Verwertung des Fleisches. Die Amerikaner rationierten noch immer so gut wie alles. Neben Bauer Dietl hatten die Heinrichs und auch Frau Reiter regelmäßig dazu beigetragen, dass die Sau genügend Futter erhielt, wuchs und gedieh. Nun war der Tag der Schlachtung gekommen. Als problematisch erwies sich der Umstand, dass Dorfpolizist Hager direkt neben dem Dietl-Hof wohnte. Aber auch der musste essen, würde sich folglich mit einem schönen Stück Lende zufriedengeben und ein Auge zudrücken. Trotzdem achteten sie darauf, dass möglichst niemand mitbekam, was sich in der Scheune abspielte. Es gab immer irgendwelche Denunzianten, und niemand wollte wegen Schwarzhandels abgestraft werden, geschweige denn das wertvolle Fleisch abgeben müssen.

Daher hatte Bauer Dietl den Heuwagen direkt bis an die Scheunentür geschoben, die er nun nur noch einen Spalt öffnen konnte, um die Heinrichs hereinzuwinken.

»Lotte!«, rief Marga überrascht, als sie ihre Freundin und deren kleinen Bruder Michael erblickte.

»Guten Morgen, Marga. Mama hat uns zum Helfen geschickt, sie ist krank und kann nicht selber kommen. Aber ich bezweifle, dass wir recht nützlich sein werden.« Sie schauderte. Ganz offensichtlich hatte sie ebenso wenig Lust, bei der Sache mitzumachen, wie Marga. Der Metzger, ein fülliger Mann mittleren Alters mit auffällig roten Wangen, wetzte seine Messer. Er zwinkerte ihnen freundlich zu. »Erstes Mal?«

Marga, Charlotte und Michael nickten heftig, wobei einzig im Blick des Jungen eine freudige Aufregung stand. Die Geschwister sahen einander sehr ähnlich. Beide braunhaarig und schmalgesichtig, mit einer etwas zu großen Nase und himmelblauen Augen, trennten sie sechzehn Jahre. Lotte war das älteste, Michael das jüngste der Reiter-Kinder.

Im hinteren Teil der Scheune entstand Bewegung. Bauer Dietl führte das Tier an einem Strick nach vorne, es grunzte und schnupperte, dabei wackelten die Ohren.

»Die Sau ist ja gar nicht schwarz!«, rief der kleine Michael. Im Gegenteil. Weil das arme Schwein die meiste Zeit seines Lebens versteckt in relativer Dunkelheit verbracht hatte, war es vielmehr schneeweiß und sah dadurch irgendwie unnatürlich aus.

Der Metzger lachte gutmütig. »Weißt du, was, Michi, da fragst du am besten die Mama, wenn du heimkommst, die erklärt dir, was mit schwarz gemeint ist.« Er zwinkerte dem Sechsjährigen erneut zu. »Und jetzt gehst du bitte hinter das Schwein und hältst sein Schwänzchen fest, das wäre eine große Hilfe für mich. Schaffst du das?« Mit einem Blick auf die beiden jungen Frauen fügte er hinzu. »Und ihr zwei stellt euch am besten auch dort auf, während ich hier vorne … Also eben, bis ich euch Bescheid sage.«

Dankbar, nicht zusehen zu müssen, wie der Metzger die Sau tötete, gesellten sich Marga und Lotte zum kleinen Michael, der erfolglos versuchte, den Ringelschwanz in die Hände zu bekommen.

»Wie soll ich denn das machen?«, fragte er. »Schaut mal, der dreht sich immer im Kreis, ich erwische ihn nicht.«

Tatsächlich rotierte der Schweineschwanz unablässig wie eine Uhr, die viel zu schnell lief. Michael brauchte einige Versuche, bis er ihn zu fassen bekam. In dieser Zeit hatte der geübte Metzger am Kopfende seine Aufgabe erledigt. Das Kind war derart erfolgreich abgelenkt, dass es nicht einmal wirklich zur Kenntnis nahm, wie die Beine des Schweins einknickten und es zu Boden ging. So viel Sensibilität hätte Marga dem grobschlächtigen Mann gar nicht zugetraut. Als sie nach vorne traten, wurde das Blut aus der Halsschlagader bereits in einem Eimer aufgefangen, um daraus später Blutwürste zu machen.

Versiert zerlegte der Metzger das Tier. Bauer Dietl und Margas Vater gingen ihm zur Hand, es war offensichtlich, dass sie das nicht zum ersten Mal taten. Michael wurde die verantwortungsvolle Aufgabe übertragen, das Blut zu rühren, um es am Gerinnen zu hindern. Marga und Lotte wuschen die Därme, die später für die Wurstherstellung verwendet wurden, das war ziemlich ekelig.

»Ich müsste mal mit dir reden«, flüsterte Lotte ihr zu, während sie Wasser aus einer Kanne in ein endlos langes Stück Darm goss, ohne aufzusehen. »Über den Franz. Aber nicht jetzt. Hier muss ich mich zusammenreißen, damit mir nicht schlecht wird.«

Franz Langbauer war Lottes große Liebe. Und das beruhte auf Gegenseitigkeit. Leider stellten sich seine Eltern vehement gegen eine Verbindung der beiden.

»Über all den Fleischteilen kann ich mich auch nicht konzentrieren. Besonders den Geruch finde ich schlimm.« Marga würgte. Nie wieder wollte sie bei einer Schlachtung helfen. »Treffen wir uns morgen?«

»Solange Mama im Bett liegt, kann ich nicht weg. Sagen wir Freitagnachmittag? Bis dahin dürfte sie sich wieder erholt haben.«

»Um drei?«

»Passt. Hoffentlich. Momentan bin ich nur am Kochen, Waschen und Putzen. Die Buben haben ständig Hunger. Wenn ich mal verheiratet bin, dann will ich nur ein Kind. Maximal zwei. Und am liebsten Mädchen.« Betrübt legte Lotte den sauberen Darm zur Seite und griff nach einem weiteren. »Wobei es momentan nicht danach aussieht, als würde es bald eine Verlobung zu feiern geben.«

Marga wollte Lottes Hand drücken, aber ihre Finger waren voller Schweineblut, also warf sie ihr nur einen mitfühlenden Blick zu. »Es wird alles gut werden. Daran musst du glauben.«

Am Ende nahm sich der Metzger für seine Dienste ein schönes Stück Fleisch. Ein weiteres brachte Herr Dietl persönlich hinüber zum Dorfpolizisten. Und der Rest wurde gerecht aufgeteilt.

Marga wusste, dass es Henryk aufgrund seines Glaubens eigentlich nicht gestattet war, Schweinefleisch zu essen. Sie hoffte aber, er würde eine Ausnahme machen, nach allem, was sie geleistet hatte, um einen nahrhaften Braten auf den Tisch zu bringen.

In Mairing hatte es nie viele jüdische Einwohner gegeben, auch vor dem Krieg nicht. Daher hatten die Heinrichs, ebenso wie alle anderen, bisher so gut wie keinen Kontakt mit dem jüdischen Alltagsleben, den Bräuchen und Gewohnheiten gehabt. Von ihren Eltern hatte Marga gelernt, Menschen offen und höflich zu begegnen, sich eine eigene Meinung zu bilden und nicht von Vorurteilen leiten zu lassen. Eine unbequeme Weltsicht während der Zeit des Nationalsozialismus, mit der gerade Konrad Heinrich aber zumindest hinter verschlossenen Türen dennoch nie hinterm Berg gehalten hatte.

»Am Sonntag in der Kirche kurz mal den Herrgott anbeten und die restliche Woche über den Hitler – so ist er, unser Bürgermeister. Also, unter einem guten Christen versteh ich was anderes«, sagte er beispielsweise, wenn der Ortsvorstand wieder in braunen Pluderhosen und von Hakenkreuzfahnen flankiert in der Zeitung abgedruckt war.

Ob Henryk sich auf die Beilagen beschränken oder den Schweinebraten essen würde, konnte Marga vorab nicht sagen. Aber sicher würde er es zu schätzen wissen, dass die Familie ihr Festmahl mit ihm teilen wollte.

Wieder zu Hause, musste sie ihrer Mutter dabei helfen, eine Haxe in Salz einzulegen, um sie haltbar zu machen. Ebenso wie das Geselchte, zu dem das Pökelfleisch geräuchert wurde, sollte dieses Fleisch erst in den kommenden Monaten verzehrt werden.

Schließlich kochte die Mutter noch das Kopffleisch aus und machte eine Sülze. Außerdem hatten sie eine der Backen zugesprochen bekommen, die Helene Heinrich nach der Zubereitung hinüber ins Hauptgebäude brachte und dem kranken Grafen Ludwig servierte. Wovon Margas Vater nicht begeistert war, denn Schweinebäckchen aß er für sein Leben gern. Doch seine Frau bestand darauf.

»Schau ihn dir doch an«, sagte sie, »der braucht eine anständige Mahlzeit. Dringender als du, möcht ich meinen. Aber keine Sorge, du bekommst die Sülze, und ich hab sogar frisches Brot dazu gebacken.«

»Früher gab es eine Schlachtschüssel, alle sind zusammengekommen, und es war ein großes Schmausen«, brummt er.

Helene strich ihrem Mann mitleidig übers Haar. »Irgendwann wird es wieder so werden, Konrad. Das mit den Lebensmittelkarten und Rationsmarken wird nicht ewig dauern.«

»Diese Heimlichtuerei. Man kommt sich vor wie ein Verbrecher, wenn man sich um die Versorgung seiner Familie kümmert.«

»Nicht wirklich, oder?«

Ein schelmisches Grinsen trat in das oftmals ernste Gesicht des Vaters. Es erhellte seine Züge, und Marga wünschte sich, es öfter zu sehen. »Nein, nicht wirklich. Ehrlich gesagt fühlt es sich herrlich an zu wissen, dass die Speisekammer endlich wieder einmal voll ist. Und du kannst auch gern dem Grafen und seiner Familie was rüberbringen. Wird schon für alle reichen.«

Marga hörte die Stimmen der Eltern hinter sich leiser werden, als sie hinüber in ihr Zimmer ging. Sie war todmüde von der aufregenden Aktion und sank auf ihr Bett. Was für ein Tag!

Kurz darauf kam Henryk zum Essen. Er brachte Blumen mit und wurde mit Handschlag von den Eltern begrüßt. Marga hatte ihnen noch nie einen Mann vorgestellt.

»Ich freue mich sehr über die Einladung, Herr Heinrich«, sagte Henryk.

»Und wir freuen uns, dass Sie Zeit haben und wir Sie kennenlernen dürfen, gell, Helene?« Typisch für ihren Vater, das Wort gleich an seine Frau weiterzureichen. Auf Außenstehende wirkte Konrad Heinrich bisweilen etwas einsilbig, aber er war ein gutmütiger Mensch, und wenn es drauf ankam, sagte er immer das Richtige. Schon als Kind hatte sich Marga in seiner Nähe stets in Sicherheit gefühlt. Ihr Vater, der Fels in der Brandung.

Margas Mutter nickte. »Meine Tochter hat uns schon viel von Ihnen erzählt, Herr Stattler. Dass sie aus Polen kommen und jetzt unten in Mairing wohnen.« Damit wählte sie zwei unverfängliche Details und umschiffte dezent die heikleren Punkte. Sie lächelte Henryk freundlich an und bedankte sich für die Blumen. Margas Eltern waren einfache Leute, die sich nicht verstellten. Man merkte ihnen ihre Nervosität ein wenig an. Aber dass sie Henryk so offen begrüßten, war eine große Erleichterung für Marga.

Dann gab es endlich den von allen ersehnten Schweinebraten. Dazu hatte die Mutter Weißkraut in eine emaillierte Stahlreine geschnitten, ein paar Karotten und viele Kartoffeln. Als die große Vierkantpfanne auf den Tisch gestellt wurde, kam es Marga beinahe wieder vor wie früher. Nur dass der gefallene Schwager fehlte. An seiner Stelle saß nun Henryk zwischen Marga und ihrer Schwester Erika. Manchmal befürchtete Marga, ihre Schwester könne schwermütig werden. In den

Sommermonaten hatte sie jedoch eine leichte Verbesserung festgestellt, Erika wirkte etwas frischer. Lebhaft würde sie nie werden, das lag nicht in ihrer Art, aber zumindest zeigte sie wieder Interesse am Dorfgeschehen. Sie hatte es sich nicht nehmen lassen, zum Essen zu kommen, und Marga vermutete, das lag nicht allein an der Verlockung des Bratens, sondern ebenso an einer Neugier auf Henryk.

Angenehm aufregend fand Marga seine Anwesenheit inmitten der Familie. Wäre es nicht wundervoll, wenn er sie öfter besuchen käme? Und sobald ihre Eltern etwas vertrauter mit ihm waren, könnte er auch abends vorbeischauen, möglicherweise sogar über Nacht bleiben? Dieser Gedanke ließ Marga erröten. Ihr wurde warm, und sie presste kurz die Handflächen gegen ihre Wangen.

Henryk war wie immer auffallend gut gekleidet. Zu dieser ersten offiziellen Vorstellung trug er einen eleganten Anzug. Der Mutter gefiel es, dass er sich Mühe gab, das wusste Marga. Sie selbst trug auch das Kleid, das normalerweise dem sonntäglichen Kirchgang vorbehalten blieb, und hatte ihr Haar in Wasserwellen gelegt.

»Das ist ein sehr schöner Anzugstoff«, sagte Helene zu Henryk. »Der war sicher schwer zu kriegen. Mein Mann bräuchte auch einen neuen Tagesanzug, aber im Kaufhaus in Mairing sieht es derzeit zappenduster aus mit neuer Ware.«

»Ich habe da gute Verbindungen, Frau Heinrich, weil ich beruflich mit Textilien handle. Wenn Sie also etwas haben möchten, brauchen Sie mir nur Bescheid zu sagen, dann bemühe ich mich, es für Sie zu organisieren.«

»Wirklich?« Margas Mutter wirkte hocherfreut. »Das wäre wunderbar. Oder, Konrad? Dein Anzug ist doch schon sehr abgetragen, und immer nur den Trachtenjanker kannst du auch nicht anziehen.«

»Wenn du meinst. Aber jetzt lasst uns essen.«

Während Konrad den Braten in Scheiben schnitt, verteilte seine Frau schon mal die Beilagen und gab Henryk reichlich.

»Nehmen Sie Fleisch?«, fragte der Vater. »Es ist vom Schwein.«

»Sie meinen, weil ich Jude bin, Herr Heinrich?«

»Ja.«

»In den vergangenen Jahren war es selbst für die Gläubigsten unter uns nicht möglich, nach den Speisegesetzen zu leben, wenn sie nicht verhungern wollten. Und nun geht es darum, nach Zeiten schrecklichster Entbehrungen wieder zu Kräften zu kommen. Daher wäre es ebenso ungeschickt wie unhöflich von mir, Ihr köstlich duftendes Mahl abzulehnen.« Er hielt ihm seinen Teller hin. »Ich nehme gerne davon. Vielen Dank.« Und nachdem er ein paar Bissen gegessen hatte ergänzte er: »Es schmeckt ausgezeichnet, Frau Heinrich. Ich weiß nicht, wann ich zuletzt so was Gutes bekommen habe.«

Auch die anderen lobten die Kochkünste der Hausfrau, und Henryk bemerkte: »Ich habe sogar schon mal mit Schweinefleisch gehandelt.«

»Tatsächlich?« Erstaunt fuhren Konrads Augenbrauen in die Höhe.

»Im Winter einundvierzig, im Ghetto von Sosnowiec.«

Ihr Vater klappte den Mund auf und wieder zu, und Marga konnte sich vorstellen, was er dachte, aber nicht auszusprechen wagte. Wie konnte es sein, dass ein Jude anderen Juden Schweinefleisch verkaufte?

»Es war ein extrem kalter Winter«, erklärte Henryk, »und die meisten im Ghetto standen kurz vor dem Verhungern. Ich brauchte dringend warme Kleidung für meine Familie, aber die konnten wir natürlich nicht einfach so kaufen. Also habe ich mich in die Stadt geschlichen und einige Kilo Schweinespeck organisiert. Um alles wieder hineinzuschmuggeln, habe ich mir die dünnen Schwarten um den Bauch gewickelt, mit einer Schnur festgebunden und darüber meine Kleidung angezogen.«

»Ach du liebe Güte!«, entfuhr es Erika.

»Also, gefroren habe ich nicht auf dem Rückweg, das können Sie mir glauben. Es war nicht schwer, im Ghetto einen Abnehmer zu finden, auch wenn ich das Gegenteil befürchtet hatte. Nachts, bei Schneetreiben, habe ich mich hinter einem eingestürzten Haus mit einem Mann getroffen, der Kleidung im Angebot hatte. Alles ganz heimlich, damit die Lagerpolizei uns nicht erwischte. Er nahm alles, und hat mir dafür sein gesamtes Kleiderbündel überlassen. Es musste schnell gehen, bevor die Patrouille auftauchte, also habe ich mich mitten im Schneegestöber ausgezogen und Schicht für Schicht die Schweineschwarten wieder abgewickelt, bis ich schließlich halb nackt vor ihm stand.«

»Und wehrlos«, warf Marga ein. »Er hätte dich leicht überwältigen können. Das war gefährlich.«

»Es gab ein gewisses Risiko«, räumte Henryk ein. »Aber ich habe im Ghetto viel brenzligere Situationen überstanden. Glücklicherweise war der Mann kein Ganove. Er gab mir die Kleidung und nahm den Speck. Und ich hatte genügend warme Sachen, um meine gesamte Familie damit zu versorgen und den Winter zu überstehen.«

»Wie lange haben Sie im Ghetto gelebt?«, fragte Erika.

»Über drei Jahre«, sagte Henryk. »Aber leben konnte man das beim besten Willen nicht nennen.«

»Und danach?«

Erikas Frage sorgte für eine kurze Stille. Natürlich hatte Marga ihrer Familie Henryks tragische Geschichte erzählt, so weit sie sie kannte. Doch auch sie hatte noch kein vollständiges Bild davon, was ihm widerfahren war. Sie konnte sich kaum beherrschen, so viele Fragen hatte sie. Aber ihr war klar, dass sie Henryk Zeit lassen musste. Und der Mittagstisch der Eltern war nicht der passende Ort, zu viele dieser Fragen zu stellen. Sie legte ihre Hand kurz auf die seine und drückte sie zart.

»Danach brachte uns die SS an einen Ort, an dem früher das Dorf Brzezinka gewesen war. Aber lassen Sie uns lieber von etwas anderem sprechen.«

Marga war glücklich darüber, wie souverän und freundlich Henryk seine Grenze aufzeigte, und dankbar, dass ihr Vater den Ball aufnahm und rasch das Thema wechselte. »Haben Sie denn vor, langfristig in Bayern zu bleiben, Herr Stattler?«

»Ursprünglich hatte ich geplant, mit meinem Cousin nach Amerika auszuwandern. Leider lebt Benjamin nicht mehr, und ohne ihn möchte ich nicht gehen. Ein Freund aus dem Camp will ins Ausland übersiedeln und hat mich schon mehrfach gefragt, ob ich mitkomme. Ihm schwebt Palästina vor. Die Wahrheit ist, mein Körper wäre den Strapazen einer langen Reise nicht gewachsen. Ob sich das einmal ändern wird, kann ich nicht sagen. Daher bemühe ich mich darum, mir hier eine Existenz aufzubauen.«

»Wie er vorhin schon erwähnt hat, ist Henryk dabei, in den Stoffhandel einzusteigen«, fiel Marga ein. Sie wollte verhindern, dass ihre Eltern oder Erika genauer nach den gesundheitlichen Problemen fragten, die Henryk angesprochen hatte. Auch sie hatte bei ihren Treffen bemerkt, dass es ihm mal besser, mal schlechter ging. Wenn er Schmerzen hatte, sah seine Haut fahl aus, und obwohl er sich nichts anmerken ließ, spürte sie, dass er litt. Er war im Arbeitslager Seeberg von einem SS-Kommandanten schwer misshandelt worden. Dieser Mann und später der Typhus hätten ihn beinahe umgebracht, so viel wusste sie. Hauptsächlich saßen seine Probleme im Bauchraum. Genauer ging er nie darauf ein. Daher fuhr sie in einem fröhlichen Tonfall fort: »Henryk meint, es wäre eine gute Idee, die entlegenen Dörfer im Bayerischen Wald abzufahren und den Frauen die Stoffe direkt vor Ort anzubieten. Dann müssten sie nicht den weiten Weg nach Passau machen.«

»Ich habe mir erst kürzlich einen Wagen geborgt und bin die Strecke abgefahren. Zwischen Zwiesel, Viechtach und Regen liegen zahlreiche kleine Siedlungen und Gehöfte. Alles potentielle Kunden.«

»Ich bin überzeugt, das könnte funktionieren«, fiel Helene ein, der Henryks Geschäftstüchtigkeit zu imponieren schien. »Sogar bei uns hier gibt es eigentlich nur im Kaufhaus Krantz Kleidungsstoffe. Und die momentan eben noch streng reglementiert. Wenn mir jemand an der Haustür gute Nähware anbieten würde, wäre ich froh darüber.«

Erika teilte ihre Meinung. »Es wäre eine tolle Sache für die Leute auf den entlegenen Höfen. Sie müssten Ihren Besuch allerdings mit dem der Störnäherin abstimmen, Herr Stattler.«

Mit fragendem Blick ließ Henryk Messer und Gabel sinken. Dieses Wort hatte er eindeutig noch nie gehört.

»Was, bitte schön, ist eine Störnäherin?«

Er war sprachbegabt, hatte sogar schon den ein oder anderen Dialektausdruck aufgeschnappt. Marga fand es charmant, wie viel Mühe er sich mit der Aussprache gab. Aber natürlich kannte er die alten bayerischen Wörter nicht.

»Stör bezeichnet die Arbeit, die Handwerker für den Kunden direkt in dessen Haus erledigen. Vor Ort, also was Längerfristiges«, erklärte sie ihm. Dabei lagen ihre Finger leicht auf seinem Unterarm, und er sah sie aufmerksam an. »Die Näherinnen werden von den Bauern von einem Hof zum nächsten gefahren. Meistens kommen sie zweimal im Jahr, einmal im Sommer und einmal im Winter, zu Mariä Lichtmess, das ist Anfang Februar. Sie bleiben, bis sie alle Näharbeiten im Haus erledigt haben, übernachten auf dem Hof und bekommen dort auch zu essen. Es dauert, bis das neue Gwand, Vorhänge und Bettwäsche genäht und die alten Sachen repariert sind. Außerdem kümmern sie sich um die Aussteuer für die Bauerstöchter.«

An Henryks Gesichtsausdruck sah sie, wie er überlegte. Diese Information schien ihm zu gefallen. In den ländlichen Kaufhäusern gab es kaum fertige Konfektionskleidung zu kaufen, das meiste wurde handgenäht. Oder gestrickt. Natürlich hatten die schwer arbeitenden Bäuerinnen dazu keine Zeit und waren deswegen auf die Dienste der Wandernäherinnen angewiesen. In Seeberg und Mairing gab es Hausschneiderinnen, die nicht herumreisten. Sie waren für die örtlichen Familien zuständig. Den Alteingesessenen, wie den Krantzens, würde Henryk auf diese Weise nicht auf die Zehen treten. Nicht dass Marga ein Problem damit gehabt hätte, falls es so wäre.

Das Gespräch über dieses neutrale Thema, zu dem alle am Tisch etwas beitragen konnten, brach das Eis endgültig. Es machte erstaunlichen Spaß, Pläne zu schmieden, und die Chance auf wirtschaftlichen Erfolg beflügelte in diesen Zeiten wohl jeden.

8

Marga

Beim Verabschieden musste Henryk versprechen, bald wieder-zukommen und die Heinrichs über seine Fortschritte auf dem Laufenden zu halten. Er schob sein Fahrrad, Marga begleitete ihn aus dem Torhaus hinaus und den Hügel hinunter bis an die Wegkreuzung nach Mairing.

»Ist ganz gut gelaufen«, sagte er, als sie stehen blieben.

»Fand ich auch.«

Mit einer Hand hielt er sein Fahrrad, mit dem anderen Arm umfasste er Margas Taille und zog sie sanft zu sich. Sie hob ihm ihr Gesicht entgegen. Sein Blick berührte sie, bevor seine Lip-pen sich auf die ihren legten. Ihr Herz raste. Ihm musste es ebenso gehen, denn ohne seinen Kuss zu unterbrechen, hob er sie kurz hoch, sodass Marga sprichwörtlich einen Moment lang schwebte vor Glück.

»Kommst du morgen zu mir?«, fragte er, nachdem er sie be-hutsam wieder abgesetzt hatte, und sie wusste, was er damit meinte. Noch nie hatte sie ihn in seinem Zimmer in Mairing besucht. Bisher waren sie immer nur spazieren gegangen.

Sie nickte.

Der Rückweg hinauf zum Schloss fiel ihr an diesem Tag be-sonders leicht. Sie machte sogar einen Umweg durch den Wald, um für eine Weile allein zu sein und ihre Gefühle auszukosten.

Hals über Kopf verliebt in Henryk Stattler, war Marga wild entschlossen, ihm hier in Niederbayern eine derart schöne neue Heimat zu bieten, dass er nicht einmal mehr daran dachte, in irgendein anderes Land zu ziehen.

»Holst du die Truhe mit den Wollsachen vom Dachboden? Da wir so viel über Kleidung, Stoffe und Nähen gesprochen haben, fällt mir ein, dass es höchste Zeit ist, mit dem Stricken anzufangen. Die Herbstkälte wird nicht mehr lang auf sich warten lassen.« Die Begrüßung der Mutter brachte Marga nach ihrem Waldspaziergang abrupt wieder zurück in die Realität.

In der Truhe wurden alte Stricksachen aufbewahrt, Pullover, Jacken, alles, was nicht mehr getragen wurde und einem neuen Zweck zugeführt werden konnte. Zusammen mit Erika schleppte Marga das Teil über die steile Treppe vom Dachboden bis in die Stube. In ihrer Abwesenheit hatten Schwester und Mutter bereits die Küche aufgeräumt und das Geschirr gespült, und nun setzten sich die drei Frauen an den blank geputzten Küchentisch. Vom Vater war weit und breit nichts zu sehen. Wahrscheinlich wollte er der nun folgenden unausweichlichen Befragung nicht beiwohnen.

»Er ist nett, dein Henryk«, eröffnete Erika das Gespräch. Dabei zog sie einen dunkelblauen Strickpullover aus der Kiste und suchte den Saum nach dem Fadenanfang ab. »Aber ein gutes Stück älter als du, nicht wahr?« Erfolglos nestelte sie an der Wolle herum, ohne Marga anzusehen.

»Vierunddreißig.«

»Ach. Hm. Zwölf Jahre.«

»Richtig.« Weiter wollte sie sich nicht dazu äußern, da gab es nicht mehr zu sagen.

»Und er ist nicht verheiratet?«

»Natürlich nicht, Erika. Ich treffe mich doch nicht mit jemandem, der in festen Händen ist. Henryk ist Witwer.« Auch darüber ließ sie sich nicht weiter aus. Vor allem, weil sie noch immer nicht recht viel mehr wusste. Sie umschifften dieses Thema, manchmal besser, manchmal schlechter. Je näher sie einander kamen und je weiter sie ihm ihr Herz öffnete, desto stärker fürchtete sich Marga vor dem Moment, da er ihr erzählen würde, wie er Frau und Kind verloren hatte. Die Mutter nahm Erika den Pullover aus der Hand, fand auf Anhieb das vernähte Fadenende, zupfte es heraus und begann, das Gestrickte aufzuribbeln. Dabei wickelte sie die Wolle straff um ein Holzbrett. Später würden sie alle auf diese Weise gewonnenen Wollfäden über warmem Dampf befeuchten, damit sich die gewellten Fasern wieder glätteten und leichter zu neuer Kleidung verarbeiten ließen.

»Daraus mach ich eine Mütze und Handschuhe für euren Vater«, erklärte Helene.

»Bräuchte ich auch«, sagte Marga. Sie wühlte in der Truhe. »Hier, das war eine Häkelstola von Oma. Mir gefällt die weinrote Farbe. Darf ich die nehmen?«

»Ja, wenn du dir die Sachen selber strickst.«

Eine Weile umwickelten die drei schweigend Brettchen um Brettchen mit Wolle, aber Marga war klar, das konnte noch nicht alles gewesen sein.

Und tatsächlich sagte ihre Mutter schließlich: »Ich denke, Herr Stattler hat eine Menge durchgemacht. Man merkt ihm an, dass es ihm nicht gut geht, auch wenn er sich Mühe gibt, es zu überspielen. Trotz seiner breiten Schultern macht er einen zerbrechlichen Eindruck.«

»Die breiten Schultern sind ein Überbleibsel seines früheren Lebens. Henryk hat mir erzählt, dass er in Polen geboxt hat. So richtig in einem Ring und mit regelmäßigem Training. Unten im Arbeitslager haben sie ihn halb totgeschlagen, das hinterlässt zwangsläufig Spuren. Vermutlich hat er es seinem früheren Training zu verdanken, dass er überhaupt stark genug war, um zu überleben.«

»Seine Verletzungen sind wahrscheinlich nicht nur körperlich?«

»Natürlich nicht. Was willst du mir damit sagen?«

Helene seufzte. »Du bist noch so jung, Marga. Ich frage mich nur, ob es nicht besser wäre, wenn du mit jemandem ausgehst, der in deinem Alter ist und an einem ähnlichen Punkt im Leben. Ohne derartig schlimme …«, sie zögerte, »Altlasten.«

»Ich fürchte, ich kann dir immer noch nicht ganz folgen.« Marga stellte sich stur.

»Wir wissen nicht, was Herr Stattler durchgemacht hat, aber dass es etwas sehr Schreckliches gewesen sein muss, steht außer Frage. So was nimmt man mit durchs Leben, Kind, das lässt sich nicht abstreifen.«

»Sollte ich mich besser nicht damit belasten, was die Nazis ihm und seiner Familie angetan haben? Meinst du das?« Marga wusste, ihr Tonfall war scharf, die Worte ungerecht, und der gequälte Gesichtsausdruck ihrer Mutter tat ihr weh. Dennoch blieb sie trotzig. Was auch immer sie gegen eine Beziehung mit Henryk anführen würde, Marga würde es nicht gelten lassen. Nichts und niemand konnte ihr ihre Gefühle ausreden.

»Mach es mir doch nicht so schwer, Kind. Du weißt, dass dein Vater und ich andere Menschen nie nach ihrer Herkunft beurteilt haben, und dass wir gerne allen helfen, die Hilfe brauchen, egal, welche Konfession sie haben. Aber ich bin deine Mutter, ich sorge mich eben um dich.«

»Wäre dir ein Mann wie Lukas Krantz lieber?«

»Er ist in deinem Alter, stammt aus einer angesehenen einheimischen Familie und könnte gut für dich sorgen. An seiner Seite hättest du ein angenehmes Leben. Unbeschwerter als mit Henryk Stattler.« Dieser Einwurf kam von Erika.

Marga presste die Lippen aufeinander und wickelte energisch die Wolle um ein neues Holzbrett. Dabei sah sie niemanden an.

»Er scheint ein sehr netter Mann zu sein«, ruderte die Mutter zurück, als die Stille zu lang wurde.

Auch Erika lenkte ein. »Und er ist wirklich gut aussehend. So, wie er dich anschaut, scheint er bis über beide Ohren in dich verliebt zu sein.«

Marga errötete.

Die Mutter hatte die Wolle in ihren Schoß sinken lassen. »Du weißt, dass ich mir immer nur das Beste für dich wünsche. Und wenn du dein Herz an Henryk Stattler verschenkt hast, sollst du wissen, dass unsere Tür euch offen steht. Versteh mich nicht falsch, ich will dich nicht mit Lukas verkuppeln, für mich zählt allein, dass du glücklich bist. Wenn du es dir zutraust, mit Herrn Stattlers Vergangenheit zu leben, dann akzeptiere ich das. Auch wenn ich davon überzeugt bin, dass du nicht ermessen kannst, worauf du dich da einlässt. Er darf sich in jedem Fall glücklich schätzen, das Herz einer so liebenswürdigen, hübschen jungen Frau wie dir erobert zu haben.«

»Danke, Mama«, sagte Marga mit Tränen in den Augen.

Liebevolle Dankbarkeit durchströmte sie. Obwohl sich die Güte ihrer Mutter bisweilen unter einer rauen Schale verbarg, trat sie verlässlich zutage, wenn es um das Wohl der Familie ging. Natürlich verstand Marga die Bedenken der Mutter. Ihr war selber klar, dass sie noch nicht einmal im Ansatz die Abgründe dessen ausgelotet hatte, was Henryk widerfahren war. Ihr Gefühl sagte ihr, sie musste nicht nur ihm Zeit geben, sondern auch sich selbst.

Das Gebäude, in dem Henryk wohnte, war viel höher als die umliegenden, mit einem schlichten rechteckigen Grundriss. Früher hatte es die Genossenschaftsbrauerei beherbergt, die der Straße ihren Namen gab. Schon seit beinahe zwei Jahrzehnten wurde in der Brauereigasse kein Bier mehr gebraut. Trotzdem erinnerte sich Marga vage an den süßlichen Maischegeruch in der Luft, den sie als kleines Mädchen immer gemocht hatte. Im ehemaligen Brauhaus waren jetzt Wohnungen untergebracht. Zehn Namen fand Marga auf den in zwei senkrechten Reihen angeordneten Klingelschildern, und als sie auf Henryks Knopf drückte, schellte ein lauter, blecherner Ton durchs Treppenhaus.

Jeder bekam hier genau mit, wenn jemand Besuch bekam.

Sie hörte Henryks Schritte, dann erschien er in der Tür. Über hölzerne Stiegen folgte sie ihm bis ganz nach oben, wo er ein einziges Zimmer bewohnte. Es gab nur ein Fenster, allerdings mit geblümten Vorhängen. Das Mobiliar war schlicht und funktional. Ein Tisch, zwei Stühle, ein Holzofen mit Platte, auf der auch gekocht werden konnte, ein Schrank, ein Waschbecken und ein Geschirrregal an der Wand, in das die Teller senkrecht gesteckt wurden. Es gab genau zwei Teller. Darunter hingen an Haken ebenfalls zwei Tassen. Große Essen konnte er keine geben.

»Das war schon so möbliert. Ich habe nichts verändert, weil ich nicht weiß, wie lange ich hier wohnen bleibe. Ist ja nicht gerade das, was man sich langfristig wünscht«, erklärte Henryk auf

Margas Rundumblick hin. Nirgends sah sie persönliche Gegenstände, Bilder an der Wand oder Fotos. Schlagartig wurde ihr bewusst, dass er solche Dinge ja gar nicht mehr besaß, dass er alles verloren hatte. Wie unendlich traurig musste es sein, kein einziges Andenken zu haben.

Ihr Blick blieb am Bett hängen. Es war schmal, hatte aber einen massiven Holzrahmen. Deutsche Eiche, vermutete sie, wuchtig und schmucklos.

»Möchtest du was trinken?«

»Nein, danke.« Befangenheit ergriff Besitz von Marga. Sie stellte ihre Handtasche auf einen der Stühle und blickte aus dem Fenster auf das Holzhaus schräg gegenüber. Hübsch sah es aus, weiß gestrichen, mit grünen Fensterläden. Im Vorgarten standen Sonnenblumen, aus denen die Vögel schon fast alle Kerne gepickt hatten. Zumindest wirkte es aus der Ferne so. Marga spähte angestrengt, um es besser erkennen zu können. Die Sonne machte sich langsam ans Untergehen, es würde nicht mehr lange hell sein.

Henryk trat neben sie. »Wir müssen nicht hier bleiben. Wäre es dir lieber, wenn wir spazieren gehen? Oder ins Café?«, fragte er leise. Seine Schulter berührte die ihre.

»Nein. Ich möchte mit dir zusammen sein.« Sie schloss die Vorhänge, obwohl niemand in den dritten Stock würde hineinschauen können. Dämmerlicht erfüllte den Raum. Dann wandte sich Marga Henryk zu, verschloss seine Lippen sanft mit den ihren, lehnte sich gegen ihn und genoss seine Umarmung.

Als sie damit begann, sein Hemd aufzuknöpfen, hielt seine Hand die ihre kurz fest. »Willst du das wirklich?«

Sie nickte. Er umfing sie und hob sie hoch, trug sie hinüber zum Bett, wie man eine Braut über die Schwelle trägt. Erneut versuchte sie sich daran, die Hemdknöpfe zu öffnen, und wiederum hielt er sie zärtlich davon ab.

»Ich will dich ansehen«, flüsterte sie.

»Ich weiß nicht, ob das so eine gute Idee ist«, sagte er leise, ließ sie nun aber gewähren. In seinen Augen stand ein Ausdruck, der nur Scham sein konnte. Unsicher zog sie die Hände zurück. Henryk schluckte, dann übernahm er es selbst, sein Hemd zu öffnen, und streifte es von den Schultern, ohne dabei den Blick von Marga zu wenden.

Sie sog die Luft ein. Henryks Sonnenbräune hörte am Halsausschnitt auf. Die Haut seines Oberkörpers war blass und bedeckt von großflächigen Tätowierungen. Auf der Brust prangte ein riesiger Frauenkopf in tiefschwarzer Tinte. Beide Oberarme zeigten Frauenfiguren, nackt oder in Unterwäsche. Es waren keine schönen Tätowierungen, sondern krude, plakative Bilder, in dicken Linien in die Haut gestochen. Marga war vollkommen überfordert, sie wusste nicht, wie sie reagieren sollte.

Henryk studierte ihr Gesicht. Er drehte das Hemd in seinen Händen und knüllte es zu einem Ball.

»Frag mich«, verlangte er schließlich mit gepresster Stimme und wünschte sich wahrscheinlich gleichzeitig, sie würde es nicht tun.

»Warum hast du das machen lassen? So viele Frauenbilder, so groß ...«

»Das war nicht meine Entscheidung. Diese Tätowierungen wurden mir gegen meinen Willen zugefügt.«

»Aber wie kann das sein? Von wem? Wieso? Wo?«

Er zeigte ihr die Innenfläche seines Unterarms. »Dort, wo ich auch diese Nummer bekommen habe. 133 905. An einem Ort

111

namens Oświęcim-Brzezinka. Auschwitz-Birkenau. Davon hast du sicher schon gehört?«

Nicht nur die Wochenschauen waren voll von Berichten über jenes Konzentrationslager gewesen, auch die Amerikaner hatten mit dem Vorführen von Filmmaterial unter Anwesenheitspflicht dafür gesorgt, dass das Grauen von Auschwitz wirklich jedem in Deutschland bekannt wurde. Dort war Henryk gewesen? Und hatte überlebt?

»Der Name des Tätowierers war Leo«, fuhr er fort. »Ein sehr großer Mann, fast zwei Meter, mit Pranken wie ein Löwe. Passender Name also. Ich hatte heftige Schmerzen, während er gearbeitet hat, und das Ganze hat ewig gedauert.«

»Warum hat man dir das angetan?«

Henryk ließ den Blick sinken und fuhr sich mit der Hand übers Gesicht. »Das werde ich dir erzählen. Irgendwann einmal …« Er wirkte plötzlich unendlich erschöpft.

»Nein, Henryk, erzähl es mir jetzt. Bitte.«

Ein harter Ausdruck trat in seine Augen. »Also gut, wenn du es unbedingt wissen willst. Mir sollte die Haut abgezogen werden, um einen Lampenschirm daraus zu machen. Als Leo fertig war mit dem Tätowieren, hat er gesagt, sie würden nur noch abwarten, bis alles gut verheilt wäre, wegen der Farbqualität.«

Marga schlug die Hand vor den Mund, um nicht zu schreien. Henryks Geschichte löste einen Sturm von Übelkeit in ihr aus, als hätte sie einen Faustschlag in den Magen bekommen.

»Aber das kann nicht sein!«

»Glaub mir, Marga, in Auschwitz konnte alles passieren. Ich war nicht der Einzige, den sie zu diesem Zweck *verschönert* haben.« Er spie das Wort förmlich aus. »Aber vielleicht der Einzige, bei dem das *Kunstwerk* dann nicht verwendet wurde.«

Alles in Marga weigert sich zu glauben, dass Menschen zu derartigen Grausamkeiten fähig sein konnten. Die dick gestochenen schwarzen Motive auf Henryks Haut hingegen widersprachen laut.

Marga hatte geglaubt, sie habe einen romantischen Abend vor sich mit dem Mann, in den sie sich verliebt hatte. Ein großer Schritt, den sie bewusst gehen wollte. Sie hatte mit anfänglicher Nervosität gerechnet. Aber nicht mit dem unfassbaren Entsetzen, das sie nun zwang, auf Henryks Körper zu starren, ohne zu blinzeln.

»Weißt du, warum sie mich dafür ausgewählt haben? Weil meine Haut ebenmäßig und frei von Muttermalen oder Narben war. Ich empfinde eine tiefe Scham wegen dieser Bilder. Und eine noch stärkere Wut, hier«, er legte eine Hand auf seinen Bauch, »in mir drin. Die mich jedes Mal fast wahnsinnig macht, wenn ich mich im Spiegel betrachte. Ein Leben lang muss ich diese Monstrosität mit mir herumtragen, ohne die Möglichkeit, sie jemals loszuwerden. Wenn ich zu abstoßend für dich bin, ziehe ich das Hemd wieder an.«

Schnell griff Marga nach seinen Händen und hielt sie fest. »Nein, bitte. Es gibt nichts an dir, das ich abstoßend finde. Was dir angetan wurde, tut mir unendlich leid, Henryk. Für mich bist du schön, und ich will nicht, dass du dich aus Befangenheit vor mir versteckst.« Die Worte sprudelten aus Margas Mund, während Tränen über ihre Wangen liefen.

Natürlich hasste er diese Verunstaltung seines Körpers und diejenigen, die sie ihm zugefügt hatten. Gleichzeitig schämte er sich deswegen und fühlte sich hilflos. Jeden Tag, morgens und abends, wann immer er sich sah. Es musste ihn viel Überwindung gekostet haben, sich ihr zu zeigen. Marga hoffte, dass die Tiefe seiner Gefühle ihm die Kraft dazu gegeben hatte.

»Warum haben sie dich nicht wegen der Bilder getötet?«

»Irgendwann war Leo mit der Farbe zufrieden. Da habe ich gewusst, dass sie mich bald holen würden. Aber dann hatte ich einfach Glück. Am folgenden Tag wurden Arbeiter für die Krupp-Werke gesucht, und ich habe behauptet, ich wäre Elektriker.«

Marga hielt die Luft an, als Henryk weitererzählte. »Alle, die sich gemeldet hatten, mussten sich ausziehen und begutachten lassen, da habe ich mein Hemd unter den Arm geklemmt und die Muskeln angespannt, um noch möglichst kräftig zu wirken, obwohl wir alle schon recht abgemagert waren. Hat funktioniert. Als Elektriker war ich wichtiger denn als Bezug für einen Lampenschirm, deswegen habe ich es raus aus Birkenau geschafft. Etwas, an das ich schon fast nicht mehr geglaubt hatte.«

Sie saßen nebeneinander im Bett, den Rücken an das Holz des Kopfteils gelehnt, und natürlich war jede Romantik verflogen. Marga bedauerte das sehr, trotzdem musste sie erfahren, wie es weiterging.

»Und dann?«

»Dann brachten sie uns nach Niederschlesien, nach Fünfteichen, in ein neu gebautes Lager, das zu Groß-Rosen gehörte. Wir waren die ersten sechs- oder siebenhundert Mann aus Auschwitz, die dort ankamen. Das Krupp-Berthawerk war ungefähr fünf Kilometer entfernt, dorthin sind wir täglich marschiert. Ich habe Verschlüsse für Kanonen gebaut und musste dafür schwere Stahlblöcke heben und Fräsmaschinen bedienen. Es gab zwei Zwölfstundenschichten in einer riesigen, riesigen Fabrikhalle. Von Oktober 43 bis Januar 45 habe ich das ge-

114

macht. Eine Knochenarbeit.« Bei den letzten beiden Sätzen war Henryks Stimme leiser geworden, als würden seine Gedanken fortdriften in die Vergangenheit. Dort sollten sie nicht verharren. Er musste zurück in den Augenblick kommen, zu Marga. Sie zog Henryk an sich, ließ ihre Hände über die glatte Haut seines Rückens wandern, über die Muskeln seiner Oberarme, und vergrub die Finger schließlich in seinem Haar.

Marga blieb den Abend und die ganze Nacht bei ihm. Sie redeten nicht mehr viel, hielten einander und liebten sich. Es war ihr vollkommen egal, ob es sich schickte oder nicht, als unverheiratete Frau mit einem Mann zusammen zu sein. Für sie gab es ohnehin kein Zurück.

9

Marga

Herbststürme fegten über den gräflichen Forst hinweg und knickten einige Bäume am Hang um. Margas Vater war mit der Beseitigung der Sturmschäden schwer beschäftigt. Auch hatten zahlreiche Dachschindeln das Unwetter nicht überstanden. Graf Seeberg ließ Handwerker aus dem Ort kommen, die auf den Schlossdächern herumkletterten und versuchten, alles bestmöglich mit den vorhandenen Mitteln abzudichten. Eigentlich hätte das komplette Anwesen neu eingedeckt werden müssen, aber das war momentan einfach nicht möglich. Hauptsache, es wurde irgendwie winterfest gemacht, im Frühling würde man weitersehen.

»Es werden wieder bessere Zeiten kommen, darauf können wir uns verlassen. Nichts bleibt, wie es ist«, pflegte der Graf mit stoischer Ruhe zu behaupten, und mittlerweile wiederholte auch Marga das im Kopf wie eine Beschwörungsformel.

Henryk besuchte sie oft zu Hause, und Margas Mutter bemühte sich jedes Mal, ihm etwas Nahrhaftes zu kochen. Mittlerweile hatte sie den Mann, der ihre Tochter so glücklich machte, ins Herz geschlossen. »Obwohl er Schlimmes durchgemacht hat, liegt in seinem Lächeln noch immer Güte«, sagte sie zu Marga. »Seine Augen sind zwar meistens traurig, aber wenn er dich anschaut, verfliegt das, und sie strahlen richtig. Außerdem finde ich es sehr anständig von ihm, dass er uns immer seine Hilfe anbietet und sich auch drüben beim Grafen schon vorgestellt hat. Aber«, und so endete sie stets, wenn sie von Henryk sprach, »er ist viel zu dünn.«

Leider nahm er auch nicht in dem Umfang zu, wie Margas Mutter sich das vorstellte, im November ging es ihm vielmehr gesundheitlich schlechter.

»Dieses nasskalte Wetter kriecht mir richtig in die Knochen«, beschwerte er sich. »Ich fühle mich, als wäre ich hundert Jahre alt. Ich kann kaum einen Fuß vor den anderen setzen.«

Gerade versuchte er, vom Sofa der Heinrichs aufzustehen, und musste sich dabei mit beiden Händen abstützen. Marga wusste, dass er keine Hilfe wollte, also widerstand sie dem Drang, ihn zu stützen. Mittlerweile hatte sie mehr über seine Zeit in Gefangenschaft erfahren. Innerhalb von zwei Jahren war er in fünf verschiedenen Konzentrationslagern gewesen. Davor hatte er sich und seine Familie jahrelang im Ghetto von Sosnowiec versteckt. Kein Wunder, dass sein Körper am Limit war und nicht mehr so wollte wie früher. Trotz seines eigenen schlechten Gesundheitszustands hatte Henryk Mitleid mit dem Grafen Ludwig, der die Kälte ebenso wenig zu vertragen schien wie er. Und der inzwischen zu krank war, um zurück nach München zu reisen. An diesem Tag hatte sich Henryk extra Daniels Auto geliehen, um ihn zum Arzt zu fahren.

»Bist du sicher, dass das eine gute Idee ist, du bist doch selber angeschlagen.« Marga sorgte sich.

Er zuckte die Schultern. »Der Graf braucht ein neues Rezept für sein Schmerzmittel und muss untersucht werden. Passau ist ja nicht weit. Wenn ich wieder hier bin, lege ich mich ein wenig hin.« Endlich hatte er es geschafft, ohne ihre Unterstützung aufzustehen, und Marga hielt ihm den Mantel hin. Er verzog das Gesicht, als würde ihm sogar diese Art von Hilfe widerstreben. Aber sie ließ sich nicht beirren und legte noch einen selbst gestrickten Schal um seinen Hals.

»Nimmst du mich mit hinunter nach Mairing? Ich treffe mich mit Lotte.«

Sie zwängte sich auf den engen Rücksitz des Wagens, während Graf Ludwig neben Henryk Platz nahm. Der Diener legte eine Wolldecke über den Schoß des Kranken, was wegen der undichten Wände des Wagens sicher eine gute Idee war.

»Es ist wirklich sehr freundlich, dass Sie mich zum Arzt bringen, Herr Stattler. Vielen Dank dafür«, sagte der Graf. Sein Bruder, Graf Seeberg, verfügte derzeit nicht über ein Auto, sondern fuhr sich und seine Familie stattdessen in einer Pferdekutsche durch die Gegend. Was im Sommer noch ganz luftig gewesen war, wurde im Herbst beschwerlich. Bei Regen durch schlammige Pfützen auf den Landstraßen zu holpern, war keine angenehme Art der Fortbewegung. Niemals wäre es zudem möglich gewesen, mit dem Pferdefuhrwerk bis nach Passau zu kutschieren, das hätte Stunden gedauert. Und eine Zugfahrt wollte dem Kranken auch niemand zumuten.

»Das mache ich gern, keine Ursache. Ich möchte mir ohnehin eine Wohnung in Passau anschauen, während Sie in der Behandlung sind, und dann hole ich Sie wieder ab.«

Marga horchte auf. »Eine Wohnung in Passau?« Das war neu für sie. Wieso hatte er das ihr gegenüber nicht erwähnt?

Henryk warf ihr im Rückspiegel einen kurzen Blick zu. »Ich habe mich noch nicht entschieden. Aber wenn ich meine Stoffe im Bayerischen Wald vertreiben will, wäre es praktischer, in Passau zu wohnen.«

Die Kreisstadt stellte quasi das Tor zum Bayerwald dar und lag an dessen südöstlichen Ausläufern.

»Ich dachte, du bist noch nicht so weit?«

»Das Einzige, was mir noch fehlt, ist ein eigenes Auto, aber das werde ich demnächst bekommen. Daniel hat mir eines organisiert. Mit genügend Platz für meine Ware.«

»Wie schön.« Die Worte klangen flach, das merkte Marga selber. Sie wollte nicht, dass Henryk in die Stadt zog. Sofort schämte sie sich für ihre Selbstsucht. Er musste schließlich von etwas leben. Wenigstens war Passau nicht so weit weg wie Düsseldorf.

Erneut trafen sich ihre Blicke im Rückspiegel, Henryk schwieg.

»Du kannst mich hier rauslassen.«

Henryk hielt vor dem Gasthof zur Post. Das stattliche Gebäude mit Biergarten lag direkt an Mairings Hauptstraße.

Aber natürlich würden Marga und Lotte sich nicht zusammen mit Pferdehändlern, Bauern und Kartenspielern ins Wirtshaus setzen. Erstens gehörte sich das nicht für zwei junge, unverheiratete Damen, zweitens fehlte dazu das Geld.

Sie winkte dem Wagen, als er weiterfuhr. Dann lief sie vorbei am Warenhaus der Familie Krantz, das direkt neben dem Gasthof stand. In seinem kräftigen Blau mit den weißen Mauerblenden und Simsen war es von Weitem gut sichtbar. Der Name von Lukas' Großvater prangte in goldenen Lettern über der Ladentür, zusammen mit dem Gründungsjahr des Unternehmens. Möglicherweise, eines Tages, wenn Henryk genug Geld verdient hatte, würde er ebenfalls ein Geschäft in Mairing eröffnen können. *Konfektionskleidung Stattler* könnte über dem Eingang stehen. Marga verlor sich in Tagträumen über Henryks Zukunft, und natürlich ihre eigene, und schlenderte dabei, langsamer als beabsichtigt, ihrem Ziel entgegen, der Kaiserbäckerei.

Ungeduldig winkend erwartete Lotte sie bereits. »Sag mal, Marga, wo bist du denn mit deinen Gedanken? Wahrscheinlich ganz weit weg, gell?«, rief sie ihr entgegen.

»Ach ja, du kennst mich eben. Wartest du schon lange?«

»Bin gerade erst gekommen.«

Hübsch sah Lotte aus. Sie trug einen warmen Rock und Schnürstiefeletten, dazu Mantel, Hut und sogar passende Lederhandschuhe.

»Sind die neu?«

Mit einem Lächeln sah Lotte auf ihre Hände und nickte. »Ganz weiches Leder. Haben sie bei Krantz neu reingekriegt, und ich konnte nicht anders, ich musste sie mir einfach gönnen. Aber sie passen überall dazu, und ich kann sie den ganzen Herbst und Winter tragen.«

»Mir musst du sie nicht schmackhaft machen, ich finde sie sehr schick.«

»Mutter war nicht erfreut.« Lotte verdrehte die Augen. »Aber ich arbeite so viel und gebe fast alles, was ich verdiene, daheim ab. Da darf ich mir wohl eine kleine Freude gönnen, oder?«

»Unbedingt.«

In der Bäckerei kauften sich Marga und Lotte nur eine Brezel, die nahmen sie mit hinüber auf den Kirchplatz, wo sie sich auf eine Bank setzten und sich das Gebäck teilten. Natürlich wäre es schöner, bei Kaffee und Kuchen im warmen Café Lober zu sitzen, wo alle hingingen. Aber abgesehen vom Geld hatten die zwei jungen Frauen nicht viel Zeit und mussten dringend ungestört miteinander sprechen. Zudem brach gerade die Sonne

120

durch die Wolken, und wie auf Kommando streckten die beiden ihr die Gesichter entgegen.

»Also, erzähl«, verlangte Marga. »Was gibt es Neues bei dir und Franz? Hatte er endlich eine Aussprache mit seinen Eltern?«

Für Marga war es vollkommen unverständlich, aus welchem Grund Herr und Frau Langbauer der Meinung waren, Lotte wäre nicht gut genug für ihren Sohn. Zu mittellos, die Familie zu unwichtig, einfach nicht standesgemäß? Dabei hatten die Langbauers auch nur eine Sattlerei und waren nicht gerade blaublütig. Oft und oft schon hatte Lotte Marga deswegen ihr Leid geklagt, nie tat sich etwas. Die Situation war verfahren.

»Das kann man so sagen.«

»Und? Was kam dabei raus?«

»Herr Langbauer hat mich aus dem Turnverein ausgeschlossen.«

»Wie bitte? Das geht aber nicht!« Marga sprang entrüstet auf, lief einige Schritte auf und ab und setzte sich wieder. Gezeichnet war Franz aus dem Krieg heimgekehrt. Er tat sich schwer, an sein Leben anzuknüpfen, und brauchte seine Lotte mehr denn je. Seit Jahren waren die beiden ein Paar. Und immer schon kämpften sie gegen den Widerstand seiner Eltern, trafen sich heimlich, wenn es sein musste.

»Als Vorsitzender des Vereins darf er rauswerfen, wen er will.«

Ein dummer Kerl, der alte Langbauer, dachte Marga. Lotte war nicht nur eine talentierte Sportlerin, sondern bereits seit Jugendtagen Vereinsmitglied. Gerade jetzt, unter der Kontrolle der Amerikaner, kämpfte der Turnverein darum, das Stigma der Naziideologie loszuwerden, und musste sich als politfreier Club völlig neu aufstellen. Das Geld war knapp, zahlende Mitglieder ebenso, da kam es auf jeden Einzelnen an. Wenn der Vorstand eine seiner besten Turnerinnen ausschloss, würden andere folgen, da war sich Marga sicher.

»Er muss das rückgängig machen!«

Lotte lächelte schief. »Sehe ich genauso. Vor allem, weil es absolut kein geeignetes Mittel ist, Franz und mich voneinander fernzuhalten. Er hat schon gesagt, er macht auch nicht mehr mit, solange ich nicht darf.«

»Wie geht es ihm?«

Das Lächeln verschwand. »Er ist einfach so anders, seit er wieder daheim ist.«

Marga griff nach der Hand der Freundin und drückte sie sanft. »Natürlich ist er das. Wer weiß, was er erlebt hat.«

»Er will nichts erzählen. Ich lasse ihm seine Ruhe und frage nicht weiter nach, weil ich es nicht noch schlimmer machen möchte.«

»Wie wird es weitergehen?«

Darauf wusste auch Lotte keine Antwort. Die beiden schwiegen, und Marga dachte an Henryk. Manchmal hatte sie das Gefühl, ihn noch immer nicht wirklich zu kennen. Als würde sie vergebens an seiner Oberfläche kratzen, mehr und mehr Schichten freilegen, ohne jedoch zum Menschen darunter durchzudringen. Seine Pläne, was Passau betraf, hatte er ihr bis heute vorenthalten. Er teilte überhaupt nur wohldosiert Informationen mit ihr, das war Marga bewusst. Seinen Freund Daniel zum Beispiel, der ihm offenbar viel bedeutete, hatte er ihr bloß einmal kurz vorgestellt. Er wollte nicht, dass Marga näheren Kontakt zu ihm hatte, und ebenso wenig nahm er sie mit ins DP-Camp. All die Stoffe, die Henryk in den vergangenen Wochen aufgekauft hatte, lagerten bei Daniel, sein Zimmer in der Brauereigasse war viel zu klein dafür. Einige seiner Freunde aus dem Camp hatten Bayern mittlerweile verlassen, waren nach Palästina oder in die Vereinigten Staaten ausgewandert, und jedes Mal, wenn Henryk so was erwähnte, hörte sie Bedauern aus seinen Worten.

Er hatte sich in Weiden registrieren lassen, in der Hoffnung, dass sich auch Verwandte dort meldeten, die überlebt hatten, doch bisher war noch keine Nachricht gekommen. Marga wusste, dass das auf Henryks Seele lastete.

»Am Sonntagnachmittag ist Tanz im Café Lober«, sagte Lotte leise, aber trotzig. »Franz und ich gehen zusammen hin. Kommt ihr auch?«

»Ich möchte schon.«

»Aber Henryk nicht, oder? Wahrscheinlich ist es ein rechtes Spießrutenlaufen für ihn, in einem Raum mit all den Mairinger und Seeberger Burschen und ihren Tanzdamen, allesamt aus Familien, die schon ewig hier wohnen. Und er dabei als …«, sie zögerte.

»Als Außenseiter, sag es ruhig.«

Lotte verzog das Gesicht. »Stell dir vor, es wäre umgekehrt und du wärst irgendwo in einem vormals feindseligen Land unter lauter Fremden, nachdem man dich jahrelang weiß Gott wie gequält hat. Und dann sollst du plötzlich so tun, als wäre alles normal. Sollst tanzen und Kuchen essen und dich mit ihnen unterhalten, als wäre nichts geschehen.«

Als ob Marga das nicht alles wüsste! Sie dachte so viel darüber nach. Aber so war die Lage eben, für sie, für Henryk, für alle. Sie mussten versuchen, irgendwie neu anzufangen, und das würde am besten klappen, wenn er sich nicht im Camp mit seinesgleichen einigelte, sondern sie auch gelegentlich dorthin mitnahm und natürlich mit ihr unter die Leute ging.

»Weißt du, manchmal könnte ich einfach nur schreien«, sagte Marga.

»Geht mir genauso. Zum Weinen bin ich mittlerweile zu frustriert.«

»Es wird irgendwann wieder besser werden. Nichts bleibt, wie es ist«, zitierte Marga den Grafen, glaubte aber selbst nicht an ihre Worte. Außerdem wollte sie nicht mehr warten. Wann, fragte sie sich mit jedem Tag heftiger, wann würde sie endlich richtig leben dürfen? Mit Henryk?

Sie verabschiedete sich von Lotte und machte sich auf den Heimweg. Das Wetter meinte es gut mit ihr, die Sonne schien beharrlich, es würde ein schöner Fußmarsch werden.

Der nach wenigen Metern bereits von Lukas Krantz unterbrochen wurde. Er hatte Marga am Geschäft vorbeilaufen sehen und kam heraus.

»Servus«, sagte er, »wie geht es dir?«

Sie blieb stehen. »Hallo, Lukas, danke, alles in Ordnung.«

»Hab dich länger nicht bei uns im Laden gesehen. Willst du nicht hereinkommen? Wir haben schöne Ware für den Winter bekommen. Eh erstaunlich bei den Rationierungen, aber es ist besser als die letzten Jahre.«

Sie schüttelte den Kopf. »Ich muss nach Hause.«

»Was hast du in Mairing gemacht?«

Seine Neugier ging Marga auf die Nerven, doch sie blieb freundlich. »Ich habe mich kurz mit Lotte getroffen, aber sie muss wieder zurück zur Arbeit.«

Lottes Vater hatte neben der hier üblichen kleinen Landwirtschaft auch mit Eiern und Obst gehandelt, und seit er nicht mehr war, sprang seine Tochter ein. In Zeiten wie diesen hatte sie es nicht gerade leicht. Mit all den Reglementierungen durch die Amerikaner, Rationierungsbüchern, Bezugsscheinen und dem regen Schwarzmarkt im Camp konnte keine Rede von *normalem* Handel sein. Lotte musste höllisch aufpassen.

»Und? Am Sonntag? Gehst du tanzen?«

»Ich denke schon.«

»Mit deinem Ex-Häftling?«

Allein für diesen Ausdruck hätte sie Lukas die Meinung sagen mögen, aber was hätte das gebracht? Er wollte nur provozieren, damit würde er bei Marga keinen Erfolg haben.

»Henryk und ich werden gemeinsam tanzen gehen, falls das deine Frage war.«

Er stieß ein verächtliches Schnauben aus. »Was willst' du eigentlich mit dem? Der kann noch nicht mal richtig laufen.«

Marga starrte Lukas stumm an, ließ seine sportliche Gestalt, die hellen Augen und das hübsche Gesicht auf sich wirken. Wie eine hohle, aufgeblasene Form kam er ihr vor.

»Danke«, sagte sie dann ruhig, »damit machst du es mir richtig leicht.« Ohne ein weiteres Wort wandte sie sich zum Gehen.

»Moment!« Jetzt klang seine Stimme scharf. »Ich habe gehört, dass dein jüdischer Galan überall Stoffe aufkauft. Um seinetwillen hoffe ich, dass er damit weder vorhat, in den Schwarzhandel einzusteigen, noch ein Geschäft hier in Mairing zu eröffnen. Das würde ihm nicht guttun.«

Marga fuhr herum. »Soll das eine Drohung sein?«

Übertrieben beschwichtigend hob er die Hände. »Er gehört hier nicht her, Marga. Das ist alles, was ich dazu sage. Und du tätest gut daran, dich zu besinnen, was sich für eine von uns gehört und was nicht.«

Damit ging er zurück in den Laden. Die Glocke über der Tür klingelte kurz, als er sie öffnete und wieder schloss, dann war es still. Erst als ein Pferdefuhrwerk an Marga vorbeiratterte, löste sich ihre Starre. Im Weggehen hatte sie das Gefühl zu staksen, als ob ihre Beine sie nicht richtig tragen wollten. Das war die Wut, die durch ihren Körper pulsierte und die sie kaum beherrschen konnte.

Was war los mit den Leuten? Sicher durfte sich auch ein in seiner Eitelkeit gekränkter Lukas Krantz nicht alles erlauben. Wäre sie ein Mann, hätte sie ihn stante pede mit gestreckter Faust umgehauen. Aber so musste sie von dannen schleichen und den Mund halten, und das gefiel Marga überhaupt nicht.

10

Henryk

»Papa, ich habe einen Schuh verloren.«

Schweißgebadet schreckte Henryk aus dem Schlaf hoch, die Stimme seines kleinen Sohnes noch im Ohr. Zum tausendsten Mal schon verfolgte ihn diese Erinnerung bis in seine Träume. Seit jenem Moment, in dem es ihm unwiederbringlich klar geworden war, dass es vorbei war und er es nicht geschafft hatte, seine Familie zu retten.

»Das macht nichts, Adam«, hatte er zu seinem Kind gesagt, das sich suchend zu dem Eisenbahnwaggon umdrehte, aus dem mehr und mehr Menschen drängten. Auch die eigene Stimme hallte laut in Henryks Gedanken. *»Den brauchst du jetzt nicht mehr.«*

Die Schwere dieses Satzes drückte ihn nieder, zurück ins Kissen. Er starrte an die weiße Decke, die im fahlen Licht des nahen Morgens grau aussah.

Adam hatte Henryk ein letztes Mal zugewunken, dann war er an der Hand seiner Großmutter weggegangen, nach links. Henryk war als arbeitsfähig zur rechten Seite selektiert worden. Dana hatte Henryk zu diesem Zeitpunkt längst aus den Augen verloren. Im Chaos an der Bahnrampe waren sie getrennt worden. Weder Frau noch Kind noch Schwiegermutter sah er jemals wieder.

Die Erinnerung an jene letzten gemeinsamen Momente hatte

127

sich wie Säure bis in sein Innerstes gebrannt, eine stets präsente, schmerzende Wunde, die nicht heilte. Er hatte keine Ahnung, wie er je darüber hinwegkommen sollte. Lange Zeit hatte er sie als dumpfen Druck im Magen empfunden, mit dem er sich gerade nicht wirklich auseinandersetzen konnte, weil er selbst ums Überleben kämpfte. Doch nun, nachdem die körperliche Gefahr vorüber war, suchte das Geschehene ihn heim, wann immer er sich nicht bewusst dagegen wappnete. Das war kräftezehrend. Und manchmal wollte er die Erinnerung auch gar nicht ausschließen, sondern sie zulassen und sich ihrem unendlichen Schmerz ergeben.

Im Viehwaggon, der sie nach Auschwitz-Birkenau gebracht hatte, war es heiß und stickig gewesen. Es hatte nur ein einziges schmales, mit Stacheldraht gesichertes Fenster am hinteren Ende gegeben, alle anderen waren mit Brettern zugenagelt gewesen. Direkt nach dem Einsteigen hatte Henryk sich mit Dana, Adam und seiner Schwiegermutter bis dorthin durchgekämpft, und sobald der Zug angefahren war, hatte er sich darangemacht, den Stacheldraht zu lösen.

Er wusste, wohin es ging, alle wussten das. Die Fahrt nach Auschwitz würde nicht sehr lange dauern, eine Stunde, zwei maximal. Sie hatten nicht viel Zeit.

»Du wirst uns doch hier jetzt nicht alleine lassen«, hatte Dana zu Henryk gesagt und ihn mit ihren dunklen Augen traurig angeblickt.

Mittlerweile hatte er eine Öffnung in den Stacheldraht gebogen. Er hatte die Hände sinken lassen und stumm seine Frau betrachtet. Sie hielt Adam auf dem Arm. Inmitten der Masse der eingepferchten Menschen war es dem Vierjährigen unmöglich gewesen, in dem ruckelnden Waggon zu stehen.

Henryk erinnerte sich genau daran, wie er den Kopf in den Nacken gelegt und versucht hatte zu atmen, jedoch von einem übermächtigen Gefühl ergriffen worden war, als würde er ertrinken.

»Nein«, hatte er schlussendlich gesagt, »natürlich nicht.«

Was hatte er eigentlich vorgehabt? Selbst wenn er sich durch die schmale Öffnung hätte zwängen können, hätte er aus dem fahrenden Zug springen müssen und wäre wahrscheinlich vom Wachpersonal erschossen worden. Und falls er es doch geschafft hätte, in die Wälder zu fliehen, was hätte er dort getan? Sich den Partisanen angeschlossen? Dana und Adam wären niemals aus dem Viehwaggon entkommen.

Nein, natürlich hatte er sie nicht alleine gelassen. Das war alles, was er noch für seine Familie tun konnte. Mit ihnen sehenden Auges in den Tod fahren.

Beim Gedanken an diese letzte Zugfahrt überfiel Henryk dieselbe Panik wie damals im Waggon.

Ruckartig erhob er sich aus dem Bett, öffnete das Fenster und sog tief die Morgenluft ein. Er musste an etwas anderes denken.

Das Erste, was ihm in den Sinn kam, war Marga. Ihre blauen Augen, in denen noch immer der Blick eines unschuldigen Mädchens lag, das noch kein wahres Grauen gesehen hatte. Die Art, wie sie ihn ansah, als wäre er jemand Besonderes, rührte Henryk. Auf diese Weise hatte ihn lange niemand mehr angeschaut. War sie bei ihm, fühlte er sich unbeschädigt, obwohl er das genaue Gegenteil davon war. Würde Marga ihn auch dann noch so ansehen, wenn sie um das ganze Ausmaß seiner seelischen Zerstörung wüsste?

Erneut rief sich Henryk zur Räson. Das waren keine positiven Gedanken. Sie würden ihn nirgendwohin bringen.

Chanukka 1946, das Lichterfest im hebräischen Jahr 5707, verbrachte Henryk hauptsächlich im Camp. Es dauerte acht Tage und wurde fröhlich gefeiert. So fröhlich, wie es eben ging. Kein einziger der Campbewohner hatte mehr seine gesamte Familie um sich, viele waren völlig allein, wie Henryk und Daniel. Aber es gab Freunde, neue und alte. Und verglichen mit dem Vorjahr fühlten sich die meisten mittlerweile zumindest körperlich besser. Alles andere wurde ausgeblendet. Man wollte, durfte, musste wieder einmal einfach nur feiern.

Sobald in der Dunkelheit die Sterne am Himmel erschienen, was an den düsteren Dezemberabenden schon früh der Fall war, wurden die Kerzen an der Chanukkia entzündet, jeden Tag eine weitere. Solange sie brannten, ruhte jegliche Arbeit.

An den ersten drei Abenden saß Henryk mit Daniel und ein paar Jungen am Tisch und spielte Karten. Zuvor hatten sie gemeinsam gesungen. Obwohl nicht sonderlich religiös, war es Henryk gerade in diesem Jahr wichtig, anständig Chanukka zu feiern, wie es sich gehörte. Die Brüder Chayim und Jona, sechzehn und achtzehn, lebten schon eine Weile im Lager. Eltern und Geschwister hatten sie im Konzentrationslager verloren und selbst nur durch Glück überlebt. Henryk hatte den Eindruck, dass die zwei recht gut zurechtkamen. Auch wenn er sich fragte, wie sie das machten. Ihr Schicksal glich dem seinen, sie hatten alle derart schreckliche Dinge erlebt, die er als erwachsener Mann kaum verarbeiten konnte. Wie also musste es den jungen Burschen damit ergehen? An den Feiertagen vermissten sie ihre Eltern besonders, daher hatten Henryk und Daniel sie eingeladen. Sie hatten sogar Krapfen in Fett ausgebacken, die großen Anklang fanden.

Mindestens eine halbe Stunde lang sollten die Kerzen an jedem der acht Abende brennen, doch über Gesprächen und Kartenspielen wurde daraus meistens eine ganze oder gar zwei.

»Wie früher ist das zwar nicht«, sagte Jona irgendwann leise. »Aber trotzdem schön. Wenn ich ehrlich bin, erinnere ich mich immer weniger an die Feste mit unseren Eltern. Es ist, als wäre jemand anderes dabei gewesen und hätte mir nur davon erzählt.«

Daniel schluckte. »Ich weiß, was du meinst. Aber glaub mir, du wirst eines Tages deine eigenen Erinnerungen mit deinen Kindern erschaffen, und die wird dir dann keiner mehr nehmen.«

Die vier senkten die Köpfe, hingen einen Moment lang der Vergangenheit nach, bis Chayim trocken anmerkte: »Bevor er Kinder hat, muss er aber erst mal eine Frau kriegen, und so wie ich die Sache sehe, hast du bei Dorota keine großen Chancen, Jona.«

Seit Monaten umwarb Jona die hübsche Dorota, ein Mädchen aus Warschau, das mit Vater und Bruder in der Baracke direkt neben ihm wohnte. Henryk hatte bisher schon den Eindruck bekommen, dass sie angetan von dem Jungen war. Sie flirtete zart mit ihm, die beiden gingen spazieren, und vor einigen Tagen waren sie sogar im Kino gewesen.

»Wenn's nach ihrem Vater geht, wohl nicht«, gab Jona zu. »Aber sie selber hat ja auch ein Wörtchen mitzureden, und glücklicherweise mag sie mich.«

Während er ihm einen weiteren Krapfen reichte, sah Daniel derart skeptisch drein, dass Jona alarmiert nachfragte. »Was ist? Weißt du etwa was anderes?«

»Na ja, ich habe gehört, dass sie das Geld für drei Passagen nach Amerika zusammen haben und das Camp bald verlassen werden.«

»Kann nicht sein! Das hätte Dorota mir doch gesagt!«

»Vielleicht wartet sie auf den richtigen Moment, um es dir schonend beizubringen«, sagte Henryk sanft.

»Wenn Dorota nach Amerika geht, fahren wir mit«, bestimmte Jona und nickte seinem Bruder zu.

Doch Chayim, zwar jünger, dennoch wesentlich besonnener und weniger hitzköpfig, widersprach. »Wir wären längst raus aus diesem Loch, wenn wir es uns leisten könnten. Es gäbe weitaus bessere Orte auf der Welt als ein Camp voller Heimatloser am Rande eines deutschen Kaffs, aber hier sind wir nun mal gestrandet. Und es wird sicher noch eine ganze Weile dauern, bis wir uns die Weiterreise leisten können, egal wohin.«

»Ich will nicht, dass sie weggeht!«

»Vielleicht war es nur ein Gerücht.« Henryk versuchte, Jona zu beruhigen. »Nicht wahr, Daniel? Könnte doch sein, dass sie noch bleiben?« Er versetzte seinem Freund unter dem Tisch einen Tritt gegen das Schienbein.

»Klar. Die Leute reden den lieben langen Tag, und oftmals nur Blödsinn.«

Das hatte er betont locker gesagt, aber Jonas Stimmung war im Keller, und er verabschiedete sich bald mit den Worten: »Ich gehe jetzt zu Dorota und frage sie direkt.«

Chayim folgte ihm, Daniel schloss die Tür hinter den beiden.

»Du liebe Güte, was hab ich angerichtet. Hätte ich nur meinen Mund gehalten.« Daniel strich sich mit den Händen das Haar aus der Stirn und verschränkte sie dann in seinem Nacken.

»Es ist beschlossene Sache, oder?«

»Ich habe die Billetts selber gesehen. Dorota, ihr Vater und ihr Bruder sind raus hier, noch ehe dieses Jahr vorüber ist.«

Betroffen griff Henryk nach dem Krapfen, den Jona nicht mehr angerührt hatte. Der Junge tat ihm leid. Keine Liebe brannte heißer als die erste, war süßer und bitterer und schmerzhafter zugleich. Dass sie auf diese Weise enden musste, würde Jona nachhängen. Doch niemand würde für immer hierbleiben. Deswegen war es besser, sich nicht zu sehr auf jemanden einzulassen.

»Was ist eigentlich mit dir und Marga?«, fragte Daniel. »Weiß sie, dass du auch irgendwann fortgehen wirst?«

»So direkt haben wir noch nicht darüber gesprochen. Ich starte ja nun erst mal meinen Stoffhandel, das wird mich für eine Weile beschäftigen.«

»Und dir die Mittel verschaffen, um woanders neu anzufangen.«

Henryk seufzte. Ein zweischneidiges Thema, das er gern verdrängte.

In den vergangenen Monaten hatte er hart gearbeitet, um sich in eine gute Position für das neue Jahr zu bringen. Es sollte sein letztes in Niederbayern werden. Dafür hatte er auf dem Schwarzmarkt Stoffe gekauft, in unterschiedlichen Qualitäten und Farben und mit den verschiedensten Mustern. Ein ganzes Warenlager hatte er inzwischen zusammen. Nicht nur Daniels Zimmer, sondern auch sein eigenes in Mairing war mittlerweile vollgestopft damit. Als Nächstes würde er eine größere Unterkunft brauchen, vorzugsweise in Passau, das lag näher am Bayerischen Wald, wo er die Ware zu verkaufen beabsichtigte. Ein paar Wohnungen hatte er sich bereits angesehen, das Richtige war bisher nicht dabei gewesen. Ein Auto würde er ebenfalls benötigen, und genau genommen auch einen Führerschein, weil das Schwarzfahren langsam zu riskant wurde. Es gab noch einiges zu organisieren, aber Henryk war drauf und dran, sich in eine gute Ausgangsposition zu bringen, um sich das Geld zu beschaffen, das er für die Weiterreise brauchte. Alles in ihm drängte danach, fortzugehen. Allein wegen Marga ertrug er das Leben in Niederbayern, durch sie entdeckte er bisweilen sogar Schönes in dieser aufgezwungenen Diaspora.

An einem anderen Chanukkaabend war Henryk beim Rabbi und seiner Familie eingeladen. Dessen Frau und Kinder hatten es tatsächlich geschafft, den langen Weg aus Ungarn zurückzulegen, nachdem sie erfahren hatten, dass Rabbi Zeisers das Lager Seeberg überlebt hatte. Unmittelbar nach der Befreiung hatten die Amerikaner ein erschütterndes Foto von einem Haufen menschlicher Körper gemacht, viele davon tot, in manchen hatte noch ein Hauch Leben gesteckt. So wie in Rabbiner Zeisers, der ganz obenauf gelegen hatte. Das Bild war durch die Presse gegangen und hatte die Seeberger und Mairinger beschämt die Köpfe einziehen lassen. Dabei hatten doch alle gewusst, wie man mit den Gefangenen umgegangen war. In den wenigen Wochen, die das Lager existiert hatte, waren die Leute gestorben wie die Fliegen. Die Menschen hatten in den Baracken auf der nackten Erde schlafen müssen. Dazu die Kälte, die Misshandlungen und der Mangel an Nahrung. Und all das, nachdem Henryk, Rabbi Zeisers und die vielen anderen Inhaftierten bereits mehrere Konzentrationslager und einen Todesmarsch überstanden hatten. Jeden Tag hatten sie ihre Toten auf hölzernen Karren aus dem Lager heraus in Richtung Seeberg transportiert und sie verscharrt, wo es ihnen befohlen worden war. Und ebenfalls jeden Tag waren sie dabei zahlreichen Mairingern und Seebergern begegnet. Keiner konnte also behaupten, er hätte nichts mitbekommen.

Kapo Frippe war für seine Grausamkeit berüchtigt gewesen und mittlerweile auf der Flucht von den Amerikanern verhaftet und inhaftiert worden. Henryk verdrängte aufkeimende Gedanken an diese Schreckgestalt.

Jetzt jedenfalls wohnte Yehuda Zeisers zusammen mit seiner Frau und den beiden kleinen Töchtern im Haus des ehemaligen Nazi-Bürgermeisters in Mairing, das die Amerikaner diesem weggenommen hatten. Sicher kam Zeisers das bisweilen unfassbar vor. Der dunkelhaarige Ungar mit Schnauzbart und elegant aus dem Gesicht gekämmtem Haar war ungefähr in Henryks Alter. Mit ihm selbst hatte Henryk weniger zu tun, doch er hatte sich mit Judith und Meryem angefreundet, seinen beiden Töchtern. Seit dem Verlust seines eigenen Sohnes war sein Mitgefühl für Kinder noch weiter gewachsen. Wo immer er konnte, versuchte für sie da zu sein, hatten sie unter dem Krieg, der Vertreibung oder Lagerhaft doch mindestens ebenso gelitten wie die Erwachsenen. Wahrscheinlich hatten sich Meryem und Judith gewünscht, dass Henryk zum Essen kam. Extra für die beiden hatte er Geschenke besorgt, sie hübsch verpackt und sich sogar mit dekorativen Schleifchen abgemüht.

Als er mit der Familie zusammen am Tisch saß und herzhaft in einen Kartoffelpuffer biss, den Reka Zeisers gebacken hatte, kam ihm plötzlich Marga in den Sinn. Wenn sie jetzt hier wäre, würde sie sich wohlfühlen? Würde sie verstehen, weshalb es an Chanukka in Fett Gebackenes gab, die Kerzen angezündet und die Kinder beschenkt wurden? Kämen ihr die jüdischen Gebräuche arg fremd vor, in einer Zeit, in der sie selbst Advent feierte? Sie könnte keines der Lieder mitsingen, verstünde nicht einmal die hebräische Sprache. Henryk ließ die Gabel sinken.

»Was ist?«, fragte der Gastgeber. »Schmeckt es nicht?«

»Doch, doch, es ist ausgezeichnet.« Hastig nahm er einen weiteren Bissen, ehe er antwortete: »Ich dachte nur gerade an Marga. In den letzten Tagen habe ich sie kaum gesehen, weil ich hauptsächlich bei Freunden im Camp war.«

»Du hättest sie gern mitbringen können.«

»Ich weiß. Aber irgendwie kam es mir nicht richtig vor. Sie kennt unsere Sitten nicht.«

»Du könntest sie ihr erklären«, warf Reka ein. Sie zerteilte einen Kartoffelpuffer mit der Gabel und schob den Teller Meryem hin.

Ein Anflug schlechten Gewissens überfiel ihn. »Die Heinrichs haben mich eingeladen, Weihnachten mit ihnen zu feiern.«

»Wie schön«, sagte Reka.

»Findest du das auch, Yehuda? Meinst du, ich soll hingehen? In Sosnowiec habe ich öfter mit Freunden Weihnachten gefeiert, und sie mit uns Chanukka.«

»Natürlich gehst du hin, wieso nicht? Ihr trefft euch doch seit Monaten, und offensichtlich bist du bis über beide Ohren verliebt. Das ist ein Geschenk, Henryk, genieße es. Nimm teil an ihrem Leben, und koste jeden Augenblick aus«, antwortete Reka an Stelle ihres Mannes.

War es nicht skurril, dass er immer noch imstande war, sich zu verlieben, nach allem, was er durchgemacht hatte? Doch es stimmte, Marga Heinrich ließ sein Herz hüpfen, sobald er auch nur an sie dachte.

Yehudas Schweigen hingegen steigerte Henryks Nachdenklichkeit, bis er sich schwermütig fühlte. Das Lichterfest führte ihm einmal mehr vor Augen, wie verschieden er und Marga waren. Schmetterlinge im Bauch oder nicht, sie stammten aus unterschiedlichen Welten und waren bis vor Kurzem noch Feinde gewesen.

Familie Zeisers wiedervereint nach Jahren der Dunkelheit am Tisch sitzen zu sehen, erfüllte Henryk mit Freude und Wehmut zugleich. Und auch mit Neid, für den er sich nicht schämte, war doch für ihn selbst diese Hoffnung seit Langem erloschen.

Aber nun gab es Marga. Wenn sie tanzen gingen oder spazieren, redeten, sich küssten und liebten, war es verführerisch, sich der Illusion hinzugeben, sie könnten für immer glücklich miteinander sein. Allein, Henryk würde nie wieder für eine Familie sorgen und die Verantwortung tragen können, nachdem er so bitter in seiner Pflicht als Familienvater versagt hatte. Nicht einmal den Gedanken an eine Ehe mit Marga konnte er fassen, geschweige denn an ein gemeinsames Kind.

»Wie geht es mit dem Denkmal voran?« Mit dem Themenwechsel wollte Henryk sich von weiteren Grübeleien abhalten.

Nun war es Yehuda, der sein Besteck weglegte, weil er die Hände zum Gestikulieren brauchte.

»Unfassbar, ganz und gar unfassbar! Man möchte meinen, nach allem, was sie verbrochen haben, würden sich die Deutschen entgegenkommender verhalten. Aber stattdessen zeigt es sich einmal mehr, wie tief ihre bornierte Korinthenkackerei in ihnen verwurzelt ist.« Er schnaufte.

»Yehuda!«, mahnte Reka mit einem Kopfnicken in Richtung der Mädchen, die das Gespräch jedoch nicht zu interessieren schien. Sie aßen und unterhielten sich über ihre Chanukkageschenke.

»Ist doch wahr. Vor über einem Jahr schon haben wir dem Kommandanten der Militärregierung mitgeteilt, wie viele Opfer des KZ-Lagers einfach nur neben der Straße zwischen Seeberg und Mairing verscharrt liegen und dass das ein unhaltbarer Zustand ist. Den Getöteten steht neben einer würdigen Beisetzung auch ein Mahnmal zu, das noch von kommenden Generationen beachtet werden wird. So was kann man doch nicht einfach unter den Tisch fallen lassen, das erlaube ich nicht!«

Tatsächlich hatten die Amerikaner auf dieses Ansuchen hin ehemalige Mitglieder der örtlichen SS aus deren Gefangenenlager abgestellt. Sie hatten die Leichen exhumieren und ordentlich beerdigen müssen. Eingehüllt in weiße Leintücher aus dem Besitz ebenjener Nazi-Familien und mit dem Segen von Yehuda Zeisers. Das Ganze war umfassend fotografisch dokumentiert worden. Henryk, damals körperlich noch extrem geschwächt von der Lagerhaft, hatte es sehr mitgenommen. Nicht nur, weil er viele der Toten gekannt hatte und wusste, auf welch grausame Weise sie gestorben waren. Sondern auch, da er einige von ihnen selbst hatte verscharren müssen. Und nicht zuletzt natürlich, weil es ihm einmal mehr bewusst machte, wie leicht er einer von ihnen hätte sein können.

Dass sie wieder herausgeholt und umgebettet wurden, war einerseits natürlich mehr als recht, andererseits aber extrem belastend. Derzeit verhandelte man darum, an der neuen Grabstelle ein adäquates Mahnmal zu errichten. Die Amerikaner hatten jede Fuhre Zement dafür amtlich zu genehmigen, es ging im Schneckentempo voran. Das Mahnmal wurde aus Spenden vorfinanziert. Nicht nur Baustoffe, auch Steinmetz und Bildhauer mussten bezahlt werden, und so versickerten die Gelder rasch.

Rabbiner Zeisers schwebte ein Obelisk vor, weithin sichtbar neben der flachen Landstraße gegenüber dem ehemaligen Konzentrationslager. Zusätzlich dazu Mauerwerk und ein steinernes

Fries, das war wohl nicht zu viel verlangt. Probleme gab es dabei von allen Seiten.

»Ich schreibe jede Woche Briefe an Bürgermeister, Gemeindeämter, Landratsamt, Militärregierung und was weiß ich wen, damit die endlich die Mittel bereitstellen. Aber es hapert nicht nur am Geld, das wissen wir ja alle.«

Reka stand auf, um ein Glas für Meryem zu holen. Hinter dem Rücken ihres Mannes verdrehte sie die Augen, als könne sie das Thema nicht mehr hören. Henryk bereute, es angeschnitten zu haben, aber Yehuda war im Erzählen.

»Stell dir nur mal vor, so große Steine wie geplant, die gibt es hier in der Gegend überhaupt nicht! Behaupten jedenfalls die Steinmetze. Im Bayerischen Wald müssten sie geordert werden. Weißt du, wie lang das dauert? Und sobald es ans Abholen geht, gibt es mal wieder kein Benzin. Es ist zum Haareraufen!« Prompt fuhr er sich mit beiden Händen durch die Frisur, die danach nicht mehr ganz so ordentlich saß. »Wenn das so weitergeht, dauert es noch Jahre, bis das KZ-Denkmal fertig ist.«

Henryk lehnte sich zurück und verschränkte die Arme vor der Brust. »Womöglich spekulieren sie genau darauf. Dass du und der Ausschuss die Segel streicht, wenn es zu kompliziert wird.«

»Da haben sie sich aber getäuscht!«

Wie Henryk den Rabbiner einschätzte, würde er in der Tat nicht ruhen, bis das Mahnmal exakt so aussah, wie er es haben wollte. Und das stand ihm auch zu. Nicht nur Yehuda, sondern allen, die im Lager gelitten hatten und gestorben waren.

Yehuda mochte auf einem Haufen Leichen gelegen haben, als ihn die Amerikaner fanden. Aber Henryk war es nicht weniger schlimm ergangen. Durch Hunger und Typhus geschwächt, war er im Hof des Arbeitslagers beim Zählappell umgefallen und hatte sich nicht mehr aufrappeln können. Die Erinnerung an das, was danach geschah, trieb ihm noch immer Tränen der Scham und des Zorns in die Augen, obwohl er sich mit Weinen ansonsten schwertat.

»Was, du dreckiger Jude willst nicht stehen?«, hatte ihn der Kommandant angeschrien und mit Schlägen malträtiert. Zu diesem Zeitpunkt war Henryk schon lange nicht mehr dazu imstande gewesen, sich zu wehren oder auch nur seinen Körper gegen die Misshandlungen zu schützen. Als klar war, dass Henryk nicht wieder aufstehen konnte, hatte ihn der Kommandant auf den Misthaufen des Lagers werfen lassen, sich über ihn gestellt und auf ihn hinunter uriniert.

Niemals, so lange er lebte, würde Henryk diese tiefste aller Demütigungen vergessen. Die Stimme des Kommandanten, sein höhnisches Gesicht und den in der Kälte dampfenden Urin, der seine dünne Gefangenenkluft durchdrang. Das war der Moment gewesen, in dem Henryk wahrhaftig hatte sterben wollen. Allein Daniels Fürsorge hatte ihn damals davon abgehalten, aufzugeben. Der gerade noch rechtzeitig erfolgte Einmarsch der Amerikaner hatte seinen Überlebenswillen ein letztes Mal aufflackern lassen.

Es machte keinerlei Unterschied, ob man mehr tot als lebendig auf einem Haufen Leichen oder auf einem Haufen Scheiße lag. Alles, was zählte, war das Versprechen, das Henryk sich selbst gegeben hatte – sich niemals brechen zu lassen. Sein Blick traf auf den von Yehuda Zeisers. Es war schon richtig, dass er in Stein meißeln ließ, was ihnen angetan worden war. Doch auch das größte Denkmal linderte nicht den Schmerz.

»Wein?«, fragte Yehuda, und Henryk nickte.

In dieser Nacht wurde Henryk erneut von Albträumen heimgesucht. Früh am Morgen, als es draußen noch dunkel war, stand er an seinem geöffneten Fenster, atmete die kalte Luft ein und fühlte sich uralt.

»Als hätte ich schon hundert Leben gelebt«, flüsterte er vor sich hin. »Und trotzdem renne ich noch immer der Liebe hinterher. Das kann doch nur ein gutes Zeichen sein, oder nicht?«

Später bedankte er sich bei Frau Heinrich für die Einladung zu Weihnachten und sagte zu.

Marga sang in der Kirche bei verschiedenen Adventsgottesdiensten. Dass sie eine wundervolle Stimme hatte, wusste Henryk, aber er konnte sich nicht überwinden, in eine katholische Messe zu gehen. Stattdessen stand er draußen im Dunkel und hörte ihr von dort zu. Durch die Buntglasfenster fiel sanftes Licht auf den gefrorenen Boden. Marga wusste nicht, dass er da war. Dann hätte Henryk nämlich zugeben müssen, dass ihr klarer Sopran für ihn engelsgleich klang. Und das war doch zu gefühlsduselig. Als er sie später im festlich dekorierten Café Lobner in Mairing traf, hatte er sich längst wieder unter Kontrolle.

Henryk hatte schon immer Wert auf elegante Kleidung gelegt. Seinen gut geschnittenen Anzug trug er wie eine schützende Rüstung, besonders in einer Zeit, als sich die wenigsten neue Sachen leisten konnten. Deshalb stach er aus der Menge der Gäste nicht nur heraus, weil er kein Einheimischer war, sondern auch, weil er zudem noch viel besser gekleidet war als sämtliche anderen Herren.

Aufgrund der Rationierungen gab es im Lobner statt Sahnetorten nur bescheidene Gewürzkuchen, und auch der Kaffee dazu fiel blümchenmäßig aus. Aber Henryk wollte sowieso nur in Margas Zauberaugen schauen und sich verliebt fühlen. Zum weihnachtlichen Tanztee spielte eine örtliche Kapelle auf.

»Wollen wir?« Marga stand auf und streckte ihm die Hand hin. In ihrem schmal geschnittenen Kleid sah sie zauberhaft aus. Der dunkelgrüne Stoff bildete einen weichen Kontrast zu ihren hellen Haaren und betonte dezent ihre zierlichen Rundungen.

Als leidenschaftlicher Tänzer war Henryk sehr froh, dass ihn sein verletztes Bein beim Tanzen überraschenderweise kaum beeinträchtigte. Wilden Lindy Hop würde er wahrscheinlich nicht mehr hinkriegen, normale Gesellschaftstänze hingegen klappten einwandfrei.

Die Tanzfläche füllte sich schnell, es schien, als ob sich ganz Mairing nach Unterhaltung sehnte. Und das, obwohl die Kapelle wirklich langweilig spielte. Kein Vergleich zum professionellen Tanzorchester im Hotel Warszawska in Sosnowiec.

Ohne es verhindern zu können, stieß Henryk in Gedanken die Tür zur Vergangenheit auf, zum Sommer 1938. Er dachte an durchgefeierte Nächte im Ballsaal des alten Grandhotels. Wenn er die Augen schloss, meinte er, das Parkett unter seinen Füßen zu spüren und den Rauch der teuren Zigarren zu schnuppern. Er und seine beiden Freunde Jan und Roman waren gern gesehene Gäste gewesen. Sie kamen, sobald das Orchester begann, feierten, tranken viel und gingen erst, wenn die Musiker zusammenräumten.

Manchmal durfte eine seiner Schwestern Henryk begleiten. Am liebsten nahm er Neta mit, sie tanzte ebenso gerne wie er. Aber seitdem sie verheiratet und Mutter war, hatte sie andere Dinge zu tun. Deshalb war Chaja, die zweitälteste Schwester, zum Tanzfräulein aufgestiegen, allerdings mit mäßiger Begeisterung. Sie betrachtete das Tanzen als lästige Pflicht und kam nur mit, um sich über die anwesenden Herren zu informieren. Als großer Bruder hatte Henryk stets ein wachsames Auge auf sie, niemand kam ihr ungebührlich nahe. Rinah und Sady waren zu jung, um ausgehen zu dürfen. Unvorstellbar, sollten eines Tages alle vier beschließen mitzukommen, hatte Henryk damals gedacht. Dann würde er eine Riege Leibwächter beschäftigen müssen, um seine hübschen Schwestern vor Verehrern zu retten.

In einer absolut perfekten Sommernacht, die sich in Henryks Gedächtnis eingebrannt hatte, standen die Fenster des Tanzsaales weit offen, Musik plätscherte hinaus auf die Straße, und die funkelnden Kronleuchter strahlten weithin sichtbar, wie Juwelen im Mondlicht. Das Orchester spielte Swing. Nicht gerade traditionell polnisch, fast ein wenig skandalös, aber das Warszawska wollte als mondän gelten, daher wurde geboten, was der Jeunesse dorée gefiel. Nicht zuletzt deshalb waren die Tanzabende so gut besucht. Schräg gegenüber von Henryk, Jan und Roman saßen junge Damen, mit am Tisch natürlich der obligatorische Anstandsherr, vermutlich der bedauernswerte Bruder eines der Mädchen. Er blieb zumeist alleine sitzen, denn seine Begleiterinnen wurden ständig aufgefordert. Eine junge Frau aus der Gruppe erregte sofort Henryks Aufmerksamkeit. Sobald er sie gesehen hatte, konnte er seine Augen nicht mehr von ihr abwenden. Auch jetzt, viele Jahre später, erinnerte er sich noch genau daran, wie ihre großen goldenen Ohrringe schimmernde Reflexe auf ihre Wangen und das schwarze Haar geworfen hatten. Ihr Name war Dana. Henryk forderte sie zum Tanzen auf, und als sie ihre Hand in die seine legte, er ihre Taille umfasste und die Klänge des Orchesters sie davontrugen, hatte er gewusst, dass sie die Eine war.

Durch den seidigen Stoff ihres Kleides hatte er die Wärme ihres Körpers gespürt, und den Duft ihres Haars roch er noch immer.

Sie tanzten den ganzen Abend miteinander und den gesamten Sommer, und als der Herbst kam, machte er Dana einen Antrag.

Mit einem Seufzer kehrte Henryk in die Gegenwart zurück zu Marga, die ihm einen fragenden Blick zuwarf. Statt einer Erklärung zog er sie näher zu sich und konzentrierte sich auf die Musik.

Später wurde sie von Lukas Krantz aufgefordert, und während sie mit ihm einen flotten Swing tanzte, schaute sich Henryk die anderen Gäste an. Der Unterschied zum modernen Sosnowiec hätte nicht größer sein können. Schlichte Gesichter, altbackene Kleidung, rotwangige Bauernburschen allenthalben. Er wurde angestarrt, und das nicht einmal verhohlen. Nicht nur durch seinen guten Anzug, auch durch sein kultiviertes Aussehen hob Henryk sich optisch von der Masse ab. Und dann wusste natürlich jeder, wer er war. Der Jude aus dem KZ, der sich die schöne Marga geschnappt hatte, der viel zu alt für sie war und hier eigentlich gar nichts verloren hatte. Ein Exot war er, und das würde er für die Leute hier auch bleiben. Aber Henryk hatte ohnehin nicht vor, in diesem Kaff zu versauern.

11

1947, Henryk

Den Winter im Bayerischen Wald hatte Henryk ordentlich
unterschätzt. Als frischgebackener stolzer Eigentümer eines amtlichen Führerscheins hatte er sich einen Wagen organisiert und
wollte eigentlich umgehend mit seinem Textilhandel loslegen.
Daran war allerdings bis Ende März nicht zu denken, denn im
Bayerwald hielt sich hartnäckig eine hohe Schneedecke, die ein
Anfahren der abgelegenen Dörfer und Höfe unmöglich machte.

Im Hause Heinrich war Henryk gut eingeführt, auch der
Graf samt Familie schätzte seine Gesellschaft. Mit dem eigenen
Auto fuhr er dessen jüngeren Bruder mittlerweile regelmäßig
nach Passau zum Arzt. Graf Ludwig tat der Winter nicht gut,
seine ohnehin angegriffenen Lungen hatten unter dem nasskalten Wetter gelitten. Die Erholung der Sommermonate war
dahin. Alle hofften auf einen raschen Frühling, damit es endlich wieder bergauf ging. Für Henryk sah Graf Ludwig aus wie
einer, der nicht mehr lange zu leben hatte, aber das sagte er natürlich nicht laut.

Sein Zimmer in Mairing hatte Henryk inzwischen gekündigt
und sich eine Wohnung im Steinweg in Passau genommen. Der
Steinweg war eine kopfsteingepflasterte Straße in der Nähe des
Doms mit alten, teils recht herrschaftlichen Häusern. Was für
ein Glücksfall, dass er in diesem schönen Viertel eine Unter-

kunft gefunden hatte. Dort lagerte er momentan auch all die zusammengekauften Stoffe und wartete auf die Schneeschmelze im Bayerischen Wald.

Bereits die erste Nacht in seiner neuen Wohnung hatte sich angefühlt, als sei er dem Leben noch einmal ein ganzes Stück näher gekommen. Passau war eine hübsche Stadt mit einem gänzlich anderen Flair als das sehr ländliche Mairing oder Seeberg. Daniel hatte ihm klar gesagt, wie widersinnig er es fand, dass sein Freund eine größere, teurere Unterkunft anmietete. Er hätte es lieber gesehen, wenn Henryk zurück ins Camp gezogen wäre, um zusammen mit ihm den Schritt ins Ausland zu planen. Doch von Passau aus waren Henryks Wege kürzer, und darauf kam es ihm an. Er wollte so schnell wie möglich so viel Geld wie möglich verdienen, denn egal, wohin er auswandern würde, das Leben war überall teuer. Daher wurde er nicht müde, Daniel zu versichern, dass sich nichts an ihren Plänen ändern würde, nur weil er umgezogen war.

Solange er noch nicht geschäftlich tätig sein konnte, verbrachte er reichlich Zeit bei Marga. Manchmal durfte er sogar bei ihr übernachten, was Henryk enorm fortschrittlich fand. Darüber wurde freilich nicht gesprochen, es handelte sich vielmehr um eine stumme Duldung, denn die beiden waren nach wie vor nicht verlobt.

Ganz offensichtlich wäre es Margas Eltern am liebsten, wenn er ihre Tochter heiraten würde. Er dachte inzwischen immer häufiger darüber nach, war aber bisher jedes Mal zum selben Ergebnis gekommen. Frau und Kinder kamen für ihn nicht mehr infrage. Seine Familie ein zweites Mal zu verlieren, wäre etwas, das er einfach nicht riskieren konnte, daher war es besser, die Finger davon zu lassen.

Henryk wusste, dass diese Gedanken Marga gegenüber unfair waren, umso mehr, als er sie noch nie laut ausgesprochen hatte. Marga hoffte mit Sicherheit darauf, dass sie eine gemeinsame Zukunft haben und zusammen alt werden würden.

Daniel, der Einzige, mit dem er über Liebesdinge sprach, vertrat dahingehend eine ganz klare Meinung. »Du kannst sie nicht heiraten und ihr das Leben versauen. Schau uns an, mein Freund, wir sind Wracks. Willst du dich etwa dieser jungen Frau zumuten, wenn du nachts schreiend aufwachst oder anfängst zu zittern, sobald eine laute Männerstimme ertönt? Außerdem ist sie keine Jüdin, wie soll sie dich jemals verstehen?«

Klare Worte, die Henryk noch nachdenklicher stimmten. Aber war Marga bei ihm, warf er jede emotionale Vorsicht über den Haufen. Er war einfach total verliebt, und dieses herrliche Gefühl zählte doch schließlich auch etwas, oder nicht?

Zu einer endgültigen Entscheidung kam er nie, er schob sie immer wieder auf.

Als der Winter sich auch in den Hochlagen endlich verabschiedete, stieg Henryk zum ersten Mal in seinen voll beladenen Wagen, Marga neben sich auf dem Beifahrersitz, und sie starteten in Richtung Bayerwald.

Über Thyrnau und Hauzenberg fuhren sie immer tiefer hinein in den Wald. Marga hatte eine Straßenkarte auf dem Schoß.

»Die ist nicht schwer zu lesen«, stellte sie trocken fest und drehte die Karte, bis sie auf dem Kopf stand, »weil es hier sowieso nur ein paar Straßen gibt. Meine Güte, endlos Bäume, wohin man sieht, da sagen sich echt Fuchs und Hase Gute Nacht.«

Vorab hatte Henryk in Erfahrung gebracht, welche Gehöfte er ansteuern wollte. Sie lagen um den Ort Sonnen herum verteilt.

Gleich beim ersten Bauern verkaufte Henryk zahlreiche Meter Stoff für Kleidung, Bettwäsche und Vorhänge.

Auch auf dem nächsten Hof wurden sie freudig begrüßt. Die Bauersfrau, umringt von acht Kindern, ließ sich alles zeigen.

»Wir haben Kommunion dieses Jahr«, sagte sie. »Drei von den Mädchen brauchen neue Kleider, und die Buben neue Hosen und Hemden.«

»Und du selber suchst dir auch was Schönes aus«, warf ihr Mann ein.

Sein harsches Aussehen täuschte, fand Henryk. Der Bauer betrachtete seine Frau mit zärtlicher Zuneigung. Das wettergegerbte Gesicht ließ ihn älter wirken, als er vermutlich war. Sein Arbeitsalltag in dieser abgelegenen Gegend musste hart sein, die kinderreiche Familie war bestimmt nicht mit Wohlstand gesegnet. Trotzdem ermutigte er seine Frau, auch sich selbst etwas zu gönnen. Henryk fragte den netten Bauern beim Verabschieden nach weiteren Höfen in der Nähe, und Marga zeichnete sie auf der Karte ein.

An diesem Tag trafen Henryk und Marga auf ganz unterschiedliche Menschen. Manche wortkarg und mürrisch, andere hocherfreut über den Besuch. Einige Familien lebten in heruntergekommenen Einöden, andere auf geradezu herrschaftlichen Höfen.

In dieser Zeit des Mangels war die Nachfrage nach guten Stoffen hoch, und wer es sich leisten konnte, kaufte.

Ein paar der Bauern raunten Henryk beim Verabschieden zu, dass er wirklich eine sehr fesche junge Gattin habe. Das erfüllte ihn mit Stolz und befeuerte seine Vorstellung davon, wie es sich wohl anfühlen würde, tatsächlich mit Marga verheiratet zu sein. Glücklicherweise bekam sie nichts von diesen Herrenkomplimenten mit, sonst hätte sie womöglich das Thema Verlobung angeschnitten. Wobei Henryk wusste, dass Marga viel zu würdevoll war, um ihn jemals darauf hinzuweisen, dass es sich längst gehört hätte, ihr einen Antrag zu machen. Sie gab ihm alles. Und was gab er ihr? Für sie als anständige junge Frau kam es bestimmt nicht infrage, dauerhaft in wilder Ehe mit ihm zu leben.

12

Marga

Eine laue Frühlingsbrise zauberte Marga ein Lächeln ins Gesicht. Nichts war schöner, als wenn die Tage endlich wieder länger wurden. Die dunklen Monate mochte sie überhaupt nicht. Sie saß neben Lotte im Café Lobner, und zwar nicht im verrauchten Inneren, sondern draußen, in der Sonne. Noch immer waren Mangel und Rationierungen an der Tagesordnung, aber die Erinnerungen an den Krieg rückten doch zusehends weiter weg. Die Leute gingen wieder ihren alltäglichen Beschäftigungen nach, und das Einzige, das stets daran erinnerte, wie sehr sich die Welt verändert hatte, war die Anwesenheit der amerikanischen Soldaten. Auch im Café Lobner waren sie zu finden und konnten sich natürlich viel mehr leisten als die Tasse Kaffee ohne Kuchen, vor der Marga und Lotte saßen. Trotzdem tat es so gut, endlich wieder ein Stück Normalität zu leben.

»Ist es nicht herrlich hier?«, fragte Marga.

Lotte verzog das Gesicht. »Bewundernswert, wie positiv du immer alles siehst. Ich für meinen Teil finde momentan alles schrecklich.«

Margas Lächeln erstarb augenblicklich. »Sag nicht, es gibt schon wieder Ärger mit den Langbauers?« Den ganzen Winter über hatte Lotte darunter gelitten, dass Franz' Eltern ihm daheim die Hölle heißmachten, wann immer er sich mit ihr treffen wollte. In Mairing erzählten sie herum, wie unpassend sie es fänden, dass Lotte Reiter ihrem armen Franz hinterhertrabe wie eine rossige Stute. Dass sie ohnehin nur hinter einem Versorger her wäre, bettelarm, wie sie war. Über diese Unverschämtheiten regte sich Marga fürchterlich auf. Sie sah nicht immer alles positiv, nein, wenn ihre Freundin durch Verleumdungen verletzt wurde, blutete ihr das Herz.

»Aber sicher gibt es den – Riesenärger, das kann ich dir sagen.« Lotte seufzte vernehmlich.

»Was haben sie dieses Mal gemacht?«

»Franz' Vater hatte zugestimmt, dass ich nach dem Winter wieder in den Sportverein aufgenommen werde, aber nun will er nichts mehr davon wissen. Er steht nicht zu seinem Wort.«

»Was?«, rief Marga fassungslos. »Das geht doch nicht!«

»Anscheinend doch. Um mich von seinem Sohn fernzuhalten, ist ihm jedes Mittel recht. Dabei haben sich einige andere Mitglieder für mich starkgemacht, aber er hört auf niemanden.«

Der Turnverein war vor dem Krieg eine Art Aushängeschild von Mairing gewesen. Jung und Alt hatten sich hier gemeinsam engagiert. Bei Turn- und Sportfesten waren Lorbeerkränze und Medaillen erkämpft worden. In den 1920er Jahren hatte man schließlich auch eine Fußballmannschaft gegründet, und neben den sportlichen Aktivitäten hatten die Mitglieder sogar noch volkstümliche Theaterstücke zum Besten gegeben. Ein fröhliches Vereinsleben hatte im kleinen Dorf auf dem Land für Unterhaltung gesorgt. Deswegen hatten sich viele Mairinger jahrelang mit Freude freiwillig eingebracht – bis die Gleichschaltung aller Sportvereine im Deutschen Reichsbund für Leibesübungen im Rahmen der aufgezwungenen nationalsozialistischen Umstrukturierung sogar den Sport verändert hatte.

Der Großvater von Franz Langbauer hatte den Turnverein seinerzeit gegründet, daher erschien es nur logisch, dass sein Vater bei dessen Wiederbelebung zum SV Mairing nach dem Krieg das Sagen als erster Vorstand bekam.

Die alten Mitglieder strömten in Scharen zurück in den beliebten Verein. Trainiert wurde auf einer Wiese, angeboten wurden zunächst Turnen, Leichtathletik, Fußball, Handball und Tischtennis.

Verständlicherweise blieben die Amerikaner misstrauisch – immerhin organisierten sich die vormals linientreuen Mairinger schon wieder in einem Ertüchtigungsclub, was von der Militärregierung nicht unbedingt erwünscht war. Es gab Hausdurchsuchungen und Verhöre, doch da der SV Mairing sich gänzlich unpolitisch gab, durfte er fortbestehen.

Nicht nur die Herren schwangen sich zu neuen sportlichen Höchstleistungen auf, auch die Damen waren aktiv, zum Beispiel im Handball.

Lotte war begeistertes Mitglied der Damen-Handballmannschaft – bis Franz' Vater sie aus dem Verein geworfen hatte.

»Mit welcher Begründung will er dich nun doch nicht wieder aufnehmen?«

»Er ist der Vorstandsvorsitzende, Marga, der muss seine Entscheidung nicht begründen. Ich trau mich auch nicht weiter nachzuhaken, sonst bringt er wahrscheinlich wieder irgendeinen Mist über mich in Umlauf. Es hat sich nichts geändert, alles läuft noch wie früher.«

»Das ist nicht fair.«

Lotte lachte bitter auf. »Das war es doch noch nie. Weißt du, wer auch seit Kurzem wieder dabei ist?« Sie beugte sich vor und flüsterte Marga den Namen über den Tisch zu. »Der Fred Erlmoser. Gleich mal wieder als Stürmer in der Herren-Fußball-mannschaft.«

»Das kann doch nicht wahr sein! Ich habe schon gehört, dass der Erlmoser wieder hier ist. Anscheinend haben ihn die Amis recht schnell wieder rausgelassen. Aber dass er einfach wieder beim SV mitmachen darf, als wäre nichts gewesen?« Ungläubig schüttelte sie den Kopf. Jeder in Mairing und See-berg wusste, dass Fred Erlmoser ein beinharter SS-Mann ge-wesen war, Nationalsozialist und Antisemit durch und durch. Doch er war nicht der Einzige, der das Entnazifizierungsver-fahren der amerikanischen Militärregierung überraschend un-geschoren hinter sich gebracht hatte. Vermutlich hatte ihm da-bei sein schauspielerisches Talent genutzt, das er früher schon bei den Aufführungen der Laienbühne des Turnvereins an den Tag gelegt hatte.

»Das glaube ich jetzt nicht«, raunte Lotte. »Wenn man vom Teufel spricht …«

Lukas Krantz betrat gerade den Gastgarten des Cafés, in Be-gleitung von Fred Erlmoser. Der hochgewachsene Mann war et-was älter als Lukas, sein breiter Nacken passte überhaupt nicht zu seiner eher hageren Gestalt. Er trug eine Brille mit kleinen runden Gläsern. Marga fand, er hatte einen stechenden Blick, aber das konnte auch an den dicken Brillengläsern liegen. Jeden-falls war er ihr äußerst unsympathisch, und sie fragte sich, was Lukas mit Fred Erlmoser zu tun hatte. Leider blieben die beiden direkt bei Marga und Lotte am Tisch stehen.

»Servus«, sagte Lukas, und Fred schickte ein zackiges »Grüß Gott!« hinterher, das sich eher nach einem »Heil Hitler« an-hörte. Bestimmt bedauerte er es ungemein, diesen Gruß nicht mehr verwenden zu dürfen.

»Wie nett, dass ich dich hier treffe.« Lukas sah auf Marga herunter. »Sind die beiden Stühle bei euch noch frei?«

Marga erhob sich und warf Lotte einen vielsagenden Blick zu, sodass auch die Freundin aufstand. »Ihr könnt den Tisch haben, wir waren sowieso gerade am Gehen.«

»Warum habt ihr es so eilig? Bleibt doch noch ein wenig, wir laden euch auf Kaffee und Kuchen ein.« Erlmosers Stimme klang tief und tonangebend.

Aber den beiden jungen Frauen hatte er nichts zu sagen. Einladen lassen würden sie sich weder von ihm noch von Lukas.

»Nein, danke. Wir müssen leider, weil wir noch etwas vorhaben«, antwortete sie höflich.

»Lass sie, Fred. Wir beide sind wohl nicht die gewünschte Gesellschaft. Zu wenig hebräisch, verstehst du?«, meinte Lukas spöttisch. An Marga gewandt fuhr er fort. »Ich hab schon gehört, wie du dich mit dem Kerl aus dem Lager aufführst. Anständig ist was anderes. Was willst du eigentlich mit dem? Sein Flittchen sein, so lange, bis er dich sitzen lässt?« Er lachte auf.

Marga hätte ihm am liebsten eine Ohrfeige verpasst. »Früher habe ich wirklich mal gedacht, du wärst in Ordnung, Lukas. Mein Fehler. Aber glaub nicht, dass ich jemals wieder vergessen werde, wie du wirklich bist«, zischte sie, drehte sich um und verließ das Café so würdevoll wie möglich. Erst draußen stampfte sie heftig mit dem Fuß auf, wie ein kleines Kind.

Lotte tätschelte verständnisvoll ihre Schulter. »Mach dir nichts draus. Lukas Krantz war schon immer ein Hornochse, und das wird er auch bleiben. Er kann deinem Henryk nicht das Wasser reichen, das spürt er vermutlich auch. Daher seine blöden Sprüche.«

»Es ist mir absolut egal, was Lukas oder sonst irgendwer über mich und Henryk sagt«, behauptete Marga und atmete tief durch. Vielleicht würde sie das eines Tages sogar glauben und es sich nicht ständig einreden müssen. »Sie kennen ihn eben nicht und wissen nicht, was für ein wundervoller Mensch er ist.«

»Das interessiert sie auch nicht, Marga. Mach dir da mal nix vor. Der Erlmoser wird zeitlebens ein Nazi bleiben, damit ist er hier in Mairing in bester Gesellschaft. Und der Lukas ist ein Mitläufer ohne Rückgrat. Wenn du ihn genommen hättest, wärst du eine angesehene Frau, aber so …«

Aber so hatte sie dem wohlhabenden Kaufmannssohn einen jüdischen KZ-Häftling vorgezogen, der zudem deutlich älter und mittellos war und sich ein neues Leben aufbauen musste. Das war sicher für einige schwer nachvollziehbar, und Lukas fühlte sich in seiner Ehre gekränkt. Ein Umstand, der Marga vollkommen einerlei war. Sie machte sich nur Gedanken um Henryk.

»Hat er dir mittlerweile endlich einen Antrag gemacht?«, fragte Lotte, als sie nebeneinander die Passauer Straße entlanggingen. Marga schob dabei ihr Fahrrad. Sie schüttelte den Kopf. Auch nicht gerade ein unverfängliches Thema.

»Wäre aber Zeit.«

»Ich weiß, Lotte. Aber ich werd's sicher nicht von ihm verlangen, wenn er selber nicht draufkommt.«

»Es kann aber nicht ewig so weitergehen mit euch.«

»Du klingst wie meine Eltern.«

»Weil sie recht haben. Es gehört sich einfach nicht, sich von dir hegen und pflegen zu lassen, bei dir zu übernachten, das Essen deiner Mutter zu essen, sich mit dir in der Öffentlichkeit zu zeigen – dir aber seinen Namen nicht zu geben.«

155

»Lotte!«

»Ist doch wahr. Und bei mir sieht es auch nicht anders aus! Weißt du, wie oft der Franz schon nachts an mein Fenster geklopft hat und im Morgengrauen schnell wieder abgehauen ist, nur damit's ja keiner mitkriegt? Diese heimlichen Treffen hängen mir so was von zum Hals raus. Er hätte mich auch längst heiraten müssen. Wir lieben uns doch!« Ärgerlich wischte sie sich eine Träne weg.

Marga war ebenfalls zum Heulen zumute. Sie fühlte sich vollkommen machtlos. Warum durften die Männer entscheiden, wann aus einem Verhältnis etwas Anständiges wurde? Und was hielt Henryk davon ab, ihr die Frage aller Fragen zu stellen? Worauf wartete er?

13

1948, Henryk

Henryk kam nicht mehr oft ins Camp, dazu fehlte ihm die Zeit, denn der Handel lief großartig. Wenn er nicht gerade mit Marga im Bayerischen Wald seine Stoffe verkaufte, waren sie entweder in seiner Wohnung in Passau oder in der ihrer Eltern im Schloss. Die Monate verflogen geradezu.

An diesem Tag hatte ihn Daniel angerufen und um eine Unterredung gebeten. Die beiden Freunde hatten einander eine Weile nicht gesehen, Henryk hatte schon ein ganz schlechtes Gewissen.

»Ich gehe in vier Wochen nach Israel«, teilte Daniel ihm unumwunden mit. Er saß auf einer Holzbank vor der Wohnbaracke und stieß den Rauch einer ägyptischen Zigarette mit Nachdruck in den Himmel, was seine Nervosität verriet.

Diese Eröffnung war ein Schlag für Henryk. Er setzte sich neben seinen Freund, strich sich das Haar aus der Stirn und musste das erst einmal sacken lassen. Seit der Unabhängigkeitserklärung des Staates Israel durch David Ben Gurion hatte er zwar keine Zweifel mehr gehabt, dass Daniel diesen großen Schritt wirklich wagen würde, sprach er doch seit Langem von nichts anderem mehr. Aber die Endgültigkeit dieser Ankündigung und der nahe Zeitpunkt seiner Abreise erschütterten ihn.

»Verstehe«, murmelte er leise. »Dann ist es wohl so weit. Vermutlich werden die meisten hier mit dir gehen.«

Daniel warf Henryk einen bekümmerten Blick zu. »Ich frage dich nicht noch einmal, ob du auch mitkommst. Wir wissen beide, dass du bleiben wirst.«

Er hätte widersprechen und seinem Freund sagen können, dass er sich nichts sehnlicher wünschte, als dieses elende Dorf und seine Menschen hinter sich zu lassen und irgendwo neu anzufangen. Vorzugsweise an einem Ort, der Sicherheit bot und an dem er sich nicht ständig wie ein unerwünschter Fremder vorkam. Aber noch immer machte ihm sein Körper einen Strich durch die Rechnung. Die Fahrten in den Bayerischen Wald zehrten an seinen Kräften, das merkte er tagtäglich. Kam er abends zurück in seine Wohnung, schmerzte jeder Knochen. Er war erschöpft, platt, musste sich hinlegen. Noch immer diktierten die Nachwirkungen der Misshandlungen seinen Alltag.

Fürs Erste musste er auf seinen Körper hören, und der sagte ihm, es war noch nicht an der Zeit, den nächsten Schritt zu wagen.

Natürlich würde es für ihn einer Befreiung gleichkommen, irgendwo weit weg neu anzufangen, wo man ihn nicht kannte, nicht beurteilte und ihm auf der Straße nicht hinterhergaffte, als wäre er ein Kuriosum. Aber er musste auch ehrlich zu sich selbst sein. Seine Auswanderungspläne wurden Monat für Monat zusehends unrealistischer. Oftmals machte ihn die eigene körperliche Schwäche regelrecht zornig. Dann stand er vor dem Spiegel, betrachtete sich, fand, dass er doch ganz gesund aussah, und verstand nicht, weshalb sein Körper ihn immer wieder im Stich ließ.

»Ich habe doch nichts verbrochen«, dachte Henryk oft. »Warum kann ich nicht vollends heilen? Warum diese Schmerzen? Das ist nicht fair!«

Eine anstrengende Schiffsreise, eine Auswanderung mit Sack und Pack – undenkbar. Israel war für ihn so unerreichbar wie die Vereinigten Staaten, und insgeheim wusste er längst, dass er beide Länder niemals sehen würde.

Und ja, natürlich spielte auch Marga mittlerweile eine wichtige Rolle in seinen Überlegungen. Das hier war ihre Heimat, in der sie auf eine Art verwurzelt war, wie er es nicht einmal in Sosnowiec gewesen war. Obwohl er sich noch immer nicht zu einer Ehe durchringen konnte, liebte er sie von Herzen, da brauchte er sich nichts vorzumachen. Sollte er eines Tages stark genug sein, um auszuwandern, würde er sie dann darum bitten, ihn zu begleiten? Allein diese Frage war so schwierig zu beantworten, dass er sie verdrängte, wann immer sie auftauchte.

»Ich fühle mich gut, Henryk«, sagte Daniel leise. »Mir tut nichts mehr weh, ich schlafe besser und habe wieder ein wenig Fleisch auf den Rippen. Deswegen traue ich mir diese Reise zu. Um ehrlich zu sein, würde ich sie sogar auf den Knien kriechend antreten, nur um hier rauszukommen. Es gibt nichts, das mich hier hält. Aber ich verstehe auch, dass es bei dir anders ist.«

Henryk war sich nicht sicher, ob Daniel tatsächlich so gut drauf war, wie er aussah. Oder ob er sich selbst etwas vormachte, weil ihn die Aussicht auf ein friedliches Leben in einer echten Heimat derart beflügelte, dass er einfach all seine Kräfte mobilisierte. In jedem Fall beneidete er ihn ein klein wenig.

»Ja«, sagte er versonnen, »bei mir ist es anders. Weißt du, ich glaube mittlerweile nicht mehr daran, dass ich jemals wieder längere Phasen haben werde, in denen mir nichts wehtut. Ich war bei sämtlichen Ärzten hier in der Gegend, in Passau, in Straubing, bis Regensburg bin ich gefahren. Das alles hat mich einen Haufen Geld gekostet, und gebracht hat es rein gar nichts. Dass mein Körper von Jahren der Lagerhaft kaputt ist, weiß ich selber. Aber man möchte meinen, die Herren Ärzte würden irgendetwas finden, das meine Schmerzattacken lindert. Langsam fühle ich mich wie ein Klotz am Bein von Marga. Sie hätte einen fitteren Mann verdient.«

»Selbstmitleid, Henryk? Echt? Hatten wir uns nicht geschworen, dass wir uns nicht mehr selber leidtun wollen? Weil wir derart viel Scheiße überlebt haben, dass wir nur noch nach vorne schauen und nie wieder zurück!«

Auch das war ein Punkt, der bei Daniel deutlich besser zu funktionieren schien als bei Henryk. Er zuckte in nonchalanter Zustimmung stumm mit den Schultern und ließ sich ebenfalls eine von den ägyptischen Zigaretten geben.

In der Ferne sahen sie eine hochschwangere Dorota an Jonas Arm aus ihrer Haustür treten.

»Es ist wohl bald so weit. Tut mir leid, dass ich nicht bei der Hochzeit dabei war«, sagte Henryk und nickte hinüber. Dorotas Familie war mittlerweile nach Übersee ausgewandert, und Dorota, Jona und Chaim würden nachkommen, sobald das Baby geboren war. Eigentlich hatten sie alle zusammen gehen wollen, doch Dorotas Schwangerschaft verlief nicht optimal. Sie musste viel liegen, eine Transatlantikreise in ihrem Zustand wäre zu riskant für sie und das Kind gewesen. Vor der Abreise ihrer Eltern hatten sie und Jona geheiratet, aber gerade an jenem Tag hatte Henryk derart starke Schmerzen gehabt, dass er nicht einmal hatte aufstehen können. Von seinem Solarplexus, dem Nervengeflecht der Bauchorgane, gingen sie aus, da waren sich die Mediziner einig. Allein, zu heilen vermochten sie sie nicht.

»Es kann täglich so weit sein«, raunte Daniel Henryk so leise zu, als könnten die beiden jungen Leute sie hören, dabei waren sie ein ganzes Stück von ihnen entfernt. »Aber Dorota will das Kind nicht hier im Camp zur Welt bringen, sondern besteht darauf, dass Jona sie nach Passau in eine Entbindungsklinik bringt.«

»Warum?«

Daniel sah sich um und senkte seine Stimme dann noch weiter. »Na, wegen der vielen toten Babys hier.«

Henryk riss die Augen auf. »Es sind noch mehr geworden?«

Auch er hatte schon davon gehört, dass im Camp auffällig oft Neugeborene starben. Bisher hatte man es darauf geschoben, dass die Mütter nach der Hölle der Konzentrationslager und den Entbehrungen der Nachkriegszeit womöglich zu geschwächt waren, um gesunde Kinder zur Welt zu bringen. Doch dieses Argument verlor zusehends an Glaubwürdigkeit, die Leute im Camp wurden misstrauisch, und es kursierten Gerüchte, dass es nicht mit rechten Dingen zuging. Um Aufsehen zu vermeiden, hatten die Amerikaner diskret eine Untersuchung der Umstände angestellt, die zu keinem Ergebnis geführt hatte. Natürlich.

»Die Amis gehen dem Ganzen gerade ein zweites Mal nach«, raunte Daniel. »*Hush, hush*, wie sie das nennen, damit's nur keiner mitbekommt und keine Revolte im Camp ausbricht. Aber wir wissen sowieso, was los ist. Über fünfzig tote Neugeborene, das ist kein Zufall, sondern Absicht.«

Ein Schauder durchlief Henryk. Über fünfzig! Eine horrende Zahl. Wie Daniel, und wahrscheinlich jeder einzelne Bewohner des DP-Camps, hatte auch er keinerlei Zweifel daran, dass die

Kinder getötet worden waren. Weil man sie nicht hier haben wollte. Weil man verhindern wollte, dass die jüdischen Überlebenden der Vernichtungsmaschinerie sich wieder fortpflanzten – darum ging es doch! Diese kranke Ideologie saß noch immer in den Köpfen vieler.

»Sie dürfen nicht weiterhin ungestraft morden«, sagte Henryk dumpf. »Wenn die Amerikaner da keinen Riegel vorschieben …« Er beendete seinen Satz nicht, weil ihm die Stimme versagte. Die Welt war noch immer verabscheuenswert, besonders in dieser Ecke.

Daniel sah ihn an. »Und du willst freiwillig hierbleiben, bei diesen Leuten.«

Henryk stand auf und ging hinüber zu Jona und Dorota. »Wenn es so weit ist«, sagte er zu ihnen, »lasst es mich wissen. Ich fahre euch nach Passau in die Klinik.«

In den folgenden Tagen kam Henryk öfter ins Camp. Die Sache mit den toten Babys ließ ihm keine Ruhe. Außerdem wollte er wirklich gleich zur Stelle sein, wenn es bei Dorota losging. Er hielt Augen und Ohren offen und redete mit den Leuten. Auch beim Rabbiner schaute er gelegentlich vorbei.

»Yehuda hat sich noch mal hingelegt. Aber komm ruhig rein, Henryk, ich habe gerade Kaffee aufgesetzt«, begrüßte ihn Reka Zeisers an einem regnerischen Vormittag.

Sie werkelte in der Küche, Henryk stand mit einer dampfenden Tasse in der Hand am Fenster und schaute hinaus auf die Straße. Hinter dem Haus lag ein Innenhof mit einem kleinen Garten, aber vorne, wo die Küche untergebracht war, lief eine der breiteren Dorfstraßen unmittelbar vorbei. Es fühlte sich seltsam vertraut an, draußen Leute zu beobachten, während drin-

nen das Essen zubereitet wurde. Früher, in Polen, hatte er ebenfalls immer den Passanten, Pferdefuhrwerken, Autos, Bussen
und Radfahrern zugesehen.

»Daniel geht nach Israel«, sagte er unvermittelt.

»Ich weiß.« Reka blickte nicht mal von ihrer Arbeit auf. »Wir
auch. Wir werden Mairing zusammen mit ihm verlassen, und
mit noch einigen anderen aus dem Camp.«

»Warum schläft Yehuda? Ist er krank?«

»Nein, es geht mir gut.« Die Stimme des Rabbis ließ beide
herumfahren. »Hallo Henryk.«

»Haben wir dich aufgeweckt?«, fragte er bestürzt.

»Alles in Ordnung, ich konnte sowieso nicht schlafen.«

»Er ist erst im Morgengrauen nach Hause gekommen«, sagte
Reka.

»Ich war mit den Amerikanern unterwegs.« Yehuda goss sich
ebenfalls eine Tasse Kaffee ein und stellte sich neben Henryk ans
Fenster. »Sie wollten einen jüdischen Geistlichen dabeihaben,
wenn sie jüdische Babys exhumieren.«

Diese Eröffnung schockierte Henryk. »Geht es um die vielen
Kindstode? Machen sie endlich eine anständige Untersuchung
mit Autopsien? Das ist aber auch an der Zeit.«

Der Rabbi nickte. »Sie haben die meisten der Leichen bei
Nacht und Nebel ausgegraben, damit es nur keiner mitkriegt,
und sie zu ihrem Militärarzt auf die Basis gebracht. Der soll feststellen, woran sie gestorben sind. Es war bedrückend.«

»Das kann ich mir vorstellen.« Henryk bemühte sich, nicht
an seinen eigenen Sohn zu denken, aber natürlich drängte sich
dieser Gedanke auf.

»Wir wissen alle, was rauskommen wird. Es war Mord, Serienmord. Wie kannst du bei diesen Leuten bleiben, Henryk?

Komm mit uns nach Israel. Du gehörst nicht hierher, zu diesen Monstern!« Yehudas Stimme wurde eindringlicher. Er stellte seine Tasse laut auf dem Tisch ab und ließ sich auf einen der Stühle fallen, als hätte ihn all seine Kraft verlassen.

»Ich kann nicht mehr. Ich habe das Gefühl, wenn ich nicht bald hier rauskomme, dann haben sie mich doch noch gekriegt. Diese armen kleinen Seelchen. Das verkrafte ich nicht mehr.«

Reka streichelte über seinen Rücken. »Ich würde überallhin gehen, wo du bist, Yehuda, weil wir zusammengehören. Aber Henryk gehört jetzt zu Marga, das hier ist ihre Heimat, und er will bei ihr sein.«

Henryk spürte starke Rührung in sich aufstiegen und kämpfte sie nieder. So einfach klang es, wenn Reka es sagte.

»Du bist meine Frau, aber Henryk und Marga sind nicht mal verheiratet. Er schuldet ihr gar nichts«, beharrte Yehuda.

Henryk schluckte. »Ich kann nicht noch mal heiraten. Aber ich kann auch nicht weggehen. Ja, es stimmt, ich will bei Marga sein.«

»Unsere Angst darf uns nicht vom Leben abhalten«, sagte Reka kryptisch.

Woraufhin ihr Mann bemerkte: »Wer ist hier der Schriftgelehrte von uns beiden? Weise Sprüche, Reka, die sagen sich leicht. Aber schau uns doch an, was sie mit uns gemacht haben. Keiner ist mehr der Mann, der er einmal war. Also darf auch nicht mehr dasselbe von uns erwartet werden. Wir sind raus aus diesem Kaff, lieber gestern als morgen. Und du, Henryk, du musst mit dir selber ausmachen, was gut für dich ist. Ich kann dir nur sagen, hier wirst du nie jemand sein, nie dazugehören, und Marga blüht dasselbe Schicksal, wenn du an ihr festhältst.«

Eine deprimierende Aussicht, vermutlich allerdings recht realistisch. Henryk dachte noch oft an dieses Gespräch. Aber was sollte er machen? Er hatte sein Herz an Marga verloren, sie hielt ihn hier, das musste er sich endlich eingestehen.

Drei Tage später brachte Dorota ihre Tochter in einem Passauer Krankenhaus zu Welt, nachdem Henryk sie und Jona gerade noch rechtzeitig dort abgeliefert hatte. Ihre Angst vor einer Entbindung im Camp war keine unsinnige Paranoia, sondern mehr als berechtigt gewesen.

Denn in ihrer zweiten Untersuchung fanden die Amerikaner heraus, dass es sehr wohl Mord und keine Aneinanderreihung unglücklicher Zufälle gewesen war, dem so viele Neugeborene zum Opfer gefallen waren. Obwohl sich die Militärregierung bemühte, möglichst wenig nach außen dringen zu lassen, sprach es sich natürlich wie ein Lauffeuer herum, wie die Kinder gestorben waren. Jemand hatte unmittelbar nach der Geburt so lange Druck durch die große Fontanelle auf das Gehirn ausgeübt, bis die Babys aufhörten zu atmen. Jene weiche, verletzliche Stelle auf dem Säuglingsköpfchen, an der die Schädelknochen noch nicht durch Knochennähte geschlossen waren, hatte es dem Mörder ermöglicht zu töten, ohne äußerliche Spuren zu hinterlassen. Was für ein qualvoller Tod! An manchen der kleinen Leichen wurden auch Einstiche von einer dünnen, langen Nadel gefunden, die zum Tode geführt hatten. Mord in großem Stil an jüdischen Babys – welches Monster war dazu fähig? Entsetzen breitete sich im Camp aus.

Die amerikanischen Ermittler kamen zu dem Ergebnis, dass nur eine Hebamme für die grausigen Taten infrage kam, eine einheimische Frau aus Mairing, die bei allen fraglichen Entbindungen dabei gewesen war. Sie wurde festgenommen und schnellstmöglich unter Ausschluss der Öffentlichkeit vor dem US-Militärgericht verurteilt. Ab hier wurde es dann vage. Die Informationen versiegten, kaum mehr etwas drang nach außen, was bei den Camp-Bewohnern für große Frustration sorgte. Wegen der eindeutigen Beweislage wurde die Frau zwar für schuldig befunden, jedoch wurde kein Todesurteil gefällt. Manche meinten gehört zu haben, dass sie zu zehn Jahren Zuchthaus verurteilt worden war, andere sprachen von fünfzehn. Ein gutes Dutzend Jahre für das Leben von über fünfzig Neugeborenen? Die Hebamme war eine Massenmörderin, warum wurde sie dafür nicht gehängt?

Eine Welle der Empörung schwappte durchs Camp, von der auch Henryk erfasst wurde. Sie schlug um in einen Massenexodus. Scharenweise verließen die Menschen das Lager, zogen fort aus der niederbayerischen Ebene, aus Deutschland, in Richtung Amerika, Israel oder wo immer sie sich eine sichere Zukunft erhofften. Nach Verfolgung, Internierung und Massenvernichtung waren sie nicht gewillt, sich weiterhin mit Gräueltaten auseinanderzusetzen, denen noch dazu ihre neugeborenen Kinder zum Opfer fielen.

Die Wohnbaracken leerten sich. Henryk nahm Abschied von seinen Freunden, auch von Rabbi Zeisers und seiner Familie. Und von Daniel, mit dem er so viel durchgemacht hatte und der ihm näher stand als alle anderen. Er musste sie ziehen lassen.

Mit der Abwesenheit von Gleichgesinnten, die seinen Glauben und sein Schicksal teilten, kam Henryk nicht zurecht. Diese neue Einsamkeit stürzte ihn in eine Sinnkrise, die sich wiederum in heftigen Bauchschmerzen äußerte und ihn tagelang ans Bett fesselte.

Jetzt hatte er nur noch Marga.

»Vielleicht sollten wir uns doch nach anderen Experten erkundigen«, sagte sie, an seinem Bettrand sitzend. Sie hatte ihn in ihrem Zimmer in der elterlichen Wohnung untergebracht, um sich besser um ihn kümmern zu können, während er liegen musste.

»Ehrlich gesagt fehlen mir derzeit die Mittel für teure Behandlungen. Ich muss erst mal wieder Geld verdienen.« Henryk setzte sich auf und nahm den Teller Suppe entgegen, den sie ihm reichte. Eine aromatische Rinderbrühe mit Grießklößen, die Margas Mutter gekocht hatte. Er schnupperte. »Mmh, die wird mir sicher guttun.«

Nachdem er aufgegessen hatte, rutschte er zur Seite, und Marga legte sich in seinen Arm. Durch das Fenster sahen sie, wie sich der Nachmittagshimmel verdunkelte und es Abend wurde.

»Die Leute in Seefeld sagen, das mit dieser Hebamme wäre nur ein böses Gerücht gewesen«, sagte Marga leise.

Henryk schloss kurz die Augen, überlegte seine nächsten Worte und öffnete sie wieder. »Natürlich behaupten sie das. Sonst müssten sie einräumen, dass unter ihnen eine antisemitische Kindsmörderin gelebt hat, deren Taten sie weniger schockieren, als sie zugeben wollen. Da ist es doch viel einfacher, den Juden wieder mal Lügen zu unterstellen. So machen sie es immer.«

»Es tut mir so leid, Henryk.«

»Ich weiß. Mit dieser Empfindung stehst du vermutlich recht alleine da. Ich wette, die meisten anderen sind hocherfreut darüber, dass die Campbewohner fluchtartig verschwunden sind und dieses herrliche Fleckchen Erde wieder ganz und gar den braven Katholiken gehört.« Der Sarkasmus vibrierte in seiner dunklen Stimme. Viel lieber hätte er laut geschrien, aber Henryk riss sich zusammen, schluckte einmal mehr seine Wut hinunter. Prompt wurde er von einem neuerlichen Krampfanfall in seinen Eingeweiden geschüttelt. Als er sich schmerzerfüllt zusammenkrümmte, hielt Marga ihn in ihren Armen. Nur bei ihr konnte er sich fallen lassen. Wenn sie da war, hatte zumindest Henryks Hoffnung eine kleine Chance.

14

Marga

Obwohl sie mehr Zeit denn je zusammen verbrachten, hatte Marga das Gefühl, dass Henryk ihr entglitt, sich jeden Tag ein Stückchen weiter vor ihr zurückzog und sich ein Riss zwischen ihnen auftat.

Es hatte angefangen, als zahlreiche Bewohner ziemlich zeitgleich das DP-Camp verlassen hatten. Im Dorf wollte niemand an die Geschichte von der mordenden Hebamme glauben. Gerade erst hatte man sich mit den eigenen Kriegsverbrechen auseinandersetzen müssen, und nun sollte jemand aus dem Ort kleine Babys in großem Stil getötet haben. Das konnte doch nur eine heimtückische Lüge sein! Pausenlos wurde darüber getuschelt, alles hinter vorgehaltener Hand, weil die Amerikaner darauf achteten, dass kein übles Gerede in Umlauf kam. Warum die vielen Juden plötzlich wegwollten, fanden die Mairinger und Seeberger unerklärlich. Das hieß nicht, dass es den allermeisten nicht durchaus willkommen war.

Ganz schnell, so zerriss man sich den Mund, wenn man sich zufällig auf dem Kirchplatz oder im Laden traf, hatten die Fremden vorher noch ein Mahnmal gebraucht. Einen riesigen Obelisken, der im Zuge eines langen Marsches der Campbewohner vom Mairinger Ortskern bis hinaus zum Gelände des ehemaligen Arbeitslagers von ihrem Rabbi eingeweiht worden war.

Mitten im Feld stand der jetzt, umringt von steinernen Tafeln mit den Namen der toten Häftlinge drauf. Und nun waren sie alle weg. Die Mairinger und Seeberger schüttelten die Köpfe, und darin lag kein Bedauern. Bald darauf gab die amerikanische Militärregierung einem Bauern sein vormaliges Land zurück, jene Wiese, in der angeblich die vielen umgebrachten Kinder verscharrt worden waren, zusammen mit der Erlaubnis, die Fläche wieder landwirtschaftlich zu nutzen.

Mit Entsetzen hatte Henryk an der Straße gestanden und das Umackern der Erde beobachtet. Trockenen Auges und mit versteinertem Gesicht hatte er dem Bauern bei der Arbeit zugesehen, stundenlang. Und Marga hatte neben ihm ausgeharrt und sich geschämt, wie noch nie zuvor in ihrem Leben, obwohl sie doch überhaupt nichts dafür konnte.

Sie hatte tatsächlich geglaubt, das Unrecht hätte mit der Befreiung von den Nationalsozialisten sein Ende gefunden, und alles könnte wieder werden wie früher. Wie naiv sie gewesen war! Denn wenn ein Serienmord an Babys derart schnell abgehandelt wurde, weil niemand ihrer braven katholischen Mitbürger ein Problem damit zu haben schien – war das nicht das Ende jeder Hoffnung? Wie sollte sie Henryk glaubhaft versichern, dass sie es gemeinsam schaffen konnten, dass für sie beide alles möglich war, sogar das Wunder einer gemeinsamen Familie?

Und dann fand sie den Brief. Eine Ecke lugte aus Henryks Jackentasche, und sie fragte ihn danach, denn es kam so gut wie nie vor, dass er Post erhielt. Von wem auch.

»Er kommt aus Schweden«, erklärte er, »genauer gesagt aus Malmö. Von Rahel Löwenstein, das ist die Schwester meiner Frau.«

Der letzte Satz traf Marga wie ein Schlag. »Deine frühere Schwägerin? Wie ... Wieso ...«

»Ich habe mich doch in Weiden registrieren lassen, erinnerst du dich? Seither habe ich nichts gehört und gedacht, sie wären alle tot. Bis Rahels Briefe kamen.«

»Briefe?«, echote Marga. Henryk hatte bisher nichts erwähnt. Waren die Briefe der Grund für seine Nachdenklichkeit? Marga wagte kaum zu fragen, was Rahel wollte.

»Ja, wir stehen seit ein paar Monaten miteinander in Kontakt.«

Henryk und Marga saßen in der Küche ihres Elternhauses. Auf dem Herd kochte ein Eintopf, gleich würden ihre Eltern zum Essen kommen. Hätte sie nur nicht nach dem Brief gefragt. Nun musste sie hören, was Henryk zu sagen hatte.

»Sie will, dass ich zu ihr nach Schweden komme.«

Marga stand auf und ging ans Küchenfenster, öffnete es und setzte sich wieder an den Tisch. Sie hatte das Gefühl, keine Luft mehr zu bekommen.

»Rahel versteht nicht, was mich hier hält.«

»So. Das versteht sie also nicht?« Die Hilflosigkeit, die Marga die Luft genommen hatte, verschwand schlagartig und wurde durch etwas anderes ersetzt: »Sie versteht nicht, dass du hier eine neue Heimat gefunden hast, eine neue Liebe, eine Zukunft?«

Langsam schüttelte Henryk den Kopf. »Du musst ihren Standpunkt sehen. Sie hatte sieben Geschwister, die allesamt von den Deutschen ermordet wurden, ebenso die Eltern und wer weiß wie viele Verwandte. Rahel wird nie wieder einen Fuß nach Deutschland setzen, sie will unter Juden leben, nicht unter ...« Er sprach das Wort *Feinde* nicht aus, aber sie hörte es auch so. »Und sie ist der Meinung, dass auch mein Platz bei meiner Familie ist. Wir sind alle traumatisiert, Marga, das weißt du. Eigentlich bin ich eine Zumutung für dich.«

»Versuch nicht, es jetzt so hinzudrehen!« Ihr war richtig heiß vor ohnmächtiger Wut. »Ich liebe dich, Henryk, ich will eine Zukunft mit dir. Und ich weiß wohl, dass die nicht einfach sein wird – nicht nur, weil mir alle das unablässig vorbeten. Aber ich habe mich für dich entschieden. Und ich dachte eigentlich, du liebst mich auch.«

Gequält schloss er die Augen. »Es geht aber nicht um Liebe. Es geht um Schmerz, um Völkermord und um meine Familie. Du musst doch verstehen, dass ich wenigstens hinfahren muss, um mit Rahel zu reden. Das schulde ich ihr. Ich muss herausfinden, ob vielleicht noch mehr von uns überlebt haben. Sie ist Danas Schwester! Ich habe mich zusammen mit ihrer Mutter und ihrem Vater im Ghetto von Sosnowiec versteckt und ums Überleben gekämpft. Zwischen uns bestehen Familienbande, vielleicht die einzigen, die ich noch habe.«

Draußen im Treppenhaus hörte Marga Schritte. Ihre Eltern.

»Lass uns in mein Zimmer gehen.« Sie zog Henryk mit sich durch die Tür ins Wohnzimmer und weiter in ihr eigenes. Auch hier öffnete sie sofort wieder das Fenster und bemühte sich, tief durchzuatmen.

»Reden wir hier von einem kurzen Besuch oder von einem längeren Aufenthalt in Malmö?«

Henryk zuckte die Schultern. »Das werde ich erst wissen, wenn ich dort bin.«

»Ist diese Rahel verheiratet?«

»Nein.«

»Was will sie von dir? Sollst du bei ihr bleiben, bei ihr leben? Mit ihr leben?«

»Ich weiß es nicht«, wiederholte Henryk. »Ich muss nach Schweden gehen, um das womöglich einzig lebende Familienmitglied zu treffen, das ich noch habe. Wir haben doch darüber gesprochen, dass es wichtig für mich ist, frei zu bleiben. Ich war so lange eingesperrt, ich kann keine Verpflichtungen mehr eingehen, Marga. Du hast gesagt, du verstehst das.«

»Du kannst mich jetzt hier nicht allein lassen, Henryk«, stieß sie hervor. »Ich bin schwanger! Ich erwarte ein Kind von dir.«

Er wurde blass, taumelte ein paar Schritte zurück und fuhr sich mit der Hand übers Gesicht.

»Was sagst du da?«

»Ich weiß es selber noch nicht lange.«

»Schwanger«, echote er kopfschüttelnd.

Das war nicht die Reaktion, die sich Marga erhofft hatte. Sie würde Henryk ein Kind schenken, dieses neue Leben musste doch auch für ihn unendlich wertvoll sein. Und er tat, als würde sie ihm einen Tiefschlag versetzen. Enttäuschung schnürte Marga die Kehle zu, sie schluckte hart. In den letzten Tagen hatte sie unablässig darüber nachgedacht, wie sie es ihm sagen sollte. Sie hatte sich ausgemalt, wie ein glückseliges Lächeln von seinen Lippen bis hinauf zu seinen Augen wanderte, wie er sie in die Arme schloss und ihr süße Worte der Liebe ins Ohr flüsterte. Zwar hatten sie nie über Kinder gesprochen – Himmel, sie redeten ja nicht mal über eine Hochzeit! –, doch Marga war sich sicher gewesen, dass er sich darüber freuen würde, noch einmal Vater zu werden. Marga selbst fühlte sich gesegnet, seit sie herausgefunden hatte, dass sie schwanger war. Trotz seiner Bindungsängste hatte sie insgeheim geglaubt, dass Henryk es ebenso empfinden würde. Bei einem gemeinsamen Abendessen hatte sie es ihm sagen wollen, nicht hier und jetzt, mitten im Streit. Doch der Schock über seine Eröffnung hatte Marga keine andere Wahl gelassen. Er durfte sie nicht im Stich lassen, nicht jetzt!

»Mehr sagst du nicht?« Ihre eigene Stimme kam Marga fremd vor bei diesen Worten.

»Bist du dir absolut sicher?«

»Sonst würde ich es dir nicht erzählen.«

»Ich muss nachdenken«, stammelte er. »Bitte gib mir ein wenig Zeit.« Von seiner üblichen Eloquenz war nicht viel übrig geblieben. Statt Marga in den Arm zu nehmen, zog er sich zurück.

Sie gab sich wirklich Mühe, seine Seite der Dinge zu verstehen. Natürlich konnte sie nicht im Mindesten nachvollziehen, wie es sich anfühlte, Frau und Kind zu verlieren, Eltern, Geschwister, Verwandte, und das auf derart grausame Weise. Auch vermochte sie den Schmerz nicht nachzuempfinden, der, durch Misshandlungen, Hunger und Krankheit bedingt, noch immer durch Henryks Körper wütete und ihn in unvorhersehbaren Anfällen überraschte. Doch Marga brachte ihm Mitgefühl entgegen und Verständnis in allen Dingen. Sie tat, was sie konnte.

War es im Gegenzug zu viel verlangt, dass er zu ihr stand? Konnte er sich nicht ein klein wenig darüber freuen, Vater zu werden, und das zum Anlass nehmen und sie endlich heiraten und bei ihr bleiben?

»Wir reden später weiter«, murmelte er und verließ in einer Art Schockzustand fluchtartig ihr Zimmer. Durch die offenen Türen hörte sie ihre Eltern, die ihn fragten, ob er denn nicht zum Essen bliebe.

Als auch Marga nicht auftauchte, kam ihre Mutter schließlich zu ihr. Mit einem Blick schien sie die Situation zu erfassen.

»Hast du es ihm gesagt?«, fragte sie.

Marga saß mit hängenden Schultern auf ihrem Bettrand und starrte ins Leere. »Was gesagt?«

»Dass du schwanger bist.«

Sie hob den Kopf. »Du weißt es?«

Ihre Mutter schenkte ihr ein kleines Lächeln. »Wenn man die Zeichen kennt, ist es eindeutig. Da brauch ich gar nicht nachzufragen, das sehe ich auch so, dass du guter Hoffnung bist. Wie hat er reagiert? Wird er dich nun endlich heiraten? Er liebt dich, das sieht man doch.«

Tränen liefen über Margas Wangen. Mit ein paar Schritten war die Mutter an ihre Seite und zog sie in ihre Arme.

»Er will nach Schweden gehen«, schluchzte sie. »Zur Schwester seiner toten Frau, die ihm wohl schon einige Briefe geschrieben hat, und findet, dass sein Platz bei seiner Familie ist.«

»Du bist jetzt seine Familie«, sagte ihre Mutter sanft. »Das wird Henryk sicher auch so sehen.«

»Da täuschst du dich wohl ebenso sehr wie ich. Für ihn steht es außer Frage, dass er hinmuss.«

»Das kann er nicht machen. Gib ihm ein wenig Zeit. Sicher wird er erkennen, dass seine Zukunft bei dir ist. Er wird das Richtige tun.«

Marga schmiegte sich an ihre Mutter, die ihr beruhigend übers Haar strich. Sie hoffte so sehr, dass Henryk ein Einsehen haben würde und sie in diesem Zustand nicht alleine ließ, nur um den Geistern der Vergangenheit nachzujagen.

Doch ihr Bauchgefühl behielt recht. Nach einer weiteren bitteren Aussprache verließ Henryk Seeberg. Marga war am Boden zerstört. Weder wollte er ihr sagen, wie lange er wegblieb, noch ob er überhaupt jemals wieder zurückkam. Nur dass er frei sein musste, betonte er wieder und wieder, und dass es das Wichtigste für ihn sei, Rahel zu treffen.

Eine tiefe Verzweiflung ergriff Marga. Auch ihre Eltern schienen sich in einem regelrechten Schockzustand zu befinden.

»Nach allem, was wir für ihn getan haben, lässt er unsere schwangere Tochter im Stich. Das fasse ich einfach nicht. Ich dachte wirklich, wir würden ihn kennen, er würde ein Teil unserer Familie werden wollen. Dass man sich so in einem Menschen täuschen kann.« Margas Vater hielt beim Ausnehmen des Hasen inne, den er an diesem Tag für den Grafen geschossen hatte. Zwei Fasane lagen auf dem Tisch, die würde er später rupfen. Sie stand neben ihm und vertrug den Anblick der Eingeweide an diesem Tag überhaupt nicht. Übelkeit stieg in ihr auf. Glücklicherweise war es ein herbstlich frischer Tag, die kalte Luft, die zum Fenster hereinwehte, tat wohl.

»Man kann eben in niemanden reinschauen.« Eine Plattitüde, aber mehr fiel Marga nicht ein. Genau genommen fiel ihr in letzter Zeit reichlich wenig ein, was sie hätte sagen oder tun können. Eine hoffnungslose Lethargie hatte von ihr Besitz ergriffen, die sie nicht abzuschütteln vermochte.

Ihre Eltern waren wütend auf Henryk, verständlicherweise. Und sie war es ebenfalls.

Die Vorfreude auf ihr Baby hatte sich in nackte Panik verwandelt. Würde sie nun auch eine von denen sein, die sich ein uneheliches Kind hatten machen lassen, weil sie auf einen Kerl reingefallen war, der sie nicht heiraten wollte? Eine, über die getuschelt und hämisch geklatscht wurde?

Natürlich hatte es sich bereits herumgesprochen, dass der elegante Herr Stattler verschwunden war. Auch über den Grund wurde gemutmaßt.

Noch sah man Marga ihre Schwangerschaft nicht an, doch es war nur eine Frage der Zeit, bis die ersten Gerüchte sich erhärteten, und dann würde es heißen: *Wäre sie nicht so stolz gewesen und hätte den Lukas Krantz genommen, wäre sie längst unter der Haube. Aber sie hat ja unbedingt den ganz Besonderen haben müssen. Ein Einheimischer war ihr nicht gut genug.*

Wenn sie nachts allein im Bett lag und nicht schlafen konnte, fragte sich Marga, wie sie später ihrem Kind erklären sollte, dass sein Vater es vorgezogen hatte, bei der Schwester seiner verstorbenen Frau zu sein anstatt bei ihm. Seine alte Familie war wichtiger für ihn als seine neue.

Die Ungewissheit, ob sie Henryk je wiedersehen würde, veränderte Marga. Aus der sanften, aber selbstbewussten jungen Frau wurde eine stille, in sich gekehrte.

15

1990, Jonathan

Am Wochenende nach dem Einbruch in seine Wohnung fuhr Jonathan mit dem Cousin seiner Mutter von Passau heim nach Mairing. Richard Seibold arbeitete für das Autohaus, bei dem er seinen gebrauchten Golf gekauft hatte, mit dessen Diebstahl die ganze Sache begonnen hatte. Er schien fast ebenso betrübt über den Verlust wie Jonathan selbst.

»Echt nett, dass ihr mich mitnehmt«, sagte Jonathan von seinem Platz auf der Rückbank. Mit im Wagen saßen auch Richards Frau und die beiden Söhne, es war eng.

»Wir wollten sowieso zum Einkaufen nach Passau. So eine Sauerei, den guten Golf zu klauen. Der war eins a in Schuss! Wer bitte macht so was?«

»Wenn ich das wüsste.«

Unter keinen Umständen würde Jonathan Richard von den beiden Männern aus dem Hörsaal erzählen, und auch seiner Mutter würde er den Überfall verschweigen.

Noch immer konnte er nicht fassen, was geschehen war. Aber damit würde er alleine fertigwerden, ohne seine Familie zu beunruhigen.

Sie fuhren auf der Neuburger Straße stadtauswärts in Richtung Autobahn.

»Können wir Radio anmachen?«, fragte einer der Jungs.

Richards Frau stellte den Lokalsender ein, und nach nur einem halben Song kamen die Nachrichten. Danach gab es eine Sondermeldung: Ein weißer VW Golf II war zur Fahndung ausgeschrieben. Es folgten ein paar Details zum Wagen, Ort und vermutete Zeit des Diebstahls, und Richard bemerkte mit einem Blick in den Rückspiegel: »Das ist deiner, oder?«

Da saß er nun, eingekeilt zwischen zwei Halbwüchsigen im Wagen eines Verwandten und musste sich anhören, wie im Radio nach seinem Auto gefahndet wurde. Als ob das irgendetwas brächte ... Jonathan fühlte sich machtlos.

Daheim in Mairing stellte er seine Tasche in den Flur und ließ sich von seiner Mutter erst mal drücken.

»Tut mir sehr leid, das mit dem Golf«, sagte Marga, schob Jonathan auf Armeslänge von sich und schenkte ihm ein Lächeln. »Aber es ist nur ein Auto. Du hattest keinen Unfall, er wurde einfach nur gestohlen.«

»Ich brauche den Wagen doch, Mama.«

»Das lässt sich sicher alles irgendwie regeln, mein Junge. Hauptsache, dir geht es gut.«

Die Zuversicht in ihren blauen Augen verfehlte ihre Wirkung auf Jonathan auch jetzt nicht. Sie war etwas, auf das er sich immer verlassen konnte. Seine Mutter mochte auf Außenstehende zerbrechlich wirken, weil sie so zierlich war. Aber Jonathan wusste es besser. Margas großherzige Stärke hatte die Familie nicht nur durch eine Krise getragen, sie war unerschütterlich.

Nach allem, was geschehen war, hatte er aber Schwierigkeiten damit, sich ihrem Optimismus anzuschließen. Und natürlich merkte seine Mutter Jonathan an, dass er ziemlich durch den Wind war.

»Du hattest doch abgeschlossen, oder?«, stellte sie eine ganz pragmatische Frage.

»Klar. Aber es ist ja nicht schwierig, so was zu knacken und kurzzuschließen.«

»Warum ausgerechnet deinen Golf? Es gibt sicher schönere und teurere Wagen.«

Er zuckte mit den Schultern. »Ich hab in der Uni-Tiefgarage geparkt, da gibt es nicht einsehbare Ecken. Wenn sich jemand auskennt, ist so eine Tür doch gleich aufgemacht. Zuerst dachte ich, ich hab nur vergessen, wo ich ihn abgestellt hatte. Aber er ist eindeutig weg.«

Marga bückte sich nach Jonathans Tasche mit der schmutzigen Wäsche und trug sie zur Waschmaschine. Zierlich oder nicht, tägliche Spaziergänge an der frischen Luft hielten sie fit, und die schwere Tasche bereitete ihr keinerlei Mühe. Über die Schulter rief sie: »Was hat die Polizei gesagt?«

Ein sarkastisches Schnauben entfuhr Jonathan. »Na, gar nix. Dass wenig Hoffnung besteht, meinen Wagen jemals wiederzukriegen.« Erneut packte ihn Unmut, beim Gedanken daran, wie er auf dem Polizeirevier abgefertigt worden war. Zwei Mal!

Um sich abzureagieren, zog er sich seine Sportsachen an und ging joggen. Wie immer bog Jonathan in die Parallelstraße ein, die ihn auf eine Ausfallstraße in Richtung Wald führen würde. Dabei kam er am Haus von Fred Erlmoser vorbei, der im Garten Bäume beschnitt. Als der ältere Herr Jonathan sah, kam er durchs Gartentor, rannte ihm erstaunlich flink hinterher und schrie mit militärischer Kommandostimme: »Schneller! Schneller! Schneller«, als wäre er vollkommen irre.

180

Es war ein leichtes für Jonathan, ihn abzuhängen, trotzdem empfand er diese Begegnung als verstörend. Was war los mit dem Kerl? Schon sein Vater hatte ihn vor Erlmoser gewarnt. Der ehemalige SS-Mann hatte es tatsächlich geschafft, nach dem Krieg bei der neu gegründeten Bundeswehr unterzukommen. Was beileibe kein Einzelfall und wirklich abstoßend war. Dort hatte er zuletzt den Rang eines Feldwebels bekleidet, soviel Jonathan wusste. Nicht einmal nach seiner Pensionierung konnte er anscheinend von seinem militärischen Gebaren lassen. Erlmoser war Nazi und Antisemit, daran änderte auch die Zeit nichts. Während Jonathan in Richtung eines kleinen Gehölzes lief, das früher einmal zum Revier seines Großvaters gehört hatte, dachte er an eine Gelegenheit, bei der sich der Charakter des Mannes deutlich gezeigt hatte.

Ironischerweise war Jonathans Vater zusammen mit Erlmoser und anderen ehemaligen Wehrmachts- und SS-Angehörigen, die allesamt bei der Bundeswehr eine zweite Karriere gemacht hatten, im selben Kegelclub gewesen. Skurril eigentlich, wenn er so darüber nachdachte. Für Jonathans Mutter war es wichtig gewesen, dass sie sich im Ort integrierten und unter die Leute gingen. Sein Vater spielte gerne Karten, und auch Kegeln machte ihm Spaß. Meist waren nicht nur die Herren, sondern ebenso die Ehefrauen mit von der Partie, und das ein oder andere Mal sogar Jonathan. Es gab Fotos von geselligen Abenden, bei denen man gemeinsam bei Bier und Brotzeit am Tisch saß, es wurde gelacht, gefeiert und natürlich gekegelt.

Bei einer derartigen Gelegenheit, Jonathan mochte etwa fünfzehn oder sechzehn Jahre alt gewesen sein, war die ausgelassene Stimmung Fred Erlmoser offenbar zu laut geworden. Jonathan erinnerte sich genau daran, wie der ehemalige SS-Mann unvermittelt von seinem Platz aufgesprungen war und losgebrüllt hatte: »Was ist das hier für ein Sauhaufen? Sofort in einer Reihe aufstellen und durchzählen!«

Zu Jonathans unfassbarem Erstaunen hatten alle anwesenden Männer diesem Kommando Folge geleistet, wie an unsichtbaren Fäden gezogen. Einer davon war ein pensionierter Major, ein anderer hatte während des Krieges Panzer an der Ostfront gefahren. Manchmal fragte sich Jonathan schon damals, wie sein Vater die Gesellschaft solcher Menschen überhaupt ertragen konnte. An jenem Abend war es dann auch zu viel für Henryk geworden. Jonathan hatte sich als Einziger nicht mit aufgestellt, und er bemerkte, dass sein Vater beim Abzählkommando kreidebleich wurde. Es musste schreckliche Erinnerungen in ihm hochgespült haben, und gewiss hatte Fred Erlmoser gewusst, was diese Aktion mit Henryk anstellen würde. Sein Vater war schließlich aus der Reihe getreten. »Ich setze mich rüber zu meinem Sohn«, hatte er gesagt. »Mir ist nicht gut.«

Nie würde Jonathan den Blick von Fred Erlmoser vergessen, den er seinem Vater hinterhergeschickt hatte. Sadistische Genugtuung hatte darin gelegen, und er hatte nicht einmal versucht, sie zu verstecken.

»Der Mann ist gefährlich«, hatte Henryk ihn nicht nur einmal, sondern mehrfach gewarnt. »Sieh zu, dass du tunlichst nie mit dem irgendwo allein bist.«

»Wie kannst du nur freundlich zu ihm sein, Papa? Und wie hältst du es in seiner Gegenwart überhaupt aus? Das ist ein Dreckschwein, jeder weiß das.«

Henryk hatte gelächelt. »Natürlich ist er das. Aber ich werd's nicht laut sagen. Ich mache hier kein Fass mehr auf, die Kraft habe ich nicht. Es würde doch gar nichts bringen, also wozu unsere Energie verschwenden?«

Daran dachte Jonathan, als er auf einem Kiesweg durch den stillen Hochwald trabte. Dieser Weg war nicht zufällig seine Joggingstrecke. Seit er denken konnte, war er hier mit seinem Vater spazieren gegangen, immer sonntagmittags, während seine Mutter daheim den Sonntagsbraten vorbereitete, mal Fasan, mal Ente mit Knödeln und Blaukraut, und hinterher immer Apfelmus mit Zitrone für eine gute Verdauung. Bis das Essen fertig war, spazierten Henryk und Jonathan durch einen Ausläufer des gräflichen Forsts und unterhielten sich. In einem besonders schneereichen Winter hatte Jonathan einmal nicht rausgewollt.

»Du kommst mit«, hatte Henryk gesagt. »Man muss bei jedem Wetter gehen.«

Und später dann, auf dem zugigen Schotterweg: »Ach, so ein eisiger Winter. Ich weiß nicht, ob ich den noch überstehe, ich habe zu viele Eiswinter im KZ verbracht.«

»Bitte sag das nicht, Papa«, hatte Jonathan protestiert.

»Außerdem bin ich viel älter als deine Mutter und werde sicher weit vor ihr sterben. Versprich mir, dass du auf sie aufpasst, wenn ich nicht mehr bin.«

Jonathan war gern mit dem Vater spazieren gegangen, auch wenn ihn die Schwere ihrer Themen bisweilen erdrückte.

Hier hatte ihn sein Vater teilhaben lassen an den Abgründen seines Lebens. Unter stillen grünen Wipfeln hatte er ihm Dinge erzählt, über die man eigentlich nicht reden konnte, weil sie so schrecklich waren.

Und danach waren sie heimgegangen und hatten sich die Ente schmecken lassen.

Alles änderte sich – und blieb doch ewig gleich. Ständig hatte ihm sein Vater aufgetragen, Augen und Ohren offen zu halten und auf Gefahr zu achten. Jonathan hatte das oftmals übertrieben gefunden. Wer sollte ihm bitte schön etwas tun?

Nun kannte er die Antwort darauf. Vor ein paar Tagen war er bei einem Anschlag auf sein Leben knapp mit dem Schrecken davongekommen. Jene Gefahr, vor der ihn sein Vater gewarnt hatte, war real. Sie war es für Henryk gewesen, und sie war es nun für Jonathan. Vielleicht ging sie nicht mehr von alten Männern aus, dafür von anderen.

Vor den Fred Erlmosers dieser Welt fürchtete er sich nicht, die hatten nichts mehr zu sagen. Aber ganz offensichtlich zog für Menschen wie ihn eine neue Gefahr auf, mitten hier in seiner niederbayerischen Heimat. Ob Neonazis, islamistische Extremisten, stark rechts orientierte Parteien oder einfach antisemitische Mitläufer, die ein Feindbild brauchten und sich anstecken ließen – da fiel ihm gleich eine ganze Reihe von Personen ein. Dass einige davon nicht vor Gewalt zurückschreckten, hatte ihm der Überfall in seiner Wohnung mit erschreckender Deutlichkeit vor Augen geführt. Und wo zwei gewaltbereite Männer waren, gab es sicher noch unendlich viele mehr. Wer würde Jonathan schützen? Die beiden Männer, die er zu Hilfe gerufen hatte, konnten ihm sicher nicht immer zur Seite stehen.

Bereits als Kind war Jonathan klar geworden, dass seine Familie anders war als die anderen im Ort. Wenn er seine Mutter fragte, warum der Vater so oft im Krankenhaus lag oder zu Hause krank im Bett, dann antwortete sie stets: »Das hat was mit dem Krieg zu tun.«

Eine Auskunft, die er als Zehnjähriger natürlich nicht verstand. Krieg war etwas Abstraktes, das in zufällig mitgehörten Nachrichten erwähnt wurde. Er fand in fernen Ländern statt, wie sollte er etwas mit den Bauchschmerzen seines Vaters zu tun haben, die ihn so oft quälten?

Es waren viele Puzzlesteine, die sich im Lauf seiner Kindheit und Jugend zu einem Bild zusammensetzten, das immer lückenhaft blieb und das Jonathan mit Angst und Unsicherheit erfüllte.

Da gab es zum Beispiel die schwarzen Tätowierungen auf dem Körper seines Vaters. Der Frauenkopf auf seiner Brust reichte so weit nach oben, dass Henryk sogar den obersten Hemdknopf schließen musste, wenn er nicht wollte, dass man ihn sah. Und das war ihm ein großes Anliegen. Auch die Bilder auf seinen Armen verbarg er stets.

»Warum ziehst du denn nicht mal ein T-Shirt an, Papa?«, hatte ihn Jonathan in einem besonders heißen Sommer gefragt. »Dir ist doch bestimmt viel zu warm.«

Die Antwort wusste er noch immer, denn sie hatte ihm sogar als kleinem Jungen gezeigt, dass sein Vater sich schämte. »Wenn die Leute diese scheußlichen Bilder auf meiner Haut sehen, meinen sie, ich bin ein Verbrecher. Deswegen verstecke ich sie lieber.«

Das hatte ihm eingeleuchtet, denn schön waren die Tätowierungen wirklich nicht. Grob sahen sie aus, derb und irgendwie beängstigend. Warum sein Vater sie überhaupt hatte machen lassen, hatte er sich damals nicht getraut zu fragen. Und als er schließlich den wahren Grund erfuhr, war Jonathan derart schockiert gewesen, dass er froh war, die Bilder auf der Haut seines Vaters nicht oft sehen zu müssen.

Eigentlich war Jonathan ein braver Junge gewesen, zufrieden in der kleinen Welt seiner Familie. Aber sogar die bravsten Kinder werden von Neugier getrieben, und so öffnete auch er bisweilen verbotene Schubladen und schnüffelte in Dingen herum, die nicht für seine Augen geeignet waren.

Auf diese Weise hatte er die Fotos in Henryks Nachtkästchen entdeckt. Bilder von nackten Menschen, die am Rand einer Grube standen, dahinter Soldaten mit Gewehren. Als sein Vater ihn damit erwischte, nahm er sie ihm weg, legte sie wortlos zurück und schloss die Schublade. Eine Erklärung folgte erst viel später, aber Jonathan hatte sofort gewusst, dass diese verstörenden Bilder etwas damit zu tun hatten, dass es seinem Vater schlecht ging.

Das Bauchgefühl, dass sie anders waren und vorsichtig sein mussten, gepaart mit einem Verlangen nach Wissen, prägte Jonathan schon in sehr jungen Jahren.

Der Hochwald zu beiden Seiten des Weges schenkte Jonathan mit jedem Schritt ein Gefühl innerer Ruhe, nach dem er sich sehnte. Hier fühlte er sich seinem Vater besonders nah. Die gemeinsame Zeit, die sie in diesem Wald verbracht hatten, war ihm kostbar. Er atmete tief ein und aus und genoss den gleichmäßigen Laufrhythmus.

Daheim wartete ein Brathähnchen auf ihn, das hatte er schon beim Betreten des Hauses erschnuppert. Mit einem kleinen Lächeln auf den Lippen drehte er um und trat den Rückweg an.

16

1949, Marga

Nie zuvor in ihrem Leben hatte sich Marga derart elend gefühlt. Eine Leere breitete sich in ihr aus, die all das verdrängte, was sie ausgemacht hatte. Die ersten Monate der Schwangerschaft bescherten ihr zusätzlich Unwohlsein. Als sie die Schwangerschaft bemerkt hatte, hatte sie eine große Kraft in sich gespürt. Da wuchs etwas in ihr, das aus ihrer Liebe entstanden war! Henryk war tief verwundet, und das wusste sie. Doch dieses neue Leben würde auch ihm die Kraft geben, das Alte loszulassen und wieder Verantwortung zu übernehmen, da war sie sich ganz sicher gewesen. Mit seinem Weggang war dieser Traum zerplatzt. Ihre Zukunft hatte sich in etwas verwandelt, das Marga nie und nimmer gewollt hatte – eine ledige Mutter zu sein, weil der Kindsvater das Weite gesucht hatte. Was für eine schreckliche Vorstellung. Alle im Ort würden sich das Maul zerreißen, sie konnte die Häme schon hören. Wieder und wieder stellte sie sich vor, was die Leute sagen würden, und quälte sich damit selbst.

Marga wollte überhaupt nicht mehr aus dem Haus gehen, sich nur noch einigeln und am liebsten gleich sterben.

»So geht das nicht weiter«, bestimmte ihre Mutter, nachdem sie zwei Wochen geduldig zugesehen und erfolglos getröstet hatte. »Du musst dich zusammenreißen. Schließlich ist niemand gestorben.«

»Es fühlt sich aber so an.«

Helene Heinrich stand neben Margas Bett und blickte stirnrunzelnd auf sie herab. Es war später Nachmittag, und die Wäsche musste aufgehängt werden. Außerdem wartete das Abendessen auf seine Zubereitung, und auch im Schloss war einiges zu erledigen. Marga wusste, dass ihre Eltern mit ihr fühlten. Die beiden hatten Henryk gemocht und wie sie damit gerechnet, dass er ihre Tochter eines Tages heiraten würde. Ihr Schock über seinen plötzlichen Weggang war fast ebenso groß gewesen wie Margas. Aber mittlerweile waren die beiden einfach nur noch zornig auf ihn. Verständlich, Marga selbst ging es nicht anders. Phasen des Selbstmitleids wechselten sich mit Wut und Enttäuschung ab, dann haderte sie mit ihrem Schicksal, bekam einen Heulanfall und vergrub sich in ihrem Bett. Dass dieser Kreislauf nicht gesund war und sie daraus ausbrechen musste, war ihr klar. Doch sie fand die Energie nicht, um zu ihrem normalen Leben zurückzukehren. Henryk war Margas große Liebe. Sie war dazu bereit gewesen, ihr Leben darauf zu verwenden, seine tiefen Wunden zu heilen, an seiner Seite zu sein und ihm neues Glück zu schenken. Weshalb wies er sie zurück, nach all den innigen Momenten? Marga war sich sicher gewesen, dass auch Henryks Gefühle für sie ehrlich waren und er sie wirklich liebte. Warum zog er eine Frau vor, die er Jahre nicht gesehen hatte, zu der er nie ein persönliches Verhältnis gehabt hatte und die nicht einmal eine Blutsverwandte war? Zu ihrer Verzweiflung darüber, verlassen worden zu sein, gesellten sich Bilder, in denen sie sich das Zusammenleben von Henryk und seiner ehemaligen Schwägerin ausmalte.

»Du stehst jetzt auf, kommst mit rüber in die Küche und schälst die Äpfel, die ich einkochen muss. Wahlweise kannst du auch die Wäsche aufhängen.« Mit einem Ruck zog ihre Mutter Marga die Bettdecke weg.

Es war kalt, noch nicht ganz Frühling, und die letzten Lageräpfel drohten zu schrumpelig zum Verzehr zu werden, deswegen würden sie Kompott daraus machen. Gläser und Einwecktopf standen schon bereit.

Lustlos ließ sich Marga auf einen Küchenstuhl plumpsen und nahm einen Apfel aus der Kiste. Leider gingen ihre Gedanken bei der monotonen Arbeit des Äpfelschälens auf Reisen, und als ihre Mutter vom Wäscheaufhängen zurückkam, fand sie ein heulendes Elend am Tisch vor. Sie setzte sich neben ihre Tochter und streichelte ihr sanft über den Rücken.

»Auch wenn du es jetzt nicht glaubst, es wird irgendwann weniger wehtun. Aber nur, wenn du wieder unter die Leute gehst. Du kannst dich nicht hier daheim vergraben, das schadet dir und …« Mit einem Blick auf Margas Bauch verstummte sie. Helene war der Meinung, jedes Kind war ein Segen, und sie würden es auch ohne Henryks Anwesenheit großziehen. Konrad hingegen hegte einen starken Groll gegen den Mann, der seiner Tochter das Herz gebrochen hatte, und hielt damit nicht hinter dem Berg. Gleichzeitig schämte er sich für Marga, weil sie nicht aufgepasst hatte.

Ihr Vater war ein Mann vom alten Schlag. Ein bodenständiger bayerischer Förster, wie er im Buche stand. Er liebte die Tiere des Waldes, seine Arbeit und am allermeisten seine Familie, besonders Marga. Das wusste sie auch, ohne dass er viele Worte darum machte. Er saß in seinem Sessel neben dem Ofen, rauchte eine Virginiazigarre und sinnierte.

»Ihm ist das piepegal, Mädchen, für Henryk ist das Kind kein Problem. Nur für dich – für uns.« Das half natürlich nicht dabei, ihre Stimmung zu heben.

»Ich freue mich auf mein Baby«, beharrte Marga dickköpfig.

»Red es dir nur ein. Aber du wirst schon sehen, dass du dir damit deine Zukunft ruiniert hast.«

Marga wusste, aus ihrem Vater sprach die Sorge um sie, und sie verstand ja auch, was er meinte.

Wie hatte sie sich nur derart in Henryk täuschen können?

Helene sorgte konsequent dafür, dass Marga nicht länger im Bett herumlag und sich ihrem Selbstmitleid ergab. Sie übertrug ihr wieder Aufgaben im Haushalt und im Schloss, und nach und nach kehrte ein Alltag ein, der äußerlich demjenigen glich, bevor sie Henryk kennengelernt hatte. Es war alles wie immer und doch völlig anders.

Bei Lotte gab es gute Neuigkeiten. An einem kalten Nachmittag, an dem sich der morgendliche Frost gar nicht erst auflöste und der Himmel so grau blieb, als gäbe es keine Sonne, trafen sich die Freundinnen nach langer Zeit einmal wieder im Café.

»Franz hat mich gefragt, ob ich ihn heiraten will«, verkündete Lotte mit einem bewegten Zittern in der Stimme.

Marga kamen sofort die Tränen. Eilig kramte sie nach einem Taschentuch, damit niemand ihre Rührung mitbekam. Sie presste es sich unter die Nase, griff über den Tisch und drückte Lottes Hand. Es gab also doch noch anständige Männer, die zu ihrer Liebe standen. »Das ist wundervoll, Lotte! Mensch, ich freue mich wahnsinnig für dich. Sag, wie kam es dazu, dass er diesen Schritt endlich getan hat?«

Mittlerweile gab es in Mairing wieder mehrere Gaststätten, sodass sich die Freundinnen nicht stets im selben Café treffen mussten. Dennoch stieß man überall auf die gleichen Leute, es war eben ein kleiner Ort. Oben auf dem Hügel neben dem Schloss würde immer nur Platz für den einen Gasthof sein, sodass auch die Seeberger gern hinunter nach Mairing kamen. An diesem Nachmittag fand einer der beliebten Tanztees statt. Die Tatsache, dass Marga alleine erschienen und vorher lange nicht im Ort gesehen worden war, war sicher Wasser auf den Mühlen der Klatschmäuler. Bildete sie es sich ein, oder tuschelten die Damen am Nebentisch über sie? Sie kannte die zwei aus der Schule, beide waren mittlerweile verheiratet und mit ihren Gatten hier. Lotte folgte Margas Blick und verstand sofort.

»Vollkommen egal, was andere über dich denken. Niemand weiß, was in dir vorgeht, nur du selbst. Zeig es ihnen nicht. Wenn du lächelst, merkt keiner, was wirklich los ist. Und falls du nicht lächeln kannst, schau wenigstens freundlich, das reicht den meisten schon. Erst wenn sie glauben, du hättest Probleme, stürzen sie sich drauf. Weißt du noch, als man mich aus dem Sportverein geschmissen hat? Das ist zwar nicht damit zu vergleichen, dass Henryk das Land verlassen hat, aber mich hat es ganz schön getroffen. Immer wenn jemand blöd nachgefragt hat, habe ich gelächelt und gesagt, *alles gut, ich habe momentan keine Zeit für Sport.* Und du kannst das auch. Lächle es weg, und gib so wenig wie möglich preis.«

Tatsächlich hatte Lotte den Rauswurf damals mit derart großer Würde ertragen, dass die Lästermäuler rasch verstummt waren. Ob Marga diese Gefasstheit in sich finden würde, bezweifelte sie zu diesem Zeitpunkt jedoch sehr. Schwanger und verlassen zu sein, war noch mal ein schwererer Schlag. Nicht einmal ihrer besten Freundin hatte sie davon erzählt, dass sie ein Kind erwartete. Und auch heute war nicht der richtige Moment dafür. Der gehörte nämlich Lotte und ihrer frohen Nachricht.

»Ich bemühe mich, Lotte, wirklich. Aber nun erzähl mir von eurer Verlobung.«

»Es war einfach wundervoll. Nein, ehrlich gesagt ging dem Ganzen schon ein ziemliches Drama voraus. Der Franz ist schwer krank geworden. Wahrscheinlich eine Lungenentzündung.«

Davon hatte Marga gehört. Franz hatte im eisigen Wind beim Abladen einer großen Lieferung für den Laden geholfen und sich dabei derart verkühlt, dass er hohes Fieber bekommen hatte. Frau Langbauer hatte jeder Kundschaft, die ins Geschäft gekommen war, ihr Leid geklagt, so auch Margas Mutter. Dass sie Angst hätte, der Bub könne sterben, hatte sie lamentiert. Und dass nicht einmal der Dorfarzt vermochte, das Fieber zu senken. Letztendlich führte es Frau Langbauer auf ihre ausdauernden Gebete zurück, dass es Franz schließlich doch irgendwann besser ging.

»Das Erste, was er gesagt hat, als er die Augen wieder aufgeschlagen hat, war mein Name.« Lottes verklärter Gesichtsausdruck war rührend.

»Und das hat schließlich das kalte Herz vom alten Langbauer erweicht?«, fragte Marga.

»Schaut so aus. Jetzt dürfen wir heiraten. Franz hat bei meiner Mutter um meine Hand angehalten, wie es sich gehört. Und mich dann bei einem Spaziergang gefragt, ob ich seine Frau werden will. Natürlich war mir völlig wurscht, was seine Eltern wirklich darüber denken, ich hab sofort Ja gesagt.« Lotte lachte. »Also bin ich jetzt nicht nur offiziell seine Verlobte, sondern auch wieder Mitglied im Sportverein und beim nächsten Handballspiel sogar in der Damenmannschaft aufgestellt.«

»Ach, das freut mich so unendlich für dich – für euch beide!« Marga stieß mit ihrer Kaffeetasse mit Lotte an. Nun lief doch ein Tränchen ihre Wange hinunter. So lange sie denken konnte, waren Lotte und Franz schon ineinander verliebt. Jeder, der zwei Augen und ein Herz hatte, sah, dass die beiden zusammengehörten. Was die Freundin eben knapp erzählt hatte, war sicherlich nervenaufreibend gewesen. Es musste wirklich schlecht um Franz gestanden haben, dass sein Vater einknickte. Dabei konnten er und seine Gattin sich glücklich schätzen, Lotte in ihre Familie aufzunehmen. Sie tat Franz gut, war gesellig, anständig und liebevoll, und die von den Langbauers so dringend erwünschte Geschäftstüchtigkeit würde sie schnell lernen, davon war Marga überzeugt.

Auf dem Heimweg musste Marga im Auftrag ihrer Mutter noch vorbestellten Stoff für ein neues Sonntagskleid im Laden von Lukas' Eltern abholen. Nachdem Henryk seinen kompletten Vorrat vor der Abreise abverkauft hatte, mussten die Heinrichs nun wieder zu Krantz gehen. Ein äußerst demütigender Umstand, fand Marga. Hatte sie vorher Lukas ordentlich herausgegeben, wenn er behauptete, Henryk würde sich als Konkurrent aufbauen, aber keine Chance haben, konnte sie an diesem Tag nichts anderes tun, als mit einem höflichen Lächeln nach dem bestellten Stoff zu fragen.

Das Kaufhaus in Mairings Bestlage, in direkter Nachbarschaft zu Kirche und Gasthof an der Kreuzung der beiden Hauptstraßen, war kürzlich frisch gestrichen worden. Man war jemand und ließ sich das auch anmerken. Die Verkäuferinnen waren adrett gekleidet, die Chefin stand meist selbst im Laden, Lukas und sein Vater zeigten sich ebenfalls oft im Verkaufsraum. Allerdings nicht in der Stoffabteilung, das war das Metier von Frau Krantz. Bekanntermaßen wollten sich seine Eltern aus dem Geschäft zurückziehen und warteten nur darauf, dass Lukas endlich heiratete und seine Frau mit ins Familienunternehmen einstieg. Auch Frau Krantz wusste, dass ihr Sohn sich Hoffnungen auf Marga gemacht, sie ihn aber zurückgewiesen hatte, und begrüßte sie entsprechend frostig.

»Ich möchte den dunkelblauen Stoff für meine Mutter abholen«, erklärte Marga.

»Was soll's denn werden? Was Neues für dich?« Ein unverhohlener Blick auf Margas Bauch machte deutlich, was Frau Krantz eigentlich andeuten wollte. Ahnten die Leute womöglich doch schon etwas, oder wurde grundsätzlich allgemein vermutet, dass eine sitzen gelassene junge Frau schwanger war?

Marga wandte den Blick nicht ab. Die kleine, dünne Frau Krantz hatte ein schmales Gesicht mit tief liegenden Augen, ihr graues Haar war nach einer Art aus der Stirn frisiert, wie sie vor zwanzig Jahren einmal modern gewesen war. Marga hatte sie noch nie gemocht, sie hatte schon als Kind gespürt, dass mit Frau Krantz nicht gut Kirschen essen war. Die Verkäuferinnen im Laden konnten ein Lied davon singen und taten das auch manchmal hinter vorgehaltener Hand.

Marga versuchte, höflich und gelassen zu bleiben, befürchtete aber, dass ihr das nur unzureichend gelang. »Nein, Frau Krantz, für mich ist es nicht. Mama möchte sich ein neues Sonntagskleid nähen. Ich brauch keines, meines ist tipptopp in Ordnung und passt perfekt. Das liegt vermutlich an dem herrlichen Wollgeorgette, aus dem es gefertigt wurde.« Sie musste nicht dazusagen, dass der Stoff von Henryk war. Frau Krantz wusste auch so, dass Marga ihn nicht bei ihr gekauft hatte.

»Na, dann hoffe ich, dass es noch recht lang passt. Die Umstände ändern sich ja manchmal schnell. Wir freuen uns, dass deine Mutter wieder bei uns bestellt«, bemerkte Frau Krantz zweideutig, und Marga spürte, wie sie rot wurde. Was für eine Unverschämtheit! Sie nahm das ordentlich in Packpapier verschnürte Paket entgegen, zwang sich zu einem Gruß und ging. Draußen zurrte sie das Päckchen auf ihrem Fahrrad fest, in der Hoffnung, den Stoff dabei nicht zu sehr zu knittern. Es war eine kalte Fahrt bis nach Seeberg. Die von nackten Bäumen gesäumten, umgeackerten Felder zu beiden Seiten des Weges verbreiteten in ihrem einheitlichen Umbrabraun Trostlosigkeit. Noch gab es keine Knospen oder Blüten. Den Berg hinauf trat Marga ordentlich in die Pedale, bis ihre Lungen schmerzten. Sie fühlte ihr Herz im Hals rasen, aber diese Verausgabung brauchte sie, damit sich die Wut auf Frau Krantz legte.

Langsam gesellte sich zu ihrer Wut auch wieder der allzu bekannte Unmut auf Henryk hinzu. Wie konnte er es nur wagen, sie derart allein zu lassen?

Doch die unangenehme Begegnung mit Frau Krantz hatte auch ihr Gutes. Sie riss Marga aus ihrer Lethargie. Anstatt sich weiterhin in ihrem Zimmer zu verkriechen, entwickelte sie eine geradezu übermäßige Arbeitswut. Sie schrubbte die Böden im Schloss, marschierte mit ihrem Vater durch den Wald und ging ihrer Mutter zur Hand, wo sie konnte, nur um beschäftigt zu sein. Die abendliche Erschöpfung bewahrte sie vor dem Nachdenken und schenkte ihr tiefen, traumlosen Schlaf.

Endlich brach der Frühling an. Normalerweise war das eine Zeit, die Marga über alles liebte. Wenn die Natur ihr grünes Kleid anlegte und die Tage länger wurden, fühlte sich alles besser an. Die dunklen Monate waren überstanden. Doch nicht in diesem Jahr, nicht für Marga.

An einem Morgen, an dem die Vögel draußen zwitscherten und milde Sonnenstrahlen durch die nicht ganz geschlossenen Vorhänge ihres Schlafzimmers fielen, erwachte Marga von stechenden Schmerzen in ihrem Bauch. Sie schlug die Bettdecke zurück und sah das Blut.

»Mama!«, rief sie, so laut sie konnte.

Sofort hörte sie draußen Schritte, und gleich drauf öffnete ihre Mutter die Tür. »Ist was passiert?« Helene erfasste die Situation, noch ehe Marga ein weiteres Wort sagen konnte. »Ach du lieber Gott!« Schnell rannte sie und holte ein paar Handtücher, die sich Marga zwischen die Beine legen konnte. »Du musst sofort ins Krankenhaus. Bleib liegen, bis ich so weit bin.«

Panisch griff Marga nach der Hand der Mutter. »Lass mich nicht allein. Ich habe solche Angst.«

»Ich weiß, Kind. Aber ich muss ein Auto organisieren, mit dem Pferdefuhrwerk können wir dich nicht transportieren.«

»Wo ist Papa?«

»Im Wald. Bitte, Marga, du musst jetzt stark sein. Ich beeile mich und bin so schnell wie möglich wieder hier.«

Marga hatte die Nase voll davon, stark sein zu müssen. Wieso eigentlich? Das Leben war grausam. Erst schickte es einem die große Liebe, dann nahm sie sie wieder weg. Es beglückte sie mit einem neuen Leben, das in ihr heranwuchs – und nun würde sie auch das verlieren. Erneut flammten die Schmerzen auf und raubten Marga den Atem. Zwischen ihren Beinen spürte sie Wärme und Nässe. Das Einzige, was ihr von Henryk geblieben war, würde sie nun auch noch verlassen, und es gab nichts, was sie dagegen tun konnte. Hatte sie eigentlich über gar nichts selbst die Kontrolle? Heftiges Weinen schüttelte Marga, sie beruhigte sich nicht mehr, bis ihre Mutter wiederkam.

Völlig außer Atem stand Helene neben dem Bett. »Dein Vater ist gleich da. Wir können das Auto vom Wirt nehmen. Ich habe ihm gesagt, du bist von der Leiter gefallen, deswegen müssen wir ins Krankenhaus. Etwas Besseres ist mir auf die Schnelle nicht eingefallen.«

Sie half ihrer Tochter auf die Beine und zog ihr saubere Kleidung an. Dann stützte sie sie auf dem Weg die Treppe hinunter.

Konrad saß mit versteinertem Gesicht hinter dem Steuer des Lieferwagens vom Dorfwirt. Als Marga einstieg, wischte er sich hastig mit dem Handrücken über die Augen.

»Hast du Schmerzen?«, fragte er mit sanfter Stimme.

Sie nickte und rutschte neben ihn. Auch Helene stieg mit ein.

Marga musste die Nacht über im Krankenhaus bleiben. Sie verlor ihr ungeborenes Kind und ließ eine Ausschabung über sich ergehen. Danach hatte sie noch mehr Schmerzen, fühlte sich extrem geschwächt und bibberte am ganzen Leib, trotz der dicken Decken. Der Arzt teilte ihr knapp mit, sie hätte außergewöhnlich viel Blut verloren, könne aber noch immer Mutter werden, zumindest vermutlich. Ob sie sich darüber freuen sollte, wusste sie nicht. Denn ohne Henryk machte nichts Sinn, am allerwenigsten die Familienplanung. Blass und abgeschlagen verbrachte sie daheim eine Woche im Bett.

Dann versuchte sie vorsichtig, wieder etwas Bewegung in ihren Alltag zu bringen. Langsam spazierte sie um das Schlossgelände herum. In den Wald traute sie sich noch nicht, zu unsicher war ihr Tritt, zu groß die Angst zu fallen. Sie kam sich vor wie eine unendlich alte Frau.

Nach einem ihrer einsamen Spaziergänge, gerade als sie um die lange Schlosshecke bog und wieder auf das Hauptportal zusteuerte, sah sie eine Person am Gitter des Torbogens stehen.

Es war Henryk, eindeutig. Sie hätte ihn überall sofort erkannt. Die Art, wie er dastand, kerzengerade und mit gestrafften Schultern, wie er sich kleidete und sich bewegte, war ihr so vertraut. Doch er konnte es eigentlich nicht sein. Er war in Malmö, sie hatte seit Monaten nichts von ihm gehört. Als er ihre Schritte vernahm, drehte er sich um und nahm den Hut ab.

»Marga«, stieß er hervor, und die Ergriffenheit in seiner Stimme schnürte ihr die Kehle zu.

Sie rang um Fassung. »Henryk«, sagte sie im Näherkommen. »Warum bist du hier?«

»Ich wollte nicht bei deinen Eltern läuten und hatte gehofft, dich irgendwo hier draußen zu treffen.« Mit einer fahrigen Bewegung strich er sich über den Kopf. »Ah, was mache ich überhaupt hier, meinst du? Ich habe es nicht ausgehalten in Schweden, ich bin zurück.«

Obwohl Marga befürchtete, ihr könnte schwindelig werden, blieb sie vor ihm stehen, die Hände tief in den Manteltaschen vergraben. »Wieso?«

»Das würde ich dir gern erklären. Wollen wir hineingehen?« Er nickte in Richtung der Wohnräume.

»Nein. Meine Eltern sind nicht gut auf dich zu sprechen. Du bist in ihrem Haus nicht mehr willkommen.«

Henryk zuckte sichtlich zusammen. »Ich schätze, das habe ich nicht anders verdient. Und was ist mit dir? Bin ich auch bei dir nicht mehr willkommen?«

»Du hast mich verlassen, obwohl ich dich angefleht habe, es

nicht zu tun. Und obwohl du wusstest, dass ich ein Kind von dir erwarte.«

»Aber deswegen bin ich doch wieder hier! Wegen dir, wegen unserem Kind!«

»Den Weg hättest du dir sparen können. Ich hatte eine Fehl-geburt, das ist noch nicht einmal zwei Wochen her.« Bei diesen Worten kamen Marga die Tränen, sie konnte es nicht verhin-dern. Als Henryk die Arme ausbreitete, wich sie zurück.

Betroffen ließ er sie wieder sinken. »Das tut mir leid. Alles tut mir so leid! Ich habe einen riesigen Fehler gemacht. Aber ich dachte, ich bin das meiner Familie schuldig …«

Mit einer Geste hinderte Marga Henryk am Weiterreden. »Spar dir das. Ich wollte deine Familie sein. Aber du hast dich anders entschieden. Also geh, bitte. Ich habe momentan nicht die Kraft, mit dir zu sprechen.«

Sie ließ ihn stehen und ging ins Haus. Wenigstens respektierte er ihren Wunsch und drängte Marga nicht.

Oben in der Stube stand ihr Vater am Fenster, als sie herein-kam, und sah hinunter. »Ist er wieder da?«, fragte er schlicht.

»Sieht wohl so aus.« Erschöpfung machte sich in Marga breit, und sie musste sich setzen.

»Was will er?«

»Ich weiß es nicht, Papa. Ich konnte ihn nicht anhören.«

»Das musst du auch nicht. Er soll nur nicht glauben, dass er weitermachen kann, als wäre nichts gewesen. Zu uns kommt er nicht mehr. Kein Schweinsbraten mehr, kein Kuchen und schon gar kein Familienanschluss.« Er ging an den Herd, goss eine Tasse Tee ein und reichte sie Marga. »Hier, das wird dich aufwärmen. Du bist noch immer sehr blass und wirst dünner und dünner. Ich mache mir Sorgen um dich. Vor allem, wenn er«, er nickte zum Fenster, »nun wieder aufgetaucht ist.« Sich selber goss er einen Zwetschgenschnaps ein.

»Das musst du nicht. Ich komme schon wieder zu Kräften. Und Henryk spielt keine Rolle mehr für mich.« Marga wünschte sich, es wäre wirklich so einfach.

17

Henryk

Was hatte er erwartet? Dass sie ihn mit offenen Armen wieder aufnehmen würde, um dort weiterzumachen, wo sie aufgehört hatten?

Marga war nicht nur eine warmherzige Frau, sondern auch eine stolze, nicht zuletzt deswegen liebte er sie so sehr. Ihre Fehlgeburt traf sie nicht alleine mitten ins Herz, Henryk fühlte denselben Schmerz. Der Gedanke daran, wieder ein Kind zu haben, ein Kind mit Marga, hatte ihn in Schweden nicht losgelassen. Tag und Nacht hatte er an sie gedacht. Und schließlich kaum mehr schlafen können, als ihm klar wurde, was für ein schlimmer Fehler es gewesen war, sie zu verlassen.

Rahel, Henryks ehemalige Schwägerin, war eine dominante Frau. Völlig traumatisiert zudem, aber wer von ihnen, die überlebt hatten, war das nicht? Ihr Hass auf die Deutschen saß tief. Sie hatte absolut kein Verständnis dafür, dass er eine Beziehung im Land des Feindes eingegangen war. Dass Marga schwanger war, erzählte er Rahel nicht einmal.

Sie wollte alles bestimmen – wo er wohnte, wie er lebte, wie sein Tagesablauf aussah, am liebsten vermutlich sogar noch, wie er sich kleidete. Ihr Kontrollzwang zog sich durch sämtliche Bereiche des alltäglichen Lebens bis hinein in die kleinsten Kleinigkeiten. Weil er um Rahels innere Zerrissenheit wusste, hatte Henryk deswegen Mitleid mit ihr. Die Folgen von Gefangenschaft, Misshandlung und Verlust äußerten sich bei ihm in einem unkontrollierbaren Freiheitsdrang, bei ihr eben in diesem schrecklichen Bedürfnis, über alles die Kontrolle zu haben. Jeder tat, was er musste, um sich so sicher wie möglich zu fühlen. Doch auch Henryks Mitgefühl hatte Grenzen. An einem Tag wollte sie Kopfsalat essen, der gerade keine Saison hatte und dementsprechend mickrig ausfiel. In ihrem Streben nach Perfektion hatte Rahel Henryk einen kompletten Tag lang durch die Stadt gescheucht, von einem Gemüsehändler zum anderen. Keiner der angebotenen Salatköpfe hatte ihren Ansprüchen entsprochen. Diese banale Episode hatte bei Henryk schließlich das Fass zum Überlaufen gebracht. Er hielt es in ihrer Gegenwart schlichtweg nicht länger aus. Von Anfang an hatte er sich in Malmö fremd gefühlt und einsamer als je zuvor in seinem Leben. Zudem tat das kalte schwedische Klima seinen geschundenen Knochen nicht gut. Mehr und mehr hatte er es bereut, nicht bei Marga geblieben zu sein. Gemeinsam könnten sie die süße Vorfreude auf ihr Kind genießen – aber die Angst hatte ihn kneifen lassen. Und dieses drückende Pflichtgefühl, bei einer Familie sein zu müssen, die er längst verloren hatte. Er hatte es doch nur richtig machen wollen! Seine dumme Entscheidung jedoch verletzte nun genau den Menschen, der ihm am meisten bedeutete.

In Henryks Brust schlugen zwei Herzen. Das eine brannte für Marga. Er liebte sie wirklich. Das andere war schwerstverwundet, malträtiert und desillusioniert. Wie sollte Henryk sich wieder binden, nach allem, was geschehen war? Er war eine Belastung, körperlich wie emotional, und musste zudem jederzeit flüchten können, sollte es wieder losgehen. Denn dass man ihn erneut verfolgen und ihm wehtun wollte, stand für ihn außer

Frage. Er durfte auf keinen Fall noch eine zweite Familie mit ins Unglück reißen, wo er doch beim Schutz der ersten bereits versagt hatte. Alles verdichtete sich immer auf diesen einen Punkt hin: auf die eigene Hilflosigkeit angesichts einer feindlichen Übermacht.

Aber diese feste Überzeugung hatte in Malmö Risse bekommen und angefangen zu bröckeln. Eigentlich musste er Rahel dankbar dafür sein, dass sie ihm mit ihrer Dominanz und Paranoia vor Augen geführt hatte, wie er auf keinen Fall leben wollte.

Zurück in Mairing, gab es niemanden, mit dem Henryk über seine doch sehr aufwühlende Einsicht sprechen konnte. Sie waren alle weg. Daniel, Rabbi Zeisers und seine Familie, Chaim, Jona und Dorota. Nur er war zurückgekommen in die trostlose niederbayerische Ebene mit dem kleinen Schloss auf dem einzigen Hügel der Gegend und den Menschen, deren Gesichter hart und deren Ansichten rückständig waren. Wegen Marga. Für sie würde er sich mit den Gegebenheiten arrangieren. Er musste sie zurückgewinnen. Was wollte er in die Welt hinaus, nach Israel oder in die USA, wenn bereits die Wochen in Schweden ihm gezeigt hatten, dass er zu schwach war für große Sprünge.

Weil er nicht wusste, wo er unterkommen sollte, hatte Henryk sich erst einmal in einer Pension eingemietet, deren Betreiber ihn argwöhnisch beäugte, ehe er ihm einen Zimmerschlüssel aushändigte.

Nachts lag er im Bett und dachte an sein zweites Kind, das nun auch tot war. Wozu um alles in der Welt hatte er den Wahnsinn der Konzentrationslager überstanden, wenn nichts von ihm weiterleben durfte? War seine Existenz nicht absolut bedeutungslos?

Wäre es ein Junge gewesen oder ein Mädchen? Hätte Marga das Baby nicht verloren, wenn er geblieben wäre, um sich um sie zu kümmern? War es seine Schuld, dass sie eine Fehlgeburt erlitten hatte? Der Weg, den seine Gedanken einschlugen, trieb Henryk Tränen in die Augen, Tränen der Trauer und Tränen der Scham. Er hatte einen schrecklichen Fehler gemacht.

Tags darauf erschien er mit Blumen bei Marga. Zwar ließ sie ihn nicht ins Haus, doch sie nahm ihm den Strauß ab und erklärte sich bereit, mit ihm zu reden.

Obwohl der Frühling mittlerweile frische Blätter an die Bäume gezaubert hatte und in der Luft eine Milde mitschwang, die auf mehr hoffen ließ, war Marga warm eingepackt in Wintermantel und Schal. Sie fror ständig, was die Ärzte auf den hohen Blutverlust zurückführten. Ihr Gesicht war blass, beinahe leuchtend weiß und so schmal, dass die Wangenknochen deutlich hervortraten. Ganz offensichtlich ging es ihr sehr schlecht. Ihr Anblick weckte in Henryk den unbändigen Wunsch, sich um sie zu kümmern.

An einer Seite der Schlossmauer stand eine Bank in der Sonne, von der aus man hinunter über den Hügel in Richtung Mairing schaute. Bis dorthin schaffte es Marga an Henryks Arm, dann war sie froh, sich setzen zu können.

»Weiter kann ich heute nicht«, sagte sie leise. »Aber hierher komme ich jeden Tag und genieße die Sonne und den Ausblick.«

»Ganz alleine?«

»Wer sollte mich begleiten? Meine Eltern haben keine Zeit, sie arbeiten ja dauernd. Lotte hat mich ein paarmal besucht, seit ich aus dem Krankenhaus entlassen wurde. Aber sie hat kürzlich

geheiratet und wird gerade im Geschäft der Langbauers ange-
lernt.«

Das zu hören, erstaunte Henryk. Er wusste von den Schwierigkeiten, die Margas beste Freundin mit der Familie ihres Liebsten hatte.

»Das freut mich für Lotte«, sagte er ein wenig gezwungen.
»Und wie geht es deinen anderen Freundinnen?«

Neben Lotte war Marga noch mit einer Johanna befreundet,
die ebenfalls in Seeberg wohnte, und mit einer früheren Arbeits-
kollegin namens Rosemarie, die aber mittlerweile weggezogen
war und nicht mehr so oft nach Mairing kam. Persönlich kennengelernt hatte er nur Lotte, eine kleine Frau mit sportlicher Figur
und einem fröhlichen Wesen. Sie tat Marga gut, fand Henryk.

»Es hat niemand was von meiner Schwangerschaft erfahren,
falls du das meinst. Nicht mal Lotte. Geht ja auch keinen was
an. Nur dass du mich hast sitzen lassen, das haben natürlich alle
mitgekriegt.«

Betroffen blickte er in ihre Augen, die im blassen Gesicht
noch intensiver blau erschienen als sonst. »So habe ich es nicht
gemeint, Marga. Ich weiß, dass ich einen riesigen Fehler gemacht habe, für den ich dich um Verzeihung bitte.«

Sie seufzte. »Warum bist zu zurückgekommen?«

»Wegen dir.«

»Ist das wahr?«

Er griff nach ihrer Hand. »Ich liebe dich, Marga.«

Sie entzog ihm ihre Finger, doch ein sanftes Lächeln zuckte
um ihre Mundwinkel. »Weißt du, ich bin momentan nicht stark
genug, um mit dir herumzudiskutieren oder irgendwelche Entscheidungen zu treffen. Also verlang bitte nichts von mir und
dränge mich nicht.«

»Aber es ist in Ordnung, wenn ich einfach nur hier neben dir sitze?«

»Nur, wenn du mir dabei etwas von dir erzählst. Zum Beispiel von deinen Schwestern und wie ihr vor dem Krieg in Polen gelebt habt.«

Ein Thema, das Marga immer interessiert hatte. Vermutlich klang es für sie, die in diesem kleinen Ort geboren und aufgewachsen war, sehr weltmännisch, dass seine Familie in einem großen Stadthaus gewohnt und Henryk bereits mit Mitte zwanzig eine eigene Firma gegründet hatte, mit der er Import-Export-Handel betrieb. Obwohl manche Erinnerungen ihn schmerzten, beugte er sich Margas Wunsch und erzählte ihr alles, was sie wissen wollte. Nach den Familienfesten fragte sie und danach, was sie als Kinder gespielt hatten. Wie seine Schwestern ausgesehen und ihre Stimmen geklungen hatten. Wovon sie geträumt und welche Begabungen sie gehabt hatten. Sogar die ein oder andere lustige Geschichte fiel Henryk ein, sodass die Schwermütigkeit nicht zu übermächtig wurde. Denn natürlich konnte er nicht von ihnen sprechen, ohne immer wieder daran zu denken, dass sie vermutlich alle tot waren. Sowohl er als auch Rahel hatten weitere Anfragen beim internationalen Suchdienst gestellt, aber noch immer nichts über den Verbleib von Sady, Chaja und Rinah erfahren. Er wusste also immer noch nichts. Doch das bedeutete auch: Er durfte weiterhin hoffen.

Als Henryk merkte, dass Marga trotz des Sonnenscheins fröstelte und müde wurde, brachte er sie zurück an ihre Haustür. Auch an diesem Tag zeigten sich weder Mutter noch Vater. Damit musste er leben, er hatte es nicht anders verdient.

Am nächsten Tag kam Henryk wieder und setzte sich auf die Bank an der Mauer. Er musste lange warten, bis Marga auftauchte, aber das machte ihm nichts aus. Sie war überrascht, ihn hier vorzufinden.

»Ich habe dir Schokolade mitgebracht«, sagte er und gab ihr ein hübsch eingewickeltes Päckchen.

Sie schien sich über diese Geste zu freuen, vor allem, weil er nicht vergessen hatte, welche sie am liebsten mochte.

»Erzähl mir vom Ghetto«, bat sie, nachdem sie sich gesetzt hatte. Wiederum trug sie den warmen Mantel, heute allerdings ohne Schal. »Ich weiß, wir haben schon einmal kurz darüber geredet, dass es eine schlimme Zeit für dich war. Aber ich muss mehr wissen, wenn ich dich verstehen soll.«

Bei ihren Worten wurde ihm warm ums Herz. Ihre Bitte signalisierte ihm Hoffnung. Wäre er ihr gleichgültig geworden, würde sie doch so etwas nicht sagen?

Henryk legte seinen Hut, den er bei Margas Ankunft abgenommen hatte, neben sich auf die Bank. Sein Blick ging in die Ferne über die Ebene, während er sich sammelte. Diese Reise in die Vergangenheit würde weit schwerer werden als die gestrige.

»Du weißt ja, als ich aus dem Krieg und der Gefangenschaft zurückkam, hatte man meine Familie längst ins Ghetto verfrachtet. Die Zustände dort waren wirklich so schlimm, wie man sie mittlerweile in den Wochenschauen zu sehen bekommt. Am gefährlichsten aber war, dass man jederzeit abgeholt werden konnte.«

»So wie der Sohn von Neta?«

Es rührte Henryk, dass sich Marga den Namen seiner Schwester gemerkt hatte. Er nickte. »Nicht nur er. Auch unsere Eltern haben sie irgendwann geholt und unzählige andere Leute, die ich kannte. Deswegen war es wichtig, immer eine Arbeit zu haben. Ich habe zum Beispiel in einer Sammelschneiderwerkstätte Wehrmachtsuniformen gebügelt. Das gab mir ein wenig Sicherheit, war aber auch keine Garantie, nicht abgeholt zu werden. Ich erinnere mich genau daran, dass uns die deutschen Soldaten eines Tages alle in einer Reihe antreten ließen. Eine Aktion haben sie so etwas genannt – das Wort löst immer noch Panik in mir aus. Wir mussten durchzählen, eins, zwei, eins, zwei. Alle mit der Nummer eins mussten einen Schritt vortreten. Ich hatte irgendwie ein komisches Gefühl bei meiner Reihe und habe mich in die andere geschummelt. Tatsächlich gehörte ich dann zu denen, die sie wieder an die Arbeit geschickt haben. Reine Intuition, meine Chancen standen ja fünfzig, fünfzig.« Er lachte bitter auf. »Ein anderes Mal hatte ich weniger Glück. Da haben sie uns antreten lassen ohne abzuzählen und uns alle in einen Bus verfrachtet.«

Marga riss die Augen auf. »Wie hast du dich retten können?«

»In solchen Momenten muss man seine Angst ausschalten, das habe ich schnell gelernt. Wenn du zögerst oder eine Unsicherheit erkennen lässt, bist du tot. Ich bin also vorne eingestiegen, direkt nach hinten durchmarschiert und gleich wieder raus, ohne innezuhalten. Natürlich haben sie das mitbekommen, und die Männer von der Waffen-SS sind mir hinterhergerannt und haben auf mich geschossen. Aber ich war ein flinker Läufer und kannte mich in den Gassen des Ghettos besser aus als sie. Glück muss man natürlich auch haben. Eine Bekannte hat mich gesehen und ins Haus gewunken. Dort hat sie mich im Keller unter den Kohlen versteckt, bis es dunkel wurde. Dann habe ich mich rausgeschlichen und die Nacht auf dem Friedhof verbracht, bevor ich es gewagt habe, in unser Versteck zurückzukehren.«

»Und du bist einfach so davongekommen?« Marga hing an Henryks Lippen.

»Na, was heißt einfach so? Natürlich sollte ich hinterher zum

Judenrat kommen. Wenn ich das gemacht hätte, wäre ich sofort auf dem nächsten Lkw Richtung Auschwitz gelandet oder gleich vor Ort erschossen worden. Also habe ich diese Einladung ignoriert.« Er atmete tief durch. »Das waren wilde Zeiten damals. Aber ich hatte noch meine Familie und die Hoffnung, es irgendwie schaffen zu können.«

»Was meinst du mit Versteck? Hattet ihr denn keine Unterkunft mehr?«

Er erzählte ihr, dass er ab 1942 mit seiner Frau, seinem kleinen Sohn und der Schwiegermutter in einem Raum gehaust hatte, den er mit geklauten Ziegelsteinen auf dem Dachboden eines Hauses selbst gemauert hatte. Die Kälte im Winter, die Hitze im Sommer, der Hunger und die dauernde Angst, wie sollte man all das in Worte fassen? Aber Henryk versuchte es. Er rang mit den Formulierungen und zwang sich, es mit seiner Vergangenheit aufzunehmen, um für seine Zukunft zu kämpfen. Um Marga zurückzugewinnen.

»Mein Sohn durfte nur nachts aus dem Haus, um Luft zu schnappen und ein wenig zu spielen. Tagsüber wäre es viel zu gefährlich gewesen.«

Nie hatte Adam auf einer Wiese im Sonnenschein Ball gespielt. Er wusste nicht, wie Blumen dufteten, wie sich das Fell eines Hundes anfühlte oder wie eine sommerwarme Himbeere schmeckte. Er hatte nie einen Freund gehabt, den Waldboden unter seinen Füßen gespürt oder in einem See gebadet. Seine Welt hatte sich auf die Enge des Verstecks beschränkt, nur gelegentlich erweitert um die farblose Stille der Nacht, wenn er mit den Eltern hinausdurfte.

Sehr früh hatte er sprechen gelernt, weil Mutter und Großmutter sich den ganzen Tag mit ihm unterhielten, natürlich nur flüsternd, damit niemand sie entdeckte. Besonders begeistert lauschte er Tiergeschichten. An die Wände seines Zuhauses hatte er mit kleinen Kohlestückchen Bäume gemalt und alle Tiere, die er kannte, obwohl er noch nie eines davon in Wirklichkeit gesehen hatte. Gila, seine Großmutter, hatte ihm die Geschichte des jüdischen Volkes erzählt und ihm beigebracht zu beten. Wie ein Schwamm hatte Adam alles in sich aufgesogen, was er über das Leben hörte. Als hätte er geahnt, es niemals selbst erfahren zu dürfen. In den besonderen Momenten, wenn Gila die Kerzen anzündete, hatten seine Augen mit ihnen um die Wette geleuchtet.

Schon als kleines Kind hatte Adam über ausgezeichnet geschärfte Sinne verfügt. Er hatte die Stiefelgeräusche der SS von denen der Ghettopolizei zu unterscheiden vermocht, hatte die sich nahenden Schritte der Soldaten erlauscht, wenn sie in die umliegenden Häuser eindrangen, lange bevor Henryk oder Dana sie hörten. Wann immer Gefahr drohte, hatte er die Familie gewarnt. Anfangs war es ein Spiel für ihn gewesen, doch mit der Zeit verinnerlichte er, wie wichtig es für seine Eltern war, möglichst früh Bescheid zu wissen, wenn die SS anrückte. Und er hatte nur zu gut verstanden, dass ihre Sicherheit davon abhing, wie mucksmäuschenstill er war, solange sich die Soldaten in Hörweite aufhielten. Henryk hatte Adam deswegen gelobt. Gleichzeitig hatte es ihm das Herz gebrochen, aus diesem Grund auf sein Kind stolz zu sein. Es war alles so unfassbar falsch gewesen, grausam und abscheulich, und egal, wie viel Zeit verging und wie viele Jahre ihm auf dieser Erde noch geschenkt werden sollten, er würde niemals darüber hinwegkommen.

»Ich stelle es mir entsetzlich vor, nicht raus ans Tageslicht zu dürfen.« Margas Stimme holte ihn zurück aus seinen Gedanken.

»Das war es, absolut. Ungesund noch dazu, wir haben alle ausgesehen wie lebende Tote. Aber dennoch besser, als erschossen oder deportiert zu werden. Und wir hatten ja noch immer die Hoffnung, es gemeinsam zu überstehen.«

Er spürte das Gras unter den Sohlen seiner Schuhe und das Holz der Bank in seinem Rücken, als würde ihn beides stützen. Jetzt, in diesem Moment mit Marga hier zu sein und die Sonne auf seinem Gesicht zu spüren, kam ihm unwirklich vor.

»Dann war wirklich jeder Augenblick lebensgefährlich im Ghetto?«

Die Naivität in dieser Frage rührte ihn und bestätigte seine Annahme, dass für Außenstehende kaum vermittelbar war, was so viele Menschen ertragen hatten.

»Es wurde von Monat zu Monat und von Jahr zu Jahr schlimmer. Bevor ich uns das Versteck gebaut habe, sind wir immer wieder von einer leeren Wohnung in die nächste gezogen, ohne uns umregistrieren zu lassen, damit sich unsere Spur verlor. Wir hatten oft Glück, nicht gefunden und nicht verraten zu werden. Ich erinnere mich an ein ganz besonders schreckliches Ereignis, das war, glaube ich, 1943 und ein sehr kalter Tag. Wir waren alle in dem gemauerten kleinen Raum. Adam und ich hatten es uns gerade unter einer Decke bequem gemacht, meine Frau und meine Schwiegermutter haben geschlafen. Wir haben uns immer abgewechselt mit dem Schlafen, damit stets einer Wache halten konnte. Ich habe Adam Geschichten ins Ohr geflüstert, um die anderen nicht zu wecken. Plötzlich hat mir Adam einen Finger auf die Lippen gelegt. ›Lastwagen‹, hat er gesagt, noch ehe ich irgendetwas wahrgenommen hatte. ›Und Stiefel höre ich auch.‹ Tatsächlich haben sich kurz darauf Soldaten im Laufschritt unserem Haus genähert und die Haustür unten aufgetreten. Einen Augenblick später, noch ehe die ersten Schreie erklangen, kamen die Schüsse. So ohrenbetäubend nah, dass wir gedacht haben, gleich sind sie bei uns. Gewehrsalven, die sich vom Erdgeschoss nach oben durchgearbeitet haben, mit einer grausamen Gründlichkeit, die keiner überleben würde. Natürlich hat Adam angefangen zu weinen. Er hat sich an mich gedrückt und panisch geschluchzt.« Henryk musste im Erzählen innehalten, so sehr wühlten die Erinnerungen ihn auf. Wie ein Messerstich fuhr ein starker Schmerz durch seinen Bauch. *Bitte jetzt keine neue Attacke*, dachte er und versuchte, den innerlichen Krampfanfall mit bewusstem Atmen unter Kontrolle zu bekommen. Marga fasste nach seiner Hand. Sie musste nicht fragen, was los war. Zu oft schon hatte sie miterlebt, wie der Schmerz ihn überfiel. Nach ein paar Minuten ging es wieder.

»Du musst nicht weitererzählen«, sagte Marga, und ganz deutlich nahm er die Zärtlichkeit in ihrer Stimme wahr. Eine Zärtlichkeit, die er lange nicht mehr gehört hatte.

Doch Henryk wollte nicht aufhören. Er wollte weiterreden, er musste ihr erzählen, wie es gewesen war.

»Sogar als die Maschinengewehre verstummten und nur noch vereinzelte Pistolenschüsse zu hören waren, konnte Adam sich nicht beruhigen«, fuhr er schließlich fort. »Schritte näherten sich uns, bis unmittelbar an die Wand des Verstecks. Ich habe meinem Kind eine Hand auf den Mund gelegt und es in meinen Armen gewiegt. In solchen Momenten betet jeder, und zwar mit aller Inbrunst, das kannst du mir glauben. Von Dana und ihrer Mutter am anderen Ende der Kammer habe ich nur schreckensgeweitete Augen gesehen, sie hatten ihre Decke bis ans Kinn hochgezogen. Die Schritte der SS haben sich entfernt, Wagentüren wurden zugeschlagen, und die Fahrzeuge sind davongefahren. Dann ist die Stille zurückgekommen.« Er atmete tief durch. Die Bauchschmerzen hörten auf. »Ziemlich lange haben wir uns nicht einmal getraut zu flüstern. Ich habe natürlich versucht, Adam zu trösten, aber was sollte ich ihm sagen? Dass es vorbei ist? Für wie lange? Und was kommt danach? Wir haben entschieden, erst mal mehrere Tage lang überhaupt nicht rauszugehen, und ich habe unser Trinkwasser eingeteilt. Aber natürlich musste ich wenigstens kurz nachsehen.« Mit einem gewissen Trotz in der Stimme fragte er Marga: »Willst du das auch noch hören?«

Sie nickte stumm, in ihrem Gesicht lag Betroffenheit.

»Etwas Schreckliches war geschehen, dem wir nur knapp entkommen waren, so viel war sicher. Das ganze Ausmaß ist mir erst klar geworden, als ich durchs Haus geschlichen bin. Überall war Blut, so viel davon, dass es durch den Boden tropfte. Der Erste, den ich gesehen habe, war der Junge der Nachelskis, die waren im obersten Stock untergebracht. Er lag auf der Treppe, mit zwei Schüssen in der Brust und aufgerissenen Augen, die ins Nichts starrten. Vermutlich ist er ihnen direkt in die Arme gelaufen. Im ersten Zimmer stand Frau Nachelski noch halb auf ihren Beinen. Sie war über den Küchentisch gekippt, war von hinten erschossen worden, als sie wohl gerade das Geschirr abräumen wollte. Am liebsten wäre ich davongelaufen, aber ich habe mich dazu gezwungen, im zweiten Raum nachzusehen, wo sich der Rest der Menschen befand, die sich das Dachgeschoss geteilt hatten. Natürlich waren sie allesamt tot. Glassplitter von den zerborstenen Fensterscheiben lagen überall auf dem Boden, der Raum war richtiggehend in Blut getränkt. Es hat die Möbel durchnässt, die Wände bespritzt, es tropfte sogar von der Decke. Ein unfassbarer Anblick war das. Obwohl ich mich beherrschen musste, um mich nicht zu übergeben, bin ich auch noch runter in den ersten Stock und ins Erdgeschoss. Vielleicht war ja doch noch jemand am Leben. Ich weiß nicht, warum man immer noch so eine sinnlose Hoffnung hegt, wenn doch offensichtlich ist, dass gezielt alle getötet wurden.« Wiederum musste er tief durchatmen, ehe er weiterreden konnte. »Ich erinnere mich daran, wie mich inmitten dieses Massakers plötzlich die Verzweiflung überfiel. Es war alles aussichtslos. Die Soldaten würden zurückkommen mit einem Trupp Arbeiter, einer Putzkolonne, und sie die Leichen abtransportieren und das Blut aufwischen lassen. Und dann würden neue Menschen einziehen und in diesen Räumen hausen, bis man auch sie umbrachte. Und genau so war es.«

Das lange Reden hatte ihn erschöpft. Henryk schloss die Augen, ließ sich die Sonne ins Gesicht scheinen und mahnte sich dazu, wahrzunehmen, dass er nicht nur räumlich, sondern auch zeitlich weit weg von den Schrecken des Ghettos war. Er lebte, er lebte in Freiheit. Und Margas Hand in der seinen schickte Wärme und Glück durch seinen Körper, die ihn langsam in die Wirklichkeit des lauen Nachmittags zurückholten.

18

Marga

Sie heilte langsam, aber Henryks Anwesenheit half Marga dabei, wieder zu Kräften zu kommen. In die Trauer um ihr totes Kind und das noch immer demütigende Gefühl, von ihm im Stich gelassen worden zu sein, stahl sich ganz sachte die Freude darüber, dass er zurückgekommen war.

Zwei Wochen lang wartete er jeden Tag auf der Bank an der Schlossmauer auf sie, als hätten sie eine heimliche Verabredung. Durch ihre intensiven Gespräche, für die sich beide viel Zeit nahmen, meinte sie, ihn jetzt erst richtig kennenzulernen. Seinen großen Freiheitsdrang nach den Jahren der Gefangenschaft verstand sie nun besser, und auch ansatzweise, warum es für ihn so wichtig gewesen war, nach Schweden zu gehen.

»Trotzdem, ich hätte dich niemals verlassen«, sagte Marga. »Zumindest hätte ich dich gefragt, ob du mitkommst.«

»Im Nachhinein würde ich auch anders handeln. Ich wünschte, ich könnte die Zeit zurückdrehen.« Ein sicherlich nicht zum ersten Mal in seinem Leben flehentlich geäußerter Wunsch. »Aber du musst mir glauben, ich bin zu dir zurückgekommen, weil ich dich liebe. Lass uns endlich heiraten, Marga, ich bitte dich. Es war lächerlich von mir, das so lange hinauszuschieben. Jeden Tag mache ich mir Vorwürfe, dass unser Kind vielleicht noch am Leben wäre, wenn ich dich nicht derart in Gram gestürzt hätte.«

Tränen schossen in Margas Augen. Dieser Gedanke trieb auch in ihrem Kopf sein Unwesen. Der Verlust des Babys tat ihrer Seele unendlich weh und war einer der Gründe dafür, weshalb sie sich nur so langsam erholte. Doch sogar die Eltern hatten schon bemerkt, dass Henryks Rückkehr ihr guttat. Trotzdem, und da war vor allem ihr Vater vehement, wollten sie ihn noch immer nicht wieder im Haus haben.

Wie oft hatte sie sich gewünscht, dass er ihr einen Antrag machte. Sie hatte sich diesen Moment in allen möglichen verliebten Nuancen ausgemalt. Aber nun, da er es endlich ausgesprochen hatte – und das weit weniger romantisch als erhofft –, flatterten keine Schmetterlinge durch ihren Bauch, und sie brach nicht in lauten Jubel aus. Vielmehr breitete sich eine innere Ruhe in ihr aus, die völlige Heilung versprach. Sie würden Mann und Frau werden, zusammenleben, sich eine gemeinsame Zukunft aufbauen und vielleicht mit einem weiteren Kind gesegnet werden. Alles, was sie sich wünschte und verloren geglaubt hatte, war er nun willens ihr zu geben.

»Wir werden sehen«, hörte sie sich selbst sagen und konnte ihre eigene Beherrschtheit kaum fassen. »Zuerst einmal musst du die Sache mit meinen Eltern wieder in Ordnung bringen, denn ohne ihren Segen heirate ich nicht.«

»Du wirst immer die Stärkere sein müssen in dieser Ehe, das ist dir klar, Kind? Dem Henryk haben sie derart viel Leid zugefügt, der kann keine Last mehr auf seinen Schultern tragen.«

»Ich weiß, Mama, aber dazu bin ich bereit.«

Ihre Mutter schenkte Marga ein mitfühlendes Lächeln, das voller Wärme und Vertrauen war. »So zart siehst du aus, meine Marga, aber tief in dir drin trägst du ein mutiges Herz. Das ist mir schon klar gewesen, als du noch ein ganz kleines Mädchen warst. Und später, als du mit siebzehn in den Kriegseinsatz nach Frankreich geschickt wurdest und unversehrt wieder heimgekommen bist, wusste ich, du lässt dich niemals unterkriegen. Du kannst gut mit Herausforderungen umgehen. Aber willst du dich wirklich bewusst dafür entscheiden, dein gesamtes Leben in einer so schwierigen Konstellation zu verbringen? Es gäbe sicher auch einfachere Wege.«

Nichts würde mit Henryk normal sein, das war klar. Seine Albträume, die Schmerzattacken, das Aufarbeiten des Erlebten, all das würde sie jeden Tag begleiten. Würde er überhaupt jemals wieder richtig glücklich sein können? Oder war es Margas Selbstüberschätzung, die sie glauben ließ, sie könne ihm Glück schenken? Obendrauf gab es noch den Alltag in Mairing und Seeberg. Die Leute hier würden nicht weltoffener werden. Wahrscheinlich war Henryk mittlerweile der einzige ehemalige Arbeitslagerhäftling, der nicht das Weite gesucht hatte. Wenn sie ihn heiratete, übertrug sich sein Außenseiterstatus auch auf sie, darüber machte sie sich keinerlei Illusionen. Sie würde die seltsame Margarethe sein, die unbedingt den polnischen Juden hatte haben müssen.

»Ich liebe ihn, Mama. Und ein Leben ohne ihn will ich mir nicht vorstellen. Die Zeit, in der er in Schweden war, war für mich schrecklich. Es ist nicht nur so, dass Henryk meine Fürsorge und Geborgenheit braucht – ich brauche ihn ebenso sehr.«

Natürlich hätten sich die Eltern einen anderen Mann für Marga gewünscht. Aber ihre Gefühle ließen sich nicht an- und ausknipsen wie ein Radio. Sie hatte Helene und Konrad an diesem Tag nicht nur mitgeteilt, dass Henryk ihr endlich einen Antrag gemacht hatte, sondern auch, dass er zum Abendessen kommen würde. Ihr Vater, wesentlich wortkarger als die Mutter, hatte bei dieser Eröffnung erst mal nur gebrummt. Er saß mit der Zeitung auf dem Schoß neben dem Ofen, im Mundwinkel seine heißgeliebte Virginiazigarre. Gerade hatte er Mittagspause, musste aber gleich wieder raus in den Wald. Sicherlich hätte er gern einfach seine Ruhe gehabt, um sich ein Weilchen gemütlich zu wärmen.

»Eigentlich wollte ich ihn hier nie wieder sehen, nach allem, was er dir angetan hat«, sagte Konrad. »Aber wenn du ihn unbedingt haben willst, Kind, dann meinetwegen. Nur weil es der Henryk ist, der schon so viel hat mitmachen müssen, verzeihe ich ihm.«

Marga, die der Mutter beim Abtrocknen des Geschirrs half, ließ das karierte Tuch sinken und umarmte ihren Vater. Sagen konnte sie nichts, weil ihr die Rührung den Hals zuschnürte. Auf ihre Eltern war Verlass, egal, wie steinig der Weg auch schien. Zwar machte Konrad nicht viele Worte, und Helene sagte geradeheraus, was sie dachte, aber eben das schätzte Marga an ihnen. Wenn es darauf ankam, waren sie da. Dass ihr Vater über seinen Schatten sprang und Henryk wieder an seinem Tisch begrüßte, nachdem er die schwangere Tochter sitzen gelassen hatte, war Zeugnis seiner Großherzigkeit.

Am Abend erschien Henryk mit Blumen, bat die Eltern förmlich um Margas Hand, und sie aßen gemeinsam. Damit war natürlich nicht wieder alles wie früher, es würde noch eine Weile dauern, bis sich die alte Vertrautheit wieder einstellte. Aber der erste Schritt war getan.

Die Braut trug ein schlichtes cremefarbenes Tageskleid mit einem Gürtel aus demselben Stoff, der ihre schlanke Taille betonte. Das blonde, in Wellen frisierte Haar hatte sie aus dem Gesicht gesteckt. Der Bräutigam, in Anzug und gestreifter Krawatte, hatte einen Arm um sie gelegt, seine Hand ruhte locker auf ihrer Schulter. Marga griff nach oben und verschränkte ihre Finger mit Henryks. Beide lächelten in die Kamera, als der Fotograf das Erinnerungsfoto vor dem Torhaus schoss. Es war kein nach außen gewandtes Strahlen, sondern ein zurückhaltender, sanfter Gesichtsausdruck, in dem sich der Stolz ausdrückte, nun zueinander zu gehören.

Hinter Henryk und Marga zeichnete sich der Hauptflügel von Schloss Seeberg ab, heruntergekommen, mit schmutziger Fassade und fehlenden Dachschindeln. Eine Erinnerung an bessere Tage, die nicht wiederkommen würden. Vor ihnen lag der Weg in eine Zukunft, die in beiden nicht nur Freude, sondern gleichzeitig Angst wachrief, auch wenn keiner von ihnen das aussprach.

Nach der standesamtlichen Trauung feierten die Frischvermählten mit der Familie und einer Handvoll Freunden. Genau genommen waren es nur Margas Freundinnen, denn von Henryks Bekannten war niemand mehr in der Gegend.

Vorübergehend würden sie mit in der elterlichen Wohnung im linken Seitenflügel des Torhauses leben, und Henryk würde erst einmal seine Arbeit als fahrender Stoffhändler im Bayerischen Wald wieder aufnehmen, bis sich etwas Besseres bot.

Der Graf und seine Familie waren komplett nach München gezogen und verbrachten, wenn überhaupt, lediglich im Sommer ein paar Wochen auf dem Land. Was bedeutete, dass die Mutter die Arbeit im Schloss meist alleine schaffte und Margas Hilfe nicht mehr permanent gebraucht wurde. Die fröhlichen Jagdgesellschaften, für die vor dem Krieg sogar Jäger aus

219

England angereist waren und die oftmals mehrere Tage gedauert hatten, waren Vergangenheit. Wer konnte sich in diesen Zeiten so etwas leisten? Dennoch behielt der Graf Konrad Heinrich als Revierjäger, weil sich schließlich jemand um den Wald und die Tiere darin kümmern musste. Doch den Großteil des Jahres war Schloss Seeberg nun ein überwiegend verlassenes Gebäude, das zusehends tiefer in einen morbiden Dämmerschlaf sank.

»Einfach weitermachen ist selten eine gute Idee, das weiß ich jetzt«, sagte Henryk leise, als er neben Marga im Bett lag und sie überlegten, wie es weitergehen sollte. »Sieht man ja schon an diesem Schloss, wie sich alles wandelt. Für den Moment zumindest ist es aber wohl doch am besten, wenn ich meine Fahrten durch den Bayerwald wieder aufnehme, um schnell an Geld zu kommen.«

»Das denke ich auch«, murmelte Marga müde. »Und dann schauen wir weiter. Ewig wohnen können wir hier nicht – will ich auch gar nicht. Etwas Eigenes wäre schön.«

Die Hochzeit markierte einen Neuanfang, den Marga gerne auch nach außen hin durch eine räumliche Trennung von ihrem alten Leben deutlich machen wollte. Es war eine kleine, bescheidene Zeremonie gewesen. Sie brachte es nicht über sich, Henryk zu fragen, wie seine erste Hochzeit ausgesehen hatte, stellte sich aber ein rauschendes jüdisches Fest vor, mit vielen Gästen, Musik, Essen, Tanz und Lachen. Müßig, darüber nachzudenken. Von dieser Stunde an begann ein neues, gemeinsames Leben, das sie selbst gestalten konnten.

Sie wusste, dass Henryk, obwohl er früher in seiner Heimatstadt ein äußerst erfolgreicher Geschäftsmann gewesen war, eigentlich keinerlei große berufliche Ambitionen mehr hatte.

»Ich werde nur so viel arbeiten, dass es mir zum Auskommen reicht, und fertig«, hatte er kurz nach dem Kennenlernen gesagt, als sie ihn danach gefragt hatte, wovon er leben wollte. »Wenn man es einmal schön hatte, so richtig, meine ich, und dann alles verliert, was macht es dann für einen Sinn, dem alten Erfolg hinterherzulaufen? Wie es gewesen ist, kann es doch niemals wieder werden.«

Henryk musste lernen, die Vergangenheit loszulassen. Das musste sein, um wieder Hoffnung für ihre gemeinsame Zukunft aufzubringen, und Energie für die Gegenwart. Denn Marga träumte von einem Haus und einer Familie. Stand ihnen das nicht ebenso zu wie allen anderen?

Zu Lottes Hochzeit vor einigen Wochen war sie alleine gegangen. Die Kirche war voll besetzt gewesen, und hinterher der Saal beim Kirchenwirt, in dem gefeiert wurde, ebenfalls. Plötzlich hielten alle Lobreden auf Lotte, wie gut sie doch zu ihrem Franz passte. Das waren dieselben Leute, die vorher hämisch gegrinst hatten, als sie der alte Langbauer aus dem Sportverein geworfen hatte. Die hinter ihrem Rücken flüsterten, dass es sich eben nicht schicke, sich dem Franz an den Hals zu werfen, wenn man selber so rein gar nichts mit in die Ehe bringen könne. Und jetzt ließen sie das Brautpaar hochleben und wünschten ihnen einen reichen Kindersegen. Hätten die Wendehälse ähnlich reagiert, wenn Marga und Henryk zu einem großen Fest gebeten hätten? Vermutlich nicht, fiel doch schon die katholische Trauung weg, ohne die es auf dem niederbayerischen Land eigentlich nicht ging.

Das Kopfschütteln ihrer Mitmenschen war Marga gewohnt, seitdem sie zum ersten Mal mit Henryk zusammen ins Kaffeehaus gegangen war. Alleine zu Lottes Hochzeit zu gehen, war ihr unendlich schwergefallen. Es war bitter, scheele Blicke zu ertragen.

Natürlich hatte Lukas sie zum Tanzen aufgefordert, und es hatte keinen vernünftigen Grund gegeben, ihn abzulehnen. Also hatte Marga tapfer gelächelt und sich mit ihm auf der Tanzfläche gedreht.

»Ich habe gedacht, du kommst in einem neuen Kleid«, hatte er ihr ins Ohr geraunt, »nachdem deine Mutter Stoff bei uns bestellt hat. Aber wie ich sehe, trägst du immer noch das alte Tanzkleid.« Er hatte ihr in den Ausschnitt gestarrt und zweifelsohne den pralleren Busen wahrgenommen. Ob er auf den Grund dafür gekommen war, bezweifelte Marga. Als er sie nach einer Tanzpause noch mal auffordern wollte, bemerkte sie, wie Lukas' Mutter eine Hand auf seinen Arm legte, ihm etwas zuflüsterte und ihn in eine andere Richtung schickte. Sie wusste, was los war, dessen war sich Marga sicher. Und würde um alles in der Welt verhindern, dass ihr Sohn Marga wieder schöne Augen machte.

Ein paar Tage später hatte sie dann das Kind verloren, kurz nach ihrer Rückkehr aus dem Krankenhaus war Henryk wieder aufgetaucht, und nun waren sie verheiratet. Wie eigenartig das Schicksal doch manchmal seine Fäden wob.

Henryk war siebenunddreißig Jahre alt, und Marga würde bald fünfundzwanzig werden. Sie hatten keinerlei Besitz, er war ständig krank, und sie hatte keinen Beruf gelernt. Aber ihr würde schon etwas einfallen, um ihre Träume zu verwirklichen. Der erste und größte war ohnehin bereits wahr geworden. Sie lag in Henryks Armen, als seine Ehefrau.

19

1990, Jonathan

Jonathan dachte oft an seinen Halbbruder Adam. Irgendwann hatte er angefangen nachzufragen, und war er anfangs recht einsilbig gewesen, so hatte sein Vater ihm doch mit den Jahren mehr und mehr von Adam erzählt. Was wäre er für ein Mann geworden? Wie würde er aussehen? Am meisten grübelte er immer wieder über einen Punkt nach: Wenn schon ein Vierjähriger nicht seinen fünften Geburtstag erlebte, weil er vorher ermordet wurde – dann war in dieser Welt nichts sicher.

Mit Henryk hatte er sich immer geborgen gefühlt.

Aber er hatte auch immer gewusst, sein Vater würde nicht ewig für ihn da sein können. Und dann?

Mit achtzehn hatte Jonathan zur Musterung für die Bundeswehr antreten müssen. Alleine war er nach Deggendorf ins Kreiswehrersatzamt gefahren, vor die Musterungskommission getreten und hatte ein Schreiben vorgelegt, in dem er die Freistellung vom Wehrdienst beantragte. Als Begründung gab er an, dass sein Vater ein von den Nationalsozialisten verfolgter jüdischer ehemaliger KZ-Häftling war und Jonathan seinen Halbbruder in der Gaskammer verloren hatte. Er las das Schreiben ruhig vor, und als er geendet hatte, blickte er in die Gesichter des Prüfungsausschusses.

Mit der Reaktion des Vorsitzenden hatte er nicht gerechnet.

»So einfach geht das aber nicht«, blaffte er Jonathan an. »Da könnte ja jeder kommen. Wir müssen erst mal überprüfen, ob Ihr Vater tatsächlich Jude ist und ob er überhaupt mit Ihrer Mutter verheiratet ist.«

»Was brauchen Sie denn, um meinen Angaben zu glauben?«

»Zuerst mal die Geburtsurkunde Ihres Vaters. Dann eine beglaubigte Heiratsurkunde Ihrer Eltern. Offizielle Unterlagen eben.«

»Mein Vater hat keine Geburtsurkunde mehr.«

Der Vorsitzende warf ihm einen höhnischen Blick zu. »Das ist aber schlecht. Wieso hat er die denn nicht mehr?«

Was für ein Ignorant! In Jonathans Fassungslosigkeit mischte sich Wut. Es kostete ihn eine beinahe unmenschliche Anstrengung, sich vor der Musterungskommission zusammenzureißen.

»Mein Vater besitzt überhaupt keine offiziellen Unterlagen mehr, weder von sich noch von seiner Familie, weil ihm die von den Nazis schon 1939 weggenommen wurden. Das müssten Sie eigentlich wissen. Die folgenden Jahre hat er im Ghetto und in Auschwitz verbracht, in gestreifter Zebrakleidung und natürlich ohne irgendwelche persönlichen Gegenstände, geschweige denn schriftliche Unterlagen. Aber dass er im KZ war, das kann er nachweisen!« Sein Ton war zusehends lauter geworden. Jonathan atmete schwer und merkte, dass sich auf seiner Oberlippe Schweißperlen gebildet hatten. Das Herz schlug ihm bis zum Hals.

»Jetzt werden Sie hier bitte nicht polemisch, junger Mann«, wies ihn der Vorsitzende zurecht. Und dann, vermutlich um zu deeskalieren, schickte er ihn erst einmal zur körperlichen Untersuchung.

Für Jonathan war das ein Aha-Erlebnis gewesen. Ihm dämmerte schon mit achtzehn die Erkenntnis, dass andere ihm seine Familiengeschichte nicht immer abnehmen würden. Und dass er weder auf Mitgefühl noch auf Kooperativität hoffen durfte, sondern sogar noch hieb- und stichfeste Beweise liefern musste, damit man ihm glaubte.

Solange Henryk da gewesen war, konnte er ihn in diesen Dingen um Rat fragen. Nun musste er solche Situationen allein meistern.

Gerade wenn er heute die Joggingstrecke im Wald alleine rannte, die er früher mit Henryk entlangspaziert war, vermisste er seinen Vater schrecklich. Es war nicht immer einfach gewesen, natürlich nicht. Jonathan konnte Henryk die Frustration nachfühlen, die er wegen seiner sich nie wirklich bessernden Schmerzen empfunden hatte.

Henryks gesundheitliche Berg-und-Tal-Fahrten und deren Auswirkungen auf das Familienleben hatte er nie infrage gestellt, er kannte es ja nicht anders. Natürlich fiel ihm ebenfalls auf, dass sein Vater nicht nur deutlich älter war als seine Mutter, sondern auch als die Väter seiner Freunde. Und dass die kleine Familie Stattler viel daheim in ihren eigenen vier Wänden blieb. Obwohl Henryk als geselliger Mensch durchaus gern unter die Leute ging, soweit das Freizeitangebot in Mairing und seine körperliche Verfassung es zuließen.

All seinen Handlungen lag eine gewisse Vorsicht zugrunde, eine Haltung, die Jonathan übernommen hatte. Er redete mit Bedacht, überlegte sich seine Worte gut, und wenn dumme Sprüche kamen, schwieg er lieber und lächelte sie weg, als die Konfrontation zu suchen.

Dass das nicht immer einfach für seinen Vater gewesen sein konnte, stand für Jonathan außer Frage. Ebenso wusste er, dass diese Haltung maßgeblich von Marga mit beeinflusst worden war.

»Deine Mutter würde für dich durchs Feuer gehen«, hatte ihm Henryk mehr als einmal versichert.

Obwohl Jonathan noch nie erlebt hatte, dass Marga sich von irgendwem einschüchtern ließ, hatte sie vor einer Sache Angst: dass das friedliche Leben ihres Sohnes in Mairing durch Aussagen seines Vaters gefährdet werden könnte.

»Die Menschen ändern sich nicht«, war ihr Credo. »Also geben wir ihnen am besten keinen Anlass dazu, ihr hässliches Gesicht zu zeigen.«

Nach seiner Rückkehr vom Joggen duschte Jonathan, zog sich frische Sachen an und setzte sich an den gedeckten Tisch. Wie er es gehofft hatte, gab es sein Lieblingsgericht, gefülltes Brathähnchen mit dunkler Sahnesoße, Kartoffeln und Apfelkompott. Seine Mutter hatte es ihm gekocht, um ihn über den Verlust des Wagens hinwegzutrösten. Es war auch das Lieblingsessen seines Vaters gewesen. Der köstliche Duft, der das ganze Haus erfüllte, erinnerte Jonathan an viele schöne Familientage.

Als einziges Kind alter Eltern hatte er natürlich eine ganz besonders behütete Kindheit verbracht. Marga hatte Jonathan gehegt und gepflegt, ihm im Sommer im Garten unter einem schattigen Baum Weintrauben aufgeschnitten und die Kerne daraus entfernt. Sie hatte ihm Gute-Nacht-Geschichten vorgelesen, und auch sein Vater hatte ihm welche erzählt. Meistens allerdings dieselbe, von einem Geist in der Flasche, von Ali Baba und von vierzig Räubern.

Sie waren oft hinüber ins nahe Österreich gefahren und am Inn spazieren gegangen. Jonathan und Henryk hatten die Schwäne gefüttert, und Marga hatte jedes Mal gesagt: »Fall bitte nicht ins Wasser, Kind.« Dann hatten Henryk und Jonathan sich angesehen und ein kleines, verschmitztes Lächeln geteilt.

Die Frage seiner Mutter brachte Jonathan zurück an den Küchentisch: »Wo kriegen wir denn jetzt ein neues Auto her?«, wollte sie wissen, während sie seinen Teller füllte. »Dass sie das alte wiederfinden, schließe ich einfach mal aus, oder?«

»Sehe ich auch so.« Jonathan genoss die ersten Bissen, ehe er weiterredete. Wenn Essen glücklich machte, dann dieses Gericht. »Ich werde wohl Richard fragen, damit er mir Bescheid sagt, wenn sie im Autohaus was erschwingliches Gebrauchtes reinkriegen.«

»Und wovon wollen wir das bezahlen?« Die aufmerksamen blauen Augen seiner Mutter betrachteten ihn beim Essen. Sie wartete, bis sein Teller leer war, und legte Jonathan noch mal nach.

Er lächelte sie an. »Mach dir keine Sorgen, Mama. Es war nicht alles schlimm, was letzte Woche passiert ist. Es gibt auch gute Nachrichten, ich habe ein Jobangebot. Von meiner Professorin an der Uni.«

»Wirklich? Aber dein Studium soll nicht darunter leiden.«

»Gerade weil es von meiner Professorin kommt, kann ich sicher sein, dass es zeitlich neben der Uni machbar ist.«

Nun lächelte sie ebenfalls. »Wunderbar, Jonathan. Das klingt toll. Bestimmt ist das auch für später gut, für deine Berufschancen, wenn du jetzt schon Erfahrungen sammelst.«

Sie fragte nicht genauer nach der Art der Arbeit, aber er wusste ja selbst nicht viel, und das wenige, was er wusste, hätte er ihr sowieso nicht erzählt. Ebenso verschwieg er ihr das zweite Angebot, das er von seinen beiden Helfern erhalten hatte. Und damit natürlich auch die Tatsache, dass er sich noch nicht für eine der beiden Optionen entschieden hatte. Das Allerletzte, was Jonathan wollte, war, seine Mutter zu beunruhigen.

Er nahm sich reichlich vom Apfelkompott, auch das selbst gemacht, und genoss den süßsauren Geschmack.

»Wo bist du denn langgelaufen?«, wechselte seine Mutter das Thema.

»Meine übliche Strecke, rüber in den Wald. Leider bin ich dem Erlmoser begegnet, der war gerade im Garten. Als er mich gesehen hat, ist er mir ein paar Meter nachgelaufen und hat *schneller, schneller* geschrien, wie ein irrer Feldwebel.«

Seine Mutter schüttelte bekümmert den Kopf. »Hört das denn nie auf mit den Deppen hier?«

Jonathan wünschte sich wirklich, diese permanent wiederkehrende Frage ein für alle Mal positiv beantworten zu können. Aber insgeheim wusste er natürlich, dass Dummheit ebenso wenig aussterben würde wie Antisemitismus und dass sich die Stattlers jedes Mal für alles wappnen mussten, wenn sie das Haus verließen. Sogar im beschaulichen Mairing.

Wie hatte sein Vater das nur ausgehalten, für ihn war es ja noch viel schlimmer gewesen.

»Erinnerst du dich daran, als Papas Freund aus Israel uns mit seiner Frau besucht hat?«

Der Themenwechsel überraschte seine Mutter, sie musste einen Moment lang überlegen. »Du meinst Daniel Rotfeld?«

Jonathan nickte. »Mich hat es damals richtig schockiert, wie alt Daniel aussah.« Als Henryk und Daniel nebeneinandergestanden hatten, war ihm der Unterschied besonders ins Auge

228

gefallen. Henryk, der sich kerzengerade hielt, auch in fortge-schrittenem Alter breitschultrig war und sich über volles Haar freuen durfte, und an seiner Seite Daniel, der aussah wie der Tod selbst. Obwohl im gleichen Alter wie Jonathans Vater, hielt er sich gebeugt, wie ein Greis, war mager und sein Kopf kahl, mit einem letzten Rest von weißem Flaum. Jonathan rechnete nach. Fünf Jahren war das her, also waren die Männer Anfang sieb-zig gewesen. Auf einem Foto hatte Jonathan Daniel kurz nach dem Krieg gesehen, mit dunklem Haar und richtig attraktiv. Er kannte die alten Geschichten von seiner Umtriebigkeit und sei-nem findigen Geist. Diesen Geist zumindest hatte er nicht ver-loren. Bei seinem Besuch hatte er zwar äußerlich gewirkt wie ein Hundertjähriger, aber sein Verstand war messerscharf gewesen.

»Papa meinte, Daniel hätte sich nach der Lagerhaft erstaun-lich gut wieder erholt, viel schneller als er«, sprach er weiter. »Er hat es gar nicht abwarten können, von hier weg und nach Is-rael zu kommen. Doch das Trauma holt dich irgendwann ein, hat er mir erklärt. Egal, wo du bist. Weil es in dir drinsitzt und sich an die Oberfläche durchfrisst. Deswegen hätte es wohl sein können, dass Daniel in Israel einen angenehmeren Alltag hatte als Papa hier in Mairing, aber es hätte keinen Unterschied dabei gemacht, wie es wirklich in ihm ausschaute.«

Jonathan sah, dass in den Augen seiner Mutter Tränen stan-den. »Da hatte dein Vater wohl recht«, sagte sie mit einem Be-ben in der Stimme und erhob sich, um den Tisch abzuräumen.

Damals, bei Daniels Besuch, war Jonathan siebzehn Jahre alt gewesen. Er hatte alles Mögliche im Kopf gehabt, schulisch wie privat, und den Besuch eigentlich erst realisiert, als er angekom-men war. Daniel, trotz Lederjacke mit Schulterpolstern wie ein Skelett, und seine deutlich jüngere, blonde Gattin Libi.

Es war viel geredet worden, auch darüber, wie um alles in der Welt Henryk es noch immer aushielt in Mairing.

»Du musst dich doch jeden Tag verstellen, wenn du vor die Tür gehst«, hatte Libi Rotfeld vermutet. »Wahrscheinlich würdest du den Leuten hier statt eines freundlichen Grußes lieber ins Gesicht springen, oder?«

»Nicht mehr«, hatte Henryk geantwortet. »Mittlerweile habe ich meinen Frieden mit mir und meinem Umfeld gemacht.«

Damit war Libi nicht einverstanden gewesen. »Warum? Warum reißt du dich zusammen und tust, als wäre nichts geschehen?«

»Was würde es mir bringen, jeden Tag herumzulamentieren und allen davon zu erzählen, was mir angetan wurde, wie eine hängen gebliebene Schallplatte? Meinen Erinnerungen entkomme ich sowieso nicht. Würde ich ihnen nun noch dauernd Worte verleihen, wäre ich ständig an einem dunklen Ort in der Vergangenheit gefangen, mehr noch als ohnehin schon.« Er hatte Daniel einen bedeutungsvollen Blick zugeworfen, denn der Freund würde am besten nachfühlen können, was Henryk meinte. »Versteh mich nicht falsch, Libi, wenn mich einer danach fragt, sage ich schon, wie es gewesen ist. Aber hausieren geh ich damit nicht.« Dann hatte Henryk lakonisch mit den Schultern gezuckt, wie er es öfter tat, wenn genug geredet worden war. »Nicht jeder hier ist Antisemit. Die meisten Leute sind so normal wie du und ich. Klar lebt noch der ein oder andere Altnazi in Mairing, der vollkommen ungeschoren davongekommen ist, wie überall. Aber ich habe einfach nicht mehr die Kraft, mich gegen das System zu stemmen. Stell dir vor, wie mein Leben aussehen würde, wenn ich alle an den Pranger stellen würde, von denen ich weiß, dass sie Dreck am Stecken haben? Ich wäre nur noch unterwegs, vor Gericht und würde mich aufreiben – und wozu? Damit am Ende doch nichts dabei herauskommt, weil die Beweise fehlen. Glaub mir, gehabt, gehabt.«

Jonathan hatte damals genau gespürt, wie diese Unterhaltung seinen Vater anstrengte. Er wusste, dass es für Henryk bei Weitem nicht so einfach war, den Mund zu halten, wie er vorgab. Aber Selbstbeherrschung, Diskussionen am Küchentisch und unzählige Familiengespräche darüber, wie man sich am besten in einer engen Dorfgemeinschaft verhielt, hatten im Laufe der Jahre dazu geführt, dass mehr nötig war als eine kleine Provokation, damit er sein Schweigen brach.

Während in seinem Vater, bei allem Wunsch nach Ruhe, noch immer ein Funken Kampfgeist geglimmt hatte, mahnte seine Mutter stets zur Vorsicht. Sie hatte Angst, das merkte Jonathan. Und seitdem sie beide allein waren, verhielt sie sich noch zurückhaltender. Zwar traf sie sich öfter als früher mit ihren Freundinnen, die sie seit vielen Jahrzehnten kannte, aber ansonsten zog sie sich zurück.

Ohne Henryk fühlte sich Jonathan mehr denn je für die Sicherheit seiner Mutter verantwortlich. Das spielte eine große Rolle bei seinen Überlegungen dazu, welches Jobangebot er annehmen sollte. Seine Gedanken reisten nochmals zu jenem Gespräch mit den Rotfelds.

So leicht hatte Libi damals Henryks Argumentation nicht akzeptiert. »Du musst deine Stimme erheben, Henryk, und allen laut sagen, was dir widerfahren ist. Immer und immer wieder!«

»Nein.« An diesem Punkt war seine Mutter dazwischengegangen. »Nichts für ungut, Libi, aber du bist nicht die Erste, die das vorschlägt. Immer wenn wir jüdische Gäste aus Israel, Amerika

231

oder sonst woher haben, kommt irgendwann die Rede darauf, dass wir uns gerade machen sollen. Aber wir leben jeden einzelnen Tag hier, in diesem kleinen Ort. Und das wollen wir auch weiterhin, so sicher wie möglich. Wir wollen in Ruhe unser Leben leben. Ihr fahrt in ein paar Tagen wieder, aber wir nicht, wir müssen mit den Menschen auskommen, deswegen üben wir uns in Diplomatie.«

»Glaubt mir«, hatte Henryk gesagt, »wir haben oft gerätselt, welcher Weg denn nun der beste ist. Und uns dafür entschieden, denjenigen zu gehen, der uns den größten Frieden verspricht.«

Offensichtlich waren weder Libi noch Daniel derselben Meinung, aber sie akzeptierten die Argumente der Stattlers.

Der Grund für Daniels Besuch bei Henryk, das hatte er rundheraus gesagt, war eine Sache gewesen, die er vor seinem Tod noch erledigt wissen wollte. Extra deswegen hatte er die weite Reise von Tel Aviv bis nach Niederbayern auf sich genommen. Dem jugendlichen Jonathan hatte sich die Tiefe seines Vorhabens nicht gleich erschlossen. Mittlerweile, fünf Jahre später und durch den Tod des Vaters emotional gereift, berührte es ihn zutiefst, wann immer er daran dachte.

Im Frühjahr 1945, als Henryk und Daniel zusammen mit vielen anderen KZ-Häftlingen nach einem strapaziösen Todesmarsch durch Eis und Schnee aus Flossenbürg im Lager Seeberg angekommen waren, wurden alle, die noch nicht tot waren, zum Bau einer Landebahn eingeteilt. Kalte Winde hatten den Boden steinhart gefroren. Nichts erweckte den Anschein, als ob der Frühling bald anbrechen wollte. Jeden Tag marschierten sie drei Kilometer weit zu ihrem Einsatzort, an dem sie arbeiteten, bis es wieder zurück ins Lager ging. Die tägliche Monotonie verstärkte Henryks Erschöpfung, er hatte jegliches Zeitempfinden verloren. Er und die anderen Gefangenen waren ausgemergelt, von Typhus gebeutelt und sahen aus wie Skelette. Wenn sie nicht gerade schufteten, mussten sich die Männer auf einem mit Stacheldraht umzäunten Freigelände aufhalten, das einer schlammigen Schweineweide glich. In den Baracken gab es keinerlei Mobiliar, die Menschen schliefen auf der nackten Erde. Und zu essen gab es, wenn überhaupt, nur Küchenabfälle, weswegen alle rapide noch schwächer wurden.

Doch auf dem Weg hinaus zur Straßenbaustelle steckte ein Bauer den Gefangenen Brot und Kartoffeln zu. Er kam jeden Tag. Der einzige Funke Hoffnung in einer Zeit, in der sich alle nur noch den Tod wünschten. Um die Wachmänner nicht auf sich aufmerksam zu machen, arbeitete er am Wegesrand auf seinem Feld und versteckte das Essen hinter einem Kilometerstein. Sobald er erkannte, dass sich die Gefangenenkolonne näherte, kam er an die Straße und legte ab, was er mitgebracht hatte. Dann hielt er sich so lange in der Nähe auf, bis er sah, dass Daniel es aufhob. Glücklicherweise flog dieses für sie alle lebensgefährliche Unterfangen nie auf. Diesen Bauern wollte Daniel besuchen, um sich bei ihm zu bedanken.

»Ich weiß es noch wie heute«, sagte er im Auto, »der Hof lag außerhalb von Seeberg, unten in der Ebene, auf halber Strecke zum nächsten Dorf.« Er gestikulierte nach hinten zu Jonathan, der auf der Rücksitzbank saß, während Henryk fuhr. »So schräg stand das Gebäude, mitten im Feld. Außenrum war gar nichts.«

»Selbst hier hat sich in der Zwischenzeit einiges verändert«, meinte Henryk lakonisch. Die Landstraße war zu einer Bundesstraße ausgebaut worden, die Ortschaften gewachsen, und obwohl das Gebiet noch immer nicht dicht besiedelt war, konnte von einer einsamen Lage nicht mehr die Rede sein. Doch Henryk fand seinen Weg zielsicher.

Jonathan fragte sich, warum sein Vater diesen Bauern nie erwähnt hatte. Schon oft waren sie auf der Straße in Richtung München gefahren und hatten dabei auch den Hof passiert. Henryk war es nicht recht gewesen, dass sein Sohn mitkam, aber Daniel hatte darauf bestanden. Er hatte Jonathan einfach die Autotür aufgehalten und ihn einsteigen lassen.

»Du bleibst sitzen«, hatte Henryk zu ihm gesagt, als sie den Hof erreichten und die Männer ausstiegen.

Allerdings hatte Jonathan vom Auto aus eine gute Sicht auf den Hauseingang gehabt. Ein älteres Paar hatte die Tür geöffnet. Daniel und Henryk hatten nicht ins Haus gehen wollen, sondern sich vielleicht zehn Minuten mit den beiden auf der Eingangsstufe unterhalten. Das Ehepaar hatte bitterlich geweint, als ihnen klar geworden war, wer vor ihnen stand und warum. Und Jonathan vermutete, dass sein Vater ihm diese zutiefst emotionale Begegnung hatte ersparen wollen. Vielleicht wollte er auch nicht, dass sein Sohn seine eigene Bewegtheit sah. Womöglich war er aber auch der Ansicht, dass diese äußerst persönliche Sache nur ihn, Daniel und das Bauernehepaar etwas anging.

Als sie zum Auto zurückgekommen waren, hatte Henryk um Fassung gerungen. Daniel hatte Tränen in den Augen gehabt, aber irgendwie erleichtert gewirkt.

Ein paar Tage später, kurz bevor die Rotfelds sich wieder auf den Heimweg machten, hatten sie alle gemeinsam noch einen Spaziergang unternommen. Dabei winkte Daniel Jonathan zur Seite, und sie blieben ein wenig hinter den anderen zurück.

»Wir hatten Glück damals«, sagte er. »Bei allem Leid hatten wir dennoch Glück, weil wir überlebt haben. Weißt du, Jonathan, als die schwarzen Panther kamen und das Lager befreit haben, sind viele der Männer erst mal in die umliegenden Häuser gelaufen und haben sich in den Speisekammern bedient. Wir waren ja alle kurz vor dem Verhungern, nach der jahrelangen Unterernährung. Ich weiß noch genau, dass manche sich Marmeladengläser genommen und sich die Marmelade mit den Händen in den Mund geschaufelt haben. Sie waren so froh über das Essen.« Er blieb stehen und blickte Jonathan mit den übergroßen Augen in seinem vergreisten Gesicht an. »Alle, die sich in den Vorratskammern bedient haben, sind gestorben, weil ihre Körper die plötzliche Energiezufuhr nicht verarbeiten konnten. Stell dir das mal vor. Da stehst du alles durch, wirst befreit, freust dich über das erste Essen, und dann krepierst du doch noch, und zwar genau daran.« Kopfschüttelnd setzte er den Weg fort. Jonathan lief es kalt den Rücken hinunter, aber er war bemüht, sich nichts anmerken zu lassen.

»Ich war nicht bei denen, die über die Speisekammern hergefallen sind. Und dein Vater lag zu diesem Zeitpunkt schon in einem Militärlazarett, weil ihn der Typhus am Ende noch fast umgebracht hätte. Aber ein fähiger Militärarzt hat ihn gerettet. Ein Jude übrigens, der hat ihm sogar ein Gebetsbuch geschenkt. Das weißt du vermutlich.«

Jonathan nickte. »Das Buch hat er noch. Es liegt in seiner Nachttischschublade.«

Kurz vor seinem Tod hatte Henryk es Jonathan gegeben, der es nun wiederum in seiner Nachttischschublade aufbewahrte. Die Erinnerung an das kleine Büchlein brachte ihn zurück in die Gegenwart, in die Küche seines Elternhauses. Seine Mutter hatte in der Zwischenzeit den Tisch abgeräumt.

»Du warst gerade ganz weit weg, stimmt's? Denkst du immer noch an Daniel Rotfeld?«, fragte sie ihn mit warmer Stimme.

Zuletzt hatte er mit Daniel gesprochen, als er angerufen und ihm von Henryks Tod erzählt hatte. Er stand auf und half beim Einräumen des Geschirrs in die Spülmaschine.

»Du, Mama, es könnte sein, dass ich vielleicht bald mal wieder nach Israel fahre. Dann würde ich Daniel gern überraschen. Er wohnt doch noch in Tel Aviv, oder?«

Mit einem Teller in der Hand hielt seine Mutter in der Bewegung inne. »Nach Israel willst du? Schon wieder? Warum denn? Ich dachte, du fängst einen Nebenjob an der Uni an.«

»Das eine schließt das andere ja nicht aus.«

Weil er ihren sorgenvollen Blick bemerkte, fügte er schnell hinzu: »Na ja, jetzt muss ich sowieso erst mal Geld verdienen, um mir ein neues Auto zu kaufen. An eine große Reise ist in nächster Zeit eh nicht zu denken.«

Kurz nach dem Abitur war Jonathan mit einer Jugendgruppe nach Israel gereist, weil Mairing dort eine Partnergemeinde hatte und man sich gegenseitig besuchte. Henryk war davon überhaupt nicht begeistert gewesen.

20

1955, Marga

Dass es in Mairing wieder Theaterstücke zu sehen gab, war schon etwas Besonderes. Seit 1900 wurde in dem kleinen Ort begeistert Theater gespielt, und das hauptsächlich von den Mitgliedern des Turnvereins. In einem Schaukasten im Vereinshaus war sogar noch ein Plakat aus dem Jahr 1913 zu sehen, auf dem ein Lustspiel, eine Posse und eine *komische Szene für fünf Herren* angekündigt wurden. Nach kriegsbedingter Unterbrechung und den Mangeljahren, in denen die Leute mit ihrem Alltag genug zu tun gehabt hatten, kehrte die Unterhaltung endlich zurück an ihren angestammten Ort, in den Schobersaal. Das alte Ensemble gab es nicht mehr, einige der Männer waren gefallen. Erst kürzlich war der örtliche Wagnermeister, ein Vorzeigeathlet und begeisterter Laienschauspieler, der sich sehr im Turnverein engagiert hatte, für tot erklärt worden. Seine Frau und die beiden Kinder hatten bis zuletzt für seine Rückkehr gebetet. Durch die Zeugenaussage eines Spätheimkehrers aus sowjetischer Kriegsgefangenschaft war diese Hoffnungen nun endgültig erloschen.

An diesem Abend wurde ein Stück gegeben, das bereits vor zwanzig Jahren aufgeführt worden war, ein oberbayerisches Originalvolksstück mit Gesang und Tanz in vier Akten mit dem Titel *Im Austragsstüberl.* Damals hatte der Wagnermeister eine der Hauptrollen gespielt, und Marga hörte aus den Unterhaltungen der Zuschauer heraus, wie sich manch alter Maringer mit Wehmut daran erinnerte. Der Schoberwirt war das Vereinslokal des Sportvereins, und im Saal, der im ersten Stock eines Nebengebäudes lag, wurde seit vielen Jahren gefeiert, getanzt und Theater gespielt. Die Wirtsleute waren eine alteingesessene Familie, deren Gasthof in der Bahnhofstraße existierte, seitdem die Eisenbahn nach Mairing gekommen war. Gegenüber, auf einer großen Wiese, veranstalteten die Schobers alljährlich zu Pfingsten ein Volksfest mit Bierzelt, Schiffschaukel, Schießbude und allerlei Verköstigungen. Hinterher luden sie in ihrem Saal zum Pfingsttanz, den die meisten Besucher dann schon ordentlich beschwipst gern auch noch mitnahmen.

Wurde ein Theaterstück aufgeführt, gab es selbstverständlich eine richtige Bühne mit Bühnenbild und unzählige Stuhlreihen, damit alle Gäste Platz fanden. Marga und Henryk saßen relativ weit hinten am Rand, hatten aber dennoch einen guten Blick. Sie waren gekommen, weil Lotte mitspielte, ebenso wie ihr Mann. Bei mittlerweile drei kleinen Kindern war die Teilnahme an den Proben nicht ganz leicht für die Freundin gewesen. Marga wusste, dass Lotte höllisches Lampenfieber hatte, ihr jedoch das Theaterspielen große Freude bereitete. Sie war in einer Nebenrolle als Magd zu sehen. Für eine Hauptrolle hätte ihr die Zeit zum Textlernen nicht gereicht.

»Gut macht sie das«, flüsterte Henryk Marga ins Ohr, nachdem Lotte ihren ersten Auftritt absolviert hatte.

»Finde ich auch. Aber wer mich noch mehr überrascht, ist der Franz. Wusste gar nicht, dass er so ein komödiantisches Talent hat.«

Henryk schmunzelte und nickte zustimmend.

Der Saal war bis auf den letzten Platz besetzt, alles war da, was in Mairing Rang und Namen hatte, vom Bürgermeister bis zum Pfarrer, und natürlich der gesamte Vorstand des Sportvereins. Auch Lukas Krantz war gekommen. Kürzlich hatte er geheiratet, eine kleine, zierliche Frau mit dunklen Locken, die nach der neuesten Mode recht kurz geschnitten und aus dem Gesicht frisiert waren. Angeblich machte sie sich sensationell gut im Laden und war bei der Kundschaft schon beliebter als die Seniorchefin. Was keine Kunst war, fand Marga. Flankiert von den beiden Damen in seinem Leben, die Gattin rechts, die Mutter links, saß Lukas in der zweiten Reihe. Beim Reinkommen hatte er die Leute begrüßt, als wäre er der Ehrengast. Außer Marga und Henryk, die hatte er keines Blickes gewürdigt, nur vernehmlich geschnaubt, als sie vorbeigegangen waren.

»Wie kindisch kann man bitte sein?« Augenrollend war Marga mit einem souverän lächelnden Henryk zu ihrem Platz gegangen.

In den vergangenen fünf Jahren waren die Stattlers fleißig gewesen. Sie lebten in einer netten Wohnung in Mairing, nicht mehr draußen auf dem Hügel bei den Eltern in Seeberg. Das Geschäft mit dem Stoffhandel lief gut. Henryk und Marga waren nicht nur im gesamten Bayerischen Wald unterwegs und durften sich über eine rege Nachfrage freuen, sie verkauften die Stoffe auch auf Märkten in Passau und der näheren Umgebung.

Weil Henryk großes Talent beim Einkauf von hervorragender Ware bewies, hatte es sich herumgesprochen, dass es bei den Stattlers die besten Stoffe gab.

Ein Umstand, der Lukas, der mittlerweile das elterliche Geschäft komplett übernommen hatte, nicht erfreute. Er mochte keine Konkurrenz, schon gar nicht vom jüdischen Ehemann jener Frau, die ihn verschmäht hatte. Die Stimmung zwischen den Stattlers und den Krantzens kühlte sich zusehends ab, was nicht an Henryk lag, der sich stets um ein höfliches Miteinander bemühte. Und auch Marga suchte sicherlich keinen Ärger. Doch wann immer sie alleine auf Lukas traf, hagelte es dumme Sprüche und Beleidigungen. Waren andere Leute dabei, traute er sich freilich nur zu schnauben, wie an diesem Abend. Er war ein ganz und gar lächerlicher Wicht und Marga mehr als froh, seinem Werben nie nachgegeben zu haben.

Wie würde Lukas sich erst ärgern, wenn er von den Zukunftsplänen der Stattlers erfuhr? Marga träumte nämlich von einem eigenen Laden, in dem sie zusammen mit Henryk Textilien verkaufte. Keine Herumreiserei mehr, keine Überlandfahrten, kein spätes Nachhausekommen und Frieren im Auto, sondern ein kleines, feines Geschäft, in dem es besonders ausgewählte Kleidung für die Dame und den Herrn gab. Es zeichnete sich ab, dass Konfektion den Schneiderinnen den Rang ablaufen würde. Die Leute wollten sich neue Sachen aussuchen, die sie sofort anziehen konnten, und nicht wochenlang warten, bis Rock oder Hose fertig waren. Und Henryk hatte erstklassige Verbindungen zu Großhändlern in Straubing und München, über die er nicht nur Stoffe, sondern auch Konfektionsware beziehen konnte. Es wäre also überhaupt kein Problem, das Sortiment zu ändern und umzusteigen. Nur bräuchten sie dazu eben ein Ladenlokal, groß genug, um die Kleidung auszustellen, am besten in zentraler Lage.

»Der Markt hier würde das vertragen«, sagte Marga immer wieder zu Henryk. »Es gibt ja nur den Krantz, der mittlerweile ein paar Kleider von der Stange verkauft. Aber ansonsten müssen alle entweder nach Passau fahren oder weiterhin selber nähen.«

Sie hatte in Henryk den Funken der Begeisterung aufglimmen sehen. Auch wenn er dauernd sagte, sein Unternehmergeist gehöre der Vergangenheit an – Marga wusste, er war der geborene Geschäftsmann, sie musste es ihm nur schmackhaft machen.

»Das klingt ganz wunderbar, Marga, aber so einfach wird es nicht werden. Es gibt keinerlei leer stehende Geschäftsräume im Ort. Ich habe manchmal das Gefühl, Mairing ist in der Zeit erstarrt. Die gleichen Häuser gehören den gleichen Familien, die immer schon da waren. Meinst du wirklich, mir würde irgendwer hier einen Laden vermieten? Das bezweifle ich sehr.«

Dieses Gespräch hatten sie gerade eben im Auto auf dem Weg zum Theaterabend geführt. Marga war voller Zuversicht. »Drauf gepfiffen! Wir brauchen die anderen nicht. Wir bauen uns ein eigenes Haus, in dem auch unser Laden Platz hat.«

Henryk hatte ungläubig aufgelacht. »Deine Pläne werden ja immer wilder.«

»So muss das auch sein. Schau mal, wir fahren sommers wie winters in der Gegend rum. Ich merke doch, wie sehr dir das an die Substanz geht. Ewig können wir das nicht machen. Deine Schmerzanfälle sind wieder schlimmer geworden, und falls du länger ausfällst, fürchte ich um unser Einkommen. Alleine als Frau kann ich diese langen Fahrten nicht machen. Schon das Einladen der schweren Stoffballen würde ich nicht schaffen.«

Er hatte die Lippen zusammengepresst und konzentriert nach vorne auf die Straße geschaut.

»Aber wenn wir etwas Festes hier hätten, dann könnte ich zur Not auch alleine im Laden stehen, und wir wären viel sicherer versorgt.«

Dagegen konnte Henryk nichts einwenden. Außer, dass ihnen die Mittel fehlten. Doch dafür würden sie eine Lösung finden.

»Hm, hm«, hatte Henryk bloß gemacht, und zwar in einem weichen, angenehmen Ton, der ihr signalisiert hatte, er war nicht abgeneigt.

Deswegen war Marga äußerst beschwingt in den Schobersaal marschiert, und nicht einmal das Geschnaube von Lukas Krantz konnte ihre Laune trüben.

Nach der Theateraufführung trafen sie sich mit Lotte und Franz drüben in der Gaststätte zum Essen. Hier war es ebenfalls sehr voll, denn viele Theaterbesucher hatten die gleiche Idee gehabt.

»Du warst herrlich!« Überschwänglich drückte Marga ihre Freundin. »Gratuliere euch beiden«, sie sah auch Franz dabei an, »eine echt gelungene Aufführung.«

Auf Lottes Wangen blühten rote Flecken, sie strahlte. »Die Proben haben richtig Spaß gemacht, aber heute war ich so nervös wie überhaupt noch nie in meinem Leben. Das bleibt sicher mein einziges Gastspiel auf den Brettern, die die Welt bedeuten.«

Franz, der neben Lotte am Tisch saß, legte den Arm um sie und drückte ihr einen Kuss auf die Wange. »Ach Lottchen, sag das doch nicht. Ein wenig Lampenfieber gehört dazu. Wirst sehen, wenn das nächste Stück ansteht, ist die ganze Aufregung vergessen.«

»Nein, nein, ich mache nicht mehr mit.« Sie lachte, griff nach dem Bierkrug, der vor Franz auf dem Tisch stand, und nahm einen großen Schluck.

»Schön, dass du heute Abend auch mitgekommen bist«, sagte Franz zu Henryk.

»So eine Theaterpremiere lasse ich mir doch nicht entgehen. Außerdem ist es immer gemütlich hier im Schoberwirt, und der Schweinebraten kommt geschmacklich fast an den meiner Schwiegermutter ran.«

Ein wenig überrascht hob Franz die Augenbrauen. Er fragte nicht danach, warum Henryk als Jude Schweinebraten aß, doch diese Würdigung der traditionellen bayerischen Küche schien ihm zu gefallen.

Sie verbrachten einen schönen Abend, obwohl manch alter Mairinger bisweilen einen eigenartigen Blick herüberschickte. Marga war das egal. Sie mussten einfach mehr raus und unter die Leute, es tat ihnen beiden gut.

»Hör mal, Henryk«, sagte Franz, als es Zeit war, nach Hause zu gehen, »ein paar Freunde und ich, wir treffen uns jeden zweiten Dienstag hier am Stammtisch zum Kartenspielen. Hast du nicht Lust, auch dazuzukommen? Würde mich freuen.«

Nur weil Marga ihren Mann so gut kannte, fiel ihr auf, wie überrascht und gleichzeitig gerührt er von diesem Angebot war. Er zögerte nur einen winzigen Moment, dann lächelte er breit.

»Das würde ich sehr gerne, Franz, vielen Dank.«

»Gut, also dann: kommenden Dienstag um halb acht.«

Sie verließen den Gasthof gemeinsam und verabschiedeten sich vor der Tür.

»Du könntest eigentlich zu mir kommen, wenn die Männer Karten spielen«, raunte Lotte Marga zu. »Ich bringe die Kinder ins Bett, und dann machen wir es uns gemütlich und ratschen mal wieder in Ruhe, was meinst du?«

Marga sagte begeistert zu und stieg zu Henryk in den Wagen. Er bog aus dem Parkplatz hinaus auf die Bahnhofstraße.

»Ganz erstaunlich«, bemerkte er schelmisch, »nach bloß zehn Jahren in Mairing werde ich plötzlich, unvermittelt und aus heiterem Himmel zum Kartenspielen eingeladen. Wenn das nicht mein Glückstag ist.«

Marga stieß ihn leicht mit dem Ellenbogen an und grinste ebenfalls. »Na schau. Und wir meinen immer, wir gehören nicht dazu.«

Ein paar Wochen später, die Sommerferien hatten gerade angefangen und viele Kinder mussten auf den Bauernhöfen den Eltern helfen, beschlossen Marga und Henryk, sich eine Auszeit zu gönnen. Momentan hatte ihre Kundschaft im Bayerischen Wald ohnehin keine Muße für Stoffe, es war Erntezeit, und jede Hand wurde gebraucht.

Draußen war es hochsommerlich heiß, was Henryk normalerweise körperlich richtig guttat. Trotzdem wurde er genau an seinem ersten Urlaubstag wieder von starken Schmerzen heimgesucht, die auch nachts nicht aufhörten, sodass Marga ihn am folgenden Morgen nach Passau zum Arzt brachte.

»Ehrlich gesagt, bin ich mit meinem Latein am Ende«, eröffnete ihnen der Mediziner. »Ich würde gerne helfen, Herr Stattler, aber ohne eindeutige Diagnose ist das schwierig. Diffuse Schmerzen im Bauchraum sind halt nicht leicht einer konkreten Ursache zuzuordnen. Am besten, Sie geben dem Ganzen etwas Zeit. Bisher hat sich ja auch alles immer wieder beruhigt. Man sollte das nicht überbewerten.«

Draußen im Wagen wurde Henryk von einem neuerlichen Krampfanfall geschüttelt. Marga war vollkommen frustriert von der Aussage des Arztes.

»Das hat keinen Sinn mehr hier«, sagte sie dumpf. »Wir fahren jetzt heim, packen eine Tasche, und dann bringe ich dich nach München in eine Klinik.«

Henryk widersprach nicht. »Und weil dieser Quacksalber unfähig war, uns eine Überweisung mitzugeben, obwohl er mich nicht weiterbehandeln kann, weise ich mich selber ein«, presste er zwischen zusammengebissenen Zähnen hervor. Sein Gesicht war kreidebleich.

Während der Fahrt verschlechterte sich sein Zustand sogar noch. Marga machte sich keine Gedanken darüber, ob sie eine Überweisung benötigten oder nicht. Man musste Henryk nur ansehen, um zu merken, dass er schwer krank war und dringend Hilfe brauchte. Sie machte sich ernsthafte Sorgen um ihn.

So schnell es ging, steuerte sie das Klinikum rechts der Isar in Haidhausen an, davon überzeugt, hier auf kompetentes Fachpersonal zu treffen.

Tatsächlich erkannte man sofort die Dringlichkeit der Situation. Verschiedene Spezialisten untersuchten Henryk, und am Ende kam man zu dem wenig überraschenden Ergebnis, dass die Schmerzattacken auf sein Lagertrauma während des Krieges zurückzuführen seien.

»Bahnbrechend«, stellte Marga mit vor Ironie triefender Stimme fest, als sie ihren Mann nach ein paar Tagen wieder heimholen durfte. »Darauf wären wir alleine nie gekommen.«

Henryk lächelte schwach. »Wenigstens haben sich so kompetente Ärzte wie noch nie um mich gekümmert. Ich habe mich in guten Händen gefühlt. Nun geht es mir ja wieder besser.«

Das schon, nur wie lange? »Weil deine Schmerzen aufgehört haben. Aber warum und was genau sie auslöst, wissen wir immer noch nicht.«

Marga dachte an die Krankenhausrechnung in ihrer Tasche, die einen guten Teil der Ersparnisse auffressen würde, die sie für die Geschäftsgründung zurückgelegt hatten. Doch sie sagte nichts, war froh, dass der akute Schmerzanfall vorüber war.

Daheim in Mairing kümmerte sie sich aufopferungsvoll um Henryk, damit er zu Kräften kam. Nach dem Urlaub nahmen sie ihre Fahrten in den Bayerischen Wald wieder auf, um das Loch in der Kasse zu füllen.

Eine Weile ging das gut. Obwohl es ihn mächtig anstrengte, riss sich Henryk zusammen und stand den Alltag durch. Daheim überredete ihn Marga zu langen Spaziergängen an der frischen Luft, die wieder Farbe auf seine Wangen brachten. Sie kochte ihm sein Lieblingsessen und achtete darauf, dass er genügend schlief. Die Geborgenheit, die sie ihm schenkte, war die beste Medizin für Henryk. Und auch die Kartenabende mit Franz Langbauer und ein paar anderen Mairinger Männern taten ihm gut.

»Ich denke, es wird«, sagte er zu Marga, die sich über jeden optimistischen Ton freute.

»Auf jeden Fall. Du bist ein wunderbarer Mensch, Henryk, und endlich lernen dich auch andere Leute hier näher kennen und schätzen.«

Das bedeutete ihr genauso viel wie ihm. Denn all die Jahre schon schmerzte es Marga, mit anzusehen, wie Henryk aus der Distanz beäugt wurde, als wäre er noch immer ein Fremder. Dabei bemühte er sich um Anpassung, gab sich kumpelhaft und begegnete allen freundlich und hilfsbereit. Und endlich, endlich schien der Knoten zu platzen. Er wurde nicht nur zum Kartenspielen dazugebeten, die Stattlers mussten neuerdings auch nicht mehr alleine tanzen gehen. Sie freuten sich über die Begleitung von Lotte und Franz, von Johanna und ihrem Mann

Reinhard Bastian, der als junger Lehrer an die Grundschule versetzt worden war. Auch Johanna, ebenfalls eine Jugendfreundin, lebte mittlerweile nicht mehr in Seeberg, sondern war seit ihrer Hochzeit herunter nach Mairing gezogen und wohnte nun mit ihrem Ehemann direkt neben der Schule.

Alles hätte so schön sein können, vielleicht zur Abwechslung sogar ein wenig sorglos, wären nicht auf einmal Polizei und Staatsanwaltschaft aufgetaucht, um Henryk als Zeugen zu befragen. Sie hatten sich vorher schriftlich angemeldet, und bereits in der Nacht hatte Henryk schlecht geschlafen.

Als es an der Haustür läutete, musste sich Marga überwinden, um sie hereinzulassen. Sie wusste genau, dass nichts Gutes von diesem Gespräch kommen konnte. Henryk würde zurückreisen in seine persönliche Hölle, alle Gefühle und Ängste erneut durchleiden. Der Schmerz würde ihn wieder heimsuchen. Aber sie konnte rein gar nichts dagegen tun. Also bat sie die drei Herren in ordentlichen Straßenanzügen und polierten Schuhen herein, die höflich ihre Hüte abnahmen, servierte Getränke und nickte in stummer Zustimmung, als Henryk bat, alleine mit ihnen zu reden. Natürlich.

Es dauerte, bis sie wieder gingen, sicher zwei Stunden. Hinterher sah Henryk aus, als wäre er gerade einen Marathon gelaufen. Müde, erschöpft und unendlich abgekämpft bedeutet er ihr mit einer Geste, jetzt nicht weiter sprechen zu wollen.

Er ging hinauf, legte sich ins Bett und kam erst am Abend wieder herunter.

»Werden sie noch mal kommen?«, fragte ihn Marga. Sie saß im Wohnzimmer, mit einer Näharbeit auf dem Schoß, und hörte Radio.

Als er ebenfalls Platz nahm, mit den unsicheren Bewegungen eines alten Mannes, was sie erschreckte, stellte sie das Gerät aus.

»Vermutlich.«

»Was wollten sie?«

»Sie haben mir Fotos gezeigt mit Leuten drauf, die ich identifizieren sollte.«

»Aus dem Lager hier?«

Er nickte. »Und aus Auschwitz, Fünfteichen, Groß-Rosen und Flossenbürg.«

Kaltes Grauen überlief Marga, wie immer, wenn sie versuchte, sich vorzustellen, dass der Mann, den sie liebte, bereits in vier KZs gewesen war, ehe er ins Lager Seeberg gekommen war.

»Dann haben sie also ihre Hausaufgaben gemacht, die Herren Beamten?«

»Hat zwar zehn Jahre gedauert, aber anscheinend sind sie tatsächlich dabei, alles aufzurollen. Sie kannten die exakten Daten, wann ich wo interniert war. Sogar den Namen des Polen, der mich in Auschwitz tätowiert hat, wussten sie, dass der Mengele persönlich meine Selektion vorgenommen hat und dass ich die SS-Offiziere rasieren und für sie übersetzen musste.« Er wischte sich mit der Hand übers Gesicht, als könne er dadurch die Spinnweben der Erinnerung vertreiben. »Von denen haben sie mir Bilder gezeigt. Dass ich diese Gesichter noch mal sehen musste …« Kopfschüttelnd verstummte er.

»Und im Gegenzug? Konnten sie denn auch was für dich tun?«

Er wusste sofort, worauf sie anspielte. »Es gab keine neuen Informationen. Nur das, was ich auch schon herausgefunden habe. Ich muss mich wohl damit abfinden, es nie zu erfahren.«

Vor einiger Zeit war ein Schreiben vom *International Tracing Service* in Weiden gekommen, wo Henryk immer wieder Anfragen zum Schicksal seiner Familie stellte. Nach wie vor gab es keinerlei Auskünfte über seine beiden jüngsten Schwestern Rinah und Sady, die zu Beginn des Krieges nach Russland geflüchtet waren. Ebenso wenig wusste er, ob Chaja, die Partisanenkämpferin, noch am Leben war. Aber endlich hatte er das Sterbedatum seiner ersten Frau amtlich mitgeteilt bekommen, es war der zehnte September 1943. Ein Zertifikat aus Israel bestätigte das. Seit Langem zerbrach er sich darüber den Kopf, was mit Dana nach dem Aussteigen aus dem Zug geschehen war. Oft teilte er mit Marga seine Gedanken dazu, und das Thema ließ auch sie nicht los. Adam und seine Großmutter waren am Tag der Ankunft in Auschwitz-Birkenau direkt vom Zug in die Gaskammer gegangen, das wusste Henryk, denn auch hierüber lag ihm ein schriftliches Dokument vor. Aber dass Dana erst eine Woche später gestorben war und es keinerlei Auskunft über die Art ihres Todes gab, schien seinen schlimmsten Verdacht zu bestätigen.

Im Chaos an der Rampe waren sie getrennt worden. Frauen in Häftlingskleidung waren zwischen den Neuankömmlingen herumgelaufen, hatten ihnen bedeutet, ihre Kinder loszulassen, denn Mütter mit kleinen Kindern wurden sofort ins Gas geschickt. Henryk erinnerte sich genau daran, dass Adam an der Hand seiner Großmutter gegangen war, Dana hingegen hatte er aus den Augen verloren. Von den 2000 Menschen, die an diesem Tag angekommen waren, wurden 1700 auf Fahrzeuge mit Rotkreuzzeichen verteilt und in die Gaskammern gefahren, die restlichen waren zu Fuß ins Lager marschiert. Auch hier hatte er seine Frau nicht wiedergesehen. Mittlerweile kannte Marga die

Einzelheiten von Henryks Inhaftierung. Nachdem er sich ausgezogen hatte, war ihm in alle Körperöffnungen geschaut und der Kopf rasiert worden. Er hatte seine Nummer eintätowiert bekommen, war in einer Dusche mit weißem Pulver entlaust worden, hatte schon getragene Häftlingskleidung erhalten und Holzpantinen, in denen er kaum hatte gehen können.

Um Dana zu finden, hatte er sich freiwillig zum Holzsammeln gemeldet. So hatte er sich dem Frauenlager nähern können, hatte es komplett abgesucht und dabei seine Schwester Neta gefunden. Sie hatte ausgesehen wie ein Geist, ein Schatten ihrer selbst. Jeden Tag hatte Henryk ihr Brot über den Zaun geworfen, bis sie irgendwann nicht mehr kam. Auch ihr Tod war mittlerweile amtlich bestätigt. Nur über Danas Verbleib rätselte er immer noch.

»Was, denkst du, ist mit ihr geschehen in den acht Tagen nach eurer Ankunft?«, fragte Marga. Seine Antwort trieb ihr die Tränen in die Augen.

»Da gibt es nicht viele Möglichkeiten. Sie war eine schöne Frau. Da sie nicht bei den Arbeitskommandos war und Neta sie ebenfalls nirgendwo finden konnte, vermute ich, dass man sie gleich nach der Ankunft ausgesondert hat für das Lagerbordell.«

Wie sie dort nach einer Woche gestorben war, mochte Marga sich gar nicht vorstellen. Es war einfach zu schrecklich. Vor allem, als Henryk ihr erzählte, dass Dana mit dem zweiten Kind schwanger gewesen war. Erst ganz frisch, man hatte es noch nicht gesehen. Ihr genaues Schicksal würde Henryk vielleicht nie erfahren, und Marga war der Meinung, dass es so vielleicht besser für ihn war. Wenigstens kannte er nun ihr Sterbedatum. Hatte der Brief aus Weiden seine letzte heftige Schmerzattacke ausgelöst? Was, fragte sich Marga, würde dann die anstrengende Befragung durch die Staatsanwaltschaft mit ihm anrichten?

Auf die Antwort musste sie nicht lange warten. Obwohl sie sich von Herzen bemühte, ihren Mann aufzuheitern, führte ihn eine unaufhaltsame Abwärtsspirale immer tiefer hinein in Schwermut und Schmerz. Es half natürlich nicht, dass er noch mehrfach weitere Fragen beantworten musste. Nach jedem Besuch der Herren im Anzug ging es ihm schlechter. Marga fühlte sich hilflos.

»Ich kann nicht mit ansehen, wie du leidest«, sagte sie zu Henryk. Er lag eingerollt unter der Decke im Bett. Draußen schien die Sonne, aber hier drinnen im Schlafzimmer herrschte Dunkelheit. »Sag mir, wie ich dir helfen kann.«

Er sah sie nicht an. »Es gibt nichts, was du tun könntest. Lass mich einfach liegen.«

Nachts hatte er so stark geschwitzt, dass das gesamte Bettzeug nass gewesen war. Sie hatte alles frisch überzogen, doch in der folgenden Nacht strampelte er im Schlaf heftig mit den Beinen, als würde er vor etwas davonlaufen, bis das Bett wieder durchgeschwitzt war. Seine Albträume suchten ihn erbarmungslos heim. Er warf sich herum, schluchzte und schrie wie nie zuvor, seit sie ihn kannte. Ruhig schlief Henryk eigentlich selten, aber diese Intensität seiner Nachtmahre war eine völlig neue Dimension für Marga. Es schien, als wäre er in seiner eigenen, schrecklichen Welt gefangen. Wie sollte sie ihn zurück zu sich holen?

Marga redete nur mit ihren Eltern über ihre Verzweiflung. Obwohl Lotte ihre beste Freundin war und sicherlich Verständnis gehabt hätte, kam es ihr falsch vor, Henryks Probleme mit jemandem außerhalb der Familie zu besprechen. Ihre Mutter

251

half Marga, wo sie konnte. Sie kochte und buk Köstlichkeiten, um Henryk aufzuheitern, und blieb bei ihm in der Wohnung wie bei einem kleinen Kind, wenn Marga einkaufen ging oder einfach mal rausmusste.

Als sich sein Zustand auch nach Wochen nicht besserte, Henryk nur noch apathisch im Bett lag und nicht reden wollte, packte Marga ihn ins Auto und fuhr wieder nach München in die Klinik.

»Wovon dieser neuerliche schlimme Anfall ausgelöst wurde, ist uns klar«, sagte sie zu den Ärzten. »Aber es muss doch einen Weg geben, damit umzugehen. Untersuchen Sie ihn bitte nochmals gründlich.«

»Da wird nicht viel mehr rumkommen – ein derart traumatisierter Mensch kann nur mit Hilfe von Psychopharmaka einen einigermaßen vernünftigen Alltag erwarten. Die muss er halt nehmen, damit es was bringt.« Einer der Mediziner, ein Mann Mitte vierzig mit schütterem Haar und dem gefühlsarmen Gesichtsausdruck einer Schaufensterpuppe, zückte Stift und Rezeptblock.

Sein Kollege ging dazwischen, als er sah, wie Marga empört den Mund öffnete, um zu protestieren.

»Natürlich machen wir gerne noch mal eine umfassende Diagnostik, Frau Stattler. Wir nehmen Ihren Gatten stationär auf. Was sind seine Hauptbeschwerden?«

»Er ist sicherlich schwermütig, das will ich gar nicht abstreiten. Und das in einem deutlich stärkeren Ausmaß als normal. Aber dazu hat er seit Wochen schlimmen Durchfall. Streng genommen hat er den seit fünfzehn Jahren, aber momentan kann er gar nichts halten.« Sie war froh, dass Henryk nebenan in einem Krankenzimmer lag und nicht mit im Sprechzimmer war.

Sie durfte die Umstände nicht beschönigen, sondern musste den Ärzten in aller Deutlichkeit sagen, was los war. Marga hatte das Gefühl, wenn sie ihnen dieses Mal die Brisanz der Situation nicht vermitteln konnte, würde das schlimme Folgen für Henryk haben. »Zusätzlich verliert er auch noch Flüssigkeit, weil er nachts wegen seiner Albträume irrsinnig schwitzt. Tagsüber trinkt er sicher nicht genug, um das auszugleichen, und obwohl er Appetit hat und isst, nimmt er ständig ab. Von den Bauchkrämpfen wissen Sie ja, die sind momentan besonders schlimm. Also? Was machen wir?« Sie atmete tief durch und sah den beiden Ärzten fest ins Gesicht, erst dem einen, dann dem anderen, und zwar so lange, bis sie eine Antwort bekam.

»Geben Sie uns ein paar Tage Zeit«, sagte der nettere. »Wir machen noch mal eine umfassende Diagnostik, Blutbild, Ultraschall, EKG, alles eben. Am dringlichsten erscheint es mir auch erst einmal, den Flüssigkeitsverlust auszugleichen. Dann sehen wir weiter.«

Es war nicht einfach, sich in Geduld zu üben. Marga blieb in München, nahm sich ein Zimmer in einer Pension in der Nähe des Krankenhauses und verbrachte so viel Zeit wie möglich bei Henryk.

Als sie die Diagnose hörten, gemeinsam in seinem Krankenzimmer, musste Marga sich setzen. Henryk hatte einen Schilddrüsentumor und brauchte eine Bestrahlung. Das war natürlich besorgniserregend, andererseits lag endlich einmal etwas Konkretes vor, das auch therapiert werden konnte. Die Ärzte erklärten ihnen, dass eine Fehlfunktion der Schilddrüse nicht nur Auswirkungen auf das Herz-Kreislauf-System und den Energiestoffwechsel hatte, sondern ebenso auf den Magen-Darm-Bereich und die Psyche.

»Vielleicht verschwinden deine Bauchschmerzen, wenn der Tumor behandelt wurde. Möglicherweise fühlst du dich dann auch wieder besser«, sagte sie zu Henryk, als sie alleine waren.

»Meine Krämpfe sind die Nachwirkungen von Typhus, Hunger und Misshandlungen, und meine Psyche ist dementsprechend. Und nun kommt dieser Tumor obendrauf. Was soll ich denn noch alles ertragen?«

Er befand sich in einer Art dunklem Tunnel, das musste Marga für den Moment akzeptieren. Doch sie für ihren Teil hegte sehr wohl Hoffnungen, dass es nach der Schilddrüsentherapie wieder bergauf ging.

Erst einmal verschlechterte sich Henryks Zustand allerdings dramatisch. Durch die Bestrahlung bekam er eine Schilddrüsenentzündung, eine außerordentlich seltene Nebenwirkung dieser Therapie – die leider mit Schmerzen und hohem Fieber einherging. Er musste eine Eiskrawatte tragen und länger als geplant im Krankenhaus bleiben. Langsam wusste Marga nicht mehr, wie sie ihren Mann noch trösten sollte.

Abends saß sie alleine in ihrem kleinen Pensionszimmer und sah aus dem Fenster, wie draußen die Münchner ihrem Leben nachgingen. Ein jeder von ihnen schien es besser zu haben als sie. Alle wirkten sorglos. Auf dem Heimweg von der Klinik hatte sich Marga ein Buch gekauft, aber es lag ungeöffnet neben ihr. Es fiel ihr schwer, sich abzulenken, sich auf etwas anderes zu konzentrieren als auf ihre Sorgen. Henryk musste gesund werden.

Die Behandlung zog sich. Am Ende hatte Henryk die Eiskrawatte drei Monate lang getragen, bis der Tumor weg und er geheilt war. Zwar musste er nicht die gesamte Zeit über im Krankenhaus bleiben, dennoch häuften sich die Fahrten nach

München. Auf Untersuchungen folgten Nachsorgetermine. Und als er schließlich für gesund erklärt worden war – wie konnte das bei jemandem mit seiner Vorgeschichte überhaupt jemals der Fall sein, fragte sich Marga –, waren die gesamten Ersparnisse der Stattlers für teure Arztrechnungen aufgebraucht. Sie standen finanziell wieder bei null.

»Das ist nicht zum ersten Mal so«, gestand sie ihren Eltern bei einem Besuch im Schloss. »Ehrlich gesagt – immer wenn wir gerade etwas angespart haben und meinen, unsere Zukunftspläne nehmen endlich Gestalt an, wird er wieder krank, und das Geld geht für die Behandlungen drauf.«

»Zahlt das denn nicht alles die Krankenkasse?«

Diese unbedarfte Frage ihres Vaters entlockte Marga ein frustriertes Auflachen. »Schon lange nicht mehr. Weißt du, Henryk hat ja nicht nur einen gelegentlichen Schnupfen, er ist dauerkrank. Normale Behandlungsmethoden reichen nicht, man versucht dies und das, Chefarztkonsultationen, besondere Leistungen und so weiter und so fort. Das läppert sich und geht in Dimensionen, die beängstigend sind. Dabei habe ich wirklich gedacht, wir könnten uns im Frühling endlich nach einem kleinen Grundstück für ein Haus und den Laden umsehen. Aber Pustekuchen!« Unwirsch wischte sie sich eine Träne aus dem Augenwinkel.

Konrad Heinrich saß auf seinem Lieblingssessel neben dem Ofen, die Füße auf einem weichen Schemel. Seine Frau saß am Tisch in der Stube und hatte vor sich die Tageszeitung aufgeschlagen. Es war Herbst geworden, der Regen peitschte gegen die Fenster. Marga wollte es urgemütlich finden, heimelig und schön – und sie ärgerte sich darüber, nicht abschalten zu können.

Die Mutter warf ihr einen mitleidigen Blick zu. »Du solltest dir nicht zu viele Sorgen machen, Kind. Henryk hat zwar schon viel zu viel durchmachen müssen, aber er ist stark, und die Behandlung in München hat ihm wirklich geholfen. Also war sie ihr Geld wert. Und das mit eurem eigenen Geschäft wird auch noch. Du bist doch so jung.«

Eigentlich nicht. Marga war neunundzwanzig, pleite, kinderlos und weiter weg von ihren Träumen als je zuvor. Die gut gemeinten Worte ihrer Mutter brachten die Tränen erst richtig zum Fließen.

21

Henryk

Ihm war nur allzu bewusst, was er ihr abverlangte. Manchmal hasste Henryk sich selbst, weil er eine solche Belastung für Marga war. Er sollte der Stärkere sein, für sie sorgen und ihr geben, wonach sie sich am meisten sehnte. Doch waren sie weit entfernt von einer sicheren Zukunft, ebenso wie von Margas Herzenswunsch, einem Kind. Nichts klappte. Dabei hatte sich Henryk mittlerweile sogar schon aufs Beten verlegt. Wenn er in Straubing beim Großhändler Ware einkaufte – zu seinem Bedauern nach wie vor Stoffe und keine Kleidung –, ging er in die Synagoge.

Straubing lag gut neunzig Kilometer von Mairing entfernt, näher gab es keine Synagoge. Es war ohnehin erstaunlich, dass das Gotteshaus den Nationalsozialismus überstanden hatte. Nachdem die Juden Ende des Mittelalters aus der alten Herzogstadt vertrieben worden waren, hatte sich im neunzehnten Jahrhundert wieder eine israelitische Kultusgemeinde etabliert, für die 1907 ein Gebetshaus an der Wittelsbacherstraße errichtet worden war. In der Reichspogromnacht 1938 war die Inneneinrichtung vollkommen zerstört worden, das Gebäude jedoch nicht. Am Ende des Zweiten Weltkriegs wurden bei der Straubinger Polizei anonym Torarollen und andere rituelle Gegenstände abgegeben, die seinerzeit offenbar jemand vor der Zerstörung durch die SS gerettet hatte. Mittlerweile trafen sich die wenigen Juden in Niederbayern wieder zum gemeinsamen Beten in dem hübschen, neuromanischen Saalbau und versuchten vorsichtig, an eine Kultur anzuknüpfen, die beinahe ausgelöscht worden wäre. Henryk fühlte sich gleichermaßen wohl und fremd dort.

Herschel Bernstein, Inhaber eines großen Textilgeschäfts und polnischer Jude wie Henryk, mit dem er sich in den letzten Jahren angefreundet hatte, brachte es auf den Punkt. Er saß neben Henryk in der Bank und wies auf den Toraschrein, das Licht darüber und die Bima, das Lesepult, auf das die Torarollen zum Vorlesen gelegt wurden.

»Schaut alles genau so aus, wie es aussehen muss. Es liegt an uns. Wir befinden uns in der Fremde, an einem Ort, an dem wir eigentlich nicht sein wollen, aber wir arrangieren uns damit. Hier drin fühlen wir uns denen, die wir verloren haben, am nächsten – auch wenn sie unendlich weit weg sind.«

Der Schmerz in Herschel Bernsteins Stimme machte Henryk betroffen. Nur zu gut konnte er das nachfühlen, ebenso wie sicherlich alle anderen Anwesenden.

Herschel und seine Frau hatten sich in Straubing ein zweites Leben aufgebaut, wirtschaftlich ging es ihnen so gut wie nie. Aber Henryk wusste von seinem Freund, dass Maja Bernstein Schreckliches im Konzentrationslager erlebt hatte, das sie nicht zur Ruhe kommen ließ. Das Geschehene und der Verlust ihrer zwei Kinder hatten die beiden gebrochen. Ob das Echo ihrer früheren Liebe, die Tatsache, dass sie einst eine Familie gewesen waren, oder die Last der Vergangenheit sie zusammenhielt, konnte Henryk nicht beurteilen. Doch jedes Mal, wenn er Maja Bernsteins apathischen Blick sah, war ihm klar, dass lediglich ihre Hülle noch funktionierte, während ihre Seele längst aufgegeben hatte. Und er war umso dankbarer für Margas liebevolle Geborgenheit, die sie ihm tagtäglich schenkte.

»Was gibt es Neues, Henryk?«, fragte ihn Herschel wie immer beim Essen nach der Synagoge. Sie gingen gerne zusammen in Restaurants oder zu Bekannten, ohne Maja, weil die Stimmung daheim bei den Bernsteins gelinde gesagt bedrückend war. In der altbayerischen Stadt an der Donau gab es keine jüdische Gastronomie, daher saßen sie in einem der zahlreichen Wirtshäuser und waren die beiden bestgekleideten Gäste dort.

Mit seiner Frage spielte er darauf an, ob sich endlich Nachwuchs bei den Stattlers einstellte, aber vielleicht bildete sich Henryk das auch nur ein.

»Alles beim Alten«, antwortete er. »Das Geschäft läuft wieder besser, nachdem ich eine Weile krank war.«

»Ich dachte mir schon, dass du schmal aussiehst. Was hattest du denn?«

»Das Übliche. Nur noch schlimmer als sonst.«

Daraufhin nickte Herschel verständnisvoll, er wusste nur zu gut, wovon Henryk sprach.

»Aber es gibt auch schöne Nachrichten – ich habe einen Brief aus Amerika bekommen, von Freunden aus dem DP-Camp, Jona und Chayim. Die jungen Burschen sind mit Jonas Frau und dem ersten Baby schon vor Jahren ausgewandert. Mittlerweile sind beide verheiratet, und jeder hat drei Kinder. Sie leben in New York, es scheint ihnen blendend zu gehen.«

Herschel wiegte seinen Kopf von rechts nach links. »Ja, ja, die Jugend, die erholt sich schneller und schafft es manchmal sogar, zu vergessen. Eine Gnade, auf die unsereins nicht hoffen darf.

Ich sage dir, Henryk, mit den Jahren und dem ganzen Wohlstand hier fühle ich mich keinen Deut besser. Ich habe eher das Gefühl, mein Gemüt drückt mich manchmal so runter, dass ich morgens kaum aus dem Bett aufstehen kann. Dann überlege ich mir, ob es sich überhaupt rentiert, sich einem weiteren Tag zu stellen, oder ob es nicht besser wäre, einfach Schluss zu machen. Mittlerweile fallen mir immer weniger Dinge ein, für die es sich zu leben lohnt.«

»Ich bitte dich, so was darfst du nicht sagen. Natürlich lohnt sich das, schon allein aus Schadenfreude, denn wir sind immer noch hier, wir haben alles überstanden, und sie müssen uns tagtäglich in die Augen schauen.«

»Ah, deinen kämpferischen Geist, den habe ich von Anfang an bewundert. Hoffentlich bewahrst du ihn dir.«

Ein wenig beschämt dachte Henryk an die noch nicht lange zurückliegenden Tage im Krankenhaus, in denen auch er so sehr mit dem Schicksal gehadert hatte. Jedoch mehr aus Frustration denn aus Verzweiflung. Nichts wünschte er sich sehnlicher, als ohne körperliche Schmerzen zu leben. Dann müsste er sich nur noch mit seinen seelischen auseinandersetzen, was weiß Gott Bürde genug wäre. So aber wurde er bei fast jeder Bewegung daran erinnert, was er durchgemacht hatte, und im Schlaf suchten ihn auch noch die Träume heim.

Was gäbe er dafür, für einen einzigen Tag die Sorglosigkeit früherer Jahre zurückzuerlangen. Trotzdem schreckte Henryk davor zurück, die verordneten Psychopharmaka zu schlucken, die ihm die Ärzte in München dringlich angetragen hatten. Er würde tunlichst Herr seiner Sinne bleiben, das war er immer gewesen, egal, was um ihn herum geschehen war. Seine Gedanken gehörten ihm allein.

Der Brief von Jona und Chayim hatte ihn ehrlich gefreut. Wie schön zu lesen, dass den beiden ihr Neuanfang geglückt war. Goldrichtig war die Auswanderung für sie gewesen, die große Distanz zwischen Amerika und dem Ort ihres Martyriums sicherlich ein Segen. Ob sie es wirklich geschafft hatten, die Schrecken ihrer Vergangenheit gegen die Leichtigkeit eines neuen Lebens zu tauschen?

Würde es ihm selber ebenfalls besser gehen, wenn er woanders hätte neu anfangen können? Pläne dafür hatte es viele gegeben. Am meisten bedeuteten ihm nach wie vor die, die er zusammen mit Benjamin geschmiedet hatte.

Auf der Heimfahrt von Straubing dachte Henryk zurück an den Todesmarsch nach Mairing vor zehn Jahren. Unmittelbar zuvor hatte er unverhofft seinen Cousin Benjamin Homan im Konzentrationslager Flossenbürg getroffen. Plötzlich ein Familienmitglied wiederzufinden, wenngleich unter schrecklichen Umständen, war ein unfassbar schönes Gefühl gewesen. Gewiss, Benjamin hatte ausgesehen wie ein Skelett, aber dasselbe hatte er sich bestimmt über Henryk gedacht.

Bereits als Kind war Benjamin sein Lieblingscousin gewesen, eher wie ein Bruder sogar. Seine pure Gegenwart hatte Henryk zu diesem Zeitpunkt die Kraft geschenkt, trotz allem überleben zu wollen, nicht aufzugeben, sondern sich weiterhin dem Tod zu verweigern.

Auch Marga hatte er viel von Benjamin erzählt. Sie hatten gemeinsam unzählige Sachen erlebt.

Allein wie Benjamins Leben geendet hatte, behielt er lieber für sich. Nur in stillen Momenten wie diesem, über einsame Landstraßen fahrend, mit dem Nebel, der aus herbstlichen Feldern aufstieg und nach seinem Wagen zu greifen schien, gestattete er der Erinnerung, aus den gut gehüteten Tiefen emporzukriechen.

Eisig kalt war es gewesen. Und die unseligen Holzpantinen, in denen man schon auf normalem Untergrund kaum hatte laufen können, waren beim Gewaltmarsch durch Bayern eine Qual gewesen. Aber trotzdem besser, als barfuß durch den Schnee zu stapfen, wie es so viele hatten tun müssen. Sowohl Benjamin wie auch Henryk war es absolut schleierhaft, wohin die SS sie zu diesem Zeitpunkt noch bringen wollte. Es war zu Ende. Auch wenn es die hartgesottenen Nationalsozialisten nicht einsehen wollten. Das Tausendjährige Reich ging unter, und keine Wehrmacht, keine SS, kein redenschwingender Propagandaminister konnte daran etwas ändern. Langsam war den Gefangenen dann der Verdacht gekommen, dass es gar nicht darum ging, sie irgendwo abzuliefern, sondern vielmehr, sich ihrer zu entledigen.

»Immer wenn du glaubst es geht nicht mehr schlimmer, wirst du eines Besseren belehrt.« Benjamins Worte klangen auch nach all der Zeit in Henryks Ohren, als hätte der Cousin sie erst gestern ausgesprochen. »Wohin wollen sie uns jetzt noch treiben?«

»Die Amerikaner werden bald hier sein. Oder die Russen. Wir müssen nur ein wenig länger durchhalten. Ich kann die Freiheit schon riechen.«

Es war Henryk schwergefallen, zuversichtlich zu klingen, aber ganz und gar verheerend wäre es gewesen, hätte er sich in die Verzweiflung ergeben. Hoffnung war es, die ihn am Leben hielt, an sie hatte er sich mit dem letzten Rest seiner Kraft geklammert.

Am Nachmittag des zweiten Tages waren sie an eine Scheune außerhalb eines Weilers gelangt, am Rand eines kahlen, schneebedeckten Feldes inmitten einer baumlosen Landschaft, über die der Wind hinwegpfiff. Die SS hatte den Gefangenen befohlen, sich nackt auszuziehen und in die Scheune zu gehen. Henryk hatte beobachtet, wie die Soldaten einen Feuerwehr-Spritzenwagen vorfuhren. Nicht schwer zu erraten, was passieren würde. Längst hatte er aufgegeben, sich zu fragen, warum immer wieder neue Quälereien auf sie warteten. Darauf gab es keine Antwort. Um Henryk herum hatte die Kleidung von einigen Hundert Gefangenen auf dem Boden gelegen. Sollten sie lebend wieder aus dieser Scheune kommen, würde es ewig dauern, bis jeder seine Sachen fand, und das in der Kälte. Einem Geistesblitz folgend, hatte er einen herumliegenden Stock aufgehoben und ihn am äußersten Ende des Kleiderfeldes in den Schnee gesteckt. Daran hängte er Hemd, Hose und seine Holzschuhe auf, mehr besaß er ohnehin nicht.

Später, im Inneren der Scheune, hatte er sich wie immer auf seinen Instinkt verlassen. Hatte er in einer eingepferchten Menschenmasse bisher stets versucht, sich am Rand aufzuhalten, hatte er sich in diesem Fall freiwillig in ihr Zentrum gedrängt. Benjamin hatte das nicht gewollt und Henryks Hand abgeschüttelt.

»Ich geh da nicht weiter rein, das kannst du vergessen.«

»Doch, komm mit mir, Ben. Siehst du den Spritzenwagen? Sie rollen schon den Schlauch ab. In der Mitte wird uns der Wasserstrahl nicht voll treffen, am Rand schon.«

»Dafür werden uns die anderen in ihrer Panik zertrampeln.«

Ihre Diskussion war von nachschiebenden Mithäftlingen unterbrochen worden, die Henryk tiefer in die Scheune beförderte und die beiden getrennt hatten. Es war gekommen, wie er es befürchtet hatte. Die Wucht des Wasserdrucks mähte die vorne stehenden Gefangenen regelrecht um, auch Benjamin stürzte.

263

Henryk hingegen erwischte das Wasser nur von oben. Das hatte es nicht weniger kalt gemacht, ihm aber zumindest keine weiteren Verletzungen zugefügt. Wie eisige Nadelstiche hatte es sich auf seiner Haut angefühlt, unter der sich kein Gramm Fettgewebe mehr befand, nur Knochen und Erschöpfung. Noch immer erinnerte er sich an diese eigenartige Empfindung, gar nicht so sehr wie Kälte, vielmehr wie ein allumfassendes Ziehen am ganzen Körper.

Mit aller Macht hatte sich Henryk gegen das Drücken und Schieben gestemmt. Wie eingepferchte Tiere waren sie gewesen, die diejenigen tottrampelten, die zu Boden gingen. Er hatte nicht so lange durchgehalten, um in dieser Scheune im Niemandsland zu enden.

Irgendwann hatten die Soldaten das Wasser abgestellt, allerdings nicht ohne den Schlauch vorher noch über die Kleidung der Gefangenen zu schwenken.

Benjamin war unter den Ersten gewesen, die hinaustaumelten. Niemand hatte seine Sachen wiedergefunden, wie Henryk es befürchtet hatte. Dampfende Körper in frostklirrender Luft, die verzweifelt und wahllos Hosen und Hemden an sich rissen, alle hatten sie gleich ausgesehen, alle gestreift. Vieles war im Dreck gelandet, denn das Wasser hatte den Schnee in eine schlammige Brühe verwandelt.

Henryk kam erst später aus der Scheune, dafür fand er seine Habseligkeiten auf Anhieb. Sie waren zwar ebenfalls feucht gewesen, aber wenigstens nicht komplett durchnässt, weil sie nicht auf der Erde gelegen hatten. Aus der Scheune waren Schüsse gedrungen. Die SS hatte diejenigen, die verletzt am Boden lagen, einfach getötet. Dann kam die Anweisung, bis Sonnenuntergang weiterzumarschieren.

Der Weg hatte den zerlumpten Tross der Todgeweihten durch ein Dorf geführt. Wie ausgestorben war es gewesen, ohne eine Menschenseele auf der Straße. Noch immer sahen alle weg.

Später hatten sie einen schneeverwehten Höhenzug erklommen, über den der Wind hinwegpfiff. Hier oben wuchsen kaum Bäume, nur ein, zwei knorrige Gerippe. Die eisige Luft hatte den klammen Stoff von Henryks Hemd erstarren lassen. Wann immer er gedacht hatte, am Gipfel des Schmerzes angekommen zu sein, war etwas noch Unfassbareres hinzugekommen, das alles Vorangegangene in den Schatten stellte. Als ob es nicht schon schlimm genug gewesen wäre, mit steif gefrorenen Füßen in Holzpantinen durch das Deutsche Reich getrieben zu werden, trug er auf diesem letzten Marsch auch noch einen Anzug aus Eis. Allein der Hass in seinem Herzen hatte ihm nicht gestattet, tot umzufallen.

Halme alten Grases ragten aus dem Schnee, mager und trotzig, als wollten sie sich von ihrer feindseligen Umwelt nicht beugen lassen. Er sah sie im Geiste noch vor sich. Genauso hatte er sich damals auch gefühlt.

Benjamin hatte zu ihm aufgeschlossen, sich die schmerzende Seite haltend, an der er vom Wasserstrahl getroffen worden war.

»Ich glaube, ich habe ein paar gebrochene Rippen.«

Natürlich waren sie gebrochen. Besorgt hatte Henryk ihn gemustert und die Eiskristalle in seinen Wimpern bemerkt. Die Lippen seines Cousins waren blau gewesen vor Kälte. »Vielleicht ist es auch nur eine Prellung. Jedenfalls nichts, was dich vom Gehen abhalten wird«, hatte er ihm geantwortet.

Weiter vorne war ein Mann hingefallen. Sofort war einer der Soldaten bei ihm gewesen und hatte ihm in den Kopf geschossen, ohne dass der Zug der Gefangenen auch nur für einen Moment ins Stocken gekommen wäre. Stehenzubleiben bedeutete den Tod. Sich hinzusetzen bedeutete den Tod. Umzufallen bedeutete den Tod. Zurückzubleiben bedeutete den Tod. Als Henryk den Erschossenen passierte, sah er auf ihn hinunter und sprach lautlos ein kurzes Gebet. Er hatte schon unendlich viele Tote gesehen.

»Wenn sie so weitermachen, werden die Amis keinen mehr finden, den sie befreien können«, hatte Benjamin mit schmerzverzerrtem Gesicht hervorgepresst.

»Ich befürchte, das ist der Zweck dieses Marsches. Völlig egal, wohin wir gehen, möglichst wenige von uns sollen dort ankommen. Aber es kann nicht mehr lange dauern, Ben. Wir dürfen nicht aufgeben. Jetzt nicht mehr.«

Er war näher an seinen Cousin herangetreten und hatte sich dessen Arm um die Schultern gelegt, um ihn beim Laufen zu stützen. Auch Benjamins Kleidung war gefroren.

Während Henryk in seinem Wagen auf dunklen Straßen in Richtung Mairing fuhr, dachte er an den Tag, an dem er das Lager Seeberg zum ersten Mal gesehen hatte. Unaufhörlich waren sie ihm näher gekommen, diesem allerletzten Ziel ihrer tödlichen Odyssee.

Viele der Gefangenen waren in der Nacht nach der Spritzenwagenaktion an Unterkühlung gestorben. Damit es ihnen nicht ebenso erging, hatten Henryk und Benjamin drei der Toten zusammengeschoben und sich auf sie gelegt. Auf Leichen zu schlafen, war nichts Neues für Henryk. Im Konzentrationslager Groß-Rosen in der Nähe von Breslau hatte er das Nacht für Nacht getan, um nicht zu erfrieren. Doch selbst wenn man zu etwas Abscheulichem gezwungen war, machte dessen Wiederholung das Grauen nicht leichter, sondern nur noch bedrückender.

»Einen Monat lang haben wir auf den Toten geschlafen, den ganzen Januar über«, flüsterte er Benjamin zu, als der gezögert hatte, sich hinzulegen. »Du kannst in kaltem Schlamm nicht überleben, das bringt dich unweigerlich um.«

»Warum hast du mir das nicht längst erzählt? Wir haben uns doch so vieles gesagt.«

»Aus Scham. Aber es geht nicht mehr um Stolz oder Pietät, nur noch darum, morgen früh wieder aufzuwachen.«

»Wozu? Meine Schmerzen sind kaum auszuhalten, wir sind beide krank.« Benjamin hatte auf den Leichnam unter sich gedeutet. »Der hier stammte aus Danzig. Ich habe mich vor ein paar Tagen mit ihm unterhalten. Er wollte wieder dorthin zurück, wenn alles vorbei ist. Und nun liege ich auf seinem Körper, als wäre er ein Strohsack und kein Mensch mehr.«

Die Soldaten würden sie die Leichen erst am Morgen beiseiteräumen lassen. Oder auch nicht, das wusste man nie. Noch war etwas Wärme in ihnen. Henryk hatte sich geschworen, sollte er nicht sterben und jemals wieder in ein normales Leben zurückkehren, würde er keiner Menschenseele davon erzählen, dass er vom letzten Funken Wärme toter Leidensgenossen gezehrt hatte. Aber natürlich konnte er es nie vergessen, nicht nach fünf Jahren, nicht nach zehn, vermutlich nicht bis zu seinem allerletzten Tag auf Erden.

Kurz bevor er an Passau vorbeikam, hielt er am Straßenrand, stellte den Wagen ab und stieg aus, um sich zu sammeln. Heftig atmend stützte er sich mit den Händen an der offenen Autotür ab und senkte den Kopf. Die kalte Luft prickelte in seinem

Nacken. Nach ein paar Minuten setzte er seinen Weg fort, und sofort spulte sich der Film der Erinnerungen weiter ab.

Dass er ernsthaft krank war, hatte Henryk am Morgen begriffen, als er und Benjamin wieder aufgewacht waren und er sich vor Schmerzen kaum hatte aufsetzen können. Die Lymphknoten in seinem Hals waren auf Hühnereigröße angeschwollen, er fieberte. Hatte ihn der Typhus nun also doch noch erwischt? Ein Blick in die glasigen Augen seines Cousins verriet ihm, dass es um Benjamin nicht besser stand. Trotzdem mussten sie aufstehen und weitergehen.

»Ich kann nicht richtig atmen«, keuchte Benjamin. Die gebrochenen Rippen mussten ihm schreckliche Schmerzen zufügen.

Seitdem sie Flossenbürg verlassen hatten, waren sie ohne Verpflegung gewesen. Lediglich ein wenig Schnee hatten sie gegessen, aber der war mittlerweile komplett weggeschmolzen. Und sie hatten im Boden nach gefrorenen Wurzeln gebuddelt, bis ihre Fingernägel einrissen. Henryk bemühte sich, die Schmerzen zu ignorieren, den nagenden Hunger, den Durst, die halb erfrorenen, wund gelaufenen Füße, die Kälte, die ein Teil von ihm geworden war, die allumfassende Erschöpfung, tief bis ins Mark seiner Knochen.

»Es ist nicht mehr weit. Ich habe einen der Wachmänner gehört, wie er zu seinem Kollegen gesagt hat, heute würden wir das neue Lager erreichen.«

»Ein neues Lager? Ehrlich? Und dann? Wieder Sklavenarbeit? Die kann doch sowieso keiner von uns mehr leisten! Sie werden uns alle umbringen.«

»Wir halten durch.« Wiederum legte sich Henryk Benjamins

Arm um die Schultern, um einen Teil von dessen Gewicht zu übernehmen. »Lass uns lieber überlegen, was wir machen wollen, nachdem die Amerikaner uns befreit haben. Wir brauchen einen Geschäftsplan. Einen, mit dem wir viel Geld verdienen, damit wir uns Essen kaufen können, so viel wir wollen.« Auf diese Weise hatte er versucht, seinen Cousin abzulenken.

»Ich will richtig fett werden.«

»Wie ich dich kenne, wird das ziemlich schnell passieren. Du warst schon als Kind pummelig, Ben.«

Sein Cousin lächelte und bekam einen Hustenanfall, was den weiter vorne gehenden SS-Mann dazu bewog, sich umzudrehen. Rasch senkten die beiden die Köpfe. Das Husten hatte Benjamin derart angestrengt, dass er ihn von da an praktisch hatte tragen müssen.

»Soda«, flüsterte Henryk unvermittelt. Wie er genau darauf bekommen war, wusste er später nicht mehr, aber in diesem Moment war es ihm als brillante Idee erschienen.

»Was?«

»Wir machen in Soda.«

»Was soll das heißen? Wir machen in Soda – wie das klingt. Willst du Wasser verkaufen? Das musst du mir genauer erklären.«

»Wir gründen ein Unternehmen. Stattler und Homan. Meinetwegen auch Homan und Stattler, falls du darauf bestehst. Dann produzieren wir Sodawasser – in ganz großem Stil. Damit beliefern wir Gaststätten, Privathaushalte, trinken muss schließlich jeder …«

Über Henryks Ausführungen war die Zeit vergangen. Benjamin war bereitwillig auf den Vorschlag eingestiegen. Immer weiter hatten sie ihr imaginäres Geschäft zu einer umsatzstarken

Firma ausgebaut, mit allen Details, die ihnen in den Sinn kamen.

»Eigentlich wollte ich Apotheker werden«, bemerkte der Cousin irgendwann.

»Komm schon, ob du Tabletten oder Wasser verkaufst, ist doch egal. Von Apothekern habe ich sowieso keine hohe Meinung mehr. Als ich mich daheim aus dem Ghetto geschlichen hatte, um Medikamente für meine Mutter zu besorgen, habe ich die Apotheken abgeklappert, und all die Herren Apotheker haben den Schwanz eingezogen und einem Juden keine Tabletten mehr verkauft. Das musst du dir mal vorstellen. Auf keinen Fall wirst du ein Pillendreher, Benjamin Homan. Außerdem, glaub mir, im Sodageschäft kannst du besser verdienen.«

»Na, wenn du meinst …«

»Und du musst nicht den ganzen Tag hinter dem Tresen in einem Laden stehen und dich anhusten lassen, sondern würdest rumkommen in der Welt.«

»Das könnte mir gefallen.«

»Na siehst du.«

Die Idee war tatsächlich nicht schlecht gewesen, das fand Henryk heute noch. Sie hatten sich beraten, wo sie leben und ihre Firma aufbauen wollten.

»Nach Polen gehe ich nicht zurück.« Keinerlei Zweifel in Benjamins Stimme.

»Darin sind wir uns einig. Die Polen haben uns im Stich gelassen. Außerdem liegt dort alles in Schutt und Asche. Was ist mit Amerika?«

»Ein freies Land ohne Krieg? Klingt gut.« Benjamin hatte versucht, nicht zu husten, was ihm misslang. »Lass uns an die Westküste ziehen, Kalifornien, wo die Sonne scheint.«

Einfach nur, um die Konversation am Laufen zu halten, hatte Henryk widersprochen. »Mir wäre New York lieber, eine Weltstadt mit einer großen jüdischen Gemeinde. Viel besser für unsere Geschäfte.«

»Aber in Kalifornien ist es warm. Wenn ich hier raus bin, will ich nie wieder Schnee sehen, verstehst du? Lieber schwitze ich jeden Tag.«

Kurz vor Anbruch der Dunkelheit hatte sich ein Waldgebiet vor ihnen ausgebreitet, und in der Nacht hatten sie auf Moos geschlafen. Zwar war es nass gewesen, doch das weichste Bett seit Jahren, an das Henryk sich erinnern konnte. Er hatte ein wenig davon ausgequetscht, um ein paar Tropfen Flüssigkeit zu bekommen, und Benjamin etwas abgegeben. Auch in ihm tobte das Fieber. Seine verletzte Seite war angeschwollen, die Haut bläulich, deshalb legte Henryk eine Kompresse aus Mooskissen darauf. Bis zum Morgen hatte sich der Zustand sämtlicher Gefangener weiter verschlechtert. Von den etwa fünfhundert Menschen, die sich in Flossenbürg auf den Weg gemacht hatten, war über die Hälfte bereits tot. Jedes Mal, wenn die blasse Wintersonne aufging, blieben mehr Männer liegen. Entweder weil sie die Nacht nicht überlebt hatten oder weil sie zu schwach waren, um weiterzugehen. Wie lahme Pferde warteten sie auf den Kopfschuss durch die Soldaten. Auch an diesem Morgen hallten Schüsse durch den Wald. Anfangs zählte Henryk noch mit, doch bald ließ er es bleiben.

»Ich kann nicht mehr laufen«, hauchte Benjamin mit schmerzverzerrter Stimme. »Ich stehe nicht auf.«

»Das lasse ich nicht zu!«

Einer der Wachmänner kam näher, die Pistole im Anschlag. Henryk sprang auf und zog Benjamin mit sich.

271

»Was ist mit ihm los? Will der faule Sack etwa hierbleiben?«

»Nein. Er wird gehen.«

Unter Aufbietung seiner letzten Energie schaffte es Benjamin, die Lichtung, auf der sie übernachtet hatten, zu verlassen und auf den Waldweg zurückzukehren, doch dann verließen ihn erneut die Kräfte.

»Es hat keinen Sinn. Ich kann nicht mehr.«

Wortlos beugte sich Henryk nach vorne, umfasste Benjamins Arm und Bein und schulterte ihn wie einen Sack Mehl.

»Du kannst mich nicht tragen! Du bist selber krank. Spar deine Kraft, damit es wenigstens einer von uns schafft.«

»Sei still. Wir werden beide durchhalten. Wer soll sonst mit mir ins Sodageschäft einsteigen, alleine mache ich das nicht.«

Den ganzen Vormittag waren sie so durch den Wald marschiert. Henryk wunderte sich selbst über die Stärke, die er noch aufbrachte, doch schwand sie zusehends. Wieder und wieder knallten Schüsse. Die Soldaten schienen es eilig zu haben und ließen die Toten einfach liegen. Irgendwann bog der Tross aus dem Wald auf einen abschüssigen Feldweg. Vor ihnen lag eine weite, offene Graslandschaft, die auf der einen Seite von einem Fluss und auf der gegenüberliegenden von bewaldeten Hügeln begrenzt wurde. Auch ein Dorf machte Henryk in der Ferne aus, wenn er die Augen zusammenkniff. Jeder Atemzug brannte in seinen Lungen. Er und Benjamin hatten aufgehört zu reden, keiner hatte mehr die Energie dazu.

Auf den Holzpantinen über den vom Schmelzwasser glitschigen Schotterweg zu laufen, war schon ohne Benjamins Gewicht auf Henryks Schultern schwierig. So aber verlor er immer wieder den Halt, schlitterte und schwankte, und gerade als die Sonne durch die Wolken brach und endlich ein paar warme Strahlen herunterschickte, entglitt ihm sein Cousin und sank zu Boden. Henryks taube Hände, aus denen längst alles Blut gewichen war, hatten ihn nicht mehr zu halten vermocht.

Eigenartig, wie intensiv manche Erinnerungen auch nach langer Zeit noch waren. Sogar jetzt, hinter dem Steuer seines Wagens, sah Henryk vor sich, wie sich die Sonne in Benjamins braunen Augen spiegelte, als er zu ihm aufsah, nickte und sie dann mit einem Lächeln auf den Lippen schloss. In diesem Moment hatte er ihn an den kleinen Jungen erinnert, mit dem er sich als Kind das Bett geteilt hatte, wenn er im Haus der Tante übernachtete. Benjamin war immer zuerst eingenickt, zusammengerollt wie ein Kätzchen und mit einem Ausdruck im Gesicht, der verriet, wie sehr er sich auf den Schlaf freute.

Bevor er seinem Cousin am Wegesrand die Hand reichen konnte, um ihn wieder hochzuziehen, war ein SS-Mann zur Stelle gewesen und hatte Benjamin in den Kopf geschossen. Unfassbar laut und endgültig. Als der Schuss verhallt war, schwoll ein schmerzhaftes Pfeifen in Henryks Ohren an. Hilflos hatte er dagestanden, unfähig zu reagieren. Weil er sich nach unten beugte, um den Cousin wenigstens ein letztes Mal zu berühren, hatte der Soldat die Pistole sofort gegen ihn gerichtet. Langsam und mit erhobenen Armen war Henryk einen Schritt zurückgetreten, hatte sich wieder in den Tross eingereiht und war weitergegangen. Auch an diese Geste der Unterwerfung erinnerte er sich noch allzu gut. Wäre es nicht besser gewesen, in einem letzten Aufbäumen seiner Wut, dem SS-Mann die Waffe zu entreißen und zuerst ihn und dann sich selbst zu erschießen? Hätte wenigstens irgendetwas einen Sinn ergeben, wenn er den Mörder seines Cousins gerichtet hätte? Ein Hauch Vergeltung, die ihm bei all seinen anderen Familienmitgliedern versagt geblieben war?

Doch Henryk hatte sich zusammengerissen, weder seinen Hass gezeigt noch seine Verzweiflung, nicht geschrien, nicht geweint und nicht einmal ein Gebet gesprochen. Er musste so tun, als ob es nicht sein Fleisch und Blut wäre, das am Wegesrand wie Aas zurückgelassen wurde. Lediglich seine Gedanken gehörten ihm selbst, in ihnen hatte er Abschied von Benjamin genommen, das Schma Jisrael immer wieder gebetet, bis es schließlich das Pfeifen in seinen Ohren zum Verstummen brachte.

Am gleichen Tag hatten sie das Lager Seeberg erreicht. Als Henryk bewusst geworden war, wie kurz vor dem Ziel sein Cousin hatte sterben müssen, hatte sich unendlicher Zorn durch seine Eingeweide gebrannt. Er schwor Benjamin, für ihn weiterzuleben, wie er es schon zahlreichen anderen seiner Lieben geschworen hatte.

Henryk parkte den Wagen vor der Wohnung und sah, dass hinter dem Küchenfenster Licht brannte.

War es nicht absolut unfassbar, dass er immer noch hier war, an diesem Ort? Was, wenn Benjamin überlebt hätte? Wären sie gemeinsam nach Amerika gegangen? Hätten sie mittlerweile einen florierenden Sodahandel und würden sich abends mit Chayim und Jona treffen, übers Geschäft reden und über ihre Familien? Wäre er dann nicht mit Marga verheiratet, sondern mit einer amerikanischen Frau? Oder hätte er sich tatsächlich nie wieder gebunden und wäre sein restliches Leben allein geblieben? Diese Grübelei verursachte ihm Kopfschmerzen.

Er stieg aus und schlug die Autotür zu. Oben am Küchenfenster tauchte Margas lächelndes Gesicht auf, und augenblicklich fühlte sich Henryk besser. Die warme Welle der Liebe spülte seine dunklen Erinnerungen fort, zumindest solange

Marga in der Nähe war. Schnell eilte er zu ihr und schloss sie in die Arme.

»Wie war es in Straubing?«, fragte sie, eng an ihn geschmiegt.

»Sehr nett. Herschel und Maja geht es gut, sie lassen dich schön grüßen.«

Da Marga die beiden nicht kannte, weil Henryk stets alleine in die Synagoge fuhr, glaubte sie ihm das. Wie hätte sie auch wissen sollen, dass es Maja in diesem Leben nie wieder gut gehen würde, und Herschel vermutlich ebenso wenig.

Obwohl Marga viele Fragen stellte und Henryk ihr regelmäßig von dem erzählte, was er erlebt hatte, wollte er nicht, dass sie zusammen mit ihm in den dunklen Abgrund sank, aus dem er so oft vergeblich versuchte wieder aufzutauchen. Es gab Dinge, die er ihr verschweigen musste. Sie war zuversichtlich, stark und gütig, und das durfte er ihr nicht nehmen. Es wäre Marga gegenüber nicht fair, und auch sein Selbsterhaltungstrieb hielt ihn davon ab, die heimische Geborgenheit noch stärker zu gefährden.

22

Marga

Wenn Henryk aus Straubing kam, war er immer verändert. Marga wusste, das lag an den Leuten, mit denen er sich dort traf, und die jedes Mal wieder eine Tür in ihm aufstießen, hinter der nur Leid lag. Aber er brauchte diese Treffen, weil er sich mit Menschen austauschen musste, die Ähnliches erlebt hatten, das verstand sie gut.

Aus dem Fenster sah sie, wie er sicher gut zwanzig Minuten im Auto sitzen blieb und ganz weit weg war, ehe er ausstieg. Vermutlich fiel ihm diese lange Zeitspanne nicht einmal auf.

Als er hereinkam, zog er sie an sich und küsste sie innig. Er hielt sie fest, und sie spürte, dass er das brauchte, um in den Augenblick zurückzukehren. Deshalb schmiegte sie sich an ihn und streichelte sanft seinen Rücken.

»Hast du Hunger?«, fragte sie schließlich. »Warum setzt du dich nicht schon mal und ruhst dich von der Fahrt aus?«

Marga deckte den Tisch für sie beide, zündete eine Kerze an und servierte das Abendessen. Die ganze Zeit über beobachtete er sie mit einem kleinen Lächeln auf den Lippen. Das freute sie sehr, löste es doch hoffentlich die Schwermut ab, die ihn in den vergangenen Wochen fest im Griff gehabt hatte. Stundenlang hatte Henryk stumm dagesessen, hatte nur vor sich hin gestarrt, nicht reden wollen und auch nicht aus dem Haus gehen.

»Das schmeckt köstlich, Marga, vielen Dank.« Er nahm sich nach vom Braten und den Knödeln. Endlich aß er wieder mehr, auch das ein gutes Zeichen.

»Ich habe schöne neue Ware eingekauft«, sagte er, als sie nach dem Essen bei einer Tasse Kaffee im Wohnzimmer saßen. Im Radio lief ein Bigbandkonzert, nichts Wildes, sondern weiche, fluffige Jazzharmonien, die zur entspannten Stimmung passten. »Unsere nächste Tour habe ich auch schon geplant. Es ist eigentlich fast alles vorbestellt, also werden wir nicht lange für den Verkauf brauchen.«

Er klang zuversichtlich. Deswegen traute sich Marga nicht zu sagen, wie überdrüssig sie des anstrengenden Wanderkaufmannslebens war. Die stundenlangen Autofahrten strengten auch sie an, den ganzen Tag waren sie weg von daheim. Sie fuhren los, ehe es hell wurde, und kamen erst nach Anbruch der Dunkelheit zurück. Und wozu? – Um ihre Ersparnisse wieder aufzufüllen, die sie zur Beantragung eines Kredits für den Laden dringend brauchten. Nur damit Henryk erneut krank wurde, kurz bevor sie einen Banktermin vereinbarten, und alles zum x-ten Mal für die Arztrechnungen geplündert werden musste. Marga war die vielen Rückschläge leid. Nach dem letzten Krankenhausaufenthalt und dem Schreck wegen des Schilddrüsentumors fühlte sie sich vollkommen entmutigt. Aber das durfte Henryk nicht merken, sie wollte für ihn stark sein. Deshalb nickte sie tapfer, trank ihren Kaffee und fragte sich, ob es jemals bergauf gehen würde.

»Was ist das?« Henryk wies auf den Brief, der oben auf der Radiotruhe lag.

»Der ist heute gekommen. Ich kann die Schrift leider überhaupt nicht entziffern, aber ich denke, er ist für dich.«

Es handelte sich um ein Aerogramm, einen Luftpostbrief, aus besonders leichtem Papier. Adresse und Absender waren krakelig in dünnen Buchstaben gekritzelt. Ein Wunder, dass der Postbote sie hatte lesen können. Die Briefmarken verrieten Marga, dass er in den Vereinigten Staaten abgeschickt worden war. Da sie kürzlich erst ein Schreiben von Henryks Freunden aus den USA erhalten hatten, war sie davon ausgegangen, dass auch dieser Brief von ihnen stammte, schließlich kannten sie dort sonst niemanden. Auf Henryks Reaktion, als er die Schrift erblickte und den Absender las, war sie nicht vorbereitet.

Er schlug die Hand vor den Mund, taumelte regelrecht und musste sich sofort wieder setzen. Mit zitternden Fingern öffnete er den Brief. Stumm überflog er das Geschriebene, seine Pupillen hüpften hin und her, als er Zeile um Zeile las, einmal, zweimal, dreimal. Derweil wartete Marga ungeduldig.

»Von wem ist er?«, fragte sie schließlich, als sie die Spannung nicht länger aushielt.

»Von meiner Schwester Rinah!«, stieß er mit rauer Stimme hervor. Als er den Blick hob, sah sie seine Augen feucht schimmern.

Marga sog hörbar den Atem ein. »Das ist die zweitjüngste, nicht wahr? Eine von den beiden, die nach Russland gegangen sind. Dann lebt sie also?«

»Nicht nur sie, offenbar auch Sady und Chaja.« Tränen liefen über seine Wangen. »Das ist … mehr, als ich je gehofft hatte. Und das nach all der Zeit.« Er ließ das Schreiben sinken. Marga kniete sich neben seinen Sessel und schloss Henryk in die Arme. Sie hielt ihn, während er vom Weinen geschüttelt wurde, bis er sich beruhigte.

»Ist das Polnisch?«, fragte sie mit einem Fingerzeig auf den Brief.

Er nickte. »Rinah lebt in Amerika, schreibt sie. Und dass sie mich über den *International Tracing Service* gefunden hat.«

Natürlich konnte Marga die fremde Sprache nicht lesen, aber mitten im Text erkannte sie Zahlen. »Ist das Rinahs Telefonnummer?«

»Ich soll sie anrufen, sobald ich diesen Brief bekommen habe, dann erzählt sie mir alles. Und dass sie jetzt nicht ins Detail gehen möchte, solange sie nicht weiß, dass es mir gut geht.«

»Dann ruf sie an!« Auch für Marga war der Gedanke aufregend, plötzlich nicht nur eine, sondern gleich drei Schwägerinnen zu haben. Für Henryk musste es geradezu überwältigend sein, so unverhofft zu erfahren, dass seine Schwestern noch lebten.

»Jetzt sofort?«

Marga sah auf die Uhr. »Klar. Bei uns ist es zwar schon Abend, aber in Amerika vermutlich früh am Morgen.«

Zu ihrer großen Freude erhob sich Henryk tatsächlich und ging mit dem Brief hinaus in den Flur zu dem Kästchen, auf dem sich das Telefon befand. Auch Marga kam aus der Hocke hoch, setzte sich zurück auf ihren Platz, nahm die Kaffeetasse und lächelte vor sich hin. Durch die offene Tür hörte sie das Klickern der Wählscheibe. Es war eine sehr lange Telefonnummer. Dann Stille. Sie hielt den Atem an. Und schließlich vernahm sie Henryks Stimme, zum ersten Mal auf Jiddisch, wie er bewegt und unendlich froh mit seiner Schwester sprach. Es wurde ein langes Gespräch. Als er endlich zurück ins Wohnzimmer kam, hatte Henryk rote Augen, aber er wirkte rundum glücklich. Er öffnete eine gute Flasche Wein, die er für eine besondere Gelegenheit aufgehoben hatte. Nachdem sie einander zugeprostet hatten, erzählte er Marga, was er erfahren hatte.

Chaja, die Mutige, seine zweitälteste Schwester, war mit den Partisanen jahrelang durch die Wälder gezogen. Sie hatte in Hüttendörfern gelebt, mit den Männern gekämpft wie eine von ihnen und sollte für ihre Tapferkeit sogar mit einer Medaille ausgezeichnet werden.

»Wie ich Chaja kenne, ist es ihr piepegal, wie die polnische Regierung sie ehren will, jetzt, da längst alles vorbei ist. Mit Sicherheit hat sie nicht vergessen, wie uns die Polen damals im Stich gelassen haben.« Dennoch war sie nach dem Krieg in ihrem Heimatland geblieben, in einer Stadt in Schlesien am Fuß des Riesengebirges namens Jelenia Góra, die früher Hirschberg geheißen hatte. Was verständlich war, hatte Rinah am Telefon gemeint, immerhin hätte sie dafür geblutet. Aber sie selber würde nie wieder einen Fuß nach Polen setzen, schon gar nicht in der derzeitigen politischen Lage.

Rinah und Sady hatte ein hartes Schicksal ereilt. Die damals siebzehn- und achtzehnjährigen jungen Mädchen waren in der Hoffnung nach Russland geflohen, dort der Verfolgung durch die Nationalsozialisten zu entgehen. Leider waren sie von den Sowjets verhaftet, getrennt und interniert worden und hatten über zehn Jahre lang Zwangsarbeit verrichten müssen. Sady in Samarkand in Zentralasien. Mittlerweile lebte sie in Tel Aviv, und so wie Henryk es verstand, würde sie ihre neue Heimat nie wieder verlassen.

Rinah hatte in einem unterirdischen Kohlebergwerk in Workuta geschuftet. Das dortige Arbeitslager für politische Gefangene, knapp nördlich des Polarkreises, gab es immer noch, es war inzwischen weltweit berüchtigt.

»Vor zwei Jahren gab es einen Aufstand«, sagte Henryk. »Meine Schwester hatte man zu diesem Zeitpunkt zwar bereits

entlassen, aber wenn ich mir vorstelle, unter welch unmensch-
lichen Bedingungen sie hat überleben müssen, bekomme ich
eine Gänsehaut.«

Er erzählte weiter, dass Rinah nach ihrer Freilassung sofort
in den Westen gereist war, zuerst nach Frankreich und Belgien,
dann nach England und von dort aus mit einem Transatlantik-
liner in die USA.

»Sie klang gut am Telefon, wie früher, ruhig und entspannt.
Und sie hat mir auch die Adressen von Sady und Chaja gegeben.
Ich werde ihnen sofort schreiben.«

Zuerst aber musste sich Henryk hinlegen. Die unerwartete
Aufregung, so freudig sie sein mochte, hatte ihn erschöpft.
Marga war ebenfalls aufgewühlt.

Während ihr Mann schlief, machte sie den Abwasch, mit eis-
kaltem Wasser, wie ihr erst ganz am Ende auffiel, so tief war sie
in Gedanken versunken.

Henryk war nicht mehr der Einzige seiner Geschwister, der
überlebt hatte. Würde die Freude über seine drei Schwestern
seine Schwermut vertreiben? Oder sie zumindest so weit lindern,
dass er nicht ständig von einer körperlichen Krise in die nächste
schlitterte? War das überhaupt möglich?

»Ich bin ja weder Ärztin noch Psychologin, aber wenn es irgendetwas gibt, das ihm ein Glücksgefühl bescheren könnte,
dann doch sicher das«, murmelte sie vor sich hin, während sie
einen Topf mit einer Geschirrbürste bearbeitete. Sie wünschte
ihm so sehr, dass er wieder mehr Lebenslust bekam. Insgeheim
hatte Marga gehofft, es könne ein gemeinsames Kind sein, das
ihm diese Freude zurückgab, aber das war ihnen leider bisher
versagt geblieben. Sie blickte vom Spülbecken hoch. Ihr Gesicht
spiegelte sich in der dunklen Fensterscheibe. Einunddreißig

Jahre war sie nun, eigentlich im besten Alter. Warum nur wurde sie nicht wieder schwanger? War damals etwas schiefgegangen, als sie das Kind verloren hatte und im Krankenhaus gewesen war? Konnte sie am Ende gar nicht mehr empfangen? Das wollte sie gar nicht denken.

Trotz der unglaublichen Neuigkeiten und des Telefonats, das ihn so glücklich gemacht hatte, wurde Henryk nachts wieder von einem Albtraum heimgesucht. Marga musste ihn wach rütteln, dabei schreckte er hoch und schubste sie zur Seite.

»Tut mir leid, tut mir leid!«, stieß er panisch hervor. »Habe ich dir wehgetan?«

»Alles in Ordnung. Du hast schlecht geträumt.«

Er legte sich wieder hin. »Wahrscheinlich haben mich all die Erinnerungen einfach zu sehr aufgewühlt. Rinahs Stimme, weißt du, wann ich sie zuletzt gehört habe? 1939, vor sechzehn Jahren. Damals war sie noch fast ein Kind – und trotzdem älter als ihre Jahre. Rinah war immer schon ruhig, wissbegierig und sehr neugierig auf die Welt. Ich kann mir gut vorstellen, dass sie damals die treibende Kraft hinter der Idee gewesen ist, nach Russland zu flüchten. Wie du weißt, habe ich selber das nicht mitbekommen, weil ich ja zu der Zeit als Soldat im Krieg war. Nach meiner Rückkehr habe ich unseren Eltern heftige Vorwürfe gemacht. Das war im Ghetto. Und kurz darauf habe ich mich entschuldigt und alles zurückgenommen. Die Verhältnisse, unter denen wir leben mussten, waren sicher schlimmer als eine Flucht nach Osten, habe ich damals gedacht. Mittlerweile bin ich mir nicht mehr sicher – zehn Jahre Zwangsarbeit, was das mit einem Menschen anstellen kann. Gnadenlos ist so was. Rinahs Stimme hat sich überhaupt nicht verändert, man hat ihr nicht angehört, was sie durchgemacht hat. Eigenartig, nicht wahr?« Er überlegte kurz. »Wir sehen aus wie immer, hören uns an wie immer, tun so, als ob wir unser Leben leben wie immer – und dennoch werden wir nie mehr dieselben sein. Nicht alle unsere Narben sind so sichtbar wie die Bilder auf meiner Haut. Es ist grausam, wie lange Rinah und Sady eingesperrt waren.«

»Aber sie haben überlebt. Und ihnen sind das Ghetto und das KZ erspart geblieben.«

»Ich frage mich, ob der Unterschied zwischen dem Gulag und einem Konzentrationslager wohl so groß ist. Nach allem, was man in den Nachrichten hört … Sicherlich sind die beiden auch fürs Leben gezeichnet. Aber wie Chayim und Jona waren auch sie noch jünger, als es passiert ist, und vielleicht stecken sie es deshalb leichter weg.«

Marga war nicht überzeugt davon, dass es am Alter lag, wie gut jemand mit einem Trauma umgehen konnte. Sie vermutete eher, dass es vor allem eine Charakterfrage war. Und sie war der Meinung, dass Henryk eine außerordentlich starke Persönlichkeit sein musste. Er hatte ihr oft von seinem Boxtraining erzählt, das er vor dem Krieg in Sosnowiec über viele Jahre hinweg betrieben und das ihm so große Freude bereitet hatte. Sicherlich hatte ihn das körperlich gestählt, vielleicht sogar psychisch. Womöglich aber lag der kämpferische Geist einfach in der Familie Stattler, und auch Chaja, Rinah und Sady hatten deswegen überlebt.

»Habe ich eigentlich mal erwähnt, dass ich es fast aus Fünfteichen rausgeschafft hätte?«, fragte er unvermittelt.

Der abrupte Themenwechsel verwirrte Marga. Hatte sein Albtraum davon gehandelt?

»Ich war unter den ersten Gefangenen aus Auschwitz, die im Herbst 1943 dorthin kamen. Fünfteichen war ein Sub-Camp des Konzentrationslagers Groß-Rosen und nur gebaut worden, um Zwangsarbeiter für die Krupp-Berthawerke unterzubringen. Nachts haben wir dort in Baracken geschlafen und tagsüber in der Waffenfabrik geschuftet. Es gab keine Gaskammern in Fünfteichen, und auch keine Krematorien. Ich habe allerdings sehr schnell begriffen, dass mir hier zwar keiner die Haut abziehen würde, ich aber durch Schwerstarbeit vernichtet werden sollte.«

Gequält schloss Marga die Augen, doch das sah Henryk im Dunkel des Schlafzimmers nicht. Immer wenn sie daran dachte, warum man ihn tätowiert hatte, schnürte es ihr das Herz zusammen. Ihn so darüber reden zu hören, wie er die Sache geradlinig beim Namen nannte, ließ sie schaudern. Jedoch nach den letzten Wochen, in denen er nur stumm vor sich hin gestarrt hatte, war es sicher ein gutes Zeichen, dass er nun Redebedarf zeigte. Selbst wenn es mitten in der Nacht war.

»Wer zu schwach zum Arbeiten war, wurde zurück nach Auschwitz gekarrt und direkt weiter in die Gaskammer. Dieses Schicksal blühte uns irgendwann allen, das wussten wir. In der Fabrik habe ich nicht nur Maschinen bedient, ich musste schwere Stahlblöcke heben, weil ich so viel Kraft in den Armen hatte. Das habe ich bis Januar 1945 durchgehalten, dann haben sie mich ins Hauptlager nach Groß-Rosen verlegt. Dort war ich zwar nur einen Monat, aber wegen der katastrophalen hygienischen Verhältnisse bin ich sofort krank geworden. Ab dann war es vorbei mit den starken Muskeln und der Kraft.«

Obwohl sie einander schon lange kannten, gab es immer wieder neue schreckliche Details, die sie noch nicht von Henryk wusste. Marga griff nach seiner Hand und verschränkte ihre Finger mit den seinen.

»Jedenfalls gab es in Fünfteichen reichlich Widerstand«, fuhr er fort. »Nicht nur, was die Sabotage der Kanonenverschlüsse anging, die wir gebaut haben, sondern tatsächlich Ausbrüche. Wurde man erwischt, haben sie einen entweder gleich erschossen oder später während des Appells aufgehängt. Immer mit einem Schild auf der Brust, auf dem stand *Ich bin wieder da.* Aber viele konnten fliehen, da gab es ein System, das richtig gut funktioniert hat. Die besten Chancen hatte man, wenn man sich direkt aus der Fabrik absetzte, das war leichter als aus dem Lager. Wir hatten eine Liste, wer wann dran war. Als Nächster wäre ich an der Reihe gewesen – aber dann ist das gesamte Netzwerk aufgeflogen, und vorbei war es mit meiner Aussicht auf Freiheit.«

»Hast du dich manchmal gefragt, was geschehen wäre, wenn dir die Flucht damals gelungen wäre?«

Marga stützte sich auf einen Ellenbogen und sah hinunter auf Henryks Gesicht. Sie konnte nur die Umrisse seines Kopfes erkennen und das Glitzern seiner Augen.

»Natürlich, oft sogar. Ich wäre nicht nach Groß-Rosen gekommen, hätte nicht bei Schnee und Kälte im Dreck liegen müssen, hätte mir keinen Typhus geholt und wäre nicht in einem Todesmarsch nach Seeberg getrieben worden, wo man mich beinahe noch umgebracht hätte.« Er streichelte über Margas Wange. »Wer weiß, vielleicht hätte ich mich sogar noch irgendwelchen Partisanen anschließen und ein paar Nazis umbringen können.«

»Aber wir hätten uns nie kennengelernt.«

»Deine Liebe ist das Einzige auf dieser Welt, das mir teuer ist. Ohne dich wäre ich nicht mehr am Leben, Marga. Nur mit dir ergibt jeder Tag einen Sinn für mich.« Sanft umfasste er ihr Kinn und zog ihr Gesicht zu sich.

In den 1950er Jahren blühte Mairing auf. Marga beobachtete, wie neue Läden entstanden, die Hauptstraße durch den Ort geteert wurde und die Menschen sogar hier, in der niederbayerischen Provinz, das Wirtschaftswunder spürten. Besonders das Kaufhaus Krantz erweiterte sein Sortiment. Neben Stoffen, Gardinen, Wäsche und Miederwaren gab es nun auch eine große Abteilung für Konfektion. Hübsche Verkäuferinnen berieten die Kundinnen und boten eine ständig größer werdende Auswahl an Röcken, Blusen und Kleidern an.

»Wir haben unsere Chance verpasst«, sagte Marga frustriert zu Lotte, die den Kinderwagen über den Kirchplatz und am Eingang des Kaufhauses vorbeischob. Kurz blieben die beiden stehen und bewunderten die hübsch dekorierte Auslage. »Bei Krantz gibt es alles, was das modebewusste Damenherz begehrt. Wer würde uns da noch brauchen?«

»Mach dir keine Sorgen, Marga. Die Nachfrage wächst doch ständig, das sehe ich auch bei uns im Laden. Wenn ihr so weit seid, werden alle gern bei euch einkaufen. Mairing verträgt mehrere Bekleidungsgeschäfte, und die Familie Krantz ein wenig Konkurrenz.« Lotte sah an sich hinunter und deutete auf einen Rock im Schaufenster. »Ich bräuchte einen neuen«, sagte sie. »Aber der ist mir zu teuer und schaut altbacken aus. Kann ich bei Henryk einen Stoff bestellen, in dem ich nicht wie eine Dreifachmutter aussehe, sondern wieder wie die Lotte aus Seeberg?«

Obwohl sie das in einem scherzenden Ton leicht dahingesagt hatte, merkte Marga, dass es der Freundin schwer ums Herz war.

»Ist es dir zu viel momentan?«, fragte sie verständnisvoll.

Das traf einen wunden Punkt, sofort flossen bei Lotte die Tränen. Hastig, um nicht heulend vor dem Textilhaus Krantz zu stehen, schob sie den Kinderwagen weiter, vorbei am Gasthof Alte Post, aus dem just in dem Moment drei laut palavernde Männer traten.

Lottes kleiner Sohn wachte auf und fing an zu weinen. Beherzt nahm Marga der Freundin den Kinderwagen ab, machte auf dem Absatz kehrt und steuerte ihre übliche Bank auf dem Kirchplatz an. Sie bedeutete Lotte, sich zu setzen, und hob das Kleinkind auf ihren Arm, wo es sich umgehend beruhigte.

»Tut mir leid, ich weiß gar nicht, was mit mir los ist«, schluchzte Lotte.

»Vermutlich bist du erschöpft?«

So sah sie zumindest aus, blass, dünn und mit Augenringen.

»Er schläft noch immer nicht durch«, schniefte sie mit einem Fingerzeig auf ihren Sohn. »Und die anderen beiden sind ebenfalls extrem anstrengend. Trotzdem wird von mir erwartet, dass ich jeden Tag auch noch im Laden stehe und daheim den Haushalt mache, wasche, koche, putze, bügle. Ich kann nicht mehr.«

»Du Arme. Das würde wirklich jedem zu viel werden.«

»Der Franz ist zwar auch im Geschäft, aber danach geht er erst mal ins Wirtshaus oder zum Sportverein, und daheim bleibt alles an mir hängen. So habe ich mir das nicht vorgestellt. Ich hab überhaupt kein Leben mehr!«

Marga dachte an ihren eigenen Alltag. Zwar hatte sie keine Kinder, ein Umstand, der sie zusehends melancholischer stimmte, aber ansonsten drehte sich auch ihr Dasein ausschließlich um die Arbeit, den Haushalt und um Henryk. Früher hatte sie im Kirchenchor Solosopran gesungen und Steirische Harmonika gespielt. Sie hatte sich sogar selbst beigebracht, das Instrument zu spielen, derart viel Muße hatte sie gehabt. Seit Jahren schon lag die Knopfharmonika nun in ihrem Koffer, und auch zum Singen ging Marga nicht mehr.

Sie seufzte. »Ich verstehe dich gut, Lotte. Du hast zwar sicherlich noch weniger Zeit als ich, aber auch ich muss sagen, dass mir alles manchmal ganz schön zusetzt. Weißt du, Henryk geht es gesundheitlich phasenweise richtig schlecht. Wir rennen von Arzt zu Arzt, und keiner kann ihm wirklich helfen, es heißt immer nur Trauma-Spätfolgen, bla, bla, bla. Erst kürzlich war er wieder länger in der Klinik. Und dieses ständige Herumgereise durch den Bayerischen Wald geht uns beiden ordentlich an die Substanz.«

»Aber Henryk und Franz, die spielen noch immer regelmäßig mit den anderen Karten, gell?« Lotte hatte aufgehört zu weinen und sah Marga aufmerksam an. Worauf wollte sie hinaus?

»Ja, jeden zweiten Dienstag.«

»Sag mal, was hältst du davon, wenn wir uns auch regelmäßig treffen, einen fixen Termin vereinbaren, so wie die Kartenspieler, nur für uns?«

Oh, wie verlockend das klang! »Zum Beispiel jeden zweiten Donnerstag oder Freitag, meinst du?«

»Jede zweite Woche kriege ich vermutlich nicht hin, aber einmal im Monat müssten wir doch schaffen. Das steht uns zu, Marga. Warum treffen wir uns nicht jeden ersten Freitag im Lobner auf Kaffee und Torte – ja, Torte, nicht nur so 'n trockener Kuchen! Und wenn wir danach noch ein Likörchen wollen, gönnen wir uns das auch noch. Ich könnte Johanna fragen, ob sie dazukommt. Und vielleicht noch Friedel und Angelika. Die beiden habe ich kürzlich erst getroffen, und sie finden es sehr schade, dass man sich kaum mehr sieht.«

»Gute Idee. Ja, mach das. Friedel und Angelika waren immer sehr nett. Ich habe schon seit einer Ewigkeit nichts mehr von ihnen gehört.«

So ging es Marga mit vielen Bekannten von früher, und nicht nur Zeitmangel war der Grund, weshalb der Kontakt abgerissen war.

»Aber sag ihnen bitte, dass ich auch dabei sein werde. Nur, damit sie Bescheid wissen.«

»Marga.« Betroffen sah Lotte auf. »Schneiden sie dich immer noch?«

Sie nickte, musste die Tränen zurückhalten und vergrub kurz ihr Gesicht an der Schulter des Kleinkinds, das sich an sie schmiegte.

»Die Frau von Lukas Krantz hat neulich demonstrativ die Straßenseite gewechselt, als sie mich mit Henryk gesehen hat. Und eine Bekannte meiner Mutter, so eine alte Schreckschraube, ich mag ihren Namen gar nicht nennen, hat mir erst letzte Woche ins Gesicht gesagt, dass ich eine Schande für meine Familie bin und es eh besser wäre, wenn Henryk und ich uns nicht fortpflanzen.«

Lotte schnaubte. »Was ist das denn für eine blöde Kuh?«

»Ach, und erinnerst du dich noch an Renate Grünmeier?«

»Du meinst diese BDM-Führerin, die so humorlos war, dass sie nur das Gesicht verziehen konnte, anstatt zu lächeln?«

»Genau! Die ist ja mittlerweile ganz dicke im Frauenbund, anscheinend braucht sie immer irgendeine Organisation, bei der sie sich wichtigmachen kann. Jedenfalls hab ich von einer Bekannten gehört, dass sie hintenrum über mich lästert. Wie viel ich mir auf meinen Mann einbilden würde. Ein Einheimischer wäre mir nicht fein genug gewesen, und nun hätte ich meine Aussprache schon der von Henryk angepasst und würde so tun, als könne ich nicht mehr richtig Bayerisch. Dabei bräuchte ich gar nicht so hochnäsig zu sein, weil früher hätten sie uns beide gleich zusammen abgeholt.« Marga schnaufte durch, sie hatte sich in Wut geredet.

Lotte war fassungslos. »Unverschämtheit! Alle drei! Dabei sind das Frauen, und wir sollten eigentlich zusammenhalten. Aber mit ihren spitzen Zungen richten sie noch mehr Schaden an als die Männer. Denk dir nichts, Marga. Wir wissen doch, dass die nix im Kopf haben und nur mit ihren eigenen armseligen Leben unzufrieden sind.«

»Ich hatte einfach gehofft, dass es irgendwann aufhört. Nun sind Henryk und ich schon so lange verheiratet, er gibt sich Mühe mit allen Leuten hier und ist doch weiß Gott kein Exot mehr. Er gehört genauso hierher wie du, ich und diese Lästermäuler. Kann es denn nicht einfach mal wieder normal werden?«

Lotte nahm Marga den Jungen ab und setzte ihn zurück in den Wagen, dann gingen sie gemeinsam weiter.

»Ganz ehrlich? Vermutlich nicht. Das Einzige, was du tun kannst, ist dir ein noch dickeres Fell zuzulegen und sie zu ignorieren.«

»Das gelingt mir meistens ganz gut. Aber ab und an brennt mir die Hutschnur durch.«

Lotte lächelte sie an. »Mir auch. Ist doch nur menschlich. Umso wichtiger ist es, dass wir uns regelmäßig eine Auszeit gönnen. Also, ich sage den anderen Bescheid – und mach dir bitte wegen Friedel und Angelika keinen Kopf. Die zwei waren im-

mer ehrliche und nette Mädels. Niemals würden die sich verhalten wie eine Renate Grünmeier. Wir treffen uns gleich am
Freitag um siebzehn Uhr im Café Lobner und lassen es uns ein
wenig gutgehen.«

23

1957, Henryk

Er merkte wohl, dass Marga sich nach nichts mehr sehnte als nach einem Kind, und es schmerzte ihn, ihr diesen Herzenswunsch nicht erfüllen zu können. Sie wollte eine richtige Familie. Und auch in Henryk war bereits kurz nach der Hochzeit die Hoffnung aufgekeimt, in diesem Leben doch noch ein Vater zu werden, der wenigstens von einem seiner Kinder überlebt wurde. Seine Enttäuschung darüber, dass es nicht klappte, ließ er sich niemals anmerken. Es wäre Marga gegenüber, die so viel für ihn tat und sich aufopfernd um sein Wohl kümmerte, nicht fair gewesen. Stattdessen gab er sich zuversichtlich, wenn das Gespräch darauf kam. In stillen Stunden aber betete er um ein Kind. Bisher hatte Gott Henryk noch nicht erhört, obwohl er doch ihr gemeinsamer war, den auch Marga darum anflehte.

Seit sich seine Frau regelmäßig mit ihren Freundinnen traf, stellte Henryk eine Veränderung an ihr fest. Schon immer war sie ein starker, geradliniger Mensch gewesen, scheute sich nicht, ihre Meinung zu äußern, wenn sie dabei auch stets taktvoll blieb. Die Sticheleien der Mairinger, denen sie im Alltag begegnete, überging sie meist gutmütig und mit der tiefen Überzeugung, dass es nichts brachte, sich auf einen Streit einzulassen, da sie doch einfach nur in Frieden hier leben wollte. Selbstverständlich ärgerte es sie, wenn abfällig über Henryk gesprochen wurde und darüber, was sie sich mit ihm aufgehalst hatte. Marga empfand es als Ungerechtigkeit, dass sich Menschen ein Urteil erlaubten, nur weil er Jude war, und hätte sicherlich allen am liebsten ins Gesicht geschrien, was sie dachte. Daran änderten auch die Jahre nichts, im Gegenteil. Je mehr Zeit verging, desto beleidigender fand sie es, noch immer Diskriminierungen zu begegnen, denen sie vor ihrer Ehe niemals ausgesetzt gewesen war. Was Marga aber niemals infrage stellte, waren ihre unerschütterlichen Gefühle für Henryk, und dafür war er ihr jeden einzelnen Tag dankbar.

Daher freute er sich darüber, dass sich in diesen Zeiten wieder eine mädchenhafte Leichtigkeit bei seiner Frau bemerkbar machte, die ihn an die ersten Tage ihres Kennenlernens erinnerte. Wenn sie von einem Treffen mit den Freundinnen zurückkam, strahlte sie etwas Heiteres aus, und es gelang ihr oftmals, diese Stimmung tagelang mitzunehmen. Henryk fand das wunderbar. Marga brauchte Gesellschaft, und zwar nicht nur die seine, sondern die gleichaltriger Frauen, mit denen sie offen reden konnte. Besonders in Lotte hatte sie natürlich eine loyale Verbündete, aber das Verhältnis zu Johanna, Friedel und Angelika, die er inzwischen ebenfalls kennengelernt hatte, schien ebenso vertrauensvoll zu sein.

An den äußeren Umständen hatte sich nichts geändert, und das würde es wohl auch nicht mehr. Er war der Fremde in Mairing, der einzige Jude – doch mittlerweile hielten ihn manche sogar schon für einen guten Juden, weil sie merkten, dass Henryk hilfsbereit und nahbar war. Bereits der Ausdruck *guter Jude,* den sie sich nicht scheuten laut zu äußern, stieß ihm auf wie bitteres Sodbrennen. Es sollte wohl ein Lob sein, so als ob man einem Hund den Kopf tätschelte, weil er überraschend brav sitz gemacht hatte. Vermutlich merkten diejenigen, die ihn so nannten, selber nicht einmal, wie diskriminierend diese Bezeichnung war. Es würde niemand auf die Idee kommen, die Bayern in gute Bayern und schlechte Bayern einzuteilen und mit süffisantem Grinsen beim Kartenspielen zu sagen: *Du bist eigentlich schon in Ordnung, ein richtig guter Bayer bist du.* Warum musste er sich als Jude dann so etwas anhören? Und sich auf die Zunge beißen, dazu schweigen, nur lächeln und nicken?

Sinnlos, einen weiteren Gedanken daran zu verschwenden. Von Worten wollte Henryk sich nicht mehr verletzen lassen, schon gar nicht, wenn sie von Menschen ausgesprochen wurden, die ihm absolut nichts bedeuteten. Sie trafen ihn so belanglos wie Regen das Fell jenes getätschelten Hundes, und wie eben dieser schüttelte er sie einfach ab.

Doch Margas veränderte Ausstrahlung, ihr inneres Lächeln, wie er es für sich nannte, hatte Auswirkungen auf alles. So kam es Henryk zumindest vor.

Der Stoffverkauf lief gut wie nie, seine Gesundheit stabilisierte sich, und ihre Finanzen erholten sich so weit, dass sie an einem klirrend kalten Tag im Dezember einen Termin bei der örtlichen Sparkasse vereinbarten, um über einen möglichen Kredit zu sprechen.

»Servus Marga, wie geht's dem Papa?«, fragte der Bankangestellte zur Begrüßung.

Henryk hatte sich mittlerweile daran gewöhnt, dass die Leute zuerst mit Marga redeten, denn sie war immerhin einmal eine von ihnen gewesen. Man kannte sich in Mairing, beziehungsweise man kannte die alteingesessene Familie Heinrich, den Jäger des Grafen Seeberg, seine Frau und seine Tochter.

»Danke, Ulli, so weit, so gut. Gesundheitlich hat er halt seine Zipperlein, Mama auch. Eigentlich sollten die zwei nicht mehr allein in der Wohnung hinter den alten Schlossmauern sitzen. Der Graf kommt sowieso kaum mehr hierher, und die beiden sind ohnehin im Rentenalter. Auch deswegen sind wir heute hier. Henryk und ich möchten ein Haus bauen, ein kombiniertes Wohn- und Geschäftshaus, in dem auch meine Eltern mit unterkommen können.«

Ulli hieß, laut dem Schild auf seinem Schreibtisch, Ulrich Zeilhofer und war vom Alter her eindeutig näher an Henryk denn an Marga. Er hatte warme braune Augen, ein rundes Gesicht und leider schon derart schütteres Haar, dass es nur noch einen schmalen Kranz über den Ohren bildete. Er blätterte in einer dünnen Akte vor sich auf dem Tisch. Henryk und Marga, die ihm gegenübersaßen, konnten nicht erkennen, was sich darin befand, aber Ulrich Zeilhofer las irgendein Schreiben so aufmerksam durch, dass zwischen seinen Augenbrauen eine steile Furche entstand. Die beiden warteten geduldig, bis er aufsah und sich die Falte leidlich glättete. Ganz verschwand sie allerdings nicht.

»Ah ja, die Unterlagen habe ich alle vorliegen.« Er kramte ein wenig in den Papieren herum, Henryk hatte den Eindruck, das machte er, um Zeit zu gewinnen. »Also, äh, ein Grundstück hättet ihr schon?«

Henryk ärgerte sich. Was sollte diese Frage? Das Grundstück konnten sie natürlich erst kaufen, wenn sie einen Kredit bekämen! Marga legte sanft eine Hand auf Henryks Knie, was Ulrich Zeilhofer von seinem Platz aus nicht sah.

»Genau, Ulli, das Grundstück haben wir schon im Auge, die Adresse steht oben auf der Planskizze des Hauses. Es liegt zwar

295

nicht direkt im Zentrum, dafür aber in einem Neubaugebiet, in dem es auch eine Metzgerei und einen Lebensmittelladen gibt, und kürzlich habe ich erfahren, dass in der Nachbarschaft noch einige Reihenhäuser gebaut werden sollen.«

»Hm, hm, das klingt alles nicht schlecht. Was sagt denn der Papa dazu, Marga?«

Henryk platzte gleich der Kragen. Glaubte dieser Ulli, er rede hier mit einem kleinen Mädchen, das erst Papis Erlaubnis einholen musste? Marga schien seinen Ärger zu spüren, der Druck ihrer Hand verstärkte sich.

»Er und Mama wünschen sich nichts sehnlicher, als dass Henryk und ich endlich ein Haus und ein Geschäft in Mairing bekommen, das kannst du dir ja denken. Mein Mann hat schon eine lange Kundenliste. Die Leute warten nur darauf, dass wir endlich loslegen. Wir wollen qualitativ hochwertige Konfektionsware für Damen und Herren anbieten. Und Henryk verfügt auch über Kontakte zu Herstellern von robuster Schlechtwetterkleidung für draußen – da ist die Nachfrage besonders hoch, denn so was wird bei uns in der Gegend überhaupt nicht angeboten. Ach ja, und mit einer Textilreinigung werden wir auch zusammenarbeiten. Soweit ich weiß, gibt es bisher nur eine einzige in Mairing, das reicht bei Weitem nicht.«

Langsam wurde Henryk klar, dass Marga und Ulli das Ganze unter sich ausmachen würden. Seine Frau verkaufte ihrer beider Anliegen hervorragend. Er hörte ihr zu, wie sie das geplante Unternehmen schilderte, und fand sie äußerst überzeugend.

Ulrich Zeilhofer anscheinend auch, denn nach einigen weiteren Fragen, die Henryk teils abstrus, teils unverschämt fand, auf die Marga aber charmant und schlau antwortete, erhielten sie die Zusage für den Kredit. Beim Aushandeln der konkreten

Konditionen durfte Henryk dann sogar mitmachen. Offenbar erachtete Ulrich Zeilhofer es als unschicklich, mit einer Dame herumzufeilschen. Und genau das war es, worum es ging. Um jedes halbe Prozent wurde gekämpft. Als man sich schließlich einig war, wurden Hände geschüttelt.

Während sie darauf warteten, dass die finalen Unterlagen von der Schreibkraft im Vorzimmer korrekt getippt wurden, gab es sogar einen Kaffee für die Stattlers.

Und dann unterschrieben Henryk und Marga den Vertrag über den Kredit, der ihnen nicht nur ein eigenes Dach über dem Kopf, sondern auch ein Auskommen als Geschäftstreibende in Mairing bescheren würde.

Die Zukunft hatte endlich begonnen.

So zumindest sah es Marga, sie freute sich über die Maßen und überredete Henryk, direkt von der Bank in ein Lokal zu gehen und Sekt zu bestellen.

Er selbst sah dem Ganzen mit einem lachenden und einem weinenden Auge entgegen, trug es doch eine absolute Endgültigkeit in sich. Bis an sein Lebensende würde Henryk nun in Mairing bleiben, das hatte er mit seiner Unterschrift an diesem Tag offiziell besiegelt. Doch sein Platz war an Margas Seite. Und in Marga steckten Energie und Ehrgeiz. Sie war die treibende Kraft hinter der Geschäftsgründung, sie wollte, dass sie es zu etwas brachten. Was Henryk dazu beitragen konnte, würde er tun.

Es dauerte über ein Jahr, bis das Haus stand und sie nicht nur umziehen, sondern auch das Geschäft eröffnen konnten. Ein absoluter Meilenstein in ihrem gemeinsamen Leben.

Henryk war froh, dass Margas Energie sie an diesen Punkt gebracht hatte. Voller Stolz blickte er sich um.

»Bist du zufrieden?«, fragte Marga. Sie stand neben ihm in einem grauen Kostüm, das ihr blondes Haar und ihre blauen Augen besonders vorteilhaft zur Geltung brachte. Auch Henryk trug einen Anzug aus der neuesten Kollektion, den er sich zur Geschäftseröffnung gegönnt hatte. Schließlich waren sie ab sofort die besten Aushängeschilder für ihr Unternehmen.

Er nickte lächelnd. »Ja, Marga, ich bin wirklich ganz und gar zufrieden.«

Sie hatten die erste Nacht in der neuen Wohnung geschlafen, direkt über den Geschäftsräumen. Gleich würden sie zum allerersten Mal die Ladentür aufsperren. Auf dem großzügigen Tresen neben der Kasse stand ein frischer Blumenstrauß. Alles roch neu, das ganze Haus, die Ware. Henryk horchte in sich hinein. Zum ersten Mal seit Kriegsende fühlte auch er sich wirklich wie neu. Der Laden war eine große Chance, nicht nur wirtschaftlich, sondern auch, um sich selber neu zu definieren. Er war immer noch hier, unbesiegt, ungebrochen. *Textilien Stattler* – Henryks Name stand sogar in goldenen Lettern auf der gläsernen Eingangstür. Er erlaubte sich, die Genugtuung auszukosten, die ihn angesichts dessen erfüllte, und ein Lächeln breitete sich auf seinen Lippen aus. Vielleicht würde sogar seine Schwester Rinah ihn irgendwann besuchen kommen und ihren Familiennamen über der Ladentür lesen können. Es fühlte sich herrlich an!

Zwei flache Stufen führten vom Gehweg ins neue Geschäft. In getrennten Verkaufsräumen boten die Stattlers ein ausgewähltes Sortiment an Herren- und Damenmode an. Licht fiel durch das große Schaufenster herein, durchflutete die Räume und sorgte für eine freundliche Atmosphäre. Marga hatte die Auslage liebevoll dekoriert und ein Schild hineingestellt, das auf die Annahme für die Textilreinigung hinwies. Sie hatte an alles gedacht. Henryk war überzeugt davon, dass ihr die neue Aufgabe Freude bereiten würde – ebenso wie ihm.

Erfreulicherweise ließ die Kundschaft nicht auf sich warten. Schnell sprach es sich im gesamten Umland herum, dass es bei Stattlers in Mairing hervorragende Qualität und geschmackvolle Mode gab. Wie Marga es dem Herrn von der Bank vorausgesagt hatte, erwies sich besonders die strapazierfähige Berufskleidung als Renner. Große Baufirmen bestellten die Schlechtwetterkleidung aus leuchtend gelbem Stoff für all ihre Mitarbeiter. Der Absatz lief derart gut, dass Henryk permanent am Nachordern war.

Und seine Marga blühte im Geschäft tatsächlich regelrecht auf. Sie beriet die Kundschaft, plauschte mit den Leuten und ging abends zufrieden nach oben in die Wohnung.

Natürlich lästerte die Konkurrenz, besonders Lukas Krantz, wie immer, aber den nahmen weder Marga noch Henryk ernst. Sie verbrachten fast all ihre Zeit zusammen, außer wenn er in die Synagoge fuhr und sie sonntags in die Mairinger Dorfkirche ging. Ihr altes Gotteshaus in Seeberg besuchte Marga nicht mehr. Konrad und Helene zogen zu ihnen in die Wohnung, es bestand also kein Grund mehr, hinauf zum Schloss zu fahren, und so spielte sich ihr Leben ausschließlich in Mairing ab.

»Bei Krantz wird modernisiert«, teilte Marga Henryk an einem Sonntag im Frühling mit, als sie vom Gottesdienst heimkam. »Das musste mir Lukas natürlich brühwarm mitteilen. Stell dir vor, er konnte nicht mal bis nach der Kirche warten. Dann stehe ich ja meistens mit Lotte und Johanna noch ein wenig auf dem Kirchplatz für ein Pläuschchen. Nein, er hat extra vor dem Gottesdienst auf mich gewartet und ist auf mich zugestürzt, sobald er mich hat kommen sehen. Sogar Frau und Kind hat er dafür stehen lassen.«

»Lächerlich«, brummte Henryk. Früher war er eifersüchtig auf Lukas Krantz gewesen. Jünger, wohlhabender, alteingesessen und offensichtlich schwer verliebt in Marga, hatte er in ihm natürlich einen Konkurrenten gesehen, obwohl Marga ihm immer versichert hatte, dass sie Lukas' Gefühle nicht erwiderte. Im Lauf der Jahre hatte sich der Frust wegen Margas Zurückweisung bei Lukas in einer tiefgreifenden Abneigung gegen Henryk manifestiert. Auch das ein vollkommen normaler Prozess und sicherlich völlig harmlos. Dennoch gelang es Henryk nicht immer, über den Dingen zu stehen. Manchmal regte es ihn einfach ungemein auf, was Lukas für einen Blödsinn verzapfte. »Was hat er denn dieses Mal von sich gegeben?«

»Er hat gesagt, wir brauchen uns nicht einzubilden, dass wir eine Konkurrenz für das Textilhaus Krantz wären, mit unserem kleinen Lädchen und den billigen Klamotten, die du bei irgendwelchen jüdischen Marktschreiern einkaufen würdest. Weil die Leute hier auf Qualität achten und diese schon erkennen würden.« Sie kicherte. »Deswegen musstest du auch diesen Monat bereits zweimal nachordern, nicht wahr? Das habe ich dem Lukas natürlich nicht auf die Nase gebunden.«

»Was hast du geantwortet?«

»Dass ich ihm zustimme, die Kundschaft weiß Qualität zu schätzen – und deswegen müssten wir uns keine Sorgen machen. Dann habe ich ihn einfach stehen lassen und bin in die Kirche gegangen.«

Auch Henryk lächelte. »Sehr beherrscht und überlegt gehandelt, mein Schatz. Vermutlich hat er es aber nicht kapiert, oder?«

»Egal. Es ist mir erstaunlich leichtgefallen, mich zusammenzureißen, mit dem beruhigenden Wissen im Hinterkopf, dass
unser Geschäft gut läuft.«

Die folgenden Jahre waren angenehm, das musste Henryk wirklich anerkennen. Weitaus schöner, als er es sich hätte träumen
lassen. Was er sich während seiner langen Gefangenschaft vollkommen abgewöhnt hatte, war jede Form einer Erwartungshal-
tung. Wenn man nicht wusste, ob man am nächsten Morgen
überhaupt noch am Leben war, stellte man sich den Folgetag
und was er bringen sollte, gar nicht erst vor. Obwohl diese Zeit
viele Jahre zurücklag, hatte sich Henryk seinen inneren Gleichmut bewahrt. Daher war er nun beinahe täglich überrascht
darüber, wie gut sich die Dinge entwickelten.

Auch der rege Briefwechsel mit seinen drei Schwestern bereitete ihm Freude. Obwohl sie alle weit voneinander entfernt lebten, rückten sie als Geschwister wieder zusammen. Sie tausch-
ten sich nicht nur über die Vergangenheit aus und schwelgten
in Erinnerungen an die Familie, sondern erzählten einander
von ihren neuen Leben. Dass er Chaja und Sady wahrscheinlich nie wiedersehen würde, musste Henryk akzeptieren. Er selber war nicht in der Lage zu reisen, und seine beiden Schwestern wollten nicht nach Deutschland kommen. Auch das
verständlich. Jedoch bei Rinah, der Globetrotterin, hegte Henryk die Hoffnung, dass sie ihn eines Tages besuchen kommen
würde.

Zwischen kaufmännischen Erfolgen, Tanzabenden mit
Marga, dem Austausch mit seinen Schwestern und geselligem
Beisammensein mit Bekannten ließen ihn die Schatten des Er-
lebten allerdings nie ganz in Frieden.

Und eines Tages tauchte die Vergangenheit sogar konkret bei ihnen auf.

»Es ist für dich«, sagte Marga. »Deine Schwägerin aus Malmö ist am Apparat.« Sie reichte ihm den Telefonhörer, ihr Gesichtsausdruck war dabei vollkommen neutral, und ging vom Flur in die Küche, um ihn ungestört sprechen zu lassen.

Henryk setzte sich auf den Stuhl neben der Telefonkonsole und atmete tief durch. »Rahel, ich grüße dich. Wie geht es dir? Wir haben lange nichts voneinander gehört«, sagte er dann auf Polnisch.

»Hallo, Henryk. Danke, mir geht es gut. Ich habe geheiratet und ein Kind bekommen, kurz nachdem du dich dazu entschlossen hattest, nach Deutschland zurückzugehen.«

Diese Information überraschte ihn. Zwar hatte er damals mitbekommen, dass Rahel mit Männern ausgegangen war. Soweit er sich erinnern konnte, war allerdings keiner dabei gewesen, der all das erfüllte, was sie sich von einem Ehemann wünschte.

»Das freut mich für dich«, sagte er.

»Mein Mann, meine Tochter und ich werden bald eine Reise nach Italien machen, und auf dem Weg dorthin kommen wir durch Deutschland. Daher würden wir dich gerne besuchen, wenn dir das recht ist. Ich möchte, dass Simon und Adelina meine Familie kennenlernen, also dich.«

Marga erwähnte sie mit keinem Wort, obwohl Rahel sehr wohl wusste, dass Henryk ihretwegen zurückgekommen und mittlerweile verheiratet war.

»Ich bespreche das mit meiner Frau«, sagte er deshalb. »Aber natürlich freuen wir beide uns über euren Besuch.«

»Das kann nicht dein Ernst sein!«, stieß Marga hervor, als er ihr den Grund von Rahels Anruf erklärte. »Diese Frau soll zu uns ins Haus kommen?«

»Diese Frau ist meine Schwägerin.«

»Meine Schwester ist deine Schwägerin! Und schon die sehen wir kaum.«

Henryk nickte einlenkend. »Natürlich, du hast recht. Aber was hätte ich sagen sollen, sie hat sich selber eingeladen. Sich, ihren Mann und ihre Tochter.«

»Sie hat eine Tochter? Wie alt ist sie?«

Er zuckte mit den Schultern. »Das weiß ich nicht. Offenbar hat Rahel kurz nach meinem Weggang aus Schweden geheiratet und ist vermutlich bald schwanger geworden.«

Der Blick, den sie ihm daraufhin zuwarf, traf ihn mitten ins Herz. Misstrauen stand darin, ganz unverhohlen, und der Schmerz einer alten Wunde. Sie sagte nichts, starrte ihn nur an.

»Marga ...«, begann er, doch sie unterbrach ihn.

»Keine Sorge, ich werde mich zu benehmen wissen. Du kannst dich darauf verlassen, dass ich die gute Gastgeberin spiele. Aber ich werde auf jeden Fall genau nachfragen, wie alt die Tochter ist.«

Zu Henryks großer Erleichterung ließ sich der Besuch unspektakulärer an als befürchtet. Rahel, Simon und ihre Tochter stiegen in einer Pension ab, nur für eine Nacht, und kamen lediglich auf Kaffee und Kuchen zu den Stattlers. Adelinas Geburtsdatum ließ keine Zweifel offen und besänftigte Marga endgültig.

»Ein wirklich schönes neues Haus«, lobte Rahel.

»Danke. Kommt mit nach hinten durch in den Garten, ich habe draußen gedeckt.«

Auf der Rückseite stand eine Bank an der Hauswand, dazu ein Tisch und ein paar Stühle. Hier frühstückten Henryk und Marga gern, wenn das Wetter es zuließ, oder sie entspannten sich nach der Arbeit in der Sonne. Nun hatte sie eine hübsche Tischdecke aufgelegt und das gute Geschirr herausgeholt. Ihre Mutter hatte einen Obstkuchen gebacken, aber Helene und Konrad gesellten sich nicht zu ihnen.

»Das macht ihr beide mal alleine«, hatte Helene gesagt. »Wegen uns kommen sie ja nicht, sondern wegen euch.«

Adelina war ein ausgesprochen hübsches Kind, mit dunklen Augen und schwarzem Haar, aber sehr still. Die meiste Zeit über redete Rahel.

»Simon hast du ja schon kurz getroffen, als du in Malmö warst, nicht wahr?«, fragte sie Henryk.

Daran erinnerte er sich nicht wirklich »Ich glaube schon. Kommst du ebenfalls aus Polen?« Er sah Simon an, aber Rahel antwortete für ihn.

»Aus Warschau. Wir haben uns allerdings erst in Schweden kennengelernt.«

Damit Marga sie verstand, bemühten sich alle, Deutsch zu sprechen. Rahel beherrschte das gut, Simon nicht so sehr, doch schien er ohnehin vollkommen zufrieden mit dem Kuchenessen zu sein.

Henryk war stolz auf seine Frau. Nicht nur, weil sie hübsch war, elegant zurechtgemacht und die Gäste mit ehrlicher Freundlichkeit bewirtete. Sondern weil sie ein gelassenes Selbstbewusstsein ausstrahlte. Mit keinem Wort erwähnte sie Henryks Zeit in Schweden und wie sie darunter gelitten hatte. Rahel hingegen merkte man ihre innere Unruhe auf den ersten Blick an. Nicht alles war mit dem Trauma der Verfolgung zu begründen, sie war schon immer ein fahriger und zugleich äußerst bestimmender Mensch gewesen. Die Jahre, in denen sie einander nicht gesehen hatten, hatten daran nichts geändert. Henryks erste Frau war ihrer Schwester glücklicherweise nicht besonders ähnlich gewesen. Er verstand wohl, dass der Verlust der Eltern und sämtlicher Geschwister durch die Nationalsozialisten, ebenso wie die eigene Internierung, bei Rahel Spuren hinterlassen hatten.

Aber als sie beim Verabschieden auf Polnisch zu ihm sagte: »Ich verstehe nicht, wie du es aushältst unter den Deutschen, nach allem, was sie dir angetan haben«, wollte er sich auf keine Diskussion einlassen.

»Ich habe mich für meinen Weg entschieden, Rahel, und du dich für deinen. Dank Marga habe ich hier ein neues Leben begonnen. Mir geht es gut, und ich bitte dich, das zu akzeptieren. Ich schreibe dir ja auch nicht vor, was du tun sollst.«

Seine Widerworte passten ihr nicht, das merkte er wohl. Doch Henryk hatte keine Lust, sich für irgendetwas zu rechtfertigen.

»Na schön«, sagte sie. »Dann wünsche ich dir alles Gute und hoffe, dass du deine Wahl nie bereust.« Sie küsste ihn auf beide Wangen, Adelina schüttelte artig seine Hand, und Simon klopfte ihm freundschaftlich auf den Rücken. Er und Marga begleiteten sie den von Rosenbüschen gesäumten Gartenweg entlang zum Tor und zu dem davor geparkten Wagen. Erleichtert sah er Rahel dabei zu, wie sie einstieg. Er legte den Arm um Margas Schultern, zog sie an sich und blickte dem davonfahrenden Auto nach, bis es um die Kurve verschwand.

»Du warst wundervoll, vielen Dank«, flüsterte er seiner Frau ins Ohr.

Sie spähte weiterhin in die Ferne, als müsste sie sichergehen, dass niemand zurückkam. »Hoffentlich beschließen sie nicht, uns öfter zu besuchen«, sagte sie.

»Das hoffe ich auch.«

Endlich lächelte sie ihn an. »Wie heißt der schlaue Spruch? – Familie kann man sich nicht aussuchen, oder so ähnlich.«

Er küsste sie auf dem Gehweg vor dem Gartentor, lange und ausgiebig, und es war ihm vollkommen egal, wer sie im Vorbeigehen sah. Dann nahm er Margas Hand, und gemeinsam schlenderten sie zurück in den Garten. Dieses von der Straße aus nicht einsehbare Refugium liebte Henryk sehr, besonders den Kirschbaum, der in der Mitte des Rasens stand.

»Wir könnten den Tisch und die Stühle unter den Baum stellen«, schlug er unvermittelt vor. »Dort im Grünen sitzt man sicher noch schöner als an der Hauswand.«

24

1966, Marga

Mit zweiundvierzig Jahren war Marga eine etablierte Geschäftsfrau in Mairing. Sie hatte sich ihre mädchenhaft zarten Gesichtszüge bewahrt, ebenso die schlanke Figur, und durfte zufrieden mit sich sein. Henryk und sie genossen das Leben, sie verdienten gut, und seine Gesundheit hatte sich mehr und mehr stabilisiert.

Während ihr Mann weiterhin alleine nach Straubing in die Synagoge fuhr, was für Marga absolut in Ordnung war, nahm er sie oftmals mit nach München, wenn er dort bei anderen jüdischen Geschäftsleuten Ware bestellte und sich mit Freunden traf. Dann buchten sie sich in einem netten Hotel ein, übernachteten in der Stadt, flanierten die breiten Einkaufsstraßen entlang und gingen in schicke Kaffeehäuser.

»Ich weiß, es ist ganz anders, aber irgendwie erinnert mich München ein wenig an meine Heimatstadt. Dieses Flair, die Märkte und Läden, ich kann dir nicht sagen, woran es konkret liegt, Marga, aber es fühlt sich gut an.«

Sie kauften Matzen und Rotwein in einem koscheren Lebensmittelgeschäft, weil bald Pessach war. Für gewöhnlich erstand Henryk koschere Nahrungsmittel in Straubing bei einer alten Dame aus der Israelitischen Kultusgemeinde, die einen winzigen Laden betrieb. Doch er genoss es natürlich, in München in ein größeres Geschäft zu gehen, die Auswahl zu vergleichen und mit dem Verkaufspersonal Jiddisch zu sprechen. Der kleine Ausbruch aus dem bayerischen Landleben war für Henryk ein gelegentliches Nachspüren einer verlorenen Welt. Dabei begleitete ihn Marga liebend gern.

Doch für beide musste es nicht zwingend die Großstadt sein. Ein Tagesausflug an den Mondsee reichte ihnen schon als erholsame Pause. Auch das Salzburger Land oder das Allgäu besuchten sie oft. Bergtouren konnte Henryk natürlich keine mehr laufen, aber darauf war Marga sowieso nicht besonders wild. Gemütliche Spaziergänge am Wasser und in den Bergen, gute Luft atmen und den Frieden eines herrlichen Panoramas genießen, das spendete Kraft.

Später im Jahr, bei einem Kurzurlaub im sommerlichen Bad Reichenhall, bewunderte Marga die Blumen im Kurpark.

»Ich habe den Eindruck, als ob die Pflanzen hier viel üppiger wachsen als bei uns zu Hause«, bemerkte sie. Besonders die Rosen hatten es ihr angetan. Marga liebte sie in sämtlichen Farben, vor allem die roten, mit ihrem schweren, betörenden Duft.

Inmitten zahlreicher Besucher schlenderten sie vorbei an Rabatten und Zierbeeten, in denen die Bepflanzung farblich abgestimmt und sehr beeindruckend war. Am Vortag war Marga in Mairing noch beim Frisör gewesen, trug die Haare frisch frisiert und dazu ein neues Frühlingskleid in Pastellblau.

»Wenn ich mir das so anschaue, kann ich mir gut vorstellen, wie sich zur k.-und-k.-Zeit die vornehmen Badegäste hier zum Flanieren getroffen haben.«

»Dann lass uns auf ihren Spuren wandeln, gnädige Frau«, gab Henryk mit einem Augenzwinkern zurück und bot ihr galant seinen Arm.

Doch auch er schien fasziniert von diesem ganz speziellen Ambiente. Vor der eleganten Konzertrotunde des Königlichen Kurgartens gab eine Kapelle gerade ein Standkonzert.

»Ich glaube nicht, dass das Mitglieder der Bad Reichenhaller Philharmoniker sind«, sagte Marga. »Dafür spielen sie fast ein wenig zu schmissig.«

»Du meinst, Orchestermusiker geben eher Getrageneres zum Besten?«

»Sicher haben die bei ihren Kurkonzerten auch ein breites Repertoire. Aber das hier ist doch eher Unterhaltungsmusik. Schau mal, es tanzen sogar schon zwei, drei Paare.«

Er führte sie hinüber. »Darf ich bitten?« Dabei sah Henryk Marga tief in die Augen, und sofort war sie da, die prickelnde Verliebtheit, die sie in den wertvollen sorglosen Momenten ergriff und die sich anfühlte, als wäre sie wieder zweiundzwanzig. Dieses Gefühl entschädigte Marga für die schweren Stunden und bestätigte sie in ihrer Liebe zu Henryk, immer wieder. Hingebungsvoll schmiegte sie sich in seine Arme und ließ sich von ihm im Sonnenschein zu den Klängen der Kapelle führen.

Später spazierten sie auf der überdachten Wandelbahn des Gradierhauses vorbei an hohen, langen Reisigwänden, über die Sole von oben nach unten plätscherte. Das hatte es Henryk besonders angetan, und er genoss die feuchte, salzhaltige Luft.

»Wunderbar!« Er seufzte. »Noch eine Runde, was meinst du?«

»Unbedingt, das ist wie ein Spaziergang am Meer. Herrlich! Und niemand kennt uns hier.« Sie hakte sich wieder bei ihm ein und war wie immer davon begeistert, dass ihr Mann mit Mitte fünfzig noch einen kräftigen Arm hatte.

»Ich finde es auch immer schön, wenn wir einfach nur Marga und Henryk sind.«

Zwei unter vielen, genau wie alle anderen, niemand wusste um Henryks Geschichte, sie gehörten zur Masse der Kurgäste.

Marga blieb stehen und zog sanft sein Gesicht an ihres, um ihn zu küssen. Versunken standen sie da, das ruhige Plätschern des Salzwassers im Hintergrund, einfach nur glücklich in der Gesellschaft des anderen.

»Können wir noch einen Tag bleiben?«, bat sie. »Ich will noch nicht heim.«

An seinem weichen Blick erkannte sie sofort, dass er ihr diesen Wunsch nicht abschlagen würde. Unbeschwerte Stunden wie diese waren ihnen beiden kostbar.

Daheim in Mairing kehrten sie zufrieden in ihren Laden zurück, der Sommer wich einem nasskalten Herbst, und das Jahr neigte sich schließlich dem Ende zu. Wie immer um diese Zeit bekam Henryk Besuch von einem alten Herrn. Es hatte sich so eingebürgert, dass er ein paarmal im Jahr ins Geschäft kam, aber nie auf der Suche nach einem neuen Anzug, vielmehr weil er mit Henryk plauschen wollte. Der sprach, ebenso wie seine Schwestern, nicht nur Deutsch, Jiddisch und Polnisch, sondern auch Ungarisch. Bei dem älteren Herrn handelte es sich um einen ungarischen Maler, der fern der Heimat offenbar Sehnsucht danach hatte, sich in seiner Muttersprache zu unterhalten. Zugegeben, Marga fand ihn etwas skurril, groß, hager und exzentrisch gekleidet, wie er war. Mit seinen schütteren weißen Haaren, die den Kopf wie eine wirre Wolke umgaben, sah er deutlich älter aus als seine Jahre. Zumindest hatte Marga bemerkt, dass seine Hände viel weniger faltig waren als sein Gesicht. Henryk behauptete, der Künstler wäre sogar recht berühmt, aber ihr sagte sein Name, Herr Thoma, nichts.

Jedenfalls kaufte er nie etwas, sondern interessierte sich nur für Henryk.

Als Herr Thoma an einem Montagnachmittag den Laden betrat, setzte draußen gerade der erste Schneeschauer des Jahres ein. Dicke Flocken sanken langsam vom Himmel herunter, schwebten in der Luft, als könnten sie sich nicht entscheiden, wo sie sich niederlassen wollten. Ein herrliches Schauspiel war das, Marga beobachtete es verzückt.

»Grüß Sie Gott, Frau Stattler«, sagte Herr Thoma mit seinem melodischen Akzent, den Marga gerne hörte, und fegte sich den Schnee von den Schultern. »Ist der Gatte denn zu sprechen?«

»Grüß Gott, Herr Thoma, aber natürlich, für Sie immer. Nehmen Sie doch kurz Platz, ich hole ihn.«

Sie bot ihm einen Stuhl an, auf dem sich normalerweise einkaufsmüde Ehemänner niederließen, die ihre Frauen begleiten mussten. Dann lief sie nach hinten, wo sich Henryk kurz bei einer Tasse Tee ausruhte. Küche und Bad der Stattlers lagen im Erdgeschoss des Hauses, ebenso wie die Geschäftsräume. Eigentlich hatte hier auch noch ein schönes Wohnzimmer Platz gefunden, das hatten sie jedoch mittlerweile für den Laden geopfert, dessen Erweiterung bereits nach wenigen Jahren notwendig geworden war.

Oben, im ersten Stock, hatten Margas Eltern ihre Räume, und sie und Henryk lediglich ein Schlafzimmer. Platzmäßig keine optimale Wohnsituation, aber Marga fand es trotzdem angenehm, alles unter einem Dach zu haben, besonders unter einem, das ihnen selber gehörte.

»Der Maler ist da«, sagte sie leise zu Henryk und sah, wie er aufschreckte. Bestimmt war er in Gedanken ganz weit weg gewesen. In letzter Zeit schlich sich die Melancholie wieder häufiger

311

ein. Immer wenn das jüdische Lichterfest nahte, kamen die Erinnerungen an seine verlorene Familie verstärkt zurück, er war in sich gekehrt und wortkarg. Darüber hatte Marga auch mit Rinah geredet, die versprochen hatte, in diesen Monaten öfter anzurufen und zu schreiben. Die Schwägerin in Amerika war für Marga mittlerweile ein richtiges Familienmitglied geworden, obgleich sie nur miteinander telefonierten und sich noch nicht persönlich gesehen hatten.

Henryk, der sich nicht an die Kaschrut hielt und aß, worauf er Lust hatte, war dennoch gläubig und beging die Feiertage des jüdischen Kalenders. Da Chanukka und Weihnachten zeitlich nie weit auseinanderlagen, fielen Marga im Dezember die Gemeinsamkeiten und Unterschiede ihrer Religionen besonders auf, und sie hatte ein besonders feines Gespür für Henryks Stimmungen. Die Chanukkia stellte er zum Beispiel nie in eines der Fenster, die von der Straße aus einsehbar waren. Wenn er seine Kerzen anzündete, blickte er versonnen in den Garten hinaus und hing seinen Gedanken nach. Er ging nicht mit ihr in die Kirche, das erwartete sie auch nicht von ihm. Doch Marga genoss es sehr, den festlichen Weihnachtsgottesdiensten beizuwohnen und mit ihrem glockenreinen Sopran so laut zu singen, dass sich die Leute mit bewunderndem Nicken zu ihr umdrehten.

Würden sie heuer weiße Weihnachten bekommen? Das Schneetreiben draußen wurde immer dichter. In Margas Bauch breitete sich ein warmes, wohliges Gefühl aus.

Sie goss Likör in zwei hübsche Gläschen, stellte sie auf ein kleines Tablett und brachte sie hinaus zu den Herren. Henryk hatte sich mittlerweile einen zweiten Stuhl dazugestellt und war ins Gespräch vertieft.

»Ah, ein wärmender Tropfen, vielen Dank.« Der Maler freute sich.

Henryk fragte: »Trinkst du keinen mit, Marga?«

Sie schüttelte den Kopf. »Mir ist gerade nicht danach. Außerdem muss ich arbeiten.«

Zwei Damen betraten den Laden und steuerten auf einen Ständer mit Winterröcken zu.

»Ich verstehe Sie«, sagte Herr Thoma und betrachtete Marga mit eigentümlichem Blick. »Und wünsche Ihnen alles Gute.« Er bedachte sie mit einem Lächeln, als sie davonging, und nahm dann die ungarische Unterhaltung mit Henryk wieder auf. Was für ein eigenartiger alter Kauz er doch war.

»Guten Tag«, begrüßte sie die Kundschaft. »Möchten Sie den Rock anprobieren? Wir hätten ihn auch noch in einer anderen Farbe.« Sie kümmerte sich um die zwei Damen, gleich danach kam ein Herr, der einen Wintermantel suchte, und dann rief eine Baufirma an und bestellte winterliche Schlechtwetterkleidung. So durfte es weitergehen.

Erst kurz vor Ladenschluss und drei weitere Likörchen später verabschiedete sich der Maler. Weil das Schneetreiben immer dichter wurde und vermutlich niemand mehr bei Dunkelheit und diesem Wetter vorbeikommen würde, gingen Marga und Henryk ein wenig früher nach hinten.

»Ich bereite das Abendbrot vor«, sagte sie. Nah bei ihm stehend, nestelte sie an seinem Hemdkragen herum, obwohl der vorbildlich saß, und hauchte einen Kuss auf seine Lippen. »Wenn du dich oben noch ein wenig hinlegen willst, rufe ich dich, wenn es fertig ist.«

»Was hat der Thoma damit gemeint, dass er dich versteht? Und wofür bitte wünscht er dir alles Gute?«

313

Dann war ihm die Bemerkung also doch nicht entgangen.

»Ach, er redet immer etwas seltsam, das kann alles Mögliche bedeuten.«

»Ich hatte den Eindruck, er hat das ganz gezielt gesagt. Und wie er dich dabei angesehen hat … Worüber habt ihr geredet, ehe ich dazugekommen bin?«

»Über gar nichts, wirklich.« Nun konnte sich Marga ein Lächeln nicht mehr verkneifen. Es stahl sich auf ihre Lippen, und sie spürte, wie es bis zu den Augen wanderte. »Weißt du, Henryk, vielleicht hat Herr Thoma eine ganz feine Antenne und hat gemerkt, was mit mir los ist.«

Die Ratlosigkeit im Gesicht ihres Mannes war herrlich.

Ein paar Sekunden kostete Marga den Moment noch aus, aber dann konnte sie sich nicht länger beherrschen. »Ich wollte es dir sowieso heute sagen, weil es nun ganz sicher ist. Wir bekommen ein Kind, Henryk.«

Seine Augen weiteten sich ungläubig, und er erstarrte, schien für einen Moment nicht einmal mehr zu atmen. »Du bist schwanger?«, hauchte er schließlich so leise, als traute er sich nicht, laut zu fragen.

Marga nickte wild.

»Und das ist absolut sicher?«

»Hundertprozentig – das Baby kommt im Sommer.«

Eine Träne lief über Henryks Wange, erst jetzt blinzelte er wieder, erwachte aus seiner Schockstarre und schloss Marga fest in die Arme.

»Das ist das schönste Geschenk, das du mir machen kannst«, schluchzte er an ihrer Schulter. Er wurde regelrecht geschüttelt vom Weinen, und als er den Kopf hob und sie anblickte, strahlte er dabei über das ganze Gesicht.

Selbstverständlich kamen auch Marga die Tränen, weil ihr klar wurde, dass nicht nur ihr sehnlichster Wunsch wahr wurde, sondern dass Henryk sich ebenso nach einem Kind gesehnt hatte wie sie.

Sie wusste bereits seit einer Weile, dass sie schwanger war. In den ersten Wochen hatte sie allerdings nicht einmal gewagt, diesen Gedanken zu Ende zu denken. Ihre Periode blieb aus. Na und? Das konnte mehrere Ursachen haben und bedeutete nicht gleich, dass sie ein Baby erwartete. Immerhin war sie zweiundvierzig, bald dreiundvierzig. Wie hoch waren die Chancen, in diesem Alter und nach einer Fehlgeburt vor siebzehn Jahren plötzlich einfach so schwanger zu werden? In der Zwischenzeit hatte sich rein gar nichts getan. Marga hatte schweren Herzens akzeptiert, dass ihnen ein Kind nicht vergönnt war. Nein, in den ersten Wochen hatte sie sich keinerlei Hoffnung gestattet. Dann hatte ihre Brust angefangen zu ziehen, wie damals. Als die Übelkeit begonnen hatte, heftiges Erbrechen am Morgen und eine körperliche Abgeschlagenheit, die sich nicht erklären ließ, hatte sich Marga erste zarte Gedanken an eine mögliche Schwangerschaft erlaubt. Zum Frauenarzt war sie erst gegangen, nachdem sogar die dritte Monatsblutung ausgeblieben war, und seine eindeutige Diagnose stimmte auch mit dem überein, was sie fühlte. Sie war guter Hoffnung, hatte die ersten zwölf Wochen überstanden und durfte endlich, endlich daran glauben, Mutter zu werden.

Henryk nichts zu verraten, war unfassbar schwierig gewesen. Doch ihm im Falle einer weiteren Fehlgeburt wehtun zu müssen, war ein Risiko, das Marga nicht hatte eingehen wollen, dafür liebte sie ihn zu sehr.

Es ihm nun zu sagen, seine überwältigte Freude zu sehen, gehörte zu den allerschönsten Momenten, die sie teilen durften.

Die unverhoffte Schwangerschaft, die noch dazu trotz des fort-geschrittenen Alters der Eltern problemlos verlief, erschien ih-nen wie ein Geschenk Gottes – und so nannten sie ihren klei-nen Sohn dann auch.

Jonathan kam im Juni 1967 zur Welt.

»Das ist der glücklichste Tag seit … seit …«, Henryk konnte nicht weitersprechen, als er Marga und das Baby ins Haus lotste, als wären sie zerbrechlich wie rohe Eier. Er musste nicht mehr sagen, sie verstand auch so, was er meinte.

Marga war froh, aus dem Krankenhaus entlassen worden zu sein. Der Moment, als sie die heimische Türschwelle überschritt, war wie eine Zeitenwende.

»Ich bin nun genau da im Leben angekommen, wo ich im-mer sein wollte«, sagte sie zu Henryk, nachdem sie den kleinen Jonathan schlafen gelegt hatte und sich im Arm ihres Mannes im Bett ausstreckte. Ihr gesamter Körper schmerzte noch von der Entbindung, sie würde Zeit brauchen, um zu heilen. Den-noch war es erstaunlich, wie das eigene Befinden sofort in den Hintergrund rückte, in dem Moment, da sie ihr Kind im Arm hielt. Das Baby lag jetzt in einer Wiege neben Margas Bett und schlummerte selig. Allein seine regelmäßigen Atemzüge zu hö-ren, zu wissen, es war sicher und geborgen, schnürte ihr vor Rührung die Kehle zu. Marga kannte sich selbst als beherrschte Frau, aber seit Jonathan da war, hatte sie vollkommen die Kon-trolle über ihre Gefühlswelt verloren. Nichts würde jemals wie-der sein wie vorher.

Henryk streichelte Margas Haar, küsste ihre Stirn, ihre Wan-gen, ihre Lippen und stützte sich dann auf einen Ellenbogen, um ihr tief in die Augen zu blicken.

»Plötzlich ergibt alles einen Sinn«, sagte er mit seiner weichen, warmen Stimme. »Ich bin überzeugt davon, dass ich diesen ganzen unfassbaren Wahnsinn, der mir widerfahren ist, nur deshalb überlebt habe, um dieses Kind in die Welt zu setzen. Mit dir, Marga, damit unsere Familie weiterlebt und mit Jonathan der Zukunft zeigt, wie stark wir sind.«

Ein paar Wochen später betrat Marga die Metzgerei Pfeiffer in Mairing, in der sie regelmäßig einkaufte. Sie war wieder zu Kräften gekommen, nachdem sie sich im Wochenbett ausgeruht hatte. Wie hatte sie es genossen, sich wie in einer kuscheligen Blase, völlig losgelöst vom Alltag, Zeit zu gönnen, um ihr Kind kennenzulernen. Hatte sie sich vor der Geburt noch gefragt, wie es wohl sein würde mit einem Neugeborenen, so fühlte es sich nunmehr bereits an, als wäre Jonathan schon immer bei ihnen gewesen. Dieses allergrößte Geschenk würde Marga hegen und pflegen, es schützen und ihm all ihre Liebe schenken. Beim Blick in den Spiegel fiel ihr selbst ein besonderes Strahlen an sich auf. Die Mutterschaft hatte sie verändert, machte sie vollständig. Das merkte ihr wohl auch die Metzgersfrau an, die sie mit einem »Marga, du siehst fantastisch aus!« begeistert begrüßte. »Lass mich eben in den Kinderwagen schauen, bevor ich dir die Sachen einpacke.«

Das Metzgerehepaar war etwas jünger als sie und betrieb zusätzlich zum Laden eine Schlachterei, einen warmen Imbiss und ein Hotel im eigenen Haus. Sie waren fleißige Leute, die bereits eine kleine Tochter hatten, und gehörten neben Margas Schulfreundinnen zu den wenigen Mairingern, die auch Henryk mit offener Herzlichkeit begegneten.

»Ach, ist der goldig, Marga! Was für ein entzückendes Kind. Ich gratuliere euch beiden von Herzen, das freut mich so für euch.«

Dieser Überschwang bewegte Marga. Noch immer kämpfte sie mit den Hormonen, fühlte sich noch lange nicht wieder wie die Alte, und spürte auch gleich erneut Rührung aufsteigen.

»Danke, Gerda«, sagte sie. Diese offen gezeigte Freude war Marga nicht gewohnt. Einige ihrer Bekannten hatten nicht mal ihre Schwangerschaft mit einem Wort zur Kenntnis genommen, geschweige denn die Geburt ihres Sohnes. Gerda packte extra zur bestellten Ware ein schönes Stück Räucherfleisch und ein paar Würste als Geschenk ein. Sogar ihr Mann kam in den Laden, vermutlich hatte er den begeisterten Ausruf seiner Frau gehört, und schüttelte Marga herzlich die Hand.

»Ich kann mir vorstellen, dass der kleine Jonathan auch für Henryk das größte Glück ist«, sagte er. »Bitte richte ihm unsere allerherzlichsten Glückwünsche aus.« Dann legte er einen Arm um seine Frau und meinte: »Wer weiß, wenn ich mir so anschaue, wie angetan Gerda von deinem Baby ist, vielleicht sollten wir uns auch noch eines zulegen?«

Die Metzgersfrau wurde rot bis unter die Haarspitzen, sagte aber nichts dagegen.

Marga genoss jeden Moment mit ihrem Kind. Sie sang Jonathan in den Schlaf, in der Hoffnung, dass die Musik ihm später im Leben Freude schenken möge. Sie nahm ihn überallhin mit, zuerst im Kinderwagen, danach an ihrer Hand. Gemeinsam holten sie regelmäßig Milch in einer Metallkanne bei einem Landwirt in der Nähe. Sie kauften in den kleinen Lebensmittelläden des Ortes ein, gingen auf den Spielplatz oder machten Sonntagsspaziergänge zu dritt. Und später, als Jonathan in den Kindergarten und dann die Schule kam, brachte sie ihn jeden Tag hin und holte ihn wieder ab.

Vor allem aber schwor sich Marga, noch viel mehr als bisher darauf Wert zu legen, in Mairing nicht als andersartig aufzufallen.

»Wir lassen ihn katholisch taufen«, sagte sie zu Henryk. »Denn wir leben in Bayern, und hier sind alle katholisch.«

Daraufhin zuckte er nur friedfertig mit den Schultern. »Wenn du meinst, dass er dadurch sicherer lebt und mehr dazugehört, dann machen wir es so. Ich bestehe nicht darauf, dass Jonathan meinen Glauben bekommt, falls das einen Nachteil für ihn bedeutet. Ist vielleicht sowieso besser, wir treten so wenig jüdisch in der Öffentlichkeit auf, wie es eben geht.«

In ihre Erleichterung über seine großzügige Einstellung mischte sich das Bedauern darüber, dass es überhaupt notwendig war, Henryks Glauben so wenig wie möglich zu erwähnen.

Es war 1967, das Kriegsende lag über zwanzig Jahre zurück. Bisweilen fühlte sich das an wie eine Ewigkeit, manchmal aber auch, als wäre es erst gestern gewesen. Geändert in Margas kleiner Welt in Mairing hatte sich wenig.

Diejenigen, die kurzzeitig von den amerikanischen Besatzern abgestraft worden waren, saßen längst wieder fest in ihren gesellschaftlichen Sätteln, bekleideten angesehene Posten und hatten erneut das Sagen. Nach außen hin gab man sich christlich und sehr demokratisch, an den alten Überzeugungen hatte sich allerdings wenig geändert. Nur dass man sie mittlerweile nicht mehr laut aussprechen durfte.

Und immer wenn Marga sich gestattete, ein wenig unachtsam zu werden, wurde sie eines Besseren belehrt.

So wie jedes Jahr am zwanzigsten April, wenn das Telefon bei den Stattlers läutete, aber niemand dran war. Lediglich laute

Marschmusik erklang dann, die erst mit dem Auflegen des Hörers verstummte.

Marga wusste wohl, was gespielt wurde. Es war das Horst-Wessel-Lied, das sie in ihrer Jugend oft genug hatte hören müssen. Der zwanzigste April war Hitlers Geburtstag – und der Anruf somit an Geschmacklosigkeit nicht zu überbieten.

Henryk tat es als harmlose Pietätlosigkeit ab. Er hatte viel zu viel erlebt, um sich über etwas Derartiges wirklich aufzuregen. Marga hingegen traf es sehr. Beim ersten Mal hatte sie richtig Angst bekommen.

Und mit jedem Mal, da die scheppernden Töne aus dem Hörer drangen, steigerte sich ihre Wut auf den feigen anonymen Anrufer.

»Wer, meinst du, ist es?«, fragte sie. »Der Lukas vielleicht? Denkst du, er wäre dazu fähig?«

Das Verhältnis zur Familie Krantz war durch den geschäftlichen Erfolg von Henryk und Marga noch schlechter geworden. Mittlerweile konnte niemand mehr ihr Unternehmen als kleinen Klamottenladen abtun, wie Lukas das gerne getan hatte, denn Textilien Stattler war ganz offensichtlich die Hauptkonkurrenz für das Textilhaus Krantz – und diesem in manchen Bereichen durchaus überlegen.

Dass das für böses Blut sorgte, war klar. Aber würde Lukas tatsächlich so tief sinken, alljährlichen Telefonterror zu betreiben?

»Ich weiß nicht«, sagte Henryk. »Zwar halte ich nicht viel von Lukas Krantz, aber mir würden noch zwei, drei andere einfallen, denen ich so was eher zutraue. Vermutlich werden wir es nie erfahren. Also denk nicht weiter darüber nach.«

In diesem Jahr fiel es Marga besonders schwer, die Sache auf sich beruhen zu lassen. Ihr Kind ging mittlerweile in die dritte Klasse und nahm auch selber gern mal das Telefon ab, wenn es läutete. Es war nur eine Frage der Zeit, bis der Zufall es wollte und Jonathan den Hörer abheben würde, wenn diese ekelhafte Nazimusik erklang.

»Es sind nur Töne, Marga, die tun niemandem weh.«

»Ihre tiefere Bedeutung schon! Die Alliierten haben es direkt 45 verboten, es ist strafbar, das Lied zu spielen. Aber diesem Kerl ist das egal, weil er weiß, er kommt damit durch.«

»Was soll ich deiner Meinung nach tun, Schatz?«

Gar nichts! Dagegen konnte man nämlich überhaupt nichts unternehmen. Immer wussten sie ganz genau, wie weit sie gehen konnten, was sie sich gerade noch erlauben durften, ohne mit Konsequenzen rechnen zu müssen. Dumme Bemerkungen, blöde Gerüchte und dieser lächerliche Musikanruf. Die Leute waren unmöglich. Zornig schleuderte Marga den Lappen ins Spülbecken, dass das Wasser aufspritzte. Sie war mit dem Abwasch beschäftigt gewesen, als das Telefon geläutet hatte. Derart wütend, dass sie sich kaum beherrschen konnte, kannte sie sich selber gar nicht. Eigentlich hatte sich Marga immer gut unter Kontrolle. Sogar Henryk kam ihr Aufbrausen offenbar eigenartig vor, denn er trat zu ihr und umarmte sie.

»Ehrlich, Marga«, sagte er leise, »es ist vollkommen in Ordnung, dass du dich auch mal richtig aufregst. Aber glaub mir, solange die Leute nur irgendwelche blöden Töne von sich geben, lässt mich das vollkommen kalt.«

Er begleitete sie an den Küchentisch und drückte sie sanft auf einen Stuhl. Henryk selbst nahm gegenüber Platz.

»Ich habe dir, glaube ich, nie erzählt, wann mir zum ersten Mal klar geworden ist, dass mir wirklich und wahrhaftig Gefahr drohte. Dieser eine Moment, in dem ich realisiert habe, dass alles, was ich bisher für zivilisiertes Miteinander und vollkommene Normalität gehalten hatte, für mich plötzlich nicht mehr galt.«

Marga nahm einen tiefen Atemzug. Henryks melodische Stimme beruhigte sie. Und weckte gleichzeitig ihre Neugier.

»Wann war das?«

»1939. Kurz nachdem ich aus der Kriegsgefangenschaft entlassen worden war und nach Hause zurückgekehrt bin. Also, ins Ghetto meine ich, unser Haus hatten sie uns zu dem Zeitpunkt ja längst genommen. Jedenfalls war meine Mutter krank geworden, sie vertrug die Kälte nicht und die feuchten Wände der Bruchbude, die sie uns zugewiesen hatten. Damals durften wir das Ghetto noch verlassen, um in die Stadt zu gehen, allerdings mussten wir die Binde mit dem Davidstern tragen. Ich bin mir vielleicht blöd vorgekommen, mit einer Armbinde herumzulaufen wie ein Gebrandmarkter. Jedenfalls wollte ich meiner Mutter Medikamente besorgen. Sie hat mich noch gewarnt, dass ich mich nicht erwischen lassen soll, weil Juden nicht mehr in den Geschäften einkaufen durften. Ich habe das alles nicht so eng gesehen, mir gedacht, das kriege ich schon irgendwie hin. Wer Geld hat, bekommt auch Ware.« Er gab ein bitteres Schnauben von sich. Dann redete er weiter, und Marga lauschte gespannt. Wann immer er von Sosnowiec erzählte, der fernen Stadt in Polen, erschien ihr das wie eine andere Welt.

Als Erstes hatte Henryk damals die Apotheke aufgesucht, in der seine Familie seit Jahrzehnten einkaufte. Der Inhaber hatte bei seinem Anblick beschämt die Augen niedergeschlagen.

»Sie wissen doch, dass ich Sie nicht mehr bedienen darf, Herr Stattler«, sagte er. Außer Henryk war keine Kundschaft im Laden, niemand hätte es mitbekommen.

»Aber es geht um meine Mutter. Sie ist schwer krank, sie benötigt dringend etwas gegen ihren Husten.«

»Tut mir leid, da sind mir die Hände gebunden.«

»Eine Flasche Hustensaft werden Sie mir doch wohl verkaufen können. Sie sollen sie mir ja nicht schenken, ich habe Geld.«

Der Apotheker schüttelte den Kopf. Henryk erzählte, wie er wütend geworden war und sich hatte beherrschen müssen, um sich nichts anmerken zu lassen.

»Herr Wrobel, als mein Bruder damals krank war, hat meine Mutter sämtliche Medikamente für ihn bei Ihnen gekauft. Und als er starb, schickten Sie uns eine rührende Beileidskarte. Wir kennen uns seit Jahren. Ich bitte Sie um Ihre Hilfe.«

»Ich kann nicht. Ich darf nicht.« Schweiß trat auf die Stirn des Mannes, und Henryk war klar geworden, dass er es mit einem Feigling zu tun hatte. Die ganze Zeit über hatte der Apotheker den Blick gesenkt gehalten, sah ihm nicht ins Gesicht, sondern fixierte stattdessen die Oberfläche seiner Verkaufstheke.

»Ich habe in der polnischen Armee gegen die Deutschen gekämpft, wir stehen auf einer Seite, Sie und ich. Außer uns beiden ist niemand hier. Geben Sie sich einen Ruck, ich bitte Sie, meiner Mutter geht es wirklich schlecht.«

»Gehen Sie jetzt, Herr Stattler, sonst muss ich die Polizei rufen.«

Henryk hatte mit der flachen Hand auf den hölzernen Tresen geschlagen, dass Herr Wrobel zusammenzuckte. Ohne ein weiteres Wort hatte er sich umgedreht und war gegangen.

»Was für ein armseliger Waschlappen«, stieß Marga hervor.

»Die Geschichte geht noch weiter. Danach habe ich in jeder Apotheke von Sosnowiec gefragt und wurde überall hinausgeworfen. Schließlich bin ich vollkommen frustriert an einem Gemischtwarenladen vorbeigekommen. Wenn ich schon keine Medikamente bekam, wollte ich meiner Mutter wenigstens etwas Obst mitbringen. Auch hier hat mich der Verkäufer zunächst abgewiesen, mir aber dann für einen Wucherpreis ein paar halb vergammelte Früchte überlassen.«

Falls es Henryks Bestreben war, Marga mit seiner Geschichte vom Nazimarsch am Telefon abzulenken, funktionierte es. Weniger aufgebracht war sie dadurch nicht. Vor allem nicht, als er weiter ausführte, dass sämtliche Geschäfte, die im Besitz von Juden gewesen waren, plötzlich nicht mehr existiert hatten. Ganze Straßenzüge standen leer, eingeschlagene Scheiben und Spuren von Brandsätzen an den Häuern zeugten davon, was passiert war.

Auf dem Rückweg ins Ghetto war Henryk von vier Wehrmachtssoldaten aufgehalten worden. Junge Burschen, allesamt in Henryks Alter, Mitte zwanzig, vielleicht sogar noch jünger. Er erinnerte sich deutlich an jedes Detail: Zwei von ihnen rauchten, der dritte hatte die Hände in den Hosentaschen und sein Gewehr locker auf dem Rücken, der vierte sprach ihn an.

»Wohin?«, verlangte er im Befehlston.

»Nach Hause.« Diese Bezeichnung für die Bude im Ghetto war Henryk nur widerstrebend über die Lippen gekommen.

»So, so. Nach Hause.« Der Soldat hatte jedes Wort ironisch in die Länge gezogen. »Nennst du das hier etwa dein Zuhause?«

Henryk hatte nicht gleich verstanden, worauf er hinauswollte. »Sosnowiec? Ja, es ist meine Heimatstadt.«

»Und, gefällt es dir hier?«

»Ja, sehr gut ...« Weiter war er nicht gekommen, denn unvermittelt schlug ihm der Soldat mit der Faust ins Gesicht. Die anderen schnippten ihre Zigaretten weg, scharten sich um ihn und begannen ebenfalls, auf ihn einzuprügeln.

»Wer sich wehrte, wurde sofort erschossen«, erklärte Henryk Marga. »Also blieb mir nichts anderes übrig, als die Schläge über mich ergehen zu lassen, obwohl ich mich gut hätte verteidigen können. Stattdessen habe ich nur die Hände nach oben genommen, um meinen Kopf zu schützen, und habe gewartet, bis es vorüber war. Irgendwann wurde es ihnen langweilig. Ich weiß noch genau, wie ich blutend auf den Pflastersteinen lag. Denselben Pflastersteinen, über die ich früher mit maßgefertigten Schuhen gelaufen bin. Um mich herum war das zermatschte Obst verstreut, und niemand blieb stehen, um mir zu helfen.«

»Warum haben sie dich derart zugerichtet? Sie hatten doch gar keinen Grund.«

»Einfach so, weil sie es konnten, weil ich Jude war – mein Stern war ja weithin zu sehen und hat mich als Freiwild gekennzeichnet. Weil sie Lust darauf hatten, jemanden zusammenzuschlagen, und ich gerade vorbeikam.«

Marga versuchte, sich das Ganze hier in Mairing vorzustellen. Dass jemand, der hier geboren und aufgewachsen war, ein vollkommen normaler Mensch, mitten auf der Straße verprügelt wurde und keiner störte sich daran, weil es sich um eine Person handelte, die von öffentlicher Seite zum Untermenschen erklärt worden war. Von den Pogromen in den großen Städten hatte sie damals natürlich gehört. Außerdem war ihnen der Judenhass schon in Hitlerjugend und BDM zusammen mit Lagerfeuerliedern eingetrichtert worden. Bei manchen war er auf fruchtbaren Boden gefallen, bei anderen nicht – seine ehrliche Meinung hatte freilich niemand geäußert, wenn sie nicht mit der vorgeschriebenen übereinstimmte. Aber alles in allem war es auf dem beschaulichen niederbayerischen Land viel leichter gewesen, die Augen vor dem zu verschließen, was die Nationalsozialisten angerichtet hatten. Lediglich der Fliegerhorst mit seiner Luftflottennachrichtendienstschule hatte sie mit dem Krieg verbunden. Und am Ende natürlich das Lager Seeberg, in seiner erschütternden Grausamkeit, vor der die guten Katholiken bisher erfolgreich die Augen verschlossen hatten.

Es war unvorstellbar, in welch veränderte Welt Henryk nach seinem Fronteinsatz für die polnische Armee zurückgekehrt war.

»Verstehst du jetzt, weshalb mir dieser blödsinnige Marsch am Telefon vollkommen einerlei ist?«, fragte er. »Er berührt mich nicht, er kann mir nicht schaden. Anders als die Schläge der Wehrmachtssoldaten, die mir eindrucksvoll gezeigt haben, wie wehrlos wir gemacht wurden und wie gefährlich das Leben plötzlich war.«

Marga nickte. »Ich werde versuchen, mich nicht mehr so aufzuregen, wenn nächstes Jahr das Telefon wieder klingelt«, brummte sie.

»Du darfst dich ruhig ärgern.« Er lächelte sie an. »Das sollst du sogar, denn es ist ja eine Unverschämtheit. Mich lässt es eben kalt, weil ich vermurkst bin – aber du bist es nicht, und das ist gut.«

Vermurkst. Marga musste unwillkürlich lächeln. Das war der sanfteste Ausdruck, den Henryk jemals für das benutzt hatte, was seine Erfahrungen mit ihm gemacht hatten. Marga wertete das als gutes Zeichen. Das lag sicher an Jonathan. Das Kind war ein Segen für sie beide.

»Weißt du, was mir noch einfällt?« Henryk hob den Kopf, als würde er in die Ferne schauen. Er kniff sogar die Augen ein wenig zusammen. »Ich konnte damals eine Zwiebel retten.«

»Wie bitte?«

»Eine einzige hat den Zwischenfall unbeschadet überstanden. Und weil Zwiebeln bekanntlich gegen Husten helfen, bin ich doch mit etwas nach Hause gekommen, das als Medizin für meine Mutter taugte.«

Marga schlang die Arme um ihren Mann. »Du hast dich niemals unterkriegen lassen, nicht wahr?«

Es war ein gutes Gefühl für Marga, die Sache mit den anonymen Anrufen nicht auf sich beruhen lassen zu müssen. Sie hatte jedes Recht der Welt, sich darüber aufzuregen – so wie Henry jedes Recht darauf hatte, sie an sich vorüberziehen zu lassen. Beim nächsten Treffen mit ihren Freundinnen erzählte sie davon, die anderen sollten es auch wissen.

»Das ist übel, Marga, eine Unverschämtheit. Da muss man doch was dagegen machen können!«, regte sich Lotte auf.

»So einfach ist das nicht. Zur Polizei kann sie nicht gehen, die interessiert das überhaupt nicht, solange keine Straftat verübt wurde. Und nur die könnte den Anruf zurückverfolgen.« Johanna blickte mit gerunzelter Stirn in die Runde.

Sie saßen im Café Rehmeier, derzeit das erklärte Lieblingslokal der Mairinger. In einer Kurve an der Hauptstraße lag es mitten im Ortszentrum. An dieser Stelle hatte früher einer der größten Bauernhöfe der Gegend gestanden, der Kasparhof. Vor dessen hohem, mit Schnitzereien verziertem Holztor hatten in vergangenen Jahrzehnten viele Pferdefuhrwerke gehalten. Zu einer Zeit, in der landwirtschaftliche Güter ausschließlich auf

Pferdekarren transportiert worden waren, hatten nicht nur die Tiere unter den ausladenden Kastanien vor dem Hof zu trinken bekommen, sondern auch die Fuhrknechte. Es hatte sich schnell herumgesprochen, dass es vor dem Kasparhof im Schatten der Bäume guten Most gab. Das war der erste Schritt von der Landwirtschaft zur Gastronomie gewesen.

Ende der 1950er Jahre schließlich war der wunderschöne Hof einer ziemlich schmucklosen Modernisierung zum Opfer gefallen. Man hatte ihm all seinen Glanz und Charme geraubt, und das zwar moderne und geräumige, aber reichlich unschöne Gebäude des Café Rehmeier hatte absolut gar nichts mehr mit der hübsch verzierten Fassade des Kasparhofs gemein.

Marga und ihre Freundinnen erinnerten sich noch gut daran, wie es hier früher ausgesehen hatte. Und auch von manch anderem Cafébesucher war bisweilen ein wehmütiges Seufzen zu hören.

Trotzdem gingen alle gerne hin, denn im Rehmeier wurden der beste Kaffee und der beste Kuchen weit und breit serviert. Das hatten ganz schnell auch die Kurgäste aus dem nahen Bad Füssing mitbekommen. In Scharen fielen sie ein, zumeist auf gemieteten Fahrrädern, die in großer Zahl vor dem Haus abgestellt wurden, wie seinerzeit die Pferde an der Tränke.

In den vergangenen Jahren hatte das Café Rehmeier die anderen Gaststätten, sogar das Lobner, den Gasthof Schober und den Kirchenwirt, auf die hinteren Ränge verwiesen. Es gab keine nennenswerte Konkurrenz mehr. Henryks Kartenrunde fand mittlerweile hier statt, es gab Tanzabende, Tanztees, Faschingsveranstaltungen, und auch Marga und ihre Freundinnen hatten es zu ihrem Stammtischtreffpunkt erklärt. Im Sommer saßen sie draußen, bei schlechtem Wetter oder in der kalten Jahreszeit reservierten sie stets denselben Tisch hinten rechts, mit prima Blick durchs gesamte Café.

»Die Polizei bringt in dem Fall gar nichts.« Angelika nahm Johannas Gedanken auf. »Wenn du herausfinden willst, wer dieser unverschämte Anrufer ist, musst du dem Ganzen selber nachgehen, Marga. Hast du denn einen Verdacht?«

Sie spürte, wie sich eine leichte Hitze über ihr Gesicht ausbreitete, und hoffte, nicht rot zu werden. »Mir fallen gleich ein paar Leute ein, aber es bringt natürlich nichts, sie zu beschuldigen, wenn es keine Beweise gibt.«

»Uns kannst du es doch erzählen.«

»Ich möchte nicht, dass andere davon etwas mitbekommen.« Nun war sich Marga sicher, dass ihre Wangen knallrot leuchteten.

Lotte legte ihr beruhigend eine Hand aufs Knie. »Das ist nichts, was dir peinlich sein muss. Dieser Trottel, der alle Jahre wieder anruft, der sollte sich schämen. Du weißt, dass du dich immer auf uns verlassen kannst. Was hier geredet wird, bleibt unter uns.«

So hatten sie es stets gehalten. Marga und ihre Freundinnen waren kein Klatschverein. Na ja, manchmal vielleicht ein wenig, und dann wurde auch gekichert und sie fühlten sich wieder wie früher, als junge Mädchen. Doch die persönlichen Dinge, die teilten sie nur untereinander und ließen nichts nach außen dringen. Dieses vertrauensvolle Verhältnis bedeutete Marga unheimlich viel.

Sie senkte die Stimme und beugte sich ein wenig vor. »Mein erster Gedanke war natürlich, dass es der Lukas ist. Unverschämt genug benimmt er sich ja. Aber irgendwie traue ich ihm das nicht zu. Lukas ist eher holterdiepolter, er meckert lautstark und vor anderen, aus dem Moment heraus. Nein, ich vermute – und Henryk ebenso –, dass es dieser Erlmoser ist.«

»Fred Erlmoser?« Friedel nickte bedächtig mit dem Kopf. »Ein wahnsinnig unsympathischer Kerl. Irgendwie kommt er mir manchmal vor, als wäre bei ihm eine Schraube locker. Ja, Marga, da könntest du richtigliegen.«

»Außerdem ist er ein Altnazi, wie er im Buche steht. Daran wird sich nie was ändern.« Lotte spießte ein Stück Frankfurter Kranz auf die Gabel und schob es sich in den Mund. »Finde ich sowieso unfassbar, dass Henryk mit ihm kegelt. Der Erlmoser war doch bei der Waffen-SS. An Henryks Stelle würde ich es mit dem in einem Raum nicht aushalten.«

Seit einiger Zeit spielte Henryk nicht nur regelmäßig Karten, sondern traf sich zu einer Kegelrunde im Café Rehmeier.

Marga schnaubte. »Der Erlmoser ist ja nicht der einzige ehemalige Nazi in der Gruppe. Seine feinen Bundeswehrfreunde sind auch alle dabei. Und ja, ich finde es schwierig, gesellig mit ihnen umzugehen, und bin eigentlich immer froh, wenn die Männer sich alleine treffen und keine Ehefrauen dabei sind. Henryk fällt es leichter. Zumindest sieht es so aus. Er bekommt es gut hin, einen freundschaftlichen Ton mit diesen Kotzbrocken anzuschlagen.«

Friedel verstand das nicht. »Man möchte meinen, gerade er würde mit solchen Leuten nichts zu tun haben wollen.«

»Wir bemühen uns eben um Diplomatie.« Ein kurzer Satz, der die Komplexität des Themas nicht einmal ankratzte. Doch die Freundinnen kannten Marga, sie verstanden.

»Natürlich muss man nicht jeden Kampf kämpfen. Aber Männer, die bei der SS waren und weiß Gott was getan haben … Ich denke nicht, dass die sich jemals ändern.«

»Ich auch nicht, Johanna. Deswegen vermute ich ja, dass Fred Erlmoser uns alljährlich zum Geburtstag seines Führers mit Marschmusik drangsaliert. So eine Aktion würde absolut zu ihm passen.«

Stille senkte sich über das Damenkränzchen, und alle hingen ihren Gedanken nach. Wahrscheinlich waren die Freundinnen froh, normale bayerische Ehemänner daheim zu haben und sich nie mit dem Antisemitismus auseinandersetzen zu müssen, der den Alltag der Stattlers erschwerte. Wer konnte es ihnen verübeln?

»Und was willst du nun dagegen machen?«, fragte Friedel. Sie war eine patente Frau, die im Gegensatz zur sanften Johanna keine Diskussion scheute und für jedes Problem eine Lösung fand.

»Ich könnte mir eine Trillerpfeife neben das Telefon legen und nächstes Jahr kräftig reinblasen, wenn er anruft.«

»Nicht schlecht. Aber er hat den Hörer vermutlich nicht am Ohr, sondern hält ihn ans Tonband.«

Marga lachte, und dann schwiegen sie. Es gab kein Patentrezept. Trotzdem tat es ihr gut, ihre Sorgen mit jemandem geteilt zu haben.

25

1988, Henryk

Nach zwei Angina-Pectoris-Anfällen teilten die Ärzte Henryk mit, dass seine Herzkrankheit unaufhaltsam voranschritt und sein Zustand nicht zu stabilisieren war. Ein dritter Anfall würde mit ziemlicher Sicherheit einen Herzinfarkt auslösen. Sein Körper gab auf. Dass dies eine dank Margas liebevoller Fürsorge zwar zeitlich sehr verzögerte, dennoch direkte Folge der jahrelangen KZ-Internierungen und der Misshandlungen, Krankheiten und Unterernährung war, darüber waren sich alle Mediziner einig. Sie empfahlen ihm, seine Angelegenheiten zu regeln, ehe es zu spät war.

Es war hart, das zu hören, aber wenigstens hatten sie es ihm unter vier Augen eröffnet. Marga war bei diesem Termin nicht dabei gewesen. Henryk wusste, die Ärzte hatten recht, er spürte bis in die letzte Faser seines Körpers, dass er angezählt war. Unzählige Male war er dem Tod von der Schippe gesprungen. Unfassbaren Schmerz, Krankheit und Tragödien hatte er überlebt, doch jetzt gelangte er unausweichlich ans Ende des Weges. Es machte ihm keine Angst. Es war einfach eine Wahrheit.

»Na gut«, murmelte er vor sich hin, als er von seinem täglichen Spaziergang zurückkam und in die Einfahrt bog. »Wer hätte gedacht, dass ich es überhaupt so lange schaffe?«

Vor etwas mehr als fünfzehn Jahren hatten er und Marga ein neues Wohnhaus gebaut, nur ein paar Straßen vom Geschäft entfernt. Dort war der Platz zu eng geworden. Den Laden selber hatten sie vor zehn Jahren aufgegeben, sehr zu Margas Bedauern. Mittlerweile hatten sie die Immobilie vermietet, ein Ehepaar lebte darin.

Marga hatte es geliebt, jeden Morgen die Tür ihres Bekleidungsgeschäfts aufzuschließen, Ware zu ordnen, die Kunden zu beraten. Aber Henryk hatte schließlich entschieden, dass es mit Mitte sechzig und nachlassender Gesundheit Zeit wäre, in Rente zu gehen. Marga war natürlich viel jünger als er, gerne hätte sie noch weitergemacht, hatte ihm sogar vorgeschlagen, zu expandieren und ein zweites Geschäft zu eröffnen. Doch er wusste, dass sein Körper das nicht mehr mitmachen würde. In den letzten zehn Jahren waren nicht nur seine physischen Beschwerden stärker geworden, auch die Last der Erinnerungen drückte wieder zusehends schwerer. Gerade in den letzten Monaten wurden die Details schärfer, farbiger, plastischer, und er erinnerte sich wieder deutlich an Momente, die fünfzig Jahre zurücklagen.

Lange Strecken am Stück konnte Henryk nicht mehr laufen, kurze Spaziergänge machte er aber diszipliniert jeden Tag.

Jonathan war mit der Schule fertig und hatte angefangen zu studieren. Er war ein junger Mann und Henryk erfüllt von Dankbarkeit, dass er seinen Sohn hatte aufwachsen sehen dürfen.

Erst kürzlich hatte sich Jonathan seinen Traum vom eigenen Auto erfüllt. Zum Abitur hatte er Geld bekommen, außerdem gab er Klavierunterricht und hatte sich etwas angespart. Schließlich hatte er Margas Cousin Richard Seibold gebeten, die Augen nach einem günstigen Gebrauchtwagen offen zu halten. Und als Richard vergangene Woche beim Kaffeetrinken zu Gast bei den Stattlers gewesen war, hatte Henryk seinem Sohn die Aufregung deutlich angemerkt.

»Und, Richard«, hatte er nach dem zweiten Stück Kuchen wissen wollen, »ist schon was Passendes reingekommen?«

»Ich dachte schon, du fragst nie.« Richard lachte laut auf, dabei berührte seine Oberlippe fast die dominante Adlernase, die dunklen Locken wippten auf seinem Kopf. Er leerte seine Kaffeetasse und stand auf.

»Na, dann komm mal mit. Hab extra nicht vor dem Haus geparkt, damit du ihn nicht gleich siehst.«

Henryk und Marga waren natürlich auch mit nach draußen gegangen, wo Richard zwei Häuser weiter einen weißen VW Golf am Straßenrand abgestellt hatte.

»Das ist er? Ein Golf? Mensch, so was Schickes hatte ich gar nicht erwartet. Kann ich mir den auch wirklich leisten, Richard?«

»Klar, mein Junge. Ich habe ein gutes Wort beim Chef eingelegt, er macht dir einen Sonderpreis. Familienrabatt, sozusagen.« Er zwinkerte Jonathan zu. »Vorausgesetzt, du willst den Wagen überhaupt haben.« Schelmisch ließ er den Schlüssel vor Jonathans Gesicht baumeln, der ihn sich sofort schnappte.

»Wahnsinn!«, rief er, als er hinter dem Steuer saß. »Sieht nagelneu aus und riecht auch so.«

»Na, ein paar Kilometer hat er schon auf dem Buckel, aber es ist ein zuverlässiges Auto, das du lange wirst fahren können.«

Der Golf hatte Jonathan eine neue Art von Unabhängigkeit geschenkt, und Henryk freute sich beinahe ebenso darüber wie sein Sohn.

Der Gedanke, ihn und Marga bald allein zurückzulassen, bereitete dann doch einigen Schmerz. Er fragte sich, ob er ihnen genug gegeben hatte.

Als er die Tür seines Hauses aufschloss, in den Flur trat und seinen Mantel auszog, dachte er daran, wie er und Marga mit Jonathan einen Ausflug in den Bayerischen Wald gemacht hatten.

Jonathan war ein Teenager gewesen, wenig begeistert von Kurztrips in eine für ihn langweilige Gegend. Sie waren durch irgendeinen der Glasbläserorte spaziert, und Jonathan hatte sich darüber aufgeregt, dass es nie richtig in den Urlaub ging.

»Warum fahren wir nicht mal weiter weg?«, hatte er gemeckert. »Immer nur nach München oder an den Attersee, das ist doch voll öde. Alle meine Freunde fahren mit ihren Eltern im Sommer ans Meer, Italien, Spanien, was weiß ich. Nur wir latschen immer hier rum, von einem Café ins nächste.«

Henryk war wütend geworden. Obwohl es ihm schwerfiel, zügig zu marschieren, war er vorausgestürmt, weit ausgeschritten, bis sein Bein schmerzte und Kurzatmigkeit seinen Unmut verdrängte. Dann ging er wieder langsamer, bis Jonathan zu ihm aufgeschlossen hatte.

»Es tut mir leid«, sagte er. »Aber bei langen Reisen spielt mein Körper einfach nicht mit, so was kann ich nicht mehr machen.«

Betroffen war sein Sohn stehen geblieben. »Eine Flugreise, oder eine längere Autofahrt, das geht nicht?«

»Vor dem Krieg habe ich viel Sport getrieben. Nur weil ich so fit war, habe ich überhaupt überlebt, Jonathan. Dafür bin ich meinem Körper sehr dankbar. Aber alles hat seine Grenzen, und das, was ich durchmachen musste, fordert eben seinen Tribut. Wenn dann auch noch das Alter dazukommt …« Er zuckte mit den Schultern. »Die Strapazen einer langen Reise verkrafte ich einfach nicht mehr, deswegen haben wir keine gemacht, das ist der einzige Grund.«

Nach diesem Gespräch hatte ihn Jonathan nie mehr danach gefragt. Und Henryk hatte versucht, vor seinem Sohn nicht zu jammern, wenn es ihm schlecht ging. Die körperlichen Schmerzattacken konnte er gut überspielen. Bei den quälenden Erinnerungen verhielt es sich schwieriger.

Aber auch die hatte er Jonathan erst sehr spät und nur in kleinen Häppchen anvertraut. Nun, da er sicher war, nicht mehr viel Zeit zu haben, würde er ihm alles erzählen, was er wissen musste.

Mit einem tiefen Seufzer hängte Henryk seinen Mantel an einen Garderobenhaken und stieg die Treppe in den ersten Stock hoch. Die Tür zu Jonathans Zimmer stand offen, er lag auf seinem Bett und hörte Musik.

Henryk bedeutete ihm, leise mit hinüber in das kleine Büro zu kommen, in dem er und Marga früher die Buchhaltung erledigt hatten. Seit sie das Geschäft nicht mehr führten, war der Schreibtisch viel aufgeräumter, nur ein Telefon und ein Stiftehalter standen darauf. Darüber, im Regal an der Wand, hatten sie das Ablagesystem gehabt, nun waren alle Körbe leer.

Henryk setzte sich, Jonathan ließ sich locker auf der Schreibtischkante nieder, halb sitzend, halb stehend.

»Soll Mama nicht wissen, dass wir hier drin sind? Sie ist sowieso gerade einkaufen.«

»Gut. Sehr gut. Hör zu, mein Junge, ich werde bald sterben ...« Sofort bereute er diesen viel zu brutalen Gesprächseinstieg, doch er konnte seine Worte nicht zurücknehmen.

»Was redest du da? Wer behauptet denn so was?«

»Der Kardiologe.«

»Was weiß der schon?« Jonathan verschränkte die Arme vor der Brust, Henryk hatte aber bereits gesehen, dass seine Hände zitterten.

»Er hat recht.«

»Woher willst du das wissen?«

»Das fühle ich, Jonathan. Ich habe nicht mehr viel Zeit und möchte mit dir zusammen einige Dinge regeln – ohne dass deine Mutter etwas davon mitbekommt. Das würde sie viel zu sehr aufregen.«

Rote Flecken erschienen auf den Wangen seines Sohnes. Henryk merkte ihm deutlich an, wie schlimm ihn diese Eröffnung traf. Und wie denn auch nicht.

»Mein Junge«, sagte er leise, »du musst stark sein, ich brauche dich jetzt.«

Als Antwort presste Jonathan die Lippen fest aufeinander, nickte aber stumm.

»Also gut.« Besser schnell weiterreden, ehe die Gefühle auch ihn überkamen und er dieses wichtige Gespräch abbrechen musste. »Ich möchte auf dem Friedhof hier in Mairing beerdigt werden. Nicht auf dem von der Israelitischen Kultusgemeinde in Straubing, ich will hier bei euch sein, damit ihr mich besuchen könnt.«

»Hier gibt es aber keinen jüdischen Friedhof, nur den christlichen. Vielleicht sollten wir den Pfarrer anrufen und ihn einfach fragen, ob das möglich ist.«

Stolz auf seinen Sohn durchflutete Henryk wie eine warme Welle. Er hatte sich unter Kontrolle bekommen, seine zweifelsohne traurigen Gefühle zurückgestellt, und er dachte mit.

Der Pfarrer, ein Mann namens Gross, war von kleiner, gedrungener Statur mit kugelrundem Gesicht und Glatze und eigentlich ein Monsignore. Henryk wusste nicht genau, was das für ein Titel in der katholischen Kirche war. Meistens trug Pfarrer Gross ein drolliges Lächeln auf den Lippen, was an seinem etwas schlichten Gemütszustand lag. Böse Zungen nannten ihn *Biggie Simple*. Henryk fand den Mann harmlos, aber nicht unangenehm. Weil er ein Faible für jüdische Lebensmittel hatte, schenkte Henryk ihm zu Pessach oft Wein und Matzenbrot, was Monsignore Gross sehr schätzte. Trotzdem machte sich Henryk keinerlei Illusionen darüber, dass das Interesse des katholischen Pfarrers am Jüdischen irgendetwas anderes als rein theologische Fortbildung sein könnte. Doch das spielte keine Rolle. Er konnte gut mit ihm, sicher würde ihm der Geistliche seinen letzten Wunsch nicht verweigern.

»Auf meinem Friedhof grab ich jeden ein, das ist nicht das Problem«, lautete tatsächlich Monsignore Gross' Antwort, als ihm Henryk am Telefon sein Anliegen schilderte. Jonathan hörte mit und verdrehte die Augen. Ja, das hätte man feinfühliger formulieren können.

»Schwierigkeiten sehe ich eher bei der Israelitischen Kultusgemeinde«, fuhr er fort. »Da bräuchte ich schon was Schriftliches, Herr Stattler, von Ihnen und von Ihrem Sohn. Dass die Bestattung nicht auf meinen, sondern auf Ihren ausdrücklichen Wunsch hin stattfindet. Nicht dass wir Sie später umbetten müssen.«

Henryk verzog das Gesicht. Die Zweckmäßigkeit, mit der über die Vorgänge nach seinem Tod gesprochen wurde, war dann doch schwer zu nehmen. Aber er hatte schließlich damit angefangen.

»In Ordnung, Herr Gross.« Das *Monsignore* brachte er nicht über die Lippen. »Jonathan wird ein Schreiben aufsetzen, wir unterschreiben es, und er wird es Ihnen aushändigen, wenn es ... wenn es so weit ist.«

»*Ich wasche meine Hände in Unschuld*«, zitierte Jonathan mit unverhohlener Ironie in der Stimme Pontius Pilatus, als Henryk den Hörer aufgelegt hatte.

»Er muss ja nicht für meinen Willen geradestehen.«

»Das hätte der Gross sowieso nie gemacht, Papa. Hauptsache, er ist nach allen Seiten hin abgesichert ...«

»Du magst ihn nicht, oder?«

Jonathan erhob sich von der Schreibtischkante, trat ans Fenster und schaute hinaus. »Er ist mir vollkommen egal. Als ich in der fünften Klasse war, hatte einer meiner Freunde Geburtstag und hat ihm das im Religionsunterricht ganz stolz erzählt. Weißt du, was er darauf gesagt hat? Zu einem elfjährigen Jungen? *Jede Sau hat Geburtstag, das ist kein Verdienst, dazu gratuliere ich dir nicht.* Dafür hat er zum Namenstag gratuliert – also nur, wenn man einen christlichen Namen hatte. Das war Pech für Falk Schröder, aber gut für die drei Stephans in meiner Klasse.«

Wenigstens lockerte diese skurrile Geschichte die Stimmung ein wenig auf, und ehe Marga vom Einkaufen zurück war, hatten die beiden einige Punkte geklärt, die Henryk wichtig waren. Nicht nur die Beerdigung, sondern auch Rechtliches, Versicherungen und so weiter. Nachdem er und Jonathan sich auf die Pragmatik der Dinge eingelassen hatten, um die es ging, fiel es ihnen leichter, darüber zu reden.

Allerdings war Henryk nur allzu bewusst, dass sein Sohn später, wenn er alleine war, daran würde zu knabbern haben. Er wünschte sich von Herzen, ihm das ersparen zu können.

Andererseits war er dankbar dafür, seine Angelegenheiten regeln zu dürfen, sich und seine Familie vorbereiten zu können, selbst wenn es schwer war.

Sein Pragmatismus ging sogar so weit, dass er Rinah in Übersee anrief und ihr mitteilte, dass er sie gerne noch mal sehen würde, sie sich aber beeilen müsse, weil er bald sterben werde. Vor einigen Jahren hatte sie ihn schon einmal besucht. Als hätte es die vielen Jahrzehnte dazwischen nicht gegeben, war die innige Verbundenheit mit seiner Schwester sofort wieder voll da gewesen. Leider wollten Chaja und Sady nach wie vor nicht reisen, und Henryk konnte es nicht mehr, doch mit ihnen stand er ebenfalls immer noch in herzlichem Kontakt. Beiden schrieb er lange Briefe, in denen er ihnen von seinem bevorstehenden Tod erzählte.

Selbstverständlich hatte es nicht lange gedauert, bis auch Marga verstand, was los war.

»Wie kannst du nur derart gefühllos über alles reden?«, fragte sie. Sie litt, weinte oft und kümmerte sich noch fürsorglicher um ihn, als sie das immer tat.

An diesem Tag begleitete sie ihn auf seinem gewohnten Spaziergang durch den gräflichen Wald, in dem ihr Vater Förster gewesen war. Sie ließ ihn nicht mehr aus den Augen.

»Das fällt mir schwer, glaub mir. Aber noch schlimmer wäre es für mich, euch unvorbereitet zurückzulassen.«

»Ich will überhaupt nicht, dass du uns verlässt!«

Sie blieb stehen und kramte ein Taschentuch hervor. Nachdem sie sich die Augen abgetupft und die Nase geputzt hatte, schloss Henryk sie in seine Arme. Auch nach über vierzig gemeinsamen Jahren gab es für ihn nichts Schöneres, als seine Frau zu halten und ihre Nähe zu spüren. Doch wie sollte er ihr in einem Moment wie diesem Trost spenden?

»Ich werde immer bei dir sein, Marga.« Das klang zu sehr wie eine Floskel, obwohl er es von Herzen meinte. »Glaub mir, wenn es einen Weg gäbe zu bleiben ... Ich bin viel älter als du, es war doch immer klar, dass ich eine ganze Weile vor dir gehen würde, so ist die Natur der Dinge. Selbst bei bester Gesundheit wäre das so.«

»Ach du. Bist immer so, so nüchtern ...«

»Nicht, wenn es um dich geht. Du hast mein Herz schon immer aus dem Takt gebracht, ich konnte nie vernünftig bleiben bei dir. Aber in dieser Sache ist es einfach leichter für mich, einen kühlen Kopf zu bewahren, sonst würde ich es überhaupt nicht aushalten. Und damit wäre niemandem gedient.«

Die Nachmittagssonne schien auf sie, ohne zu wärmen. Sie stand tief, wie immer im Spätherbst. Links und rechts vom Feldweg erstreckten sich umgeackerte Felder, mit dicken, braunen Schollen, die einen erdigen Geruch verströmten, den Henryk stets mit dem niederbayerischen Bauernland verbinden würde. Vor ihnen lag der Wald.

»Ich habe dir nie erzählt, wie wir damals im Ghetto aufgeflogen sind.«

An ihrem traurigen Blick merkte er, dass Marga das in diesem Moment nicht hören wollte, doch es war ihm ein Bedürfnis, dass sie seine ganze Geschichte kannte.

»Dana, Adam, meine Schwiegermutter und ich haben uns sehr lange erfolgreich im abgemauerten Versteck verborgen. Bis zum Ende, genau genommen bis die Nazis beschlossen haben, das komplette Ghetto von Sosnowiec zu liquidieren. Natürlich war das von Anfang an der Plan gewesen. Es ging nie darum, dass irgendjemand überleben sollte, das Ghetto war nur der Ort, an dem wir aufbewahrt wurden, bis es Zeit war zu sterben. Es war vermessen von mir, etwas anderes zu glauben.«

Er erzählte ihr davon, wie die SS in der Nacht auf den ersten August 1943 das Ghetto umstellte. In der Dämmerung eines herrlichen Sommermorgens brach schließlich die Hölle los. Maschinengewehrsalven hallten durch die Gassen, Häuser wurden in Brand gesteckt und verängstigte Menschen wie Vieh zusammengetrieben. Henryk und seine Familie versanken in oft geübte Lautlosigkeit. Er erinnerte sich daran, dass er gedacht hatte, auch diese Aktion würde an ihnen vorübergehen, wie die vielen davor.

»Es ist anders als sonst«, flüsterte Dana, »es dauert schon zu lange.«

Tatsächlich hörte es sich an, als würden sich die Soldaten nicht einzelne Häuser vornehmen, sondern komplette Straßenzüge räumen. Die Zeit hatte sie eingeholt, das Ghetto wurde aufgelöst. Kalter Schweiß lief ihm über den Rücken. Schon lange wurde gemunkelt, dass sie niemanden verschonen würden.

Ein neues, unbekanntes Geräusch ließ die Haare in Henryks Nacken sich sträuben – schwere Stiefel klapperten auf Schindeln. Sie kamen über die Dächer! Weil die Gassen eng waren, Haus an Haus stieß und die Dächer keine steilen Neigungswinkel hatten, konnte man darauf laufen. Das hatten die Soldaten vorher noch nie getan. Sie hatten Hunde dabei, deren Bellen und Keuchen sich bedrohlich näherte.

Adams Atem beschleunigte sich, Henryk fühlte den galoppierenden Herzschlag seines Kindes, als er es an sich zog.

»Keine Sorge, mein Schatz«, hauchte er ihm ins Ohr. »Ich bin bei dir, ich passe auf dich auf.«

Immer näher kamen sie, bis das rasende Hecheln der Hunde direkt über ihnen war. Geht vorüber, flehte Henryk stumm, geht vorüber. Adam war außer sich vor Angst. Ein Schluchzen löste sich in seinem Hals und er fing an zu weinen.

Die Tiere schlugen an, scharrten auf den Dachschindeln, und ein Soldat brach mit dem Gewehrkolben ein paar davon durch. Der plötzlich einfallende Lichtstrahl blendete Henryk. Er blinzelte, barg den Kopf seines Sohnes an seiner Brust. Es war vorbei.

Die SS riss die Mauer ein und zog die Stattlers brutal aus ihrem Versteck. Adam klammerte sich nun an Dana, während Henryk seine Schwiegermutter Gila stützte. Unter Gebrüll und Schlägen stolperten sie die Treppe hinunter, auf der noch immer getrocknetes Blut von der letzten Aktion klebte. Sie wurden auf einen bereits überfüllten Lkw geschubst, dann brachte man sie zum ehemaligen Waisenhaus neben dem Bahnhof in Będzin. Waisenkinder lebten darin längst keine mehr.

»Was ist das hier?«, fragte Dana. Entsetzt starrte sie auf die vielen Leute, die in das Gebäude getrieben wurden. Für sie, die seit Jahren in vollkommener Abgeschiedenheit gelebt hatte, musste der Anblick der unzähligen zerlumpten Gestalten noch wesentlich aufwühlender sein als für Henryk.

Unter Drücken und Zerren kämpfte er den Weg für seine Familie frei, sodass sie sich alle gemeinsam in eine Zimmerecke im Erdgeschoss kauern konnten. »Ein Dulag«, erklärte er, »ein Durchgangslager. Hier werden wir nicht lange bleiben.«

Es gab keine Toiletten, weder Wasser noch Nahrung, und manche Menschen vermochten sich nicht einmal hinzusetzen, so eng war es. Innerhalb kürzester Zeit erfüllte der Geruch von menschlichen Ausdünstungen den überhitzten Raum. Neben

Dana weinte eine Frau unablässig. Ihr Mann schaffte es nicht, sie zu trösten.

»Kann ich Ihnen helfen?«, fragte Dana. Henryk wurde ob dieser Frage von großer Rührung erfasst. Er wollte schreien, seine Familie wegbringen von dort.

Nun verfiel auch der Mann in Wehklagen. Er kniete neben seinen beiden Kindern und schluchzte hemmungslos.

»Mein Baby atmet nicht mehr«, stieß er hervor. »Es will die Augen nicht aufschlagen.«

Erst jetzt bemerkte Henryk das Bündel auf dem Arm der Frau. Das kleine Gesichtchen des Säuglings war blau angelaufen.

»Ich musste doch verhindern, dass er weint«, schluchzte die Mutter. »Sie durften uns nicht finden, aber er hat geschrien und geschrien, da habe ich ihm die Hand auf den Mund gelegt. Und endlich wurde er still. Was habe ich getan?«

Die ganze Nacht über trauerte und klagte die fremde Familie. Henryk erinnerte sich daran, wie oft er Adam ebenfalls den Mund zugehalten hatte, um ihn still zu halten. Er zog seinen Sohn auf den Schoß und vergrub das Gesicht in seinen Haaren. Im Nacken spürte er Adams kleine Hände, die ihn streichelten. Henryk war beinahe erleichtert, als der Morgen anbrach und sie aus dem Haus getrieben wurden.

Am Bahnhof warteten die Viehwaggons. Natürlich. Was hatte er anderes erwartet? Sein wiederkehrender Albtraum wurde Wirklichkeit. Henryk kämpfte sich mit seinen Liebsten durch die Masse der Menschen bis zu den mit Stacheldraht verhängten Luftschlitzen an der hinteren Wand der Wagen. Nachdem die Türen geschlossen waren, schoss die SS wahllos von allen Seiten in den Waggon. Die Leute schrien auf, einige sackten zusammen, aber nicht bis ganz auf den Boden. Dafür war der Platz zu eng. Es grenzte an ein Wunder, dass weder Henryk noch seine Familie von den Kugeln getroffen wurden. Sobald sich der Zug in Bewegung setzte, machte er sich daran, den Draht zu lösen. Er wusste, die Fahrt würde nicht lange dauern. Viel Zeit hatte er nicht, um eine Flucht zu organisieren. Nach ein paar Minuten war die Öffnung frei. Schmal, aber breit genug für ihre ausgehungerten Körper, um sich hindurchzuzwängen.

»Du wirst uns doch hier jetzt nicht alleine lassen«, sagte Dana hinter ihm den Satz, der ihn sein ganzes restliches Leben lang verfolgte, bis in seine Albträume.

Marga atmete schwer, als er mit dem Erzählen fertig war.

»Warum hast du mir das nicht früher erzählt?«

»Weil ich es nicht konnte.«

»Vielleicht hätte ich dich dann besser verstanden.«

»Du hast mich immer verstanden, Marga. Für mich war es so wichtig, dass du einen gewissen Abstand zu meinen Abgründen halten kannst. So sind wir nicht beide hineingezogen worden, und du hast mich immer wieder gerettet, wenn mir zu schwer ums Herz wurde.«

»Wir haben viel zusammen erlebt«, sagte sie leise. »Dafür bin ich so dankbar. Wir haben das Beste aus unseren gemeinsamen Jahren gemacht. Und das Allerbeste ist Jonathan.«

»Das stimmt.«

Sie sah ihm tief in die Augen. »Für mich ist dieser angekündigte Abschied unendlich schwer, Henryk. Ich kann es nicht glauben, dass es vorbei sein soll. Es kommt mir vor, als wäre es erst gestern gewesen, dass du mich auf dem Kirchplatz in der Sonne angesprochen hast.«

Er lächelte. »Weißt du noch, wie ich mit dem Fahrrad den steilen Schlossberg hinaufgestrampelt bin und mich dann vor eurer Wohnung in Positur gestellt habe, bis du dich endlich an einem Fenster gezeigt hast?«

»Meine Mutter hatte mir längst erzählt, dass sich draußen ein Herr rumdrückt, der aussieht, als würde er auf jemanden warten, und ob ich ihn nicht endlich erlösen wollte.«

»Dann hast du dir extra Zeit gelassen?«

Marga warf ihm einen vielsagenden Blick zu. »Dein Auftritt war ja von Erfolg gekrönt. Schau uns an, viele Jahrzehnte später, noch immer verliebt und mit einem wunderbaren Sohn. Wir können stolz auf uns sein, Henryk.«

Sie erwähnte nicht den gemeinsamen Laden und den beruflichen Erfolg. Am Ende war es die Liebe, die wirklich zählte.

Langsam setzten sie ihren Weg fort.

»Ja, Marga, das können wir wahrhaftig. Und mir ist wohl bewusst, wem ich dieses lange Leben zu verdanken habe.« Er griff nach ihrer Hand.

Als seine Schwester Rinah kam, eine kleine, feinfühlige Frau, klammerte Henryk den Grund ihres Besuchs in den ersten Tagen einfach aus. Er merkte, dass Rinahs Anwesenheit besonders Marga Kraft schenkte. Und auch ihm bedeutete sie unendlich viel. Seine Schwester war mittlerweile ebenfalls nicht mehr die Jüngste, und die lange Reise war sicher anstrengend gewesen. Doch sie hatte sie auf sich genommen, um ihn noch einmal zu sehen.

Es war unwirtlich, der Herbst verabschiedete sich langsam, Chanukka rückte näher, und die Tage wurden spürbar kürzer und kälter. Der Kurpark in Bad Füssing, durch den Rinah so gerne Spaziergänge unternahm, bot ein trostloses Bild. Der

Wind pfiff, und in den abgeernteten Blumenbeeten gab es rein gar nichts zu sehen. Außerdem strengte Henryk das weite Gehen an. Daher ließen sie es irgendwann sein und verbrachten die meiste Zeit daheim.

Als nach ein paar Wochen der Tag ihrer Abreise gekommen war, fuhren Henryk und Jonathan Rinah wiederum nach Bad Füssing. Von dort ging ihr Bus zum Flughafen. Die Bushaltestelle befand sich vor einer Apotheke, deren Schaufenster bereits weihnachtlich dekoriert war. Zwischen Hustensaftpyramiden und Erkältungsmedikamenten standen kleine Engelchen und in Goldfolie verpackte Geschenke.

Hatte sie sich bisher mächtig zusammengerissen, übermannte Rinah nun ganz offensichtlich die Gewissheit, dass dies das letzte Mal war, dass sie ihren Bruder sah. Sie umarmte Henryk, drückte ihn fest an sich und wollte ihn gar nicht mehr loslassen. Jonathan stand daneben und kämpfte mit den Tränen. Es war ein bitterer Abschied. Eigentlich wollte Henryk seiner Schwester noch so viel sagen, und sie ihm sicherlich auch, doch keiner brachte ein Wort heraus. Sie hielten einander nur stumm, bis es Zeit war, in den Bus zu steigen. Von draußen beobachteten Jonathan und Henryk, wie sich Rinah auf einen Fensterplatz setzte. Tränen strömten über ihre Wangen, sie hob die Hand zu einem letzten Gruß und legte sie flach an die Scheibe, dann fuhr der Bus an, und Rinah verschwand. Auch Jonathan weinte. Es war die richtige Entscheidung gewesen, Marga nicht mitzunehmen, sie hätte das zu traurig gemacht. Der Abschied war für Henryk unfassbar schwer, doch er fühlte, dass seine Wangen trocken blieben und sein Gesicht wie versteinert, als er dem davonfahrenden Bus nachschaute. Der Schmerz drohte ihn zu zerreißen, doch er gab ihm nicht nach. Vor vielen Jahren hatte er gelernt, dass er im Angesicht von Gefahr, Tod und Tragödien nicht einknicken durfte. Das wurde er nicht mehr los.

Später dann, zu Hause in Mairing, als er sich ins Schlafzimmer zurückzog, um sich auszuruhen, löste sich der Knoten in seiner Brust, und die Tränen flossen auch bei Henryk. Auf dem Bettrand sitzend, presste er die Handballen flach auf seine Augen, bis es um ihn dunkel wurde. Erst als er wieder ruhiger atmen konnte, legte er sich hin, rollte sich auf die Seite und zog die Knie an. Er kämpfte alleine gegen seine Dämonen, gegen die Erinnerungen und mit dem erdrückenden Umstand, dass er bald sterben würde.

Auch diesen letzten Schritt auf der Welt würde er alleine bewältigen – wie alles im Leben, das wirklich schwer war.

26

1989, Marga

Im Januar erhielt Henryk einen Anruf aus Straubing. Marga stand neben ihm, als das Telefon klingelte, aber er hob den Hörer ab. Weil er Jiddisch sprach, verstand sie nicht genau, worum es ging, nur dass etwas Schlimmes passiert sein musste.

»Das war der Rabbi«, sagte er tonlos, nachdem er den Hörer aufgelegt hatte. »Er hat mich angerufen, weil er weiß, dass ich mit Herschel befreundet bin.«

»Herschel Bernstein? Was ist mit ihm?« Marga kannte ihn immer noch nicht persönlich, doch sie wusste, dass Henryk ihn jedes Mal besuchte, wenn er nach Straubing fuhr. Früher hatten sie auch geschäftliche Verbindungen gehabt, aber seit beide in Rente waren, trafen sich die zwei Herren nur noch privat.

»Er hat sich umgebracht.«

»Wie bitte? Was sagst du da?«

»Herschel hat sich vom Balkon seines Hauses gestürzt.« Wie in Trance ging Henryk durch den Flur ins Wohnzimmer, Marga ihm hinterher. Er ließ sich auf die Couch fallen und starrte hinaus in den Vorgarten, dabei schüttelte er immer wieder den Kopf. Eine Glastür führte vom Wohnzimmer auf die Terrasse, dahinter lagen ein Blumenbeet und ein Garten, der an der Straße mit einem hübschen Zaun endete. Rings um das Haus

349

der Stattlers waren in den vergangenen Jahren zahlreiche Wohnhäuser gebaut worden. Als Marga, Henryk und Jonathan hier eingezogen waren, hatten sie noch am äußersten Rand von Mairing gewohnt. Mittlerweile schlossen sich mehr und mehr neue Straßenzüge an, und der Ort schob sich hinaus auf die offene Ebene in Richtung Seeberg. Im ersten Jahr hatte Henryk von der Terrasse aus an klaren Tagen so weit in die Ferne schauen können, dass er am Horizont das Lager sah. Mittlerweile war es natürlich kein Lager mehr, schon lange kein Zwangsarbeitslager und auch kein DP-Camp mehr. Nun stand dort ein großer Stützpunkt der Bundeswehr, also irgendwie doch eine andere Art von Lager. Als der Nachbar gegenüber angefangen hatte, ihm die Sicht zu verbauen, war Henryk eigentlich ganz froh darüber gewesen. Marga noch mehr, denn es hatte ihr überhaupt nicht behagt, ihren Mann vollkommen in sich gekehrt an milden Abenden stundenlang stumm in Richtung Seeberg spähen zu sehen.

Der Anruf hatte ihn in dieselbe Starre wie damals verfallen lassen. Es dauerte eine kleine Ewigkeit, bis wieder Leben in ihn kam. Er schüttelte sich sogar leicht, als würde ihm das helfen, in die Gegenwart zurückzukehren.

»Mir ist das mit Herschel völlig unverständlich«, sagte er langsam. »Nach allem, was passiert ist, wie kann man sich denn da noch umbringen? Das begreife ich einfach nicht.«

»Vielleicht sind ihm die Erinnerungen zu viel geworden. Du hast erzählt, dass es besonders seiner Frau so schlecht ging mit der Vergangenheit ...«

»Aber es ist über vier Jahrzehnte her, Marga. Herschel war ein alter Mann, so wie ich. Da bringt man sich doch nicht mehr um!« Wiederum schüttelte er den Kopf.

»Letzte Woche erst war ich in der Synagoge und hinterher mit Herschel essen. Mir kam er vor wie immer. Dass seine Frau schwierig war, war ja nichts Neues. Aber er hat nicht erwähnt, dass es ihm irgendwie schlecht ging oder er mit seinem Leben nicht mehr umgehen konnte. Wir kannten uns so viele Jahre lang ... Alles überstanden, alles neu aufgebaut – und dann sich noch vom Balkon stürzen ...«

Der Freitod des Freundes nahm Henryk wirklich mit. Es ging ihm auch körperlich nicht gut, trotzdem fuhr er zur Beisetzung nach Straubing und kam gebeutelt, aber nicht weniger verständnislos zurück.

Marga dachte ebenfalls lange über die Sache nach. Der Besuch von Daniel Rotfeld aus Tel Aviv vor einigen Jahren kam ihr in den Sinn. Der hatte zwar nicht lebensmüde gewirkt, aber doch ausgesehen wie der leibhaftige Tod. Vor allem neben dem gleichaltrigen Henryk, der kerzengerade und mit vollem Haupthaar seinen gebeugten, vergreisten Freund noch älter hatte aussehen lassen.

Selbstredend hatte niemand Daniel gegenüber ein Wort darüber verloren, doch musste es derart auffällig gewesen sein, dass seine Frau Libi Marga beiseitegenommen und ihr zugeraunt hatte: »Dieses Phänomen sehen wir in Israel oft bei Holocaustüberlebenden. Nach dem Krieg mussten sie erst mal wieder auf die Beine kommen. Danach ging es ihnen ein paar Jahrzehnte lang gut, sie haben geheiratet, Familien gegründet und sich eine Existenz aufgebaut. Und plötzlich, bumm, im fortgeschrittenen Alter holt das Trauma sie wieder ein, das sie nie bewältigt haben. Der körperliche Verfall schreitet dann ganz schnell voran. Du hättest Daniel vor zehn Jahren sehen sollen.« Libi hatte ihre Fingerspitzen an die Lippen geführt und einen schwärmerischen

Kuss darauf gehaucht. »Ein Bild von einem Mann war er. Die Haare dunkel und voll, und was für ein Lächeln. Wie ein Filmstar hat er ausgesehen, mein Daniel.«

Marga hatte mit Libi in der Küche gestanden, um das Abendessen vorzubereiten. Sie hatte sich einen verstohlenen Blick durch die offene Tür hinüber ins andere Zimmer gestattet, in dem die beiden Männer am Tisch saßen und sich unterhielten.

Die im ausgezehrten Gesicht übergroß wirkenden, tief liegenden Augen, der kahle Kopf mit seinen vereinzelten weißen Flusen, die spröde Pergamenthaut, die sich über hohe Wangenknochen spannte – Daniels Aussehen erinnerte sie an das eines Krebskranken, dessen Körper den Kampf verloren hatte. Libi hatte ihr versichert, dass ihr Mann für seine Verhältnisse sogar erstaunlich gesund war. Marga hatte unendliches Mitleid für ihn empfunden, obwohl er sich gut gelaunt und leutselig gab und noch immer ein sehr herzlicher Mensch war. Die Altlasten seines Schicksals waren dabei, ihn aufzufressen, da gab es kein Entrinnen. Ebenso wenig für Henryk, das wurde ihr in letzter Zeit immer schmerzlicher bewusst.

Der endlose Januar kroch dahin und drückte Marga aufs Gemüt.

Jonathan war wenig zu Hause, er verbrachte die meiste Zeit in Passau, wo er die Uni besuchte und eine eigene Wohnung hatte. Marga vermutete, es belastete ihn, dass Henryk ihm in letzter Zeit so viel von früher erzählte. Er zeigte ihm Fotos und Zeitungsausschnitte und lebte fast mehr in der Vergangenheit als in der Gegenwart.

Doch der Alltag machte keine Pause für Befindlichkeiten.

Das Haus, in dem Henryk und Marga vormals gewohnt und ihren Laden betrieben hatten, war mittlerweile, nach dem Tod von Margas Eltern, an ein Ehepaar namens Lehner vermietet. Auch die ehemaligen Geschäftsräume waren zu Wohnräumen umgebaut worden, allerdings machte der Boden in einem Zimmer Probleme. Er musste dringend erneuert werden, und die Mieter übten Druck auf die Stattlers aus.

»Sie hatten gesagt, Sie machen es vor Weihnachten, nun ist der Januar fast durch, und es ist noch immer nichts geschehen«, meckerte Frau Lehner am Telefon, bis Henryk ihr versprach, die Sache umgehend anzugehen.

»Mitten im Winter den Boden austauschen – können die nicht bis zum Frühjahr warten?« Marga mochte die Mieter nicht. Sie fand besonders die Frau oftmals unverschämt in ihren Forderungen. Und Herr Lehner nahm sie nicht ernst, sicher hielt er sie für zwei senile Alte, mit denen er umspringen konnte, wie er wollte.

»Das wäre in der Tat besser«, pflichtete Henryk ihr bei, »aber was soll ich machen? Die morschen Holzplatten unter dem Teppich müssen raus, die knarzen und wackeln. Dann kann ein neuer Belag verlegt werden. Wenn wir die Mängel nicht beheben, mindern sie uns sicher die Miete, wie ich die beiden einschätze.«

»Du bist aber nicht in der Verfassung, schwere körperliche Arbeit zu verrichten – das ist dir hoffentlich klar.«

Er nickte einlenkend. »Ich mache es ja nicht alleine. Ich rufe den Vincent an und frage ihn, wann er Zeit hat, und Jonathan kann auch helfen.«

Vincent Moser war ein befreundeter Handwerker, ein Mann für alles – der nur leider oft lange im Voraus ausgebucht war. Als Henryk ihn anrief, klagte er über einen vollen Terminkalender, doch er bot an, trotzdem direkt am Wochenende vorbeizukommen und den alten Teppich rauszunehmen, damit sie sehen konnten, welche Bodenplatten überhaupt gebraucht wurden.

Am Mittwoch darauf stand dann Herr Lehner vor der Tür, vollkommen außer sich. Henryk meinte, eine Alkoholfahne auszumachen, obwohl es erst elf Uhr vormittags war.

»Das eine sag ich Ihnen«, Herr Lehner deutete mit einem spitzen Zeigefinger auf Henryk. »Wenn Sie nicht sofort den Boden wieder anständig machen, gibt's keine Miete. Das können Sie vergessen. Einfach den Teppich rausreißen und dann geht's nicht weiter, eine Unverschämtheit.«

»Mein Handwerker kann Ende nächster Woche alles fertig machen, Herr Lehner. Haben Sie bitte ein wenig Geduld.«

»Ich kenne meine Rechte und lasse mich von keinem verarschen. Reparieren Sie den Boden. Sofort. Sonst mache ich Ihnen richtig Stress.«

Am Abend rief Henryk auf Anraten Margas Jonathan in Passau an und bat ihn, am folgenden Morgen mit in den Baumarkt zu fahren und die benötigten Holzplatten zu holen.

»Wenn wir die erst mal beim Lehner abladen, wird er sich vielleicht beruhigen. Dann sieht er, dass was weitergeht.«

»War er wieder unhöflich?«

»Ich denke, er hatte getrunken.«

»Der ist doch immer besoffen, Papa. Du kannst dir von dem Kerl nicht alles bieten lassen. Ich habe leider morgen keine Zeit, ich habe ein Seminar. Aber Freitagmittag komme ich sowieso heim, dann fahre ich gleich mit dir in den Baumarkt. Ein Tag mehr oder weniger wird keinen großen Unterschied machen.«

»Ich wollte es aber morgen erledigt haben.«

Jonathan seufzte in den Telefonhörer. »Der Lehner hat dir gar nichts zu sagen. Versprich mir, dass du nicht alleine in den Baumarkt fährst und die schweren Platten schleppst, Papa.«

Weil Henryk nicht antwortete, verlangte Jonathan, mit seiner Mutter zu sprechen.

»Kannst du bitte dafür sorgen, dass er nichts übers Knie bricht, Mama?«

»Ich sehe es wie du – ob ihr dem Lehner die Bodenplatten am Donnerstag oder am Freitag liefert, ist vollkommen egal. Recht machen können wir es dem sowieso nie. Ein schrecklicher Mensch. Und seine Frau ist auch nicht netter.«

»Aber sie zahlen die Miete.«

»Deshalb will dein Vater sie ja auch nicht verärgern.«

Im Nachhinein wusste Henryk nicht mehr, was ihn geritten hatte, doch am Donnerstag alleine in den Baumarkt zu fahren, das gab er unumwunden zu, als Marga ihn zur Rede stellte. Vermutlich der Ärger über seinen unverschämten Mieter, dem er nichts schuldig sein wollte. Und weil er sowieso nicht gern auf die Hilfe anderer angewiesen war und Sachen erledigt wissen wollte. Jedenfalls war es ein Fehler gewesen, den Wagen voll mit schweren, hölzernen Bodenplatten zu beladen, sie zum Haus zu bringen und dann auch noch abzuladen. Vor allem, da Herr Lehner keinen Finger krumm machte.

»Er hat nur in der Küche gesessen und Bier getrunken«, beschwerte sich Henryk.

Marga musste sich bemühen, ihn nicht anzuschreien. »Du hast dich völlig überanstrengt«, stellte sie fest.

»Ich fürchte, ja«, räumte er zerknirscht ein. »Die Arbeit war nicht nur zu schwer für mich, ich habe beim Schleppen auch noch geschwitzt.« Er griff sich an die Brust. »Das war, glaube

355

ich, gar nicht gut. Aber wird schon wieder. Ich lege mich jetzt ein wenig hin.«

Beunruhigt blickte ihm Marga hinterher. Auch Jonathan machte sich Sorgen. Beide beobachteten Henryk übers Wochenende ganz genau. Ihre Befürchtungen schienen unbegründet, er erholte sich recht rasch. So gut, dass er eine Woche später zu Marga sagte, er würde eben kurz die Baustelle für Vincent drüben im Haus einrichten, weil der am Samstag mit dem Austausch des Bodens loslegen wollte.

»Aber bitte pass auf dich auf«, bat Marga ihn. Sie war dabei, einen Kuchen zu backen, goss den Teig in die Form und schob ihn in den Ofen, dann begleitete sie Henryk zur Tür.

»Keine Sorge. Ein zweites Mal bin ich nicht so dumm.« Er küsste sie zum Abschied. »Ich muss im Grunde nur ein paar Werkzeuge rüberbringen, in einer halben Stunde bin ich wieder da.«

»In Ordnung, ich bin sowieso hier noch beschäftigt. Der Kuchen ist erst mal eine Weile im Ofen, und ich muss noch das Mittagessen vorbereiten.«

Marga achtete nicht auf die Zeit, da sie alle Hände voll zu tun hatte, doch die halbe Stunde, von der Henryk gesprochen hatte, war rum, als das Telefon läutete.

»Frau Stattler? Hier Lehner.« Die Mieterin. Erst jetzt fiel Marga auf, dass Henryk noch immer nicht wieder daheim war. Augenblicklich kroch Angst in ihr hoch, sie griff nach dem Rand des Telefonkästchens und hielt sich daran fest. »Grüß Gott, Frau Lehner, was gibt es denn?«

»Hören Sie, Ihr Mann ist umgekippt. Er liegt beim Gartentor auf dem Weg und bewegt sich nicht mehr. Vielleicht schauen Sie besser mal vorbei.«

Marga versprach, sofort zu kommen, merkte allerdings, wie zittrig ihre Knie waren und dass sie kaum laufen konnte. So durfte sie sich nicht hinters Steuer setzen. In ihrer Not rief sie ihren Cousin Richard Seibold an, der gleich um die Ecke arbeitete. Innerhalb von drei Minuten war er da und fuhr Marga hinüber zu ihrem alten Haus.

Bereits im Näherkommen sah sie die Leute am Gartentor stehen, Frau Lehner, den Briefträger, den Nachbarn von gegenüber. Sie stieg aus dem Auto und rannte zu ihnen. Stumm wichen sie auseinander und gaben den Blick auf Henryk frei, der auf dem Boden des Gartenweges lag. Es war ein frischer Januartag, die Waschbetonfliesen unter ihm eiskalt und hart. *Henryk fror!* Das war das Erste, das ihr durch den Kopf ging. Marga sank neben ihm auf die Knie. Seine Augen waren geschlossen, die Lider flackerten, als sie ihn ansprach, und als er sie öffnete, wusste sie nicht, ob er sie erkannte. Seine Lippen bewegten sich, doch es kam kein Laut. Mit zitternden Fingern griff Marga nach der Hand ihres Mannes. Seine Augen schlossen sich wieder, und Henryk wurde ganz still. Die harten Wegplatten, die sich in ihre Knie bohrten, nahm sie nicht wahr, ebenso wie den schneidenden Januarwind und die Stimmen der Menschen um sie herum. Einen Moment lang war Marga mit Henryk alleine, streichelte seine Hand und blickte in das Gesicht, das ihr so vertraut war. Seine Finger erwiderten ihren sanften Druck nicht.

Der ohrenbetäubende Lärm des Martinshorns holte Marga zurück. Mit hoher Geschwindigkeit bog der Rettungsdienst in die Straße und stoppte direkt am Gartentor. Zwei Sanitäter packten eiligst eine Bahre aus, ein dritter begann umgehend mit Wiederbelebungsversuchen. Rasch luden sie Henryk in den Krankenwagen und brausten davon.

»Marga? Marga, hörst du mich?« Es dauerte etwas, bis die Stimme ihres Cousins zu ihr durchdrang. »Sie bringen ihn in die Klinik nach Rottalmünster. Wollen wir hinterherfahren?« Unfähig zu sprechen, nickte sie nur und ließ sich von Richard zurück zu seinem Auto führen.

Es war vorbei, das wusste sie.

Zeitgleich mit Jonathan, der aus Passau kam, bogen Marga und Richard Stunden später daheim in die Einfahrt. Sie kamen von rechts, aus Rottalmünster, er von links, und als die Autos nebeneinander hielten, sah Marga zu ihrem Sohn hinüber.

Er lächelte sie an, eine Sekunde lang, zwei, dann verschwand sein Lächeln.

Mit Richards Hilfe erzählte ihm Marga, dass Henryk einen Herzanfall gehabt hatte.

»Es war abzusehen«, murmelte sie vor sich hin. »Wir haben es ja gewusst. Es konnte jederzeit so weit seit. Aber dass er alleine war, dass niemand von uns dabei war, das ist nicht gut. Papa ist tot, Jonathan. Dabei wollte er doch nur ein paar Sachen ins Haus bringen. Ich habe daheim einen Kuchen gebacken. Wenn ich mit ihm gefahren wäre … Aber er hat sich gut gefühlt …«

Jonathan nahm sie in die Arme. »Niemand konnte wissen, was passiert, Mama.«

Gemeinsam fuhren sie noch mal ins Krankenhaus, weil Jonathan das wollte. Ein Arzt erklärte ihm alles und bestätigte, dass Henryk einen tödlichen Herzinfarkt gehabt hatte.

»Ich möchte Ihnen davon abraten, ihren Vater und Ehemann noch einmal zu sehen. Behalten Sie ihn lieber so in Erinnerung, wie er war«, sagte er.

Ein Schluchzen stieg in Margas Hals auf, aber sie schluckte es hinunter. »Warum?«

»Er sieht verändert aus.«

»In Ordnung«, unterbrach Jonathan. »Ich danke Ihnen.«

War es feige, sich nicht von Henryk zu verabschieden? An die folgenden Stunden erinnerte sie sich später nicht mehr. Nur dass sie daheim ein Beruhigungsmittel genommen und sich hingelegt hatte.

Am Samstagmorgen fuhr Marga mit Jonathan zum alten Haus und klingelte.

»Wir würden gerne erfahren, was gestern genau geschehen ist«, sagte Jonathan zu Frau Lehner. Ihr Mann war nicht zu Hause. Die Mieterin bat sie nicht herein, sondern redete zwischen Tür und Angel mit ihnen.

»Ich habe aus dem Küchenfenster gesehen, wie Herr Stattler kam. Als er das Gartentor öffnen wollte, hat er sich an die Brust gegriffen und ist dann über das Tor gekippt. Der Postbote war gerade nebenan, der hat es auch gesehen und ist rübergelaufen. Er hat ihn dann vom Gartentor runtergehoben und auf den Boden gelegt, und ich habe zuerst den Krankenwaren angerufen und dann Ihre Mutter. Mehr kann ich Ihnen eigentlich auch nicht sagen.«

Marga presste ein Taschentuch unter ihre Nase, und Jonathan merkte wohl, wie schwer ihr dieses Gespräch fiel. Er begann sich zu verabschieden, doch plötzlich sagte Frau Lehner:

»Ach, übrigens, mit der Heizung stimmt was nicht. Schauen Sie sich das mal eben an, wenn Sie schon hier sind.«

Marga wollte wegen dieser unfassbaren Pietätlosigkeit aufbegehren, aber Jonathan schüttelte den Kopf.

»Setz dich schon mal ins Auto, Mama. Ich gehe kurz runter in den Heizungskeller.«

Wie konnte er so ruhig und beherrscht bleiben? Marga hätte Frau Lehner am liebsten bei den Schultern gepackt und geschüttelt, sie angeschrien, ob sie von allen guten Geistern verlassen wäre, so was von einem Sohn zu verlangen, der vor vierundzwanzig Stunden seinen Vater verloren hatte. Doch sie fügte sich.

Nach ein paar Minuten kam Jonathan zurück und setzte sich hinters Steuer. Sie sahen durch die Windschutzscheibe zum Haus.

»Hast du das Problem gefunden?«

»War nur 'ne Kleinigkeit. Das hätten die Lehners vermutlich auch hingekriegt, wenn sie sich ein wenig Mühe gegeben hätten.«

»Die zwei tun keinen Handstrich – hast ja gehört, dass der Lehner deinem Vater nicht beim Abladen der Platten geholfen hat. Manchmal ist es schwer einzuschätzen, ob jemand ein Antisemit ist oder ein regulärer Mistkerl. Wenn ich mir so überlege, wie die Lehners in den vergangenen Jahren mit uns umgesprungen sind, vermute ich aber, dass sie einfach nur keinerlei Anstand haben.«

»Vermutlich müssen wir uns auf Ärger mit den beiden einstellen«, sagte Jonathan tonlos, weiterhin geradeaus starrend. »Aber das werde ich dann regeln.«

Erst danach startete er den Motor, und sie fuhren nach Hause.

Marga dachte daran, als Jonathan noch ein kleiner Junge gewesen war und sie ihn jeden Morgen in den Kindergarten gebracht hatte. Mittags hatte sie ihn abgeholt und mit ins Geschäft genommen. Dort hatte er gespielt, manchmal auch ein

360

wenig Unfug getrieben. Am liebsten hatte er sich unter den Kleiderständern versteckt, und wenn Marga mit der Kundschaft davorstand und beriet, verknotete er gern die Schnürsenkel der Kunden. Und einmal hatte er alle nach Größen im Regal geordneten Hemden umetikettiert, sehr zum Verdruss seiner Eltern.

Spätnachmittags war Marga mit ihrem Sohn an der Hand heimspaziert, während Henryk noch etwas im Laden blieb. Auf ihrem Weg hatten sie im Dezember die mit Lichtern geschmückten Koniferen in den Gärten gezählt, und Jonathan hatte sich gefreut, so viele Christbäume zu sehen. Wundervolle Jahre, die glücklichsten ihres Lebens, die endlos schienen in ihrer herrlichen Alltäglichkeit.

Eine tiefe Dankbarkeit mischte sich in Margas Trauer. Das machte alles wieder schlimmer, und sie fing an zu weinen.

»Du hast noch gar nicht geweint«, sagte sie zu Jonathan, als er ihr ein Taschentuch reichte.

»Das kommt vermutlich später. Ich muss gleich noch weiter zur Musikschule.«

»Du willst heute Unterricht geben?«, fragte Marga entsetzt. »Dein Vater ist gestern gestorben, sicherlich erwartet niemand von dir, dass du heute erscheinst.«

»Ich will die Kinder nicht enttäuschen. Außerdem lenkt es mich ein wenig ab.«

Er ließ sie daheim aussteigen und fuhr direkt weiter. Seit Kindertagen spielte Jonathan Klavier, mittlerweile auf einem sehr hohen Level. Marga und Henryk hatten das Talent ihres Sohnes stets gefördert. Besonders Marga freute sich, dass Jonathan die musikalische Familientradition fortsetzte, wenn sie schon nicht mehr sang oder Akkordeon spielte.

Seit einiger Zeit gab Jonathan samstags Klavierunterricht an der örtlichen Musikschule. Dass er auch an diesem Tag seine Pflicht erfüllen wollte, erfüllte Marga mit Sorge.

Offensichtlich befand sich ihr Sohn in einer Art Schockzustand, anders war seine beinahe schon unheimliche Beherrschung nicht zu erklären.

Aber sie kannte ihn, in diesem Zustand würde er sie nicht an sich heranlassen. Nichts, was sie sagen konnte, würde zu ihm durchdringen.

Nachts lag Marga alleine im Bett. Henryks Seite war leer und kalt. So würde es von nun an immer sein.

Abgesehen von seinen Krankenhausaufenthalten waren sie in den vergangenen dreiundvierzig Jahren kaum eine Stunde getrennt gewesen. Außer wenn Henryk zum Kartenspielen ging, in die Synagoge fuhr oder Marga sich mit ihren Freundinnen traf. Alles hatten sie zusammen gemacht, weil es ihnen Kraft und Sicherheit gab. Das hatte sich Marga zu Beginn ihrer Beziehung nicht so vorgestellt. Von ihren Eltern kannte sie es, dass sie mehr oder weniger eigenständige Tagesabläufe hatten und einander nur zu den Mahlzeiten sahen. Bei ihnen war das anders gewesen. Gemeinsam waren sie vollständig, ergaben eins – und nun? Mit fast fünfundsechzig Jahren musste Marga jetzt eine völlig neue Art des Lebens lernen. Das machte ihr Angst. Was war mit den ganz alltäglichen Dingen, Versicherungen, Bankkonto, Rechnungen – darum hatte sich bisher ausschließlich Henryk gekümmert. Zwar wusste sie, dass er mit Jonathan lange Gespräche zu all diesen Themen geführt hatte, von denen er glaubte, sie würde nichts mitbekommen. Zu ihr hatte er stets nur gesagt, es sei alles geregelt, sie müsse sich um nichts Sorgen machen. Doch bezweifelte sie, dass die Lage wirklich rosig aussah. Würden sie und Jonathan über die Runden kommen, oder mussten sie um ihr Auskommen bangen? Wie sollte nur alles weitergehen ohne den Mann, den sie liebte? Diese Frage im Kopf, die sie nicht beantworten konnte, weinte sich Marga in den Schlaf.

Doch das Leben ging tatsächlich einfach weiter und rang Marga einen Tag nach dem anderen ab. Sie und Jonathan mussten sich um Formalitäten kümmern und die Beisetzung organisieren. Kurz nach der Trauerfeier kam ein wütender Anruf von einer alten Dame aus Straubing, jener Frau, bei der Henryk immer Matzenbrot und koscheren Wein gekauft hatte. Sie regte sich fürchterlich darüber auf, dass ein Jude auf einem christlichen Friedhof beerdigt worden war und nicht auf dem der Israelitischen Kultusgemeinde, wie es sich gehören würde. Sogar als Jonathan ihr ruhig erklärte, dass es der ausdrückliche Wunsch seines Vaters gewesen war, nahe bei seiner Familie zu bleiben, wollte sie sich nicht beruhigen. Ob die Dame nicht merkte, wie schmerzhaft diese Diskussion für Henryks Frau und Sohn war oder ob es ihr egal war, wusste Marga nicht. Falls Henryk seine letzte Ruhestätte in Straubing hätte finden wollen, hätte sie das akzeptiert. Doch natürlich war sie froh, dass er in Mairing blieb und sie sein Grab jeden Tag besuchen konnte.

Wie erwartet gab es auch Probleme mit den Lehners, die meinten, nach dem Tod des Hausbesitzers könnten sie seine Familie mit viel unverschämtem Gepolter über den Tisch ziehen und sich das Haus selber unter den Nagel reißen. Marga in ihrer Trauer fühlte sich unfähig, sich mit diesen schrecklichen Menschen auseinanderzusetzen, aber Jonathan regelte die Sache wie versprochen und beendete das Mietverhältnis.

Während der Woche, wenn Jonathan an der Uni und sie allein zu Hause war, fiel es ihr anfangs schwer zurechtzukommen. Im Laufe der Zeit fand sie jedoch einen eigenständigen Rhythmus, mit viel Unterstützung von ihren Freundinnen. Sie trafen sich von nun an noch regelmäßiger und waren so oft in den Mairinger Cafés zu finden, dass man sie bald allenthalben die *Golden Girls* nannte, in Anlehnung an die beliebte Fernsehserie.

Im Kreis ihrer Freundinnen traute sich Marga auch zu äußern, was sie sich am meisten wünschte:

»Dass Jonathan heiratet und ich Enkelkinder bekomme, am besten möglichst viele.«

»Das wünsche ich mir auch für dich, Marga. Gäbe es denn eine geeignete Kandidatin? Hat Jonathan überhaupt eine Freundin?«, fragte Lotte, die, wie alle in der Runde außer Marga, längst Enkelkinder hatte.

»Was weiß ich, was er in Passau macht – etwas Ernstes gibt es jedenfalls nicht. Aber Henryk und ich hätten längst die Richtige für ihn gefunden.«

»Ach ja? Das interessiert mich jetzt aber.« Nicht nur Lotte, auch Johanna, Friedel und Angelika rückten näher und ließen von ihren Donauwellen ab, die im Café Rehmeier besonders gut schmeckten.

»Na ja, das könnt ihr euch vermutlich eh denken. Ich spreche von Laura Pfeiffer.«

Johannas Gesicht hellte sich begeistert auf. »Der Tochter von Gerda und Hans aus der Metzgerei? Ein sehr nettes Mädchen.«

»Als Jonathan damals zur Welt kam, haben sich die Pfeiffers wahnsinnig für uns gefreut, und ich denke, wir haben sie auf die Idee gebracht, ein zweites Kind zu bekommen. Zumindest rede ich mir das gern ein, weil es so romantisch ist.« Marga lächelte.

»Jedenfalls ist Laura nur ein klein wenig jünger als Jonathan. Da wir mit den Pfeiffers befreundet sind, kennen die Kinder sich ewig, und ich habe schon den Eindruck, als würden sie einander mögen.«

»Willst du sie etwa verkuppeln?«, wollte Friedel wissen.

Marga musste an eine Begebenheit kurz vor Henryks Tod denken und unwillkürlich lächeln. »Also, ich glaube ja von Haus aus nicht an arrangierte Ehen, obwohl so was in unserer Generation nicht unüblich war. Wie wir alle wissen, war meine Hochzeit eine Liebesheirat, und eine ganz schön unerhörte noch dazu. Aber Henryk hatte weniger Skrupel als ich, wenn es um Jonathans Zukünftige ging. Er hat Laura sogar direkt gesagt, dass er sie sehr gerne zur Schwiegertochter hätte.«

Angelika schnappte nach Luft. »Nicht wirklich! Obwohl sie und Jonathan nicht mal zusammen sind? War das der armen Laura nicht unendlich peinlich?«

»Vermutlich schon.« Marga kicherte. »Na ja. Und gebracht hat es bis jetzt auch nichts. Wie du ganz richtig feststellst, Angelika, sind die beiden kein Paar. Aber eine Mutter kann schließlich hoffen, nicht wahr?«

27

1990, Jonathan

» *Was sind das alles für Leute auf diesen Bildern? Warum haben die keine Sachen an?* «

Jonathan hielt die Schwarz-Weiß-Aufnahmen in der Hand, die seine Mutter noch immer im Nachtkästchen des Vaters aufbewahrte. Es handelte sich um Zeitungsausschnitte, mittlerweile abgegriffen und so oft auf- und zugefaltet, dass das dünne Papier an manchen Stellen eingerissen war. Er dachte zurück an den Tag, als er sie gefunden hatte. Neugierig, wie kleine Jungs nun mal waren, hatte er ein wenig in den Schubladen herumgestöbert und sich gefragt, warum sein Vater Bilder von nackten Menschen sammelte. Am meisten hatte ihn allerdings verwundert, dass sie alle eng zusammengedrängt am Rand einer Grube standen. Wenn man nichts anhatte, ging man doch eigentlich nicht raus. Und man ließ sich schon gar nicht zusammen mit anderen fotografieren.

»Das erkläre ich dir später einmal«, hatte Henryk geantwortet. »Leg sie bitte wieder zurück, damit sie nicht beschädigt werden.«

An der Stimme seines Vaters hatte Jonathan sofort erkannt, dass das keine Scherzbilder von Nackedeis waren, sondern etwas, das ihn unendlich traurig machte. Es war Jonathan unangenehm gewesen, den Vater zu betrüben. Wahrscheinlich waren die Bilder ihm deshalb nicht mehr aus dem Kopf gegangen. In unregelmäßigen Abständen hatte er immer wieder mal danach gefragt. Und irgendwann – war Jonathan zwölf gewesen, dreizehn oder vierzehn? –, irgendwann hatte sich Henryk auf die Bettkante gesetzt, seinem Sohn bedeutet, neben ihm Platz zu nehmen, die Zeitungsartikel aus der Schublade geholt und dann durfte er sie sich in Ruhe ansehen.

»All diese Menschen stammten aus Polen«, hatte sein Vater leise gesagt, »genau wie ich. Sie waren Juden, wie ich. Und nur, weil sie Juden waren, wurden sie an diesem Tag, ein paar Augenblicke nachdem das Foto entstanden ist, ermordet.«

Diese Information hatte Jonathan tief erschüttert. Weitere Details hatte ihm sein Vater zunächst erspart. Aber nach und nach, relativ widerstrebend, hatte er ihm mehr erzählt. Dass die Menschen sich ihre Kleider hatten ausziehen und sich oben am Rand der Grube hatten aufstellen müssen, ganz dicht, einer neben dem anderen. Dass sie jene Grube, in die sie dann hinunterfielen, vorher selber hatten schaufeln müssen. Dass es deutsche Soldaten gewesen waren, die sie erschossen hatten. Erst viele Jahre später hatte Jonathan noch mehr grausige Details erfahren. Zum Beispiel, dass nicht alle sofort tot gewesen waren und sich die Erde, die man über die Menschen schaufelte, noch tagelang bewegt hatte.

Wie damals als Junge saß Jonathan nun wieder auf dem Bettrand und hielt die Bilder in der Hand. Nur war sein Vater nicht mehr bei ihm. Der 27. Januar, der Tag, an dem Henryk gestorben war, war der Jahrestag der Befreiung des Vernichtungslagers Auschwitz durch die Sowjets. Für Jonathan hatte es eine gewisse Symbolik, dass sein Vater genau an einem 27. Januar seinem Herzleiden erlegen war, auch wenn seine Mutter betonte,

367

dass es reiner Zufall war. Über ein Jahr war das nun her, und Jonathan seitdem ein in sich gekehrter junger Mann, der viel grübelte.

Seine Gedanken reisten weit zurück in die Vergangenheit, in eine Zeit, in der er seine kindliche Unbeschwertheit verloren hatte.

»Kann es sein, dass dich auch jemand umbringen will, Papa?« Als wäre es gestern gewesen, spürte Jonathan die tiefe Furcht, die ihn bei seiner Frage ergriffen hatte, dennoch hatte er sie stellen müssen. Immerhin, sein Vater hatte gesagt, er sei ebenfalls Jude und aus Polen. Was, wenn sie ihn abholen und eine Grube schaufeln ließen? Würden sie ihn selbst dann auch mitnehmen, als Henryks Sohn? Und was war mit seiner Mutter?

Sein Vater hatte mit der Antwort gekämpft, das hatte ihm Jonathan angemerkt, und dieses Zögern hatte ihm noch mehr Angst gemacht. Das Nein, zu dem sich Henryk schließlich durchgerungen hatte, war nicht überzeugend gewesen. Die Saat der Furcht war seit diesem Tag gesät.

»Er hat es sehr bedauert, dir erklären zu müssen, was geschehen war, die ganze unfassbare Wahrheit.« Die Stimme seiner Mutter schreckte Jonathan auf. Sie stand in der Tür des Schlafzimmers und deutete auf die Bilder in seiner Hand. »Deswegen hat er es hinausgeschoben, so lange es ging. Aber irgendwann hat er gemeint, es wäre an der Zeit, dass du es erfährst. Ihm war schon klar, dass du danach nicht mehr derselbe sein würdest.«

Jonathans Fragen waren mehr geworden und lauter. Und die Antworten darauf fügten sich nach und nach zu einem Bild zusammen, das seine Weltsicht für immer beeinflusste.

»War ich ein ängstliches Kind, Mama?«

Marga schüttelte den Kopf. »Du warst ein sehr neugieriger kleiner Junge. Und ich denke, dass du eine glückliche, behütete Kindheit hattest. Für uns hatte es oberste Priorität, dass du ganz normal aufwächst, in diesem kleinen Ort, dass du ganz selbstverständlich dazugehörst. Du hattest keine Angst. Das kam erst später. Aber ich würde es auch nicht direkt als Angst bezeichnen, sondern als ein übersteigertes Sicherheitsbedürfnis. Das hatte Papa ja auch.« Sie verschränkte die Arme und lehnte sich an den Türrahmen.

»Du hast alle seine Sachen gelassen, wie sie waren.« Sorgsam legte er die alten Fotos zurück in die Schublade und schloss sie.

»So habe ich ein wenig länger das Gefühl, dass er noch bei mir ist.«

»Irgendwann müssen wir ohne Papa klarkommen.«

»Wir werden nie ohne ihn sein, Jonathan.«

Ein Kloß stieg in seinem Hals auf, er konnte nur nicken. Am liebsten hätte er seiner Mutter von den beiden Jobangeboten erzählt und sie um Rat gefragt. Dann hätte er ihr allerdings ebenfalls gestehen müssen, warum sein Wagen in Wirklichkeit geklaut und dass er überfallen worden war. Ihm war klar, wie sehr sie das beunruhigen würde. Sie hätte Angst um ihn, egal, wofür er sich entschied, eben jene besondere Angst, die Marga *erhöhtes Sicherheitsbedürfnis* nannte und die auch ihr nicht fremd war. Deswegen fand Jonathan es besser, möglichst wenig Besorgniserregendes mit ihr zu teilen. Auch mit anderen sprach er so wenig wie möglich über diese Dinge.

Das war nicht immer so gewesen. Früher, als Heranwachsender, als sich ihm das Schicksal seines Vaters langsam erschlossen hatte, war er extrem wütend geworden und hatte das allen ins

Gesicht schreien wollen. Henryk aber hatte das sofort erkannt und ihn gebremst.

»Meinst du nicht, dass es genügend Situationen gab, in denen ich das auch gern gemacht hätte?«

Jonathan musste etwa sechzehn gewesen sein, als sein Vater ihn zur Rede gestellt hatte. Beiläufig hatte er das getan, am Mittagstisch, in ruhigem Ton und ohne wirklich von seinem Teller aufzusehen. »Ich könnte den Leuten hier um die Ohren hauen, was sie mir angetan haben, schonungslos, mit allen grausigen Details. Vorwürfe könnte ich ihnen machen, immerhin sind sie bestenfalls kuschende Mitläufer und schlimmstenfalls Täter gewesen. Und dann könnte ich ihnen sagen, wie sehr ich sie dafür verachte. Verdient hätten sie es. Antisemitismus kriegen wir hier oft genug ab, Jonathan, das weißt du, und daran wird sich nie was ändern.«

»Aber was sollte es bringen, Krawall zu machen?«, hatte seine Mutter sanft eingeworfen, und das rebellische Glimmen im Blick seines Vaters, als er kurz aufsah, war erloschen.

Trotz war in Jonathan hochgekocht. »Wenn wir dauernd den Mund halten, kuschen wir doch ebenso. Dann meinen sie, wir sind schwach.«

»Blödsinn.« In diesem Moment hatte sein Vater das Besteck weggelegt, die Finger locker vor sich auf dem Tisch verschränkt und ihn aus braunen Augen angesehen, die den seinen so ähnlich waren. »Jonathan, ich verstehe durchaus, wie es ist, wenn die Gefühle mit einem durchgehen. Niemandem ist unsere Außenseiterposition deutlicher bewusst als mir, das kannst du mir glauben. Aber wenn du dich hier mit unserer Familiengeschichte profilierst, dann müssen wir wegziehen aus Mairing, dann haben wir keine Ruhe mehr und sind nicht mehr sicher.«

Widerspruch lag auf Jonathans Lippen, doch seine Mutter brachte ihn mit einem Blick zum Schweigen. Nun war er es, der auf seinen Teller starrte, dabei hätte er schreien können. Erst später hatte er wirklich darüber nachgedacht, was sein Vater gesagt hatte, und beschlossen, seinem Rat Folge zu leisten. Er wollte nicht weg aus seiner Heimat.

Am Montag fuhr Jonathan nicht gleich zurück nach Passau, weil er einen Zahnarzttermin in Mairing hatte. Vormittags um zehn ging er in die Praxis, die sich im obersten Stockwerk eines Geschäftsgebäudes aus den 1970er Jahren befand. Ein scheußlicher Klotz, der nichts für das Ortsbild tat. Aber er beherbergte Mairings modernsten Supermarkt, ein Lampengeschäft, einen Zeitungskiosk, eine große Abteilung für Haushalts- und Schreibwaren, einen Möbelladen im Keller, und man konnte sogar seine Fotos entwickeln lassen. Zudem lag er direkt neben Jonathans früherem Gymnasium. In den Mittagspausen pilgerten täglich Schülerscharen an die Metzgertheke.

In der Zahnarztpraxis roch es wie üblich nach Desinfektionsmittel. Die Geräusche der Bohrer aus den Behandlungsräumen waren bis ins Wartezimmer zu hören, was bei Jonathan nicht gerade ein Wohlgefühl auslöste. Wenigstens war sein Termin zügig und relativ schmerzfrei vorüber, und auf dem Weg nach draußen entschied er sich nicht für den Aufzug, sondern nahm die Treppe, die im hinteren Bereich des Gebäudes die Stockwerke miteinander verband. Ein Mann kam ihm entgegen, und Jonathan wich aus, um ihn vorbeizulassen.

»Guten Morgen, Herr Fuchs«, grüßte er. Der ehemalige Kegelbruder seines Vaters trug Altherrenhosen, dazu ein Hemd und einen Pullover mit V-Ausschnitt darüber. Diese Kleidung hatte er sommers wie winters an, es war seine persönliche kleine Uniform. Auf der Beerdigung hatte er ihn nicht gesehen, aber da hatten sowieso alle Herren der Kegelgruppe durch Abwesenheit geglänzt. Herr Fuchs war ein ruhiger, besonnener Mann, ein Major a. D. Zusammen mit Fred Erlmoser hatte er bei der Bundeswehr gedient, deren Stützpunkt sich nun ironischerweise an ebenjener Stelle befand, an der im Krieg das Lager Seeberg und die Luftflottennachrichtendienstschule gestanden hatten. Ein Umstand, der Jonathan jedes Mal mehr als bizarr vorkam, wenn er daran dachte.

Der ältere Herr hatte den Blick auf die Treppenstufen gerichtet, nun sah er auf. »Ach, Jonathan, du bist das.«

Mit einer blitzschnellen Bewegung, die Jonathan ihm gar nicht zugetraut hätte, und ehe er überhaupt gewahr wurde, was geschah, drängte Herr Fuchs ihn gegen die Wand und stemmte die Hände rechts und links neben ihn. »So, mein Junge, ich will jetzt und hier von dir die Aussage haben, dass die Juden an allem schuld sind«, stieß er mit gepresster Stimme hervor.

Diese unerhörte Forderung traf Jonathan völlig unvorbereitet. Zudem fühlte er sich durch Herrn Fuchs extrem bedrängt. Am liebsten hätte er ihn weggeschubst, aber dann fiel er womöglich noch die Stufen hinunter. Wütend ballte Jonathan die Hände zu Fäusten, rang um Beherrschung und tauchte flugs unter Herrn Fuchs' Arm weg, ehe dieser reagieren konnte.

»Sie sind ja irre!«, rief er und ließ ihn stehen. Er lief die Treppe hinunter, darauf bedacht, nicht zu schnell zu rennen. Dass seine Schultern dabei bebten, bemerkte er wohl, aber noch stärker konnte er sich beim besten Willen nicht zusammenreißen.

Was war los mit den Leuten? Was brachte den langweiligen Herrn Fuchs, der stets brav gekegelt und seinem Vater freundlich ins Gesicht gelacht hatte, dazu, Jonathan auf diese Weise anzugehen? Vierundvierzig Jahre nach Kriegsende gab es noch immer Altnazis in Mairing. Diese Tatsache überraschte Jonathan nicht. Er ärgerte sich lediglich darüber, quasi kalt erwischt worden zu sein. Wenn ihm das nächste Mal jemand derart blöd kam, wollte er gewappnet sein und souverän reagieren. Aber was, wenn ihn das nächste Mal kein alter Mann, sondern ein paar junge, kräftige Kerle angingen? So wie die beiden Männer, die ihn in seiner Wohnung überfallen hatten? Wie konnte er sich davor schützen?

Am Nachmittag, ehe sein Zug nach Passau ging, machte er noch einen Spaziergang mit seiner Mutter. Die abstoßende Szene mit Herrn Fuchs verschwieg er ihr nicht, sie hatte ein Recht darauf, zu erfahren, wie mies er behandelt worden war.

»Bist du sicher, dass er genau das gesagt hat?«, fragte Marga fassungslos.

»Natürlich. Mittlerweile kann ich ganz gut zwischen Dummheit und Hass unterscheiden. Der Fuchs hat das ernst gemeint. Das war nicht wie im Geschichtsunterricht am Gymnasium, als meine Lehrerin beim Thema Konzentrationslager vor der versammelten Klasse gesagt hat: ›Dazu fragen wir jetzt am besten den Jonathan, der kennt sich sicher damit aus, weil sein Vater nämlich in einem interniert war.‹« Noch immer kam ihm beim Gedanken an diese blöde Bemerkung die Galle hoch. Mucksmäuschenstill war es in der Klasse geworden, alle hatten sich zu ihm umgedreht und ihn angestarrt, als hätte er plötzlich einen zweiten Kopf dazubekommen. Er hatte nur gestammelt: »Darüber will ich nicht reden«, etwas Besseres war ihm in seiner Not nicht eingefallen. Eine gute Pädagogin hätte erkannt, in welch unangenehme Lage sie ihren Schüler gebracht hatte, und versucht, die Situation zu retten. Doch die Geschichtslehrerin hatte mit der Feinfühligkeit eines Trampeltiers und einem eingeschnappten »Na, das ist aber schade« reagiert. Danach, in der Pause beim Kartenspielen, und fortan immer wieder, hatte sich Jonathan von seinen Klassenkameraden Spitzen anhören müssen wie: »Du spielst ja hebräisches Schafkopf.« Kleine Sticheleien, flapsig dahingesagte Dummheiten, die jedes Mal wehtaten.

Ein Mitschüler, der wie Jonathan Klavier spielte und sich stets in Konkurrenz mit ihm sah, hatte einmal von ihm verlangt: »Du, eigentlich ist es nicht richtig, wenn du mich beim Vornamen nennst. Ab jetzt sagst du Herr Kleineck zu mir, hast du verstanden?« Dabei hatte er das *Herr* besonders betont. »Weil, verglichen mit dir, bin ich nämlich ein Herrenmensch.«

Beim anschließenden Mittagessen zu Hause hatte sein Vater Jonathans aufbrausende Wut zwar nachvollziehen können, war aber selber vollkommen ruhig geblieben.

»Wenn er das will, dann mach es halt. Dann ist das Thema erledigt.«

Das meinte sein Vater hoffentlich nicht ernst? »Ich nenne den blöden Kleineck doch nicht Herr Kleineck! Der ist doch nur eine Klasse über mir. Lieber beiß ich mir die Zunge ab.«

»Dummköpfe wie der sind deine Wut nicht wert, mein Junge. Vergiss ihn einfach. Wenn er für dich keine Bedeutung hat, ist das für ihn die höchste Strafe.«

So cool wie sein Vater hatte der jugendliche Jonathan nicht reagieren können – der erwachsene Jonathan arbeitete daran. Immerhin hatte er den unverschämten Herrn Fuchs heute nicht die Treppe runtergeschubst, sondern sich beherrscht, und war dem Konflikt aus dem Weg gegangen. Sicher wäre Henryk deswegen stolz auf ihn.

Marga sah Jonathan an. »Was für ein Trottel, der alte Fuchs. Hat sich wohl in seiner Altnaziwelt eingerichtet und merkt gar nicht mehr, was er für einen Schwachsinn von sich gibt.«

»Ich hatte eher den Eindruck, der hat ganz genau gewusst, was er da macht.«

»Was hat er damit gemeint? ›Die Juden sind an allem schuld‹ – woran denn?«

»Vollkommen egal, Mama, darum geht es nicht. Er hat mich in einem menschenleeren Treppenhaus gegen die Wand gedrückt und irgendeinen antisemitischen Scheiß von sich gegeben. Was müssen wir uns eigentlich noch alles gefallen lassen? Am liebsten hätte ich ihm eine reingehauen!«

»Dann wärst du der Böse gewesen, weil du einen alten Mann schlägst. Es hätte Aussage gegen Aussage gestanden. Gut, dass du dich beherrscht hast.«

»Aber sich immer nur zusammenreißen ist auch keine Lösung. Irgendwann reicht es!« Wütend stieß Jonathan die Luft aus, lief ein paar Schritte voraus und wurde dann wieder langsamer, bis seine Mutter ihn eingeholt hatte.

»Machen wir uns nichts vor, die Welt ändert sich nicht«, sagte sie sanft. »Nicht mal unsere winzig kleine und beschränkte hier. Aber es liegt an uns, wie wir sie wahrnehmen.«

»Was willst du denn damit sagen?« Er hatte gerade wirklich nicht den Nerv für weise Sprüche.

»Sie sterben aus, die alten Nazis. Irgendwann sind alle weg, die deinem Vater wehgetan haben. Du bist der Sieger, Jonathan, das Geschenk Gottes. Du bist sein Sohn, die neue Generation. Du bleibst, wenn sie längst weg sind. Sie haben verloren.«

»Ist es das, was dir diesen manchmal echt nervigen Gleichmut bewahrt hat, Mama? Die Gewissheit, dass ich sie überleben werde?«

Margas Mantra, den Ball flach zu halten, unauffällig zu leben und lieber wegzuhören, statt zu streiten, hatte ihn oftmals zur Weißglut getrieben. Trotzdem war Jonathan meist den Anweisungen der Eltern gefolgt, was weiß Gott nicht immer einfach gewesen war.

Seine Mutter blieb stehen und sah ihn mit ihren wasserhellen blauen Augen an. »Natürlich, Jonathan. Nur so ergibt alles einen Sinn.«

Er wagte nicht, ihr zu sagen, dass die antisemitischen Nachrücker nicht nur bereits in den Startlöchern standen, sondern sogar schon zugeschlagen hatten. Und die starben nicht aus, sie wurden immer mehr.

Jonathan hoffte, dass diese neue Gefahr seiner Mutter nicht bewusst war. Er wünschte sich sehnlich, dass sie ihren Glauben daran behielt, dass Antisemitismus aussterben würde.

Später im Zug saß er in Gedanken versunken am Fenster, sah draußen die Landschaft vorbeiziehen und fühlte sich vollkommen allein auf der Welt.

Plötzlich kam ihm der Tag in den Sinn, an dem er seine Tante Rinah kennengelernt hatte. Nicht der zweite, traurige Abschiedsbesuch kurz vor Vaters Tod, sondern der erste, vor etwa sechs Jahren. Chaja war in Polen und Sady in Israel, keine von beiden würde jemals einen Fuß nach Deutschland setzen. Sein Vater hatte in Kontakt mit allen drei Schwestern gestanden, schrieb ihnen Briefe und schickte Päckchen, doch gesehen hatte er seit über vierzig Jahren keine von ihnen.

Und dann kam Rinah zu Besuch aus Amerika. Eine hübsche Frau mit rundlichem Gesicht und dunklen Augen, wie Henryk.

»Wenn ich meinen Bruder anschaue, sehe ich unsere Eltern«, sagte sie. Offenbar trug sein Vater die Züge beider Eltern, das fand Jonathan interessant, weil es ja keine Fotos von seinen Großeltern väterlicherseits gab.

Elegant gekleidet war sie gewesen, knapp zehn Jahre jünger als Henryk, und mit ihren blonden Haaren glich sie vom Typ her eher Jonathans Mutter. Sie hatte ihn beeindruckt, mit Reiseerzählungen aus der ganzen Welt und den vielen Sprachen, die sie beherrschte. Tante Rinah redete langsam, wohlüberlegt, auf Deutsch und Englisch mit ihm und Marga und auf Polnisch und Jiddisch mit Henryk. Ihre Lippen, amerikanisch rot geschminkt, lächelten immer, besonders, wenn sie sich mit ihrem Neffen unterhielt, ihre Augen hingegen waren traurig. Auch darin glichen sie denen des Vaters.

»Mein lieber Junge«, hatte sie zu ihm gesagt, und er hatte gespürt, dass das nicht nur eine Floskel war. »Dank dir sterben wir also doch nicht aus, was? Ich selber habe zwar einen Lebensgefährten, aber mit Kindern war ich ebenso wenig gesegnet wie meine Schwestern. Doch durch dich geht es weiter mit den Stattlers. Du siehst genauso aus wie dein Vater in diesem Alter, die Ähnlichkeit ist fast schon unheimlich. Eigenartig, es kommt mir vor, als wäre es noch gar nicht lange her, dass wir Kinder waren ...«

So wie Rinah sich darüber gefreut hatte, dass es ihn gab, so glücklich war Jonathan gewesen, endlich einmal jemanden aus der Familie seines Vaters zu treffen. Das brachte für ihn ein Stück heißersehnte Normalität. Mit der Tante durch den Kurpark im nahe gelegenen Bad Füssing zu spazieren, in dem die

Frühlingsblumen blühten, mit ihr ein Eis zu essen und ihren Geschichten zu lauschen, wie jeder andere Junge auch.

»Ich war viele Jahre lang eingesperrt, das hat dir Henryk vielleicht erzählt«, sagte sie zu ihm. »In Sibirien, unter der Erde in einem Bergwerk. Dort gab es kaum Frauen, die meisten anderen Gefangenen waren Männer. Wir mussten schwere Arbeit verrichten und Kohle abbauen.« Das erklärte Tante Rinahs breite Schultern und die kräftigen Arme, die nicht zur schmalen unteren Hälfte ihres Körpers zu passen schienen. Und auch die traurigen Augen, aber das war dem jugendlichen Jonathan damals noch nicht klar geworden, das wusste er erst jetzt.

Obwohl sie und Henryk einander viele Jahre lang nicht gesehen hatten, gingen sie sofort vollkommen vertraut miteinander um. So vertraut, dass keiner ein Blatt vor den Mund nahm.

»Wir gehen zu einem Essen«, sagte Henryk eines Abends zu Rinah. »Freunde von uns haben eingeladen, dich auch. Aber so kannst du nicht mitkommen – mit deinem grellen Lippenstift siehst du aus wie eine …« Er verkniff sich den Ausdruck. »Jedenfalls geht das hier bei uns in Mairing nicht. Mach den Lippenstift ab, Rinah.«

»Du hast mir gar nichts zu sagen, Henryk«, gab sie zurück. »Ich lebe in Amerika, da trägt man das so. Nicht mein Problem, wenn man sich hier auf dem Land nicht schminkt.«

»Rinah!«, sein Vater gestikulierte temperamentvoll in der Luft herum, und Jonathan konnte sich plötzlich vorstellen, wie lebhaft es in Sosnowiec im Hause Stattler mit sechs Geschwistern zugegangen sein musste. »Die Leute, bei denen wir eingeladen sind, haben eine Tochter, die Jonathan vielleicht einmal heiratet. Da müssen wir einen guten Eindruck machen.«

»Der Junge ist vierzehn!«

»Na und?«

Jonathan war die Bemerkung seines Vaters unendlich peinlich gewesen. Heiraten war etwas für Erwachsene, das interessierte ihn null. Und wenn es tatsächlich mal so weit war, würde er selber entscheiden, wen. Glücklicherweise sah Tante Rinah die Sache wie er. Dennoch erschien sie am Ende brav mit blassen Lippen, als es Zeit war aufzubrechen. Dafür trug sie ein kirschrotes Kleid mit langen Ärmeln und schwingendem Rock, das so sensationell aussah, dass sein Vater nicht umhinkam, ihr ein Kompliment zu machen.

Die Kabbeleien zwischen den Geschwistern fand Jonathan derart wohltuend, dass er sich wünschte, seine Tante möge ewig bleiben.

»Was machst du eigentlich in Amerika?«, war eine von Jonathans ersten Fragen gewesen.

Auch Henryk hatte interessiert nachgefragt. »Ja, Rinah, hast du eine Arbeit?«

»Ach, so dies und das«, lautete die ausweichende Antwort, die alle noch neugieriger gemacht hatte. »Das kann ich nicht so genau sagen.«

»Warum nicht? Du wirst doch wissen, was deine Beschäftigung ist?«

»Das ändert sich manchmal, Henryk, also belassen wir es dabei.« Es blieb ein großes Geheimnis. Ebenso wie die Sache mit ihrer Handtasche. Tante Rinah trug jeden Tag ein anderes elegantes Kleid oder Kostüm, dazu die passenden Schuhe – doch die Handtasche, ein geräumiges klassisches Modell in Schwarz, blieb immer gleich. Rinah hatte sie stets bei sich und ließ sie nicht für eine Sekunde aus den Augen.

»In dieser Tasche steckt mein ganzes Leben«, flüsterte sie Jonathan einmal zu.

»Wieso? Was ist denn drin?«

Sie legte den Finger auf die Lippen und hauchte, als spräche sie zu einem kleinen Kind: »Das ist mein Geheimnis.«

»Sag doch einfach, was du in deiner Tasche mit dir rumschleppst!« Wiederum die Stimme des großen Bruders, der von der kleinen Schwester eine Auskunft erwartete.

Aber Rinah blieb beharrlich. »Nein, Henryk, unmöglich.«

»Nun stell dich nicht so an, lass uns reinschauen.«

»Keine Chance.«

»Wie kann man nur in deinem Alter noch ebenso dickköpfig sein wie ein kleines Mädchen? Mama hat immer gesagt, Sady kann nichts für sich behalten, und Rinah ist eine Geheimniskrämerin.«

»Siehst du, da hast du deine Antwort.« Mit einem nonchalanten Schulterzucken war für seine Tante das Thema erledigt gewesen. Doch Jonathan fragte sich noch immer, wenn er an dieses Gespräch dachte, was zur Hölle sich wohl in dieser Tasche befunden hatte. Seine Tante hatte es ihm nie gesagt. Auch nicht bei ihrem zweiten Besuch, Jahre später – und immer noch mit derselben Handtasche.

Dafür hatte sie ihm etwas anderes erzählt, und zwar am Tag vor ihrer Abreise. »Hör mir gut zu, Jonathan, das, was ich dir jetzt sage, ist wirklich geschehen. Damals in Sibirien war es immer kalt, auch unter der Erde. Die Schwerstarbeit hat viele umgebracht. Vor allem, wenn man krank wurde, kam das Ende oft ganz schnell. Einmal hatte ich eine schlimme Halsentzündung. Meine Mandeln waren eitrig, ich konnte nicht mehr schlucken, nicht mehr reden, und es ging mir richtig schlecht. Nachts habe ich geträumt, dass meine Mutter zu mir kam und mir Medizin in den Hals träufelte. Es hat sich wohltuend angefühlt, und es war wundervoll, meine Mutter bei mir zu haben, die sich um mich kümmerte. Als ich aufgewacht bin und erkannt habe, dass es nur ein Traum war und ich noch immer unter der Erde in Sibirien gefangen war, wäre ich beinahe verzweifelt. Doch weißt du, was ich dann gespürt habe – meine Mandelentzündung war weg. Vollkommen verschwunden! Ich schwöre dir, Jonathan, meine Mutter war in dieser Nacht wirklich bei mir und hat mich geheilt. Ich weiß nicht wie, aber sie hat mir geholfen. Daran glaube ich fest.«

Umso schlimmer empfand es Rinah, dass sie das Grab ihrer Eltern nicht besuchen konnte. Sein Vater hatte Jonathan zwar aus dem Raum geschickt, als sie darüber sprachen und Rinah deswegen in Tränen ausbrach, aber im Hinausgehen hatte er noch gehört, wie sie geschluchzt hatte: »Ich kann ihnen nicht einmal Blumen bringen.«

Natürlich wusste Jonathan mittlerweile, dass seine Großeltern in Auschwitz ermordet worden waren. Doch der Umstand, dass ihre Körper verbrannt worden waren und ihre Asche sich mit der abertausend anderer Menschen vermischt hatte und es deswegen niemals eine richtige Grabstätte für sie geben würde, traf ihn an diesem Tag zum ersten Mal mit voller Wucht. Wieder einmal wurde ihm vor Augen geführt, dass sie anders waren, dass er anders war als seine Schulfreunde, als der Metzger, der Bäcker, der Pfarrer und alle anderen Menschen in Mairing. Und dass die Momente, in denen sein Vater und seine Tante einander neckten und wegen Kleinigkeiten wie der Lippenstiftfarbe herumdiskutierten, unendlich wertvoll waren, weil sie eine Leichtigkeit in sich trugen, die es lange Zeit nicht für die beiden gegeben hatte.

Das gleichmäßige Rattern des Zuges erinnerte Jonathan daran, wo er eigentlich war, und nur widerwillig wurde er sich seiner Umgebung gewahr. Am Passauer Hauptbahnhof stieg er aus. Er überlegte kurz, ob er den Bus hinüber in die Innstadt nehmen sollte, entschied sich dann aber, zu Fuß in seine Wohnung zu gehen. Die Bewegung würde ihm guttun, und vielleicht bekam er so den Kopf frei.

Auf dem Weg dorthin hielt plötzlich der Wagen seiner beiden Helfer neben ihm, der jüngere kurbelte das Fenster herunter und sagte mit einem freundlichen Lächeln: »Hallo Jonathan, hast du kurz Zeit? Steig ein, wir würden gerne noch mal mit dir reden.«

Unschlüssig sah er auf die Reisetasche in seiner Hand, in der sich seine frisch gewaschene Kleidung befand.

»Stell sie rein«, sagte der Mann, lehnte sich über den Beifahrersitz und stieß die Tür auf.

Jonathan selbst setzte sich wieder nach hinten, neben den älteren.

»Warst du übers Wochenende daheim bei deiner Mutter?«, fragte er ihn. »Wie geht es ihr?«

»Danke, gut.« Obwohl er die Hilfe der beiden Männer wirklich zu schätzen wusste, wollte Jonathan mit ihnen nicht über Marga sprechen, das fühlte sich nicht richtig an. Außerdem war er nicht erfreut über ihr überraschendes Auftauchen.

Sie fuhren wieder zum selben Table-Dance-Club, in dem um diese Uhrzeit noch nichts los war. Drinnen herrschte zwar die übliche Schummerbeleuchtung, und es lief Musik, doch außer zwei Gästen, die an der Bar Bier tranken, war das Etablissement leer. Es tanzten auch keine Damen an der Stange.

Die beiden Männer steuerten die hinterste Ecke des Clubs an

und ließen sich auf plüschigen Sesseln nieder. Jonathan fand, es sah noch schmuddeliger aus als beim letzten Mal.

»Hattest du schon Zeit, über unser Angebot nachzudenken?«, fragte der Ältere mit seiner sanften, angenehmen Stimme und ruderte gleich zurück, als er Jonathans Zögern bemerkte. »Keine Sorge, wir erwarten noch keine Antwort von dir. Deswegen wollten wir dich nicht sprechen. Heute geht es um etwas anderes.«

»Worum dann?«

»Nur um einen kleinen Gefallen. Schau, wir haben dir geholfen, und du kannst uns auch helfen.«

»Wie meinen Sie das?«

»Wir sind da auf ein kleines Problem gestoßen. Die beiden Männer, die wir für dich aufgespürt haben und die dich nicht mehr belästigen werden, das waren nicht die Einzigen, die ihren Judenhass mit Gewalt zum Ausdruck bringen wollen.«

Damit sagten sie Jonathan nichts Neues.

»Gerade auch in universitären Kreisen gibt es Personen, deren Ideen, sagen wir, Einhalt geboten werden müsste.«

»Bei mir an der Uni?« Vermutlich hörte sich Jonathan gerade nicht sehr souverän an, aber diese Eröffnung traf ihn hart.

Der jüngere Mann nickte ernst und verständnisvoll, und der ältere sagte: »Deswegen kommen wir ja zu dir, weil wir auf ein paar unangenehme Leute aufmerksam geworden sind, über die wir mehr Informationen bräuchten. Vielleicht kannst du uns helfen. Lass mich dir die Sache erklären.«

Als er schließlich daheim in seiner Wohnung war, spukte das Gespräch noch lange in Jonathans Kopf herum. Natürlich war die Hilfe der beiden Männer nicht umsonst gewesen, sie verlangten eine Gegenleistung. Brauchten sie wirklich seine Unterstützung, oder wollten sie nur den Kontakt zu Jonathan aufrechterhalten, bis er sich das längerfristige Jobangebot überlegt hatte? Gehörte das zu ihrem Spiel? Sein Bauchgefühl sagte ihm, dass die zwei ihre Aufgaben, egal welche, auch gut alleine hinbekommen würden.

Der andere Jobvorschlag, der von seiner Professorin, kam Jonathan unweigerlich ebenfalls in den Sinn. Je länger er darüber nachdachte, desto größer wurde sein Interesse. Wer genau verbarg sich wohl hinter *eine deutsche Sicherheitsbehörde*? Seit dem Loch im Eisernen Vorhang und dem Mauerfall veränderte sich Osteuropa rasant, und Jonathan vermutete, dass das Angebot von Professor Greiner irgendwas mit den Vorgängen dort zu tun haben könnte. Er wusste, dass die Mutter der Professorin aus Tschechien oder Polen stammte, das hatte er zumindest gehört, und es bestärkte seinen Verdacht, dass er für irgendetwas geschult werden sollte, das an Deutschlands Ostgrenze vor sich ging.

Seit dem Tod seines Vaters sah die finanzielle Situation der Stattlers nicht gerade rosig aus. Henryks Rente vom Bundesentschädigungsamt war nicht auf Marga übergegangen. Das wäre nur dann der Fall gewesen, wenn nachzuweisen wäre, dass die im KZ erlittenen Schäden zu seinem Tod geführt hatten.

Was zwar eindeutig zutraf, aber eben mit jahrzehntelanger Verzögerung, dank der aufopfernden Fürsorge seiner Mutter. Jonathan wusste, dass bei seinem Vater direkt nach der Befreiung aus dem Arbeitslager Seeberg im Militärlazarett der Amerikaner in Neuheim, einem kleinen Ort direkt an der österreichischen Grenze, eine Herzschwäche diagnostiziert worden war, die von den Misshandlungen herrührte. Sein Vater hatte ihm erzählt, dass im Lazarett ein EKG gemacht worden war und man all seine Verletzungen und den körperlichen Zustand ausgiebig dokumentiert hatte.

Für Marga hatte das die Hoffnung auf eine Nachkommenrente bedeutet, daher hatte Jonathan alle Hebel in Bewegung gesetzt. Natürlich gab es mittlerweile kein amerikanisches Militärlazarett mehr in Neuheim. In dem Gebäude war nun ein Teil der örtlichen Realschule untergebracht. Allerdings mussten sich die Krankenhausunterlagen doch noch in irgendeinem Archiv finden lassen.

Jonathan und Marga hatten also einen Termin im Rathaus von Neuheim bekommen und ihr Anliegen vorgebracht, waren aber kurz und knapp abgefertigt worden.

»Ein Lazarett hier am Ort? Nein, so was hat's hier nicht gegeben. Und falls doch, haben wir schon lang keinerlei Unterlagen mehr«, hatte der Beamte in kühlem Tonfall gesagt.

»Es existieren Aufzeichnungen darüber, wo sich das Militärkrankenhaus befunden hat.« So leicht ließ sich Marga nicht abwimmeln.

»Hören Sie, es gibt hier nichts für Sie. Kein Lazarett, kein EKG, keine Unterlagen. Auf Wiedersehen.«

Ärgerlich ob dieser brüsken Abweisung und ziemlich deprimiert waren Jonathan und Marga wieder gegangen.

Diese Art der Abfertigung erinnerte ihn auch an den Tag, an dem er, vor Beginn seines Studiums, Bafög beantragt hatte. Der Herr im Büro an der Uni hatte ihn gefragt, ob irgendeine Härtefallregelung auf ihn zutreffen würde, und Jonathan hatte geantwortet, dass sein Vater als Jude unter den Nationalsozialisten verfolgt und jahrelang in KZs interniert gewesen war.

»Ach, das kann ja jeder sagen«, hatte der Mann daraufhin geantwortet. »Da möchte ich schon mit dem Vater persönlich reden.«

Nachdem Jonathan daheim von diesem Gespräch erzählt hatte, war Henryk tags darauf mit ihm zur Universität gefahren.

»Guten Tag, Sie wollten mich sprechen«, hatte Henryk gesagt, und der Herr hatte ihn erst einmal sichtlich verlegen einfach nur angestarrt, ohne einen Ton herauszubringen.

»Sie wollten doch wissen, ob ich wirklich im KZ war. Soll ich Ihnen meine eintätowierte Nummer zeigen? Hier ...« Als er sich anschickte, seinen Ärmel hochzukrempeln, kam Leben in den Mann hinter dem Schreibtisch, und er beeilte sich zu versichern: »Nein, nein, Herr Stattler, ich bitte Sie, das ist doch nicht nötig. Ich werde dem Härtefallantrag Ihres Sohnes natürlich stattgeben.«

Schon damals hatte Jonathan sich gefragt, wie es wohl später einmal sein würde. Wenn er nicht mehr einfach seinen Vater mitnehmen konnte, sondern solche Situationen selber klären musste. Sobald es um das Thema seiner familiären Vergangenheit ging, gab es immer Erklärungsbedarf, Nachweise mussten erbracht werden, und die Leute wurden plötzlich unkooperativ.

Wie auch der Beamte im Rathaus in Neuheim, der ihnen partout nicht hatte weiterhelfen wollen.

Seither gab Jonathan neben dem Studium so viel Klavierunterricht wie möglich, um seine Mutter zu unterstützen. Aber ein wirklich lukrativer Job, etwas, das deutlich besser bezahlt wurde als Musikunterricht, wäre ein Segen. Gerade jetzt, wo er auch noch ein neues Auto brauchte. Genau genommen konnte er es sich überhaupt nicht leisten, Frau Professor Greiners Angebot abzulehnen. Allerdings hatten ihm auch die beiden

Helfer eine interessante Vergütung in Aussicht gestellt, wenn er für sie arbeiten würde.

Dennoch bat sich Jonathan zwei Wochen Bedenkzeit aus, bei seiner Professorin und seinen Helfern. Und obwohl seine finanzielle Situation es eigentlich nicht zuließ, flog er nach Tel Aviv.

Dort gab es etwas, das er unbedingt tun musste.

28

Marga

Es kam nicht oft vor, dass Marga ihren Sohn in dessen Studentenwohnung in Passau besuchte. Doch es gab einen Grund zu feiern.

»Ich gratuliere dir, dass du die Stelle bekommen hast. Und das sogar noch mitten im Studium, ohne Abschluss.« Sie stießen mit Sekt an, und natürlich fragte Marga genauer nach, um welche Art Arbeit es sich denn nun handelte.

»Das darf ich eigentlich nicht sagen, Mama. Aber ich und noch ein paar andere Kommilitonen werden eine besondere Zusatzausbildung von einer Sicherheitsbehörde bekommen.«

Sie ließ ihr Glas sinken. »Geht es noch ein wenig vager, Jonathan?«

»Wir werden an der tschechischen Grenze eingesetzt.«

»Was hat das mit deinem Jurastudium zu tun?«

»Hab ich doch schon gesagt, es ist eine Art Zusatzpraktikum. Nichts Dramatisches, wahrscheinlich müssen wir einen Haufen Papierkram erledigen. Und später macht sich das toll in meinem Lebenslauf.«

Marga glaubte ihm kein Wort. Jonathan hatte ihr verraten, was er in diesem sogenannten Nebenjob verdienen würde. Keine Behörde bezahlte derart gut für Schreibkram. Vermutlich wollte er sie mal wieder schützen, um zu vermeiden, dass sie sich Sorgen machte. Wie bereits Henryk war auch Jonathan stets darauf bedacht, Marga nicht aufzuregen. Was dachten sie eigentlich, was sie für ein zartes Nervenkostüm hatte?

Margas anmutiges Aussehen hatte schon immer im Gegensatz zu ihrer inneren Stärke gestanden. Aber sie kannte ihren Sohn. Wenn er nicht wollte, würde er ihr nicht mehr verraten. Also ließ sie die Sache auf sich beruhen und freute sich ehrlich mit ihm über diese äußerst lukrative Chance.

»Wie geht es Daniel und Libi?«, wechselte sie das Thema.

Erst vor zwei Tagen war Jonathan aus Tel Aviv zurückgekommen. Es war ihm ein tiefes Bedürfnis gewesen, den besten Freund seines Vaters noch einmal zu besuchen, ehe auch Daniel starb.

»Gut. Sie waren natürlich völlig platt, mich zu sehen.«

»Vielleicht hättest du dich doch vorher anmelden sollen.«

»Dann wäre es keine Überraschung gewesen.«

Er erzählte ihr, wie er in der Dämmerung in Tel Aviv angekommen und es stockdunkel gewesen war, bis er endlich zu Daniels Wohnung gelangt war.

»Die liegt in einem Hochhaus, aber auf keiner Klingel stand ein Name. Ich habe anfangs nicht mal den Lichtschalter im Eingang gefunden und bin mir echt blöd vorgekommen. Eine ältere Dame, die auch dort wohnt, kam dann mit einem vollen Einkaufskorb zur Tür rein und hat das Licht im Hausflur angeschaltet. Ich habe sie nach Daniel Rotfeld gefragt, aber sie hat gesagt, der wohnt dort nicht.«

Marga studierte das Gesicht ihres Sohnes, während er erzählte. Je älter er wurde, umso ähnlicher sah er Henryk.

»Es war ganz offensichtlich, dass sie mir nicht traute. Ich meine, würdest du einem fremden Kerl trauen, der im Dunkeln in deinem Hauseingang rumlungert, wenn du vom Einkaufen heimkommst?«

Marga schüttelte den Kopf.

»Sie war sehr klein, kaum größer als ein Kind. Als ich ihr dann gesagt habe, dass Daniel und mein Vater eine gemeinsame Vergangenheit verbindet, hat sie mich genauer angeschaut und überlegt. Und mir dann gesagt, dass er im obersten Stockwerk ganz hinten wohnt.«

Vermutlich war es nicht ungefährlich gewesen, Jonathan nach Israel reisen zu lassen. Alleine unterwegs konnte alles Mögliche passieren. Aber er war erwachsen. Sie musste ihm erlauben, seinen eigenen Weg zu gehen. Und der Besuch bei Daniel war wichtig für ihn gewesen.

»Daniel war gar nicht da, als ich geklingelt habe«, fuhr er fort. »Libi hat die Tür geöffnet und mich sofort erkannt. Sie und ihre Tochter haben sich total gefreut und mir erst mal alles Mögliche zu essen angeboten, bis Daniel heimkam.«

»Und Daniel, wie hat er reagiert, als er dich gesehen hat?«

Jonathan schluckte. »Gerührt, würde ich sagen. Er war sehr bewegt, hat mich lange gedrückt. Wir haben viel über Papa geredet und über die Zeit, die die beiden zusammen verbracht haben. Im Lager und im Camp. Er hat mir auch erzählt, wie es war, als ihr euch kennengelernt habt. Interessant, das mal aus einer anderen Warte zu hören.« Er lächelte. »Daniel sagt, Papa war vollkommen vernarrt in dich. Es lag nicht nur an seinen körperlichen Gebrechen, dass er nicht mit ihm weg aus Mairing und nach Israel gegangen ist, sondern vor allem an dir.«

»Das hoffe ich doch.« Marga lächelte nun ebenfalls, obwohl sich ihr die Erinnerung an Henryks Weggang nach Schweden aufdrängte und sie einen Nachhall des alten Schmerzes spürte.

So lange war das her, aber es tat immer noch weh. Jonathan gegenüber hatten sie dieses Kapitel ihres Lebens nie mehr thematisiert als nötig, und so sollte es bleiben.

»Er hat noch schlimmer ausgesehen als damals, Mama. Ich glaube, Daniel wird auch nicht mehr lange leben.«

»Es ist ein Wunder, dass er überhaupt so lange durchgehalten hat.«

»Warum wollte Papa nie, dass ich zum Judentum konvertiere?«, fragte er unvermittelt.

»Dein Vater war ein spiritueller Mensch, Jonathan, das weißt du. Aber er legte keinen großen Wert darauf, welcher Glaubensgemeinschaft du angehörst. Er hat versucht, dir seinen Glauben nahezubringen. Aber gleichzeitig wollte er dich davor bewahren, dass du bei uns auf dem Dorf Nachteile hast, wenn du dich offen zum jüdischen Glauben bekennst.«

»Deswegen wurde ich katholisch getauft? Um dazuzugehören?«

»War das ein Fehler? Ich denke nicht.« Marga wurde ein wenig ungehalten, weil es klang, als sollte sie sich dafür rechtfertigen, nur das Beste für Jonathan gewollt zu haben. Es war nicht einfach gewesen, die richtigen Entscheidungen zu treffen, das war es ja nie.

»Es war jedenfalls nicht allein meine Idee, dein Vater sah das genauso.«

»Daniel hat mich später zurück ins Hotel gefahren. Stell dir vor, er hat oben quer über der Windschutzscheibe einen Baseballschläger mit Saugnäpfen befestigt. So was habe ich noch nie gesehen. Das hat er mir angemerkt, und er sagte: ›Tel Aviv ist nicht Mairing, Jonathan.‹«

»Hast du dich wohlgefühlt in Israel?«

»Ja«, sagte Jonathan. »Ich glaube, auch das gehört zu mir. Und darüber denke ich seitdem auch unentwegt nach.«

Sie verstand nicht genau, was er meinte, aber ehe er es näher erklären konnte, klingelte das Telefon. Es war eines jener modernen Schnurlostelefone. Jonathan musste nicht einmal aufstehen, um ranzugehen, es lag neben ihm auf dem Tisch, und Marga konnte die Stimme am anderen Ende gut hören, als er den Anruf annahm.

Es war ein Mann. »Shalom, Jonathan, ich hoffe, du hattest eine gute Zeit in Israel. Konntest du in dich gehen? Ich fürchte, ich brauche jetzt eine Antwort, ob du unser Angebot annimmst und mit uns arbeiten möchtest.«

Mit einem Blick auf Marga legte Jonathan einen Finger auf die Lippen, stand auf und verließ den Raum.

»Ja«, sagte er im Hinausgehen. »Ich habe wirklich lange und gründlich nachgedacht und eine Entscheidung getroffen …«

Weil er die Tür hinter sich zu zog, verstand sie nicht mehr. Doch als er nach ein paar Minuten wieder zurückkam, wirkte er gelöst.

»Das war aber ein kurzes Gespräch. Etwas Wichtiges?«

Unvermittelt trat Jonathan auf Marga zu und umarmte sie. »Ja, Mama, das war etwas sehr Wichtiges. Du musst dir aber keine Sorgen machen. Es ist alles gut.«

Epilog

Und heute?

Jonathan lebt noch immer in Mairing. Er ist mittlerweile verheiratet, und zwar tatsächlich mit Laura Pfeiffer. Zusammen mit ihren Kindern wohnen sie in dem Haus, das seine Eltern 1970 gebaut haben. Er spielt noch immer hervorragend Klavier.

Sein gestohlenes Auto wurde später ausgebrannt auf einem abgelegenen Parkplatz gefunden.

Die Entscheidung, die er 1990 getroffen hat, hat sein Leben damals beeinflusst, und sie tut es bis heute.

Marga hat Henryk um fünfundzwanzig Jahre überlebt. Sie starb 2014 und liegt neben ihrem Mann auf dem Mairinger Friedhof begraben.

Die anderen *Golden Girls*, Margas beste Freundinnen, sind mittlerweile auch alle verstorben. Lotte wurde mit 106 Jahren die älteste Mairingerin.

Kaum einer in Mairing kennt mehr die unerhörte Liebesgeschichte von der jungen blonden Marga und dem jüdischen KZ-Überlebenden Henryk.

Dabei hatte sie so große Auswirkungen, nicht nur auf ihr Schicksal, sondern auch auf das ihres Sohnes und seine Lebensentscheidungen.

Obwohl Marga und Henryk ihr Möglichstes getan haben, um Jonathan ein unbeschwertes Aufwachsen zu ermöglichen, empfand er seine Kindheit zwar als glücklich, war sich aber dennoch immer einer gewissen Angespanntheit bewusst.

Er wuchs mit den – selbstredend nachvollziehbaren – Stimmungsschwankungen seines Vaters auf, mit dessen Verlustängsten und mit einer anerzogenen Vorsicht gegenüber anderen.

Diese Angst war vollkommen berechtigt, wie der Überfall in seiner Studentenwohnung auf erschreckende Weise bewiesen hat.

Kann man überhaupt normal leben, wenn der eigene Vater durchgemacht hat, was Henryk durchmachen musste?

Diese Frage hat sich nicht nur Jonathan oft gestellt, sondern vor allem auch seine Mutter.

Für Marga und Henryk war es ein fortdauernder Balanceakt, ihre Liebe zu leben und sie in ihrem Umfeld zu behaupten. Aber weil sie groß genug war, hat sie nicht nur für eine Generation gereicht, sondern mittlerweile schon für die dritte.

Nachwort

Unsere Liebe war unerhört ist ein Roman, kein Geschichtsbuch, daher erhebe ich keinerlei Anspruch auf völlige historische Korrektheit. Als Autorin behalte ich mir eine gewisse kreative Freiheit vor, um Handelnde und Handlung lebendig und anschaulich gestalten zu können.

Allerdings habe ich mich soweit irgend möglich an die wahre Geschichte der Personen gehalten, von denen dieser Roman inspiriert ist.

Die Namen aller beteiligten Charaktere sowie einige Orte sind frei erfunden. Ähnlichkeiten mit bekannten lebenden oder toten Personen wären rein zufällig und sind nicht beabsichtigt.

Für diesen Roman habe ich lange recherchiert und viele Gespräche mit Jonathan geführt, der im wirklichen Leben natürlich anders heißt.

Dank seiner detaillierten Erinnerungen und den Informationen über seine Familiengeschichte war es mir möglich, der Geschichte seiner Eltern Worte zu verleihen.

Viele dieser Worte sind Zitate und nicht meiner Fantasie entsprungen.

Zum Beispiel die besonders harten des Lagerkommandanten, als er zu Henryk sagte: »Was, du dreckiger Jude willst nicht stehen?«, aber auch Lukas Krantz' Spott gegenüber Marga: »Was willst du denn mit dem, der kann doch nicht mal richtig gehen.«

Auch die Worte des kleinen Adam, als er aus dem Waggon in Auschwitz steigt und zu seinem Vater sagt: »Papa, ich habe einen Schuh verloren«, worauf Henryk ihm antwortet: »Den brauchst du jetzt nicht mehr«, wurden tatsächlich gesprochen.

Und natürlich hat Henryk die Geschehnisse, von denen ich schreibe, tatsächlich erlebt, auch die Tätowierungen, die er zeitlebens auf seiner Haut tragen musste, sind keine Erfindung.

Es würde zu weit führen, alle authentischen Textstellen hier aufzuzählen, aber ich möchte doch noch darauf hinweisen, dass zum Beispiel auch die Begegnung im Treppenhaus nach dem Zahnarztbesuch, samt ihrer wirren Anschuldigung, genau so passiert ist. Ebenso hat das Abzählen in der Kegelrunde stattgefunden und die dumme Bemerkung des Mitschülers, sich von nun an mit *Herr* ansprechen lassen zu wollen.

Dennoch ist es mir wichtig, an dieser Stelle ausdrücklich klarzustellen, dass Mairing nach Kriegsende nicht brauner war als der Rest des vormaligen Deutschen Reiches.

Die Situation war für Marga und Henryk deshalb so außergewöhnlich, weil sie in einem kleinen sozialen Umfeld die einzige einheimische Frau war, die einen jüdischen Mann geheiratet hat.

Nur weil der Krieg vorbei war, hatte sich in den Köpfen der Menschen ihre über viele Jahre indoktrinierte Weltsicht nicht über Nacht geändert.

Marga und Henryk wurden in der kleinen Dorfgemeinschaft damit vermutlich unmittelbarer konfrontiert, als hätten sie in einer Großstadt gelebt. Doch auch dort dürfte nach Kriegsende die Einstellung der Menschen nicht großartig anders gewesen sein als auf dem Land. Nicht nur in Mairing, auch bundesweit wurden Personen wieder für Ämter eingesetzt, die sie nie wieder hätten bekleiden dürfen.

Und ebenso wie in Mairing gibt es sicherlich auch heute in Kleinstädten, Großstädten und überall, wo Menschen zusammenleben, leider nach wie vor antisemitische Gesinnungen aus unterschiedlichsten Richtungen.

Während des Schreibens war es ein schmaler Grat, mich nicht zu sehr in Henryks Leiden hineinfallen zu lassen. Geholfen hat mir dabei Marga und ihre Perspektive von außen. Sie hat Henryks Misshandlungen und Schicksalsschläge zur Zeit des Nationalsozialismus nicht miterlebt, aber dafür täglich und unmittelbar die Folgen für den Mann, den sie liebte, für sich und für ihr Kind.

Ich habe Jonathan einmal gefragt, ob sein Vater nach dem Ende des Zweiten Weltkriegs überhaupt jemals wieder richtig glücklich sein konnte.

Daraufhin sagte er, dass die Unbeschwertheit seines früheren Lebens Henryk natürlich nie wiedergefunden hat. Aber sein glücklichster Moment wäre sicherlich die Geburt seines Sohnes gewesen.

Danksagung

An allererster Stelle gilt mein Dank Jonathan und seiner Familie. Jonathan hat seine persönliche und sehr tragische Familiengeschichte mit mir geteilt und mir erlaubt, sie als Inspiration für diesen Roman zu verwenden. Das war natürlich nicht mit zwei, drei Gesprächen getan. Immer wieder hatte ich Fragen, die er geduldig beantwortet hat, obwohl viele davon für ihn sicherlich belastend waren. Er hatte stets ein offenes Ohr und stand mir aufgeschlossen und mit Optimismus zur Seite.

Mein herzlicher Dank gilt Magdalena Heer und dem Penguin Verlag, weil er diese Geschichte, die mir so sehr am Herzen liegt, veröffentlicht. Sie ist weder leicht, noch entspricht sie dem Mainstream, dafür ist sie schwer verdaulich, polarisiert und setzt ein Statement. Der Penguin Verlag hat entschieden, ihr eine Stimme zu schenken, und dafür bin ich dankbar.

Ebenso danke ich meiner Agentin Eva Semitzidou von der Literarischen Agentur Gaeb und Eggers, die seit dem Moment, in dem wir uns kennengelernt haben, wusste, dass ich diese Geschichte unbedingt schreiben musste, und die es möglich gemacht hat, dass sie ein so passendes Zuhause gefunden hat.

Ich danke Hanne Reinhardt für die gute Betreuung beim Lektorat. Mit Hanne durfte ich bereits bei vorangegangenen Projekten zusammenarbeiten, und ich schätze ihren ebenso professionellen wie herzlichen Input sehr.

Vielen Dank an meine Familie, für ihre unendliche Geduld bei diesem Projekt.

Ihr habt oftmals miterlebt, wie sehr mich dieser Roman emotional berührt und wie weitgehend er mich beschäftigt hat.

Dabei habt ihr mich durch eure Gespräche und eure Zuversicht unterstützt, und meine Eltern haben sogar ihre eigenen Erinnerungen beigetragen, von denen ebenfalls einige in diesen Roman eingeflossen sind.

Natürlich danke ich allen lieben Buchmenschen, die am Entstehen dieses Projekts beteiligt waren, dem Korrektorat, Buchsatz, Coverdesign und Vertrieb.

Und last but not least auf jeden Fall den Leserinnen und Lesern, die diesem Roman ihre Zeit schenken und damit dazu beitragen, dass die Geschichte von Marga und Henryk nicht vergessen wird. Danke.